Het laatste woord

Van Boris O. Dittrich verscheen eveneens
bij Ambo|Anthos *uitgevers*

Terug naar Tarvod
Mandaat

Boris O. Dittrich

Het laatste woord

Ambo|Anthos
Amsterdam

MIX
Papier van verantwoorde herkomst
FSC® C014496

ISBN 978 90 263 5734 3

Omslagontwerp Studio Jan de Boer

Verspreiding voor België:
Veen Bosch & Keuning uitgevers nv, Antwerpen

BART

2002

1

Met Netty's brief in mijn hand stond ik voor het raam. Ook al had ik hem meer dan tien keer gelezen, opnieuw voelde ik hoe de woede in me omhoogschoot, van mijn middenrif naar mijn voorhoofd. Ik staarde naar de omgewoelde aarde in de achtertuin, waar Hugo en ik op haar aandringen een tijd geleden begonnen waren met de aanleg van een vijvertje. Nu doemde Netty's gezicht voor me op in het koude glas, gespannen en wit weggetrokken, zoals ik me haar van het laatste jaar herinnerde. Vroeger had ze een gezonde blos op de wangen, lachrimpels rond haar volle lippen en een ondeugende blik in haar ogen. De ruit besloeg door mijn adem. Met mijn wijsvinger trok ik een dikke streep door de condens.

'Sta je nou alweer naar buiten te staren?' Mijn moeder, Caroline Feenstra, kwam de kamer in. 'Wil je koffie?' Ze had een permanent van grijze krullen met daaronder een doorgroefd gelaat, liep altijd op witte gymschoenen met dikke zolen. Ze was energiek voor haar leeftijd, midden zestig.

Vlug stak ik de brief in mijn binnenzak. Op hoofdlijnen wist mijn moeder wat Netty me had geschreven, maar ik wilde haar de brief niet laten lezen. Te pijnlijk. Ik mompelde iets onverstaanbaars. Ze beschouwde het als een aansporing en liep achter me langs de keuken in. De deur van de koelkast sloeg dicht. De keukenkastjes werden aan een inspectie onderworpen, het bestek in de la rammelde. Het geluid van de koffiemolen boorde zich in mijn hoofd. Ik wilde het uitschreeuwen. Laat me toch met rust!

Vijf jaar was ik met Netty getrouwd. Ik had van haar gehouden. Eigenlijk nog steeds, al was de harmonie in onze relatie na de geboorte van Leon weggesijpeld. Het laatste jaar kregen we forse ruzies die soms uitmondden in een handgemeen, zoals in januari en een paar dagen geleden.

'Jij zou vier dagen per week gaan werken en geen nachtdiensten meer draaien. Had je beloofd. Ik heb de maandagen vrij genomen en salaris ingeleverd. Jij zou vrijdags voor Leon zorgen, maar je blijft doodleuk op het hoofdbureau werken. En je moeder is hier constant in huis.'

Netty reeg de klachten aaneen. Ze kreeg een verwilderde blik in haar ogen.

'Jij zou stofzuigen. En dat heb je niet gedaan.' Even was ze stil, ongeveer de tijd die je nodig hebt om een nieuwe aanval te lanceren.

'Ik moet altijd alles alleen doen. Je helpt me nooit.'

Toen ik me begon te verdedigen dat ik nachtdienst had gehad en pas net was opgestaan, haalde ze plotseling met haar nagels uit naar mijn wang, haar hand als de klauw van een roofvogel.

'Dat was bijna je oog geweest,' riep ze verbaasd, alsof ze zelf niets met de snee in mijn huid te maken had. Ze liep naar de keuken en wierp me een schone theedoek toe.

'Pas op dat het niet op je uniform komt.'

Het bloed uit de wond naast mijn oog zat op mijn hand. Mijn bloed. Ik kon het ruiken. Op dat moment knapte er iets in mij. Had ik me de voorbije maanden bij ruzies nog ingehouden, nu kon ik me niet meer beheersen. Ik kende haar gevoelige punt en wilde haar kwetsen.

'Je hebt je pillen zeker niet ingenomen. Je bent gek!'

Schreeuwend stormde Netty naar de gang, alsof ze door een veer was gelanceerd.

Toen pas zag ik hem. Leon.

Hij stond in de deuropening. Met grote ogen keek hij Netty na, die vloekend langs hem heen rende en de trap met twee treden tegelijk nam. De deur van de badkamer op de eerste etage smakte dicht.

'Heeft mama pijn?' Leon keek naar de grond. Zijn stem trilde.

'Kom zitten, kleine man,' gebaarde ik, terwijl ik op de bank neerplofte, buiten adem, boos en verdrietig. De adrenaline bonkte tegen mijn schedeldak. Maar Leon bleef tegen de deurpost leunen.

'Bloed.' Zijn vinger ging omhoog en hij wees naar mijn gezicht. 'Papa bloedt.'

Dat was in januari. Sindsdien zeiden we alleen nog het hoognodige tegen elkaar. Ik sliep vaak in het logeerkamertje, al was ik af en toe met mijn dronken kop naast haar in bed gekropen in de hoop dat ze met me zou willen vrijen. Maar daar was het op een enkele keer na niet meer van gekomen. Het waren maanden van zwijgen, negeren en oppervlakkige beleefdheid, maar vreemd genoeg waren er ook weer momenten dat we serieus met elkaar praatten. Dan kreeg ik het gevoel dat het goed zou komen en deed ik extra mijn best het haar naar de zin te maken, maar van het ene op het andere moment werd ze weer koud en afstandelijk.

De laatste uitbarsting was van een paar dagen geleden. Ik had haar in het gezicht geslagen. Dat was fout, ik weet het. Machteloos had ik me gevoeld, omdat ik zo mijn best deed de sfeer in huis prettig te houden, maar het was alsof ik tegen een muur op liep. Wat ik ook probeerde, Netty had er bezwaar tegen. Niets hielp meer. Ik schoot uit, misschien omdat ik hoopte dat ik zo tot haar door kon dringen. Ik had de kans niet gehad mijn excuses aan te bieden. Net zoals na de vorige clash stormde Netty de kamer uit, rende naar boven en draaide de slaapkamerdeur op slot. Ik ging achter haar aan.

'Netty, doe open. Netty!'

Ze gaf geen krimp en liet me in de gang staan. Ik klopte op de deur.

'Het spijt me, oké?'

'Ik heb een slaappil genomen. Ga nu maar, anders kom je te laat.'

Niet wetend wat te doen droop ik af, schuldbewust. Toen ik na de nachtdienst de volgende ochtend thuis was gekomen, lag haar brief op de tafel in de huiskamer. Het was over. Ze wilde scheiden. Aan de manier waarop ze de letters op het lijntjespapier had geschreven, kon ik zien dat ze goed over de formulering had nagedacht. Er was geen weg terug. Dit was definitief.

Mijn moeder kwam de kamer binnen en gaf me mijn koffie.

'Ik zeg het je nog een keer,' zei ze met schelle stem. 'Ze is het niet waard. Ze heeft altijd op je neergekeken. Je vader zag het vanaf het eerste moment dat je haar mee naar huis nam. Je bent nog jong genoeg om een nieuwe vrouw te vinden.'

'Een nieuwe vrouw,' herhaalde ik. 'Het is geen auto die je inruilt.'

'Zo bedoel ik het niet. Maar je hebt nog een hele toekomst voor je zonder haar!'

Ze ging op de bank zitten, op de plek waar ik Netty in het gezicht had geslagen.

'Weet je wat je grootste fout is geweest? Je adoreerde haar. Je was veel te goed van vertrouwen. Te meegaand.'

Mijn ogen begonnen te tranen. 'Ik hou van haar, mam.' De woorden kwamen er haast op fluistertoon uit.

'Heeft ze haar medicijnen meegenomen?'

Ik klemde de mok stevig vast. Mijn eerste impuls was Netty te verdedigen. Het was een oude reflex, de afgelopen jaren in de praktijk gebracht. Maar na Netty's afscheidsbrief stonden mijn moeder en ik noodgedwongen aan dezelfde kant. Ik was van mijn moeders hulp afhankelijk. Ze moest op Leon passen, hem naar de peuterzaal brengen en halen, boodschappen doen, koken, eten geven.

'Ze is nu drie dagen weg,' mompelde ik, me naar mijn moeder draaiend.

'Een moeder die haar kind achterlaat en ervandoor gaat, is een slechte moeder,' zei ze. 'Zonder te zeggen waar ze is. Wat is dat voor gedrag? Een moeder die van haar kind houdt, wil hem juist beschermen. Netty heeft altijd iets kils, iets berekenends gehad. Ze is geen lieve vrouw. Je vader had dat meteen door. Ik ben blij dat hij dit niet meer hoeft mee te maken.'

Met die opmerking nam mijn moeder een aanloopje om over mijn vader uit te weiden. Verhalen die ik sinds zijn dood vaak moest aanhoren. En daarvoor overigens ook al. Ik liep naar de keuken, de koffie gutste over mijn hand.

'Breng jij Leon morgenochtend naar school?' riep ik vanachter het aanrecht. 'Ik heb avonddienst, kom vannacht laat thuis, en weet niet of ik op tijd wakker ben.'

Mijn stem klonk hees, ik was moe en uit mijn humeur. Ik pakte mijn dienstpistool uit het kastje boven de koelkast en deed het in de holster.

'Weten ze het op je werk al?'

'Dat Netty weg is? Ik wacht het eerst een week af.' Meteen begon mijn maag op te spelen, een brandend gevoel dat ik de laatste maanden had gehad, knaagde vanbinnen alsof het zich een gat naar buiten wilde banen.

'Verstandig,' zei mijn moeder. 'Ze is zo wispelturig. Ze kan zo weer voor de deur staan, huilend omdat ze Leon mist. En jou.'

'Dank, mam!' zei ik, terwijl ik me uit de voeten maakte. Zachtjes trok ik de voordeur achter me dicht.

NETTY

2

De geur van appeltaart met iets te veel kaneel verspreidde zich door de keuken. 'Even naar achteren, Leon, de ovendeur is gloeiend heet.' Leon bleef staan en keek gebiologeerd naar hoe ik een theedoek pakte en de aluminium bakvorm met beide handen uit de oven schoof en op het aanrecht zette.

'Wist je dat oom Hugo verkopers van een huis aanraadt om een appeltaart te bakken voordat de bezichtiging plaatsvindt? De geur maakt kopers hebberig.' Leon had natuurlijk helemaal geen interesse in mijn uitleg, hij wees naar de bruine rand van de taart.

'Zo meteen krijg je een stukje, als we bij Saskia zijn.'

Ik hoorde de sleutel in de voordeur. 'Joehoe, ik ben er.'

'Oma!'

Mijn schoonmoeder zette haar tas in het halletje onder de kapstok en kwam de huiskamer in. Ze was naar de kapper geweest, haar grijze permanent zat keurig in model.

'Wat ruikt het lekker, Netty. Heb je een taart gebakken voor de discussieclub?'

Ze tilde Leon op en zoende hem op zijn wangen. 'Hoe is het met mijn kleine man?' Hij spartelde als antwoord en wurmde zich los.

Ik had een minimale hoeveelheid suiker gebruikt en Elstar-appels die volgens de reclame fris en zoetzuur zijn, maar had volgens mij te veel kaneel gestrooid. 'Ze moeten er zelf maar poedersuiker op doen, als hij niet zoet genoeg is,' zei ik onzeker. 'Zullen we gaan? We zijn laat.'

Mijn schoonmoeder hield de buitendeur voor me open en belde aan bij Saskia, mijn bovenbuurvrouw en vriendin. Saskia en ik hadden met andere vrouwen een discussieclub opgezet. Eens per maand kwamen we samen en spraken dan over een aantal onderwerpen. Vandaag zouden we het hebben over de invoering van de euro, het nieuwe televisieprogramma *Big Brother* en de zes miljardste mens op aarde.

De deur zoefde open en ik liep de steile trap op naar boven, de taart voorzichtig voor me houdend. Saskia stond boven te wachten en stak haar handen uit.

'Netty, lieverd, dat had toch niet gehoeven,' zei ze, terwijl ze de bakvorm overnam en ermee naar haar eettafel liep. Leon en mijn schoonmoeder namen hijgend de laatste treden en strompelden achter me de kamer in. 'Hallo, hallo,' begroette ik Angelique, Lidwien en Trees. Vandaag zouden we maar met weinigen zijn, de andere deelnemers hadden zich op het laatste moment afgemeld.

'Hij is nog warm,' zei Saskia goedkeurend, het mes in de taart zettend. Leon liep verwachtingsvol naar haar toe.

'Wat heb je een mooie kleur geel aan,' zei Saskia en ze voelde aan mijn blouse.

'In een kringloopwinkel op de Haarlemmerstraat gekocht. Leuk hè?'

Saskia vroeg of ik haar wilde helpen. Ik ging de groep rond met een kan koffie. Toen iedereen voorzien was, hoorde je even niets anders dan vorkjes op gebaksbordjes tikken en kopjes die op schoteltjes werden gezet. Daarna incasseerde ik de complimenten. 'Nog nooit zo'n lekkere appeltaart gegeten,' beweerde Lidwien, die altijd positief was. Ik hielp Leon met zijn laatste hapjes.

De discussieclub was nu vier keer bijeen geweest. Dat ik op het idee gekomen was het te organiseren had te maken met een behoefte aan ordening in mijn leven, aan structuur. Ik wilde mijn vriendinnen en kennissen op gezette tijden zien en over zinvolle dingen met ze van gedachten wisselen. Ik ben niet zo van het spontaan bij iemand binnenvallen of lang aan de telefoon hangen. Ik hou van voorbereiding en overzicht. Wellicht ben ik bang de controle en regie over mijn leven te verliezen, maar misschien praat ik nu mijn voormalig therapeut na die dat in de slotsessie heeft geopperd.

Eigenlijk was mijn schoonmoeder onuitgenodigd aanwezig. Ze was er vandaag bij omdat ze op Leon zou passen en omdat ik niet het hart had tegen haar te zeggen dat ze niet welkom was, toen ze voorstelde met me mee naar Saskia te gaan. De vorige keer was ze er omdat de discussieclub bij ons thuis samenkwam en het de bedoeling was dat ze zich boven met Leon zou terugtrekken. Qua leeftijd viel ze behoorlijk uit de toon, ze is de zestig gepasseerd, terwijl de anderen van mijn leeftijd zijn, midden twintig of iets ouder, zoals Saskia.

Saskia, vroeger balletdanseres, had een pijnlijke rugblessure opgelopen en werkte nu op de communicatieafdeling van de Vrije Universiteit. Ze woonde al op de tweede etage toen mijn ouders het pand aan de Van Heemskerckstraat kochten.

De zon viel in banen door de ramen op het handgeknoopte vloerkleed, een Iraanse gabbeh. Het blauw erin deed me denken aan de zee bij een tropisch eiland. Aan de rand waren er allerlei figuurtjes in rood en oranje ingevlochten. Leon had ze ontdekt, rolde op zijn buik en speelde met wat legostenen die we van beneden hadden meegenomen, waarbij hij het motief van het kleed in zijn spel betrok.

'Kijk,' gebaarde mijn schoonmoeder vol trots naar me. 'Hij weet dingen uit verschillende dimensies te combineren.' Ik begon te glunderen.

Stofdeeltjes dansten in de lucht. De etage baadde in het licht. Ik voelde me goed, optimistisch en sterk. Het was woensdagmiddag.

We werkten allemaal parttime en dit was het dagdeel dat de meesten van ons het beste uitkwam.

Saskia nam het woord. 'Laten we beginnen met de euro. Dat onderwerp is door Trees aangedragen. Trees, wil jij de aftrap doen?'

'Wees niet bang, ik ga geen saaie verhandeling houden over de euro die op 1 januari 2002 wordt ingevoerd.' Trees had een inleiding voorbereid over de voor- en nadelen van een Europese munt. Lidwien knikte bij alles wat Trees zei.

Angelique, die tegenover me zat, verontschuldigde zich. 'Ik ga met een emotioneel argument komen, maar dat mag toch?' Onzeker keek ze de groep rond. Saskia knikte goedkeurend.

'Ik vind het zo mooi dat koningin Beatrix op onze munt staat. Dat maakt onze gulden uniek, het hoort bij ons land, bij de cultuur en de traditie. Het is onderdeel van onze identiteit. Wij zijn en blijven Nederland. Ik wil daar niet vanaf.'

Nu kon ik het woord nemen. Angelique irriteerde me met haar vaderlandsliefde.

'Koningin Beatrix denkt daar zelf heel anders over. Een collega van Bart moest onlangs in burger op het Paleis op de Dam zijn. Er was een conferentie over de toekomst van Europa georganiseerd. Er waren veel Kamerleden en buitenlandse gasten. Die collega liep er rond voor de beveiliging van de koninklijke familie. Beatrix en Claus mengden zich in het publiek. Iemand vroeg over de ecu, de Europese munt, en hij hoorde haar toen hardop zeggen: "Ik hoef helemaal niet met mijn afbeelding op die nieuwe munt. Het gaat erom dat we naar eenwording in Europa streven, ook op monetair gebied. Alleen samen staan we sterk."'

Beteuterd ging Angelique achterover zitten. Hier had ze niet van terug. Lidwien knikte weer.

'Ik ben tegen de monarchie,' mengde mijn schoonmoeder zich onverwacht in het gesprek. 'Dat het koningschap via erfopvolging binnen een familie blijft, vind ik middeleeuws. Het is ondemocratisch.' Haar uithaal verbaasde me. Zo uitgesproken had ik haar nog nooit gehoord.

Angelique begon bijna te stotteren van ontzetting. 'Dus je bent een republikein,' spuwde ze haar woorden uit.

'Ho stop, ik grijp in,' riep Saskia. Ze hief haar armen op, alsof ze op een podium stond en een volle zaal toesprak. 'We dwalen af. We kunnen de monarchie op de agenda van een volgende bijeenkomst zetten.' Mijn schoonmoeder haalde verongelijkt haar schouders op.

'Middeleeuws, ik blijf erbij,' mokte ze.

Hierna bloedde het gesprek over de euro dood. Ik stelde voor het te hebben over de invloed van het tv-programma *Big Brother* op de samenleving, maar we waren het snel met zijn allen eens dat reality-tv geen toekomst had. 'Mensen raken erop uitgekeken bij anderen naar binnen te gluren,' zei Saskia stellig. We haalden allemaal onze neus op voor het programma, maar toch bleek dat we er verdacht veel van hadden gezien. 'Het wordt ook zo vaak uitgezonden, je kunt er niet omheen,' zeiden we tegen elkaar ter vergoelijking.

'Wel bijzonder dat jullie precies weten waar het over gaat en wie de winnaar is,' schamperde mijn schoonmoeder, nog een beetje in de contramine omdat de monarchiediscussie was afgekapt.

Bij de tweede ronde koffie keek ik om me heen. Mijn vriendinnen amuseerden zich, mijn schoonmoeder had zich over haar ergernis heen gezet en vertelde een anekdote. Ik realiseerde me dat de discussieclub een van de hoogtepunten in mijn huidige leven was. De diepgang, de leuke contacten, de warmte van het samenzijn met gelijkgestemden hielpen me door de kale dagen van de rest van de week heen.

Aan het eind van het uur behandelden we het thema van de overbevolking. In Sarajevo was vorig jaar de zes miljardste baby op aarde geboren, althans symbolisch aangewezen. 'Kan de aarde zoveel mensen aan? Hoe moet het met de voedselvoorziening, het milieu, de vervuiling?' Een voor een spraken we onze bezorgdheid uit. 'Die eenkindpolitiek van China is zo slecht nog niet. Stel je voor dat ze daar grotere gezinnen zouden hebben. Dan was de ellende niet te overzien.'

Trees schudde vertwijfeld haar hoofd. 'Weten jullie nog die Club van Rome uit de jaren zeventig? Die had al gewaarschuwd voor de grenzen aan de groei. De natuur legt het loodje. We stikken met zijn allen in de vervuiling. Een van de oplossingen is geboortebeperking. Dat moet de politiek nu eindelijk eens serieus nemen.'

Niemand sprak haar tegen. Het einde van ons discussie-uur naderde en we trokken onze agenda's voor de volgende bijeenkomst. Toen de anderen vertrokken waren en mijn schoonmoeder Leon mee naar beneden had genomen, bleef ik met Saskia achter om haar te helpen met opruimen. Ik deed de vuile vaat in de gootsteen, Saskia pakte de droogdoek.

'Netty, hoe gaat het nu met jou?' Haar stem ging naar beneden en ze keek me doordringend aan. Dit was het soort vragen waarvoor ik op moest passen.

'Goed hoor,' antwoordde ik monter.

'Nee, maar echt.' Saskia liet zich niet afschepen. 'Hoe werken je medicijnen?' Ze kwam wat dichter bij me staan.

Ik snapte wat ze bedoelde. Vorig jaar was ik in een crisis beland, ik kon de drukte met Leon en mijn werk niet goed meer aan, en raakte overspannen. Vaak huilde ik in die tijd bij Saskia uit, want bij Bart kon ik niet terecht, ook al deed hij zijn best het me naar de zin te maken. Dat had tot gevolg dat ik me ontzettend schuldig en ondankbaar voelde, waardoor ik nog verder in de knoop raakte.

Saskia had me aangeraden met een psychotherapeut te gaan praten. Na een paar keer kwam hij met zijn diagnose. Ik had manisch-depressieve trekken, de term 'bipolaire stoornis' viel. Ik was blij met zijn oordeel. Er was dus iets mis met een stofje in mijn hersens. Eindelijk wist ik waar die zwaarmoedige buien vandaan kwamen. Ik kon er niets aan doen, het had een fysieke oorzaak.

'Elke ochtend twee lithiumpillen. Ik merk dat het helpt. Ik heb nog wel sterke stemmingswisselingen, maar het is hanteerbaar. Het is niet meer zoals vorig jaar.'

'Ja, toen was je "himmelhoch jauchzend, zu tode betrubt",' wreef

Saskia er nog even in. 'Ik ben blij voor je. En voor Bart, want hij had het er maar moeilijk mee.'

Over mijn huwelijk met Bart wilde ik het niet hebben. Daarom vroeg ik Saskia naar de problemen op haar werk. Ze had een conflict met haar baas en was uit frustratie gaan drinken.

'Ik sta al bijna twee weken droog. Dit keer hou ik het lang vol.'

'Natuurlijk, je bent sterk.'

De afwas was gedaan. Bij het afscheid omhelsden we elkaar en gaven elkaar schouderklopjes alsof we een sportwedstrijd hadden gewonnen. Ik liep de trap af. Beneden wachtte mijn schoonmoeder.

3

'Kom, we gaan naar de beren.' Mijn stem ging bij het woord 'beren' een octaaf omhoog. Leon moest erom lachen. 'Beren, beren,' herhaalde hij met zijn piepstemmetje. Ik boog me voorover, zette hem op de grond en duwde de lege buggy voor me uit. 'Lopen is goed voor je, schat.'

Deze ochtend had ik spontaan bedacht naar Artis te gaan. Even geen mensen om me heen, even weg bij Bart, bij mijn schoonmoeder, bij de collega's op het werk. Ik verlangde ernaar om in alle rust naar dieren te kijken, samen met mijn zoontje. De laatste tijd had ik te weinig aandacht voor hem gehad, omdat ik druk was geweest, vooral met mezelf.

We stonden voor een grote kuil, door een slotgracht met donker, troebel water omringd. Achter de reling leunden enkele mensen, ze keken verveeld naar beneden. In de diepte onder ons, half verscholen onder groene bladertakken, lag een dikke bruine beer apathisch op het rulle zand. Een zurige stank van uitwerpselen en urine waaide onze kant op.

'Kijk, Yogi Beer,' riep een moeder naar haar dochters, een tweeling met allebei eenzelfde lichtblauwe jurk aan. De meisjes, een jaar of zes met een lange zwarte paardenstaart, hadden een gele lolly in de mond en toonden matig interesse in de beer, die langzaam kauwend naar de mensen keek, die weer naar hem keken. Een van de meisjes draaide zich om en holde het grindpad op.

'Zijn we eindelijk in Artis en dan rent ze achter duiven aan.' De moeder keek me met zogenaamde wanhoop aan. Ik had geen behoefte aan contact. Waarom noemde ze de beer 'Yogi Beer'? Waarom moest ze een wild dier een naam geven? Het was gewoon een bruine beer. Ik voelde dat diep binnen in me het monster zich begon te roeren, een donker gerommel waar ik geen vat op had. Ik draaide me van haar af, tilde Leon op, zette zijn voetjes op de betonnen richel onder de reling en staarde naar de beer.

'Grote beer,' zei Leon. Ik zoende hem op zijn kruin. Zijn haar rook naar mandarijnshampoo. 'Weet je nog het verhaaltje dat ik je laatst voorlas, over de beer die altijd honger had?'

Loodgrijze wolken hingen laag boven ons. De meeste kleuren waren uit Artis verdwenen. Dit type weer is geschikt om je onder te verschuilen en past bij me. Ik knoopte mijn jas dicht. In de zomer met al dat felle zonlicht zijn de mensen me te uitbundig. Al die blote armen en benen, dat geschreeuw en gedoe op terrassen, dat geflirt op het gras in het park.

De beer had er genoeg van, kroop onder het gebladerte uit en waggelde naar een luik dat naar het binnenverblijf leidde. De toeschouwers trokken verder.

'We gaan naar die kooien verderop,' wees ik en zette Leon op de grond. Hij bleef naast me lopen en pakte mijn hand vast. Ik streelde hem over zijn blonde krullen. 'Mama houdt van je, dat weet je toch?'

Hij keek me stralend aan en dat maakte me blij vanbinnen, alsof er een bloem in me openbloeide. Ik probeerde me op dat gevoel te concentreren en de donkere kracht daaronder te negeren.

Achter de spijlen van een grote kooi zaten twee reusachtige roofvogels op een tak. Ze hadden een kale kop, hun veren bruin met grijze plekken. De bodem van de kooi was bedekt met zand. Overal lagen uitwerpselen. De vogels bewogen nauwelijks. Als je goed keek, zag je hun oogleden af en toe knipperen. Hun blik doorboorde me.

Leon kwam tegen me aan staan. Door de spijlen keek ik terug naar de vogels, ik hield mijn adem in, trok mijn schouders een beetje op en merkte dat ik op mijn tenen was gaan staan, alsof ik over de rand van een onzichtbare omheining tuurde. Op de bodem lag een afgekloven karkas in het zand, met nog wat rauw rood vlees tussen de ribben.

Een beklemming overviel me die me thuis ook weleens bij de keel greep. Ik voelde hoe mijn ogen begonnen te prikken.

Leon trok aan mijn jas. Het was gaan regenen. Ik keek om me heen. De roofvogels schudden hun veren en toonden geen enkele belangstelling voor ons. Met mijn tas boven mijn hoofd haastten we ons naar een gebouw van donkerrode baksteen met kleine raampjes.

'Daar wonen de apen,' zei ik bedrukt. Een van de wieltjes van de buggy liep aan en begon te knarsen.

Leon huppelde voor me uit. 'De apen, de apen,' riep hij enthousiast. Ik duwde de deur open en worstelde met de buggy. Daarna liet ik Leon voorgaan naar binnen. Vanuit een donkere gang kwamen we in een grote, ronde ruimte met een glazen wand rondom. Achter het glas zaten de apen. 'Welkom bij de gorilla's' stond er op een bord waarop een vinger getekend was die om stilte maande. 'Gorilla's houden niet van flitsende camera's' stond er op een tweede bordje.

Voor het glas stond de moeder met de tweeling. Ze tuurden naar een grote, zwarte aap die vlak bij hen zat en een beetje hulpeloos naar hen keek. Een van de meisjes stak haar lolly omhoog. 'Pak hem dan als je kan,' kraaide ze. Een andere gorilla zat met zijn rug naar het publiek op een rotsblok. Ik duwde Leon naar opzij, bij het trio vandaan. In de verte struinden enkele gorilla's, grote en kleine, door het stro. Een van hen had een rodekool in zijn knuisten, plukte er zorgvuldig blad na blad van af en stopte die in zijn mond. Een luik naar het buitenverblijf stond open, maar de openlucht lonkte niet.

Leon rende naar voren en ging naast de tweeling staan. 'Aap, aap,' riep hij opgewonden.

Het stonk naar wilde dieren, de benauwde lucht in de ruimte hing als een deken om mijn schouders. Ik zette de buggy aan de kant en ging achter Leon staan. De ronde, bruine ogen van de gorilla gleden over de hoofden van de mensen, maar bleven bij mij haken, alsof hij iets in mij herkende. Een siddering ging door me heen.

'Hij kijkt naar u,' zei de moeder van de tweeling met iets van jaloezie in haar stem. Ik hield mijn adem in. Er zat misschien maar twee meter tussen ons en de gorilla, gescheiden door een dikke glasplaat. Mijn handen legde ik op Leons schouders. De gorilla zat stil, benen wijd, en staarde me aan. Uitdrukkingsloos. Maar dat maakte me juist bang. Waarom koos hij mij uit? Wat zag hij? Ik wendde mijn blik niet af, maar bleef terugkijken, ingespannen. Zijn neusgaten leken van plastic. De haren in de viezige vacht koekten in grote klitten samen. De aap legde zijn grote hand tegen het glas. Diepe lijnen doorkliefden zijn zwarte palm. Van schrik deed ik een stapje naar achteren.

Die ochtend had ik in de badkamer voor de spiegel gestaan. Ik zag mezelf, Netty Geel, vijfentwintig jaar, met kastanjebruin golvend haar, grijsblauwe ogen, een bleke huid met sproeten en beginnende lijntjes rond mijn mond. Ik had mijn gezicht natgemaakt en herinnerde me de laatste keer dat Bart me in bed naar zich toe had getrokken. Zijn hand had hij op mijn buik gelegd. Ik had geweten wat er ging komen en had hem werktuiglijk over zijn rug gestreeld. Hij was boven op me gaan liggen, ik spreidde mijn benen en in no time was hij in me. Hij stootte met zijn onderlichaam en drukte me met kracht tegen het matras, waarbij hij grommende geluiden maakte. Boven ons hoorde ik Saskia in haar woonkamer lopen. De plankenvloer kraakte. Wanneer was mijn koffieafspraak met haar?

Ik zag bruine kringen van een oude lekkage op het plafond. Was het al elf uur, had ik me afgevraagd. Wie zou Leon morgen naar de peuterschool brengen? Bart begon sneller te bewegen. Mijn handen hielden zijn billen vast, ik voelde een puistje daar waar zijn onderbroek een striem onder zijn zitvlak had achtergelaten. Nu was het moment voor mij gekomen om te kreunen. Je hebt drie soorten kreunen. Van genot, van pijn en de derde soort is die van mij. Als een pornoactrice in een B-film die op commando geluiden uitstoot voor een bepaald effect, in dit geval ter aanmoediging, had ik me laten horen. Zou Saskia hier iets van meekrijgen? Ik moest haar toch eens vragen hoe gehorig onze slaapkamer was. Bart begroef zijn gezicht in mijn nek en riep: 'Ja, Netty, ik kom, o god ik kom!' Ik had met mijn hand een pets op zijn bil gegeven, terwijl ik als een poes nog wat spinnende geluiden had gemaakt.

'Dank je,' hijgde Bart, terwijl hij zich van me af rolde. Het had me als een idiote opmerking getroffen. Wie bedankt nou zijn vrouw voor een vrijpartij? Zou hij niet doorhebben dat ik totaal niet opgewonden was geraakt? Aan zijn ademhaling hoorde ik dat hij in slaap viel. Boven me sloeg Saskia met een deur, haar voetstappen bonkten op de houten trap. Ik mat haar snelheid. Na achttien tellen viel de voordeur beneden in het slot. Ze ging uit. Als het tegenzat en ik niet in slaap zou vallen, zou ik haar uren later thuis horen komen.

Het ergste was dat Bart niet besefte hoe ongelukkig ik was. Hij was jarenlang wijkagent geweest. Sinds vorig jaar werkte hij op het hoofdbureau van politie. Zijn nieuwe werk bij het team zware criminaliteit vergde veel van hem. Na zijn dienst kwam hij steevast doodmoe thuis. Toch bleef hij lief en zorgzaam. Zo nam hij geregeld een zak cashewnoten voor me mee omdat hij wist dat ik daarvan hield. Of tilde hij Leon de lucht in, zette hem op schoot en zong liedjes voor hem.

Voor mij als persoon had hij nog maar weinig echte belangstelling. Onze gesprekken gingen over praktische zaken. Wie zou Leon naar de peuterschool brengen, wie zou de boodschappen doen, wie zou er koken. Als Bart 's avonds thuiskwam, zijn dienstpistool op tafel legde en zijn avondeten opwarmde in de magnetron, zag ik de roos op zijn schouders, zijn kalende kruin en zijn beginnende bierbuikje. Ontluisterend. Zijn verhalen over jeugdbendes en afrekeningen in het criminele milieu interesseerden me niet meer. Ooit had ik gedagdroomd over een spannend leven met hem, maar in plaats daarvan voelde ik me gevangen, alsof ik stikte.

De gorilla sloeg agressief met vlakke handen tegen het glas en bracht me abrupt terug in het hier en het nu. Ik zag de bruine ogen, de neusgaten, de vieze vacht. In alle heftigheid rook ik de zware geur van wilde beesten vermengd met natte jassen. Er zijn van die momenten in je leven die je altijd bij zullen blijven en ik wist dat dit er een van was, want op dat ogenblik drong zich een gedachte op. Het was een flits, een moment van kille helderheid, onontkoombaar en definitief. Terwijl ik naar de gorilla keek, realiseerde ik me het gemis aan liefde. Het was er niet meer, mijn gevoelens voor Bart waren opgedroogd. Ik hield niet meer van hem. Mijn huwelijk met hem was voorbij. De liefde van de begintijd had plaatsgemaakt voor een grote leegte. Ik moest opnieuw beginnen. Zonder Bart. Maar hoe zou ik dat aanpakken? Hoe kon ik Leon voor de pijnlijke gevolgen van de scheiding behoeden?

Mijn hart kromp ineen.

Er klonk gesnik. De moeder van de tweeling draaide zich naar me toe en keek me verbouwereerd aan, haar lippen een dunne, harde streep.

'Gaat het wel goed met je?'

Het duurde even voordat ik doorhad dat ik het zelf was die huilde en voor onrust zorgde.

Haar dochters in hun lichtblauwe jurkjes hadden hun belangstelling voor de gorilla verloren. Vier ogen staarden me aan.

'Mama, wat is er?' Leon klampte zich aan me vast. De gorilla sloeg met zijn hand tegen het glas alsof hij wilde zeggen: 'Ik ben er ook nog! Kijk naar mij!'

Ik begroef mijn gezicht in mijn handen en hapte naar adem. Mijn huwelijk was voorbij. Ik moest van Bart scheiden. Ik moest ervoor zorgen de ouderlijke macht over Leon te krijgen, een omgangsregeling met Bart afspreken. Hoe zou ik dat allemaal moeten regelen? Geen paniek, zei ik tegen mezelf. Rustig, relax, ontspan.

Toen ik na een tijdje opkeek, zag ik dat de moeder en de tweeling verdwenen waren. Leon zat op de grond. 'Mama, mama,' huilde hij. De aap zat nog in dezelfde positie. Hij ontblootte zijn tanden en blies agressief naar me. Een vlezige roze tong, grote, gele tanden. Ik had het koud, rilde en was bang. Ik was mezelf kwijt. Eenzaam stond ik daar. Langzaam werd ik me van mezelf bewust en zag hoe mijn handen steeds andere delen van mijn lichaam vastpakten, mijn maag, mijn buik, mijn borsten, alsof ik aan het desintegreren was en mezelf fysiek bij elkaar moest houden.

In mijn hand knijpend probeerde ik niet aan mijn gestrande huwelijk te denken, maar juist daardoor kwam de pijn aan de oppervlakte.

'Leon,' stamelde ik. 'Stil maar.' Tranen biggelden over zijn wangen. Toen werd de buitendeur van het apenverblijf bruusk opengegooid. Ik hoorde zware voetstappen vanuit de donkere gang mijn kant op komen. De gorilla en ik bleven elkaar in de ogen kijken.

Iemand legde een hand op mijn schouder en verbrak de begoocheling.

'Mevrouw, we hebben een melding ontvangen. Men is bezorgd over u en de jongen. Misschien wilt u buiten op adem komen?'

De bewaker zei het vriendelijk. De gorilla rees omhoog en begon zich op de borst te slaan. Hij stiet oerklanken uit en sloeg agressief met vlakke handen op het glas. Wilde hij me ergens voor waarschuwen? Zag hij dat ik gevaar liep? Wilde hij duidelijk maken dat ik geen overhaaste beslissing over de scheiding moest nemen?

Geschrokken maar gedwee volgde ik de bewaker, de buggy achter me aan slepend. Hij hield de deur voor me open. 'Vergeet u niet iemand?'

Ik draaide me om. Leon zat nog op de grond. De gorilla torende boven hem uit.

'Leon!' Paniekerig galmde mijn stem door de ruimte en klonk ijl alsof iemand anders door mijn lichaam sprak.

De bewaker snelde naar Leon, tilde hem in de lucht. 'Kom kleine man, jullie gaan naar huis.'

Naar huis, dacht ik. Hoezo? Werd ik op een tactische manier de dierentuin uit gezet? Onder normale omstandigheden zou ik me verzetten, maar op dat moment voelde de actie van de bewaker als een bevrijding.

Hij zette er flink de pas in, met Leon op zijn schouders. Het was opgehouden met regenen. We volgden de bordjes 'uitgang'. Onderwijl probeerde hij me af te leiden. Maar het enige waar ik aan kon denken was dat ik wilde ontsnappen. Weg van Bart. Weg uit Artis. Weg uit de stad. Weg uit dit land. Weg, weg. Vergeten. Ergens onderduiken en daarna opnieuw beginnen, samen met Leon.

Ik had moeite het tempo van de bewaker bij te houden. Ik hoorde hem praten, maar de meeste woorden beklijfden niet en brokkelden voor me af op het grindpad. Leon lachte en trappelde met zijn beentjes tegen de borstkas van de bewaker. Hij zwaaide naar me. Ik pakte zijn voetje vast en deed een poging zijn onbekommerde vrolijkheid te beantwoorden. De zon brak even door het wolkendek. Leon genoot, mijn kleine man, mijn lieve schat. Ik realiseerde me weer dat hij het dierbaarste in mijn leven is.

Bij de kassa gekomen, zei de bewaker: 'U hebt recht op teruggave van uw entreegeld.' Hij fluisterde iets tegen de man achter de kassa. Ongevraagd kreeg ik contant geld in mijn hand gedrukt. Beduusd bedankte ik en liep de dierentuin uit. Ik zette Leon weer in de buggy. Zijn wangen gloeiden van opwinding.

'Vond je het leuk bij de apen?' vroeg ik. Tussen mijn schouderbladen was mijn huid nat van het zweet, het tandvlees achter mijn voortanden jeukte, mijn ogen prikten, de mascara was ongetwijfeld uitgelopen. Leon antwoordde niet, moe van alle indrukken.

We liepen naar de Plantage Middenlaan en staken het fietspad over. Daar wachtten we bij de tramhalte.

Ik had het gevoel dat ik van een afstand in de gaten werd gehouden. Ik zag mezelf alsof ik naar beelden van een beveiligingscamera keek. Mijn jas was dichtgeknoopt, een buggy met een kindje voortduwend, zenuwachtig, mijn kastanjebruine haar waaide alle kanten op. Hoe ik ook probeerde een vrolijke indruk te maken, ik voelde wanhoop, eenzaamheid. Het ademde uit mijn poriën. Iedereen kon het zien. Het was de manier waarop ik bewoog, praatte, keek.

De voorgevel van de Hollandsche Schouwburg tegenover ons leek voorover te hellen om ons elk moment te pletten.

Naast me klonk een klein stemmetje.

'Mama, ik wil naar huis.'

Ik bukte me voorover en streek de krullen van Leons voorhoofd.

'Natuurlijk, lieverd. We zijn veilig.'

Ik keek naar de overkant.

'Zodra de tram komt, gaan we naar huis.'

4

Mijn romantische ervaringen met mannen zijn op de vingers van één hand te tellen en zijn bepaald niet gunstig. Op de middelbare school vond ik de jongens uit mijn klas kinderachtige pubers. Op een regenachtige ochtend kwam ik laat bij de fietsenkelder voor de leerlingen, maar was er geen plaats meer voor mijn fiets. Onze leraar Engels, Dirk Becker, stond bij de ingang en nam me mee naar de fietsenkelder van de leraren. Eigenlijk was dat verboden terrein voor leerlingen, dus voelde ik me uitverkoren. Becker was populair. Terwijl ik met mijn slot stond te hannesen, legde hij zijn hand op mijn rug en fluisterde: 'Je bent het mooiste meisje van de school.' Hij zei dat ik bijzonder was en slim. Ik geloofde hem en op dat moment werd ik verliefd op Dirk Becker. Sindsdien kon ik alleen nog maar aan hem denken. We kregen een verhouding. Elke maandag- en vrijdagmiddag wachtte ik hem na de lessen op, glipte de fietsenkelder van de leraren binnen. Het begon met zoenen en friemelen, maar al snel duwde hij me naar beneden en pijpte ik hem in de donkere hoek bij de trap. Dit patroon herhaalde zich maandenlang totdat we op een keer betrapt werden door de wiskundeleraar. Wat die twee met elkaar besproken hebben, weet ik niet, maar vanaf die middag negeerde Becker me. Als ik hem opwachtte na schooltijd, beet hij me toe dat hij geen tijd had en dat ik hem niet meer mocht lastigvallen, alsof onze verhouding mijn initiatief was. In de klas begon hij me zelfs te kleineren. Ik voelde me misbruikt, zeker toen ik erachter kwam dat hij had aangepapt met een van de meisjes van het gymnasium. Aan het eind van het schooljaar ben ik van het atheneum naar de havo overgestapt, zodat ik geen les meer van hem zou krijgen. De confrontaties met hem waren te pijnlijk voor me. Achteraf had ik daar spijt van, want hij heeft mijn toekomstkansen daardoor negatief beïnvloed. De wiskundeleraar die Becker en mij had betrapt, begon bijzondere belangstelling voor me te tonen en met me te flirten. Toen ik hem duidelijk maakte niet geïnteresseerd te zijn, heeft hij een keer na de wiskundeles in het klaslokaal mijn hand gegrepen en op zijn kruis gelegd. Ik dreigde naar de rector te stappen.

'Wie gelooft jou nou, hoer,' beet hij me toe.

In andere mannen had ik hierna geen interesse meer.

Bart en ik deden dezelfde EHBO-cursus. Hij viel me op omdat hij een afgetraind lichaam had, zich in tegenstelling tot de andere mannen uit de groep niet te veel op de voorgrond drong en iets dromerigs in zijn blik had. Hij had donker, krullend haar en een stevige baardgroei. Ik kan niet zeggen dat een bliksemschicht me had getroffen, maar ik vond hem gewoon leuk. Daags na de cursus verscheen hij onverwacht in het dierenasiel waar ik die zomer werkte. Ik stond bij de hondenhokken en schrobde de vloer. Opeens zag ik zijn gezicht door het luikje van de toegangsdeur. Hij stak zijn duim omhoog. 'Wat doe jij hier?' vroeg ik, toen ik de deur had geopend, balancerend op een been omdat ik tegelijk de doorgang van een herdershond probeerde te beletten.

'Je sprak met zoveel liefde over de honden dat ik dacht, die wil ik weleens zien.'

Een man die van dieren houdt, heeft bij mij een streepje voor. Ik nam pauze en we gingen naar het café aan de overkant. Bart vertelde dat hij van voetbal houdt en Ajax-fan is. Heerlijk, zo'n sportieve vent, dacht ik. Nog een pluspunt. In Amsterdam werkte hij bij de politie voor het wijkteam Mercatorplein. Het was een lastige wijk, met veel Marokkaans-Nederlandse jongeren. Sommigen van hen zaten in de drugshandel. Hij sprak streng maar ook met mededogen over hen. Dat nam me voor hem in. De pauze duurde algauw een uur.

'Je bent zo mooi,' onderbrak hij me, toen ik vertelde over mijn ouders. 'Je ogen stralen en je hebt kuiltjes in je wangen als je lacht.' Ik bloosde. Hij had iets teders, iets fijngevoeligs, waardoor ik hem vertrouwde. Ik begon te dagdromen over een relatie met hem. Aan het eind van de pauze biechtte Bart op dat hij zijn openingszin over de honden onderweg naar mij flink had geoefend. Die eerlijkheid betoverde me. We werden onafscheidelijk.

Laatst las ik in een tijdschrift over een wetenschappelijk onderzoek naar de redenen waarom mensen uit elkaar gaan. Het stond in de *Viva* als ik me niet vergis. Toen ik het artikel las, had ik het gevoel dat het over mij ging. Uit het onderzoek kwam naar voren dat de breuk vaak een optelsom van kleine dingen is. Eigenschappen die je in het begin bijzonder en charmant vindt, kunnen omslaan in ergernissen. Dat herkende ik in mijn gevoel voor Bart. Die dromerige blik die ik het eerste jaar van ons huwelijk zo intrigerend vond, is in werkelijkheid een vorm van apathie. Ik zou willen dat Bart avontuurlijk was en meer initiatieven zou nemen. Daarnaast bleek zijn liefde voor dieren niet diepgaand te zijn. Ik had graag een hond gewild, maar Bart is allergisch voor honden- en kattenhaar, dus weg plannen voor een huisdier.

En dan dat gedweep met Ajax. Met zijn beste vriend Hugo ging hij naar thuiswedstrijden in de Arena. Soms kwam hij schor terug. In het begin genoot ik van zijn enthousiasme voor voetbal. Nu erger ik me, als hij de huiskamer weer eens in beslag neemt en opgewonden voor de tv naar een wedstrijd kijkt. Volwassen mannen zijn aanstellers, ze schreeuwen en gillen naar tweeëntwintig jonge mannen die op het veld achter een bal aan rennen. Ze winden zich op alsof hun leven ervan afhangt. Hoe vaak ben ik niet naar boven gevlucht om in alle rust een boek te kunnen lezen.

Overigens doet het omgekeerde zich ook bij me voor en daar zegt die wetenschappelijke studie niets over. Negatieve gevoelens uit de beginfase kunnen omslaan in iets positiefs. Misschien moeten ze daar ook onderzoek naar doen. In het begin was ik jaloers als Bart met Hugo en wat andere vrienden de stad in ging. Wat doen ze? Gaan ze meiden versieren, drinken? Ik had de neiging hen stiekem te volgen, maar nu ben ik blij als Bart zegt dat hij naar Hugo gaat en denkt laat thuis te zijn. Ik snak naar een avond alleen op de bank.

Ik denk veel over mijn situatie na en spaar mezelf niet. Soms kan ik zeuren over onbelangrijke dingen. Het lukt me dan niet om erover op te houden, ik draaf maar door. Meestal eindigt het dan in een ruzie. Ook ben ik onberekenbaar, nu eens vrolijk en gezellig, dan weer somber en stil. Voor Bart is het natuurlijk een hele opgave om mij goed te peilen. In essentie is hij een goede man. Hij houdt van mij, is gek op Leon. Maar ik wil vrijheid. Lang heb ik gedacht dat het tij zou keren als ik meer mijn best deed en dat probeerde ik, maar ik ging eraan onderdoor.

Als je single bent, zoals Saskia, kan de eenzaamheid je aanvliegen, maar ook in een relatie kun je eenzaam zijn en misschien is het dan nog wel erger. Moet ik bij Bart blijven, alleen omdat het voor

Leon slecht is als we uit elkaar gaan? Is bij elkaar blijven voor Leon beter? Ik geloof het niet.

Om aan mijn dagelijkse ellende te ontsnappen ben ik naar *Goede Tijden, Slechte Tijden* gaan kijken. Natuurlijk snap ik dat er een team achter die soap zit dat de verhaallijnen bedenkt en aan elkaar knoopt, maar dat doen ze vakkundig en ik ben eraan verslaafd geraakt. Elke avond kijk ik, benieuwd naar een volgende moord, ontvoering, overspel en verloren zoon die opeens opduikt. In het afgelopen seizoen besloot een van de karakters dat haar huwelijk voorbij was. Ze hakte de knoop door en verliet haar man, ging in New York werken en verdween uit de serie. Heerlijk die daadkracht, ik leefde intens met haar mee, ze inspireerde me. Ook ik zou wel naar New York willen. Zonder Bart. Ook ik moet een knoop doorhakken. Aanmodderen is niet goed. Luisteren naar je gevoel, dat is wat ik wil.

Als ik fantaseer hoe mijn leven er in de toekomst uitziet, dan moet ik realistisch zijn. New York zit er niet in, maar ik zie mezelf wel met Leon in ons huis wonen. Bart is naar elders vertrokken en komt regelmatig bij ons over de vloer. Misschien blijven we wel getrouwd, maar doordat we niet meer onder één dak leven, vallen de dagelijkse ergernissen weg en ontstaat er weer ruimte voor liefde en respect.

Mijn grootste zorg is Leon. Hij houdt van zijn vader, trekt erg naar hem toe. Hoe moet ik hem voorbereiden op wat komen gaat? Daar ben ik nog niet over uit. Op wel twintig manieren heb ik in gedachten afscheid van Bart genomen. Soms zit hij zelfs naast me op de bank terwijl ik me inbeeld de deur uit te lopen. Hij merkt er niets van. Ik doe nog steeds wat van een jonge moeder wordt verwacht. Ik zorg voor Leon, ik kook, ik strijk, ik doe de boodschappen naast mijn parttimebaan. Niemand vermoedt dat ik met een been buiten mijn huwelijk sta. Bart heeft niets in de gaten. Soms vraag ik me af wat er in zijn hoofd omgaat. Zou hij wel gelukkig zijn? Ik ben tot de conclusie gekomen dat je een ander nooit helemaal kunt doorgronden. Er blijven altijd geheime kamers en nooduïtgangen in een relatie. En misschien is dat maar goed ook.

5

'Goedemorgen!' Ik probeerde warm en uitnodigend te klinken, maar mijn schoonmoeder stelde mijn goede voornemens meteen op de proef. Ze had de voordeur met haar sleutel geopend, negeerde het welkom en keek over mijn schouder de gang in.

'Bart slaapt nog,' beantwoordde ik de niet gestelde vraag. 'Hij heeft nachtdienst gehad.'

Caroline Feenstra keek me doordringend aan, een blik van iemand die zijn gedachten ordent en dingen afstreept. 'Dat kan,' zei ze uiteindelijk. Ze zette een grote boodschappentas onder de kapstok in het halletje. Ik zag wat knotten wol en een paar breinaalden eruit steken.

'Zou hij tijd hebben me vandaag met een klusje te helpen?' Ze deed regelmatig een beroep op Bart voor de kleinste dingen. Meestal was hij zonder mopperen bereid naar Purmerend te rijden om een lamp in te draaien of de televisieaansluiting te controleren.

'Ik heb koffie klaarstaan.' Ik ging haar voor naar de woonkamer en maakte een uitnodigend gebaar naar de bank die tegen de lange muur stond.

'Zwart met melk,' zei mijn schoonmoeder.

'Zwart met melk?'

'Grapje. Je keek zo afwezig, ik wilde zien of je wel echt luisterde.'

'Je test me?'

Ik trok me in de keuken terug en leunde tegen het aanrecht. Het rode lampje van het koffiezetapparaat knipperde aan en uit. Eigenlijk was ze een goed mens, maar nu mijn liefde voor Bart over was, besefte ik dat mijn schoonmoeder bij het pakket hoorde dat ik uit mijn leven moest bannen. De kleine grapjes, hoe onschuldig ook, werkten op mijn zenuwen. In de keuken kon ik ongezien op adem komen. In het kastje naast de koelkast stonden de potjes met donkerblauwe lithiumpillen die de dokter me had voorgeschreven. Elke dag moet ik er twee nemen, liefst op hetzelfde tijdstip. Ik spoelde ze weg met een groot glas water, zette twee koffiekopjes op het dienblad en kwam de huiskamer in.

Mijn schoonmoeder was mijn toegangspas naar de vrijheid, weg uit het huishouden. Ze wilde graag op Leon passen en vroeg er nooit iets voor terug, alleen wat aandacht.

'Netty, weet je zeker dat jullie die muur tussen de keuken en de huiskamer willen doorbreken?' vroeg ze.

'Ja. Ik wil een open keuken. Dat is veel makkelijker. Zonder die muur krijgt de woonkamer ook lichtval uit het keukenraam. Dan wordt alles veel lichter. Het is hier nu zo donker, zo somber. Ik word er gek van. De kamer heeft licht nodig.'

'Je bedoelt dat jij licht nodig hebt.' Haar opmerking stak me. Ik haalde diep adem. Niet reageren.

Caroline roerde in haar koffie, het lepeltje schraapte tegen het porselein. Hou ermee op, had ik willen schreeuwen, maar ik hield me in. Nog even, en ik kon naar mijn werk.

'En waar is Leon?'

'Slaapt ook nog.'

'Die mannen van jou nemen het er maar van.'

Caroline had een donkerpaars broekpak aan en droeg een ketting met roze stenen om haar hals. Ik opende mijn mond om over Bart te beginnen, maar besloot op het laatste moment van koers te veranderen. Wat verwachtte ik nog van mijn schoonmoeder? Solidariteit? Een gewillig oor? Hoogstwaarschijnlijk zou ze Bart verdedigen, uitleg geven, sympathie kweken, en uiteindelijk proberen me om te kopen. Na eerdere conflicten was haar tactiek me duidelijk geworden. Steevast kreeg ik een cadeau. Een vaas, een zelfgebreide trui, een stenen beeldje voor in de vensterbank. Ze koos altijd Barts kant, hoe aardig ze soms ook tegen me deed. Ik moest goed voor ogen houden dat ik er alleen voor stond.

Ik zal haar reactie nooit vergeten toen de psychiater me mijn diagnose had gegeven. Ik was de woonkamer uit gelopen om in de keuken thee te zetten en hoorde hoe ze tegen Bart begon te fluisteren. Ik hield mijn adem in en luisterde.

'Het spijt me zo voor je, jongen. Manisch-depressief. Dat verklaart haar irrationele gedrag. Je hebt met haar een kat in de zak gekocht.'

Voorzichtig zette ik de fluitketel op het aanrecht. Mijn hart bloedde. Een kat in de zak. Ik hunkerde naar Barts steun en spitste mijn oren of hij me zou verdedigen, maar zachtjes had hij geantwoord: 'Wat kun je doen? Ik hoop maar dat de medicijnen goed aanslaan.'

Nu zat ik weer tegenover haar in de leunstoel. Ik nam een slokje koffie en zocht naar een ander gespreksonderwerp.

'We zijn naar Artis geweest,' doorbrak ik de stilte.

Caroline bevroor in haar beweging. 'Artis? Daar had ik hem mee naartoe willen nemen!'

Meteen schoot ik in de verdediging. 'We hebben lang niet alles gezien.'

De breinaalden tikten weer tegen elkaar.

'Hoe vond Leon het?'

'Volgens mij was-ie onder de indruk van de gorilla's,' zei ik met een lachje. 'Hij begon op een gegeven moment te huilen. Die apen zien er ook zo groot en gevaarlijk uit.'

'Bart was vroeger ook nooit weg te slaan uit de dierentuin. Hij had iets met olifanten. Ik weet nog dat hij op een dag...'

Caroline zette haar koffiekopje op de salontafel en begon met een dromerige uitdrukking op haar gezicht een herinnering op te halen. Ik hoorde haar nasale stem op de achtergrond, begeleid door het getik van de breinaalden. Ik ving geen woord meer op, want mijn gedachten dwaalden af naar vanmiddag. Dan zou Hugo Kemper, Barts beste vriend, langskomen om te helpen de keukenmuur te slopen. Ze kenden elkaar van de middelbare school.

'Wist je dat Bart een tijd vegetariër is geweest?' Mijn schoonmoeder had de gave om overal over te praten, ook over dingen waarvan we wisten dat het ons allebei niets interesseerde. Met dat geklets probeerde ze haar eenzaamheid te verdrijven. Sinds de dood van haar man camoufleerde ze haar verdriet met het gesproken woord. Onder de oppervlakte sluimerde de pijn en dus bleef ze praten.

Op dat moment kwam Bart met veel kabaal de trap af.

'Dag schat,' zei zijn moeder. Ze stond op, trok hem naar zich toe en gaf hem een zoen op zijn voorhoofd.

'Daar is-ie dan, de vegetariër,' zei ik sarcastisch.

'Hè?' stiet Bart uit, zich de slaap uit de ogen wrijvend.

'Netty en ik zitten gezellig te keuvelen.'

Barts haar zat nog door de war. Op zijn wang zag ik een afdruk van de bedsprei. Zijn buikje, zacht en flubberig, hing over zijn broekriem. Onder zijn T-shirt waren beginnende borsten te zien. Vijf jaar geleden was ik na onze eerste ontmoeting al snel als een blok voor hem gevallen en raakte ik zwanger. Caroline had er bij ons op aangedrongen vóór Leons geboorte te trouwen. Toen ik met Bart bij mijn ouders thuiskwam, hadden ze eerst nog geprobeerd me op andere gedachten te brengen. Maar toen ze doorhadden dat het serieus was tussen ons, waren ze gezwicht en kochten voor ons het pand aan de Van Heemskerckstraat.

Bart krabde zich ongegeneerd onder zijn oksel.

Resoluut stond ik op.

'Ik moet gaan, ik kom nog te laat.'

'Werk je weer vier dagen,' vroeg Caroline. Haar wenkbrauw ging omhoog, het breiwerk lag in ruststand op haar schoot.

'Nee, nog steeds drie dagen per week. Het is net genoeg om de peuteropvang van te betalen. Maar de economie begint aan te trekken, dus ik vermoed dat ze me extra uren geven.'

Caroline legde een knot blauwe wol naast zich op de bank. Ze keek me strak aan. Met haar ogen wroette ze in me, alsof ze al mijn geheimen en angsten wilde opgraven. Zag ze hoe ik als moeder en als echtgenote tekortschoot?

Bart blokkeerde mijn aftocht, ging in de deuropening staan en omhelsde me onhandig. 'Veel plezier,' zei hij en zoende me op mijn oor. Gauw maakte ik me los, stak mijn hand op en nam afscheid. Op de stoep voor het huis ademde ik de frisse lucht in. Het waaide hard. Eindelijk, vrij. Ik haalde mijn fiets van het hangslot en reed naar de Zoutkeetsgracht. Het zonlicht schitterde op het wateroppervlak. Zwanen zwommen in paren van twee voorbij. Wit met rode snavels. Hoelang zouden vogels bij elkaar blijven? Of hadden ze elk jaar een andere partner? Hoelang leefden ze eigenlijk?

Het accountantskantoor van Karman en Partners stond in Amsterdam-Noord, aan de overkant van het IJ, vlak bij de aanlegsteiger van de veerpont. Ik deelde er een kamer met Cyntha en Mirjam. Vandaag had ik het rijk alleen, want vrijdags waren de anderen vrij. Achter mijn bureau was het moeilijk mijn aandacht te houden bij de spreadsheets met getallen en urenregistraties. Ik zat mijn tijd uit tot ik weer naar huis kon, waar Hugo Kemper zijn opwachting zou maken. Ik had een zwak voor hem. Hij was het type ruwe bolster blanke pit. Hugo liet me merken dat hij me als vrouw aantrekkelijk vond en kon me soms zo aankijken dat ik me echt gezien voelde.

Toen ik de voordeur opendeed, hoorde ik een hard gebonk in de huiskamer. Bart vloekte. Een enorme wolk van gruis daalde boven de eettafel neer. Hugo stond op een ladder. Hij had zijn shirt uitgetrokken, zijn bovenlijf glansde van het zweet.

'De tafel,' riep ik. Mijn stem sloeg over. 'En waarom hebben jullie het vloerkleed niet weggehaald?'

Bart keek me schuldbewust aan. 'We zijn veel eerder begonnen. Het gaat snel, zo meteen zijn we al met het sloopwerk klaar.'

'Dag Netty!' Hugo liet een ontwapenende lach zien, zijn witte tanden ontbloot. 'Ik heb tegen Bart gezegd dat de muur tot heuphoogte moet blijven staan. Met een plaat erop kun je daar de borden en schalen op zetten. De keuken is open, maar je verliest geen kastruimte.'

Hugo's haar plakte op zijn voorhoofd. Hij hield zich aan de ladder vast. Zijn buik was plat, zijn schouders breed, zijn bovenarmen gespierd.

'Hij heeft gelijk,' zei Bart. 'Wat vind je?'

Ik keek naar het restant van de muur en naar de grote brokken steen die op een zeil lagen dat de mannen op het vloerkleed hadden gelegd. De deur naar de tuin stond open en gaf een beetje frisse lucht.

'Oké,' zei ik aarzelend. 'Als je denkt dat dat het beste is.' Ik zocht bevestiging bij Hugo.

'Als het je niet bevalt, kunnen we de rest altijd nog slopen. Maar wat heb je aan een open keuken zonder voldoende kastruimte?'

'Ik zie wat je bedoelt.' Ik perste er een glimlach uit en dwong mezelf positief te reageren. 'Wat hebben jullie snel gewerkt. En wat een licht komt er in de kamer. Geweldig. Als jullie klaar zijn, ga ik stofzuigen.'

Ik liep naar boven, waar Caroline zich met Leon in zijn kamer had verschanst. Ze waren met Lego in de weer. Leon bouwde een brandweerwagen van rode en witte stenen.

'Ik denk niet dat we vanavond kunnen koken,' zei ik meer tegen mezelf dan tegen haar. Leon liet de brandweerauto voor wat-ie was, klauterde overeind en kwam enthousiast op me afgelopen. Hij sloeg zijn armpjes om mijn benen als een koalabeertje en begroef zijn gezichtje in mijn zij. Ik streek hem door zijn haar. Mijn gedachten waren blijven haken bij de sixpack van Hugo.

'Wat een mooie auto.' Ik tilde hem op en zoende hem op zijn kruin. 'Hebben oma en jij fijn gespeeld?'

Beneden verstomde het geluid. Even later volgden voetstappen op de trap. Ik zette Leon neer. 'Ga maar verder met je Lego,' zei ik en liep de kamer uit. In het halletje botste ik tegen Hugo op.

'Ik ga me douchen. Zo kan ik de stad niet in,' zei hij.

In de badkamer pakte ik een extra grote handdoek voor hem uit de kast.

'Ga je iets bijzonders doen vanavond?' vroeg ik. Ik hoorde de opwinding in mijn eigen stem. Tot mijn verrassing deed Hugo de riem van zijn spijkerbroek, wit van het gruis, open en ritste zijn gulp naar beneden. In zijn onderbroek wankelde hij op één been, terwijl hij uit de pijpen stapte. Onwillekeurig gingen mijn ogen naar beneden, ik zag de bobbel van zijn geslacht zich aftekenen in de Calvin Klein.

'Gewoon, naar het café. Vrijdags is het altijd gezellig.'

Besluiteloos bleef ik staan. Hugo glimlachte naar me. Nu pas zag ik zijn tattoo, een slang die over zijn bovenarm naar beneden kronkelde. De afbeelding paste bij hem.

'Ik zal je een overhemd van Bart geven.' Ik haalde het uit de kast in de slaapkamer en legde het op de wasmand.

'Wat heb ik hier een zin in,' zei hij vriendelijk en hij trok de deur van de glazen douchecabine open. Ik begon te blozen.

Waarom weet ik niet, maar ik liet de badkamerdeur openstaan en liep terug naar Leons kamer, waar ik me in de deuropening posteerde. Ik knoopte een gesprekje met mijn schoonmoeder aan, ondertussen hield ik Hugo in de gaten. Hij trok zijn onderbroek uit. Zijn stevige witte billen staken af tegen zijn gebruinde rug en benen. Hij stapte de glazen douchecabine in, zette de kraan aan en hield zijn hoofd onder de waterstraal.

Mijn adem stokte. Zoiets sensueels had ik in geen jaren gezien. Hugo waste zijn haren, zeepte zich in en draaide zich om. Hij keek me recht in het gezicht. Was hij zich al die tijd van mijn aanwezigheid bewust geweest? Caroline zei iets tegen me, maar ik hoorde het maar half, in de ban van dat naakte lichaam op een paar meter afstand van me. Hugo bleef me aankijken. Zijn handen gleden langzaam over zijn borst, zijn buik, en verder naar beneden. Hij zeepte zich grondig in, ook daar waar ik niet naar durfde te kijken. Ik trilde over mijn hele lichaam. Ik deed mijn handen op mijn rug, drukte me tegen de deurpost en haalde diep adem. Toen Hugo zich had afgespoeld, zette hij de douche uit en deed de cabinedeur open. Ik stond aan de grond genageld.

'Ik zou maar wachten met de aanleg van die vijver,' hoorde ik mijn schoonmoeder vanuit een andere wereld tegen me zeggen. Ze zat met Leon op de grond en had geen idee dat ik niet naar haar had geluisterd. 'Vinden je ouders dat eigenlijk wel goed? Jullie zijn huurders. Dan kun je toch niet zomaar van alles in en om het huis veranderen?'

Ik stamelde een antwoord, terwijl ik keek hoe Hugo zich afdroogde. Hij gaf me een knipoog en liet de handdoek over zijn onderlichaam glijden. Hij daagde me uit. Met een ruk draaide ik me van hem weg en rende de trap af naar beneden. Mijn hart bonkte in mijn keel.

In de woonkamer was Bart bezig de brokken baksteen op het zeil naar de achtertuin te slepen. Tegen het huis aan hadden we een terrasje van stoeptegels aangelegd, maar de rest van de tuin bestond uit aarde met onkruid en wat verdwaalde planten ertussen. Bart en ik waren er nooit aan toegekomen er een echte tuin van te maken. Maar ik had een plan. Ik wilde aan de achterkant tegen de schuur van de overburen een vijvertje laten aanleggen. Ik droomde van bamboe tegen de grauwe muur, van het geluid van kikkers als ik het slaapkamerraam op de eerste etage opendeed. Er moest iets van groen en leven in de tuin komen. Nu was het een doodse, modderige toestand die me deed stikken.

'Ik zal iets bij de Thai op de hoek halen,' zei ik tegen Bart, die gebukt voorover stond, zijn T-shirt vertoonde grote zweetplekken op zijn rug. Zijn bilspleet stak boven zijn spijkerbroek uit.

'Oké,' zei hij. Hij ging rechtop staan en keek me vragend aan. 'Of misschien McDonald's?'

Ferm schudde ik van nee. 'Dat is troep, dat weet je.' Het klonk feller dan ik had bedoeld.

'Wat vind je ervan?' Hij liep op me toe. Ik huiverde. Zijn lichaamsgeur was dominant, ik wilde zijn bezwete arm niet om mijn nek voelen. Toch besloot ik hem zijn gang te laten gaan. Ik had een raar gevoel in mijn hoofd, alsof ik buiten mijn lichaam was getreden en naar mezelf keek, bewust van hoe ik overkwam. Op dat moment walgde ik van mezelf. Ik wilde niet zijn wie ik was. Ik wilde lief zijn, makkelijk in de omgang.

'Een enorme verbetering,' hoorde ik mezelf zeggen. 'Er komt veel meer licht in de kamer. Als we dat vijvertje in de tuin hebben, er 's avonds mooie spotjes op zetten, dan ademt de kamer. Dan lijkt het allemaal veel groter.'

Bart keek me dankbaar aan, blij met de kruimel vriendelijkheid die ik hem toewierp. Zijn goedmoedigheid zoog alle energie uit me. Wat er van me overbleef, was een lege huls.

Hugo kwam de kamer binnen in het witte overhemd van Bart, maar hij had zijn eigen groezelige spijkerbroek aangetrokken.

'Bart, heb je voor Hugo niet ook een lange broek? Dit kan zo niet. Ik zal je kleren in de was doen,' zei ik tegen Hugo, en meteen erachteraan: 'Eet je met ons mee voor je de stad in gaat?'

Hugo keek me net iets te lang aan. 'Wat lief van je. Graag.'

6

Met een schok werd ik wakker. Bart lag naast me, diep in slaap. Hij rook naar alcohol. Kennelijk was hij vroeg in de ochtend thuisgekomen en niet in de logeerkamer gaan liggen. Ik had er niets van gemerkt, waarschijnlijk had de melatonine me versuft. Maar dat hij naast me lag was niet waar ik van was geschrokken. Het was de nachtmerrie. Ik had kippenvel over mijn hele lichaam, mijn benen trilden toen ik opstond en naar de badkamer liep. Ik had een angstig gevoel alsof ik verdoemd was. Alsof iedereen in mijn leven kwaad op me was. Alsof mensen, zodra ik de kamer had verlaten op kantoor, thuis of waar dan ook, achter mijn rug over me begonnen te klagen.

Ik hoorde Leon huilen, maar liet hem even. Misschien zou hij vanzelf ophouden. Langzaam voegde ik steeds meer koud water toe en draaide de warmwaterkraan dicht. Ergens in een tijdschrift had gestaan dat een koude douche je immuunsysteem versterkt en je veerkrachtig maakt. Toen ik mijn haren föhnde, hoorde ik de voordeur opengaan.

'Ik ben er,' riep mijn schoonmoeder. Vlug kleedde ik me aan en haalde Leon uit bed.

'Stil maar, lieverd, ik ga ontbijt voor je maken.'

Slaperig keek hij me aan, zijn armpjes om mijn nek geklemd. Ik zoende hem op zijn mondje.

'Goedemorgen Caroline,' zei ik toen we de trap af kwamen.

Ze keek van mij naar Leon. 'Is hij nog niet aangekleed? Het is al bijna negen uur.'

'We zijn wat laat vandaag,' gaf ik toe en zette Leon op de grond. 'Zeg oma eens gedag.'

Leon negeerde Caroline en dribbelde de woonkamer in.

'Blote voeten. Is dat niet te koud voor hem?'

Ik maakte zijn papje voor hem klaar, terwijl Caroline een krant uit haar tas pakte en die breed op de eettafel voor zich uitspreidde. Na een tijdje keek ze op.

'Heb je het al gelezen? Er is een vrouw vermoord, niet zo ver hiervandaan. Ze woonde achter het Haarlemmerplein. Maria Torres. Een vrouw uit Peru. Waarschijnlijk is een inbreker door haar slaapkamerraam binnengedrongen, heeft haar verkracht en daarna doodgestoken. Vierendertig jaar is ze geworden.'

Caroline tikte met haar wijsvinger op de krant.

'Hier staat dat ze op beestachtige wijze is afgeslacht.'

De flarden van de nachtmerrie zaten nog in mijn hoofd. Ik schudde mijn armen los. Opeens wist ik weer wat ik had gedroomd. Ik had me in Artis in een stenen huisje verschanst. Ik zat daar ondergedoken omdat ik werd achtervolgd. Toen werd de deur opengebroken. Een grote gorilla kwam het kamertje in, waar ik op bed lag, en pakte me vast. Ik probeerde me los te rukken en schreeuwde, maar tegen zoveel overmacht was ik niet opgewassen. De aap ontblootte zijn tanden. Ik wist dat ik opgegeten zou worden. Hijgend was ik wakker geschrokken.

'Hebben ze de dader gepakt?' vroeg ik.

'Nee, de politie vraagt getuigen zich te melden.'

'Waar was dit?'

'De Nieuwe Houttuinen. Ze woonde in een soort hofje.'

Het bloed trok uit mijn gezicht. Maria Torres was vierendertig jaar, woonde hier in de buurt en had een vriendin van me kunnen zijn. Wat deed ze in Nederland? Had ik haar ooit ontmoet? Misschien bij de bakker op de Haarlemmerdijk of in de supermarkt? Wie had haar vermoord? Ik deed mijn ogen dicht. Vreemd dat ik opeens alles van haar wilde weten, van een vrouw die ik helemaal niet kende. Rustig blijven, zei ik tegen mezelf. Kalm, relax. Ontspan. Haar moord heeft niets met mij te maken.

De kamer zag er nog hetzelfde uit toen ik mijn ogen weer opende. Leon zat in zijn stoel, Caroline was nog over de krant gebogen. Ze stond op en liep de keuken in, ik hoorde de kraan lopen. Toen ze terugkwam met een glas water, liep ze om de tafel heen, achter me langs en me aankijkend. Daarna ging ze op haar stoel zitten en boog zich weer over de krant, terwijl ik met Leon bezig was. Deze ochtend was hij gedwee. Hij zat in zijn houten stoeltje en liet zich zijn slabbetje omdoen. Ik streek hem over zijn haar en zoende hem op zijn wang. Goed gedrag moet je belonen.

'Een hapje voor oma, een hapje voor opa,' zei ik, terwijl ik de lepel voor zijn mondje hield.

Caroline keek op van de krant. 'Opa is gestorven, Netty, dat weet je.'

Even was ik uit balans gebracht. Toen zei ik pinnig: 'Mijn vader leeft nog.'

Ik aaide Leon over zijn hoofd.

'O, zo bedoel je.' Caroline boog zich weer over de krant. Ze slikte iets weg.

‘Misschien moeten jullie extra sloten op de deuren laten aanbrengen, aan de voor- en achterkant.’

Vragend keek ik haar aan.

‘Met zo’n engerd die rondloopt.’ Ze zette haar koffiekopje op de krant.

‘Wat zie je bleek,’ zei ze, me opnemend.

‘Ik heb naar gedroomd.’ Ik had geen zin erover uit te weiden en zei dat ik de nachtmerrie was vergeten. En over de moord op Maria wilde ik niet eens beginnen.

‘Ik wil me nergens mee bemoeien...’ begon ze.

Ik zette me schrap. Caroline keek me aan, alsof ze toestemming vroeg om verder te gaan.

‘Zeg het maar.’

‘Je was vroeger vrolijk. Je genoot van alles. Maar ik heb je al zeker een jaar niet meer zien lachen. Het lijkt wel alsof alles je te veel is. Alsof je constant boos bent. Alsof je geen zin meer hebt in je leven.’

Wat moest ik hier nou op zeggen? Ik had de neiging haar af te snauwen, maar ik verloor mijn zelfbeheersing op een andere manier. Er kwamen tranen.

‘Niet hier. Niet met Leon erbij,’ zei Caroline streng.

Ik liep naar de keuken en snoot mijn neus. Ik hield de rand van het aanrecht vast, zoals een drenkeling zich aan een vlot vastklampt.

‘Wat een onzin,’ zei ik met mijn rug naar haar toe.

‘Misschien moet je je dokter vragen om andere medicatie. Het kan best door die pillen komen dat je zo down bent.’

‘Zo erg is het ook weer niet,’ wist ik uit te brengen. Overtuigend klonk het niet.

‘Wat zegt Bart erover?’ vroeg Caroline. Nu kwam ze onder mijn huid. Dit ging te ver, hier had ik geen zin in.

‘Ik wil er niet over praten,’ zei ik. ‘Laat me nou maar.’

Ik liep terug naar Leon, die van Caroline naar mij keek. Wat zou er in zijn hoofdje omgaan? Zou hij begrijpen wat er werd gezegd? Ik schraapte zijn bordje pap leeg en gaf hem de laatste lepel.

'Goed zo, schat. Mama is trots op je.'

Caroline keek me hoofdschuddend aan en verdiepte zich in de krant. Ik hoorde boven de badkamerdeur dichtslaan. Even later kwam Bart de huiskamer binnen.

'Dag mam,' riep hij monter. Het verbaasde me dat hij er zo fris uitzag. Hij zoende haar en vroeg me of er nog koffie was. Ik schonk hem in en keek naar hem, terwijl hij zich klaarmaakte om naar het hoofdbureau te gaan. Hij knoopte zijn overhemd dicht en deed een stropdas om.

'Een bijzondere dag vandaag?' vroeg Caroline.

'Een paar Eerste Kamerleden, de justitiewoordvoerders, komen op werkbezoek. De korpsleiding heeft een rondetafelgesprek met de afdeling georganiseerd. Ik mag er ook bij zijn.'

Raar, maar plotseling voelde ik een steek van jaloezie. Bart gaat naar het hoofdbureau, praat met interessante mensen, houdt van zijn werk en zeilt freewheelend door het leven. Ik daarentegen modder maar wat aan, heen en weer geslingerd door emoties.

'Wat weet je van die vermoorde vrouw in de Nieuwe Houttuinen?' vroeg Caroline.

'Niet veel. Haar raam was kapot. De moordenaar is de slaapkamer binnengedrongen. Ze is verkracht.'

'Ja, dat hebben we in de krant al gelezen,' zei Caroline. 'Maar zijn jullie de dader al op het spoor?'

'Het onderzoek loopt, verder weet ik er niet veel van. Mijn afdeling houdt zich bezig met georganiseerde criminaliteit. De drugsmaffia. De vermenging tussen boven- en onderwereld. Met die Eerste Kamerleden bespreken we welke opsporingsmethoden we nog mogen gebruiken. De parlementaire enquêtecommissie heeft de criminele burgerinfiltrant...'

'Was ze getrouwd?' onderbrak ik hem. 'Meestal heeft de man het dan gedaan. Misschien wil-ie het op een inbraak laten lijken.'

'Ik weet niet wat jij je allemaal in je hoofd haalt,' zei Bart. 'Je kijkt te veel naar krimi's op tv.' Hij tilde Leon uit zijn stoel en nam hem op schoot.

'Dag lieve jongen. Papa gaat morgen met je voetballen.'

Caroline en ik wisselden een blik van verstandhouding. Leon trok aan Barts stropdas.

'Papa das,' zei hij.

Alle drie prezen we hem. Zoveel intelligentie, zo'n opmerkingsgave. Leon was het slimste jongetje in het land.

'Wat vreselijk voor haar. Kom je uit Peru naar Amsterdam en word je hier vermoord. Ze was pas vierendertig jaar,' zei ik.

'Jullie huis is volgens mij niet goed beveiligd,' zei Caroline. 'Ik zou maar uitkijken.'

Bart noch ik ging erop in.

'Tot vanavond,' zei ik en ik liep naar buiten, naar mijn fiets. Het onheilspellende gevoel dat ik bij het wakker worden had, kwam in volle hevigheid terug. De dag was slecht begonnen.

Op kantoor was alleen meneer Karman aanwezig. Hij zat aan de telefoon en zwaaide kort naar me. Ik zag dat hij steels naar de klok in de hal keek en registreerde dat ik veel te laat was.

Op de tafel in de receptie lag *De Telegraaf.* Ik zocht naar het artikel over de moord op Maria Torres. Op pagina drie stond een zwart-witfoto van haar. Ze keek serieus naar iets aan de horizon, haar donkere haar in een paardenstaart. Ze zag er broos uit. 'Waar is Maria's vriend?' luidde de kop erboven. Ze had een Nederlandse partner, maar die was van de aardbodem verdwenen. Volgens het artikel hield hij zich hoogstwaarschijnlijk nog ergens in de stad op.

Mijn ooglid begon te trillen. Ik ging achter mijn bureau zitten, sloeg de ordners van het advocatenkantoor open om de cijfers te controleren en staarde naar de reeks getallen in de tabellen. Maria Torres. Haar naam echode in mijn hoofd. Die middag kreeg ik weinig werk af.

7

De open keuken bracht niet wat ik ervan had gehoopt. Weliswaar viel de zon in de ochtend kort door de ramen de huiskamer binnen en was het daardoor aanmerkelijk lichter geworden, maar ikzelf was niet veranderd. De depressie die ik voelde ging niet over en stak zo nu en dan heftig de kop op. Ik bleef me ook aan Bart ergeren. Laatst, toen hij de vaatwasmachine niet had leeggeruimd, kreeg ik een ongecontroleerde woede-uitbarsting. Ik weet het, ik was weer eens onredelijk.

'Moet ik dan altijd alles in de keuken alleen doen? Kun je me nooit eens helpen?' Met kracht smeet ik de borden op het aanrecht, een ervan viel op de keukenvloer en brak. En wat deed Bart? Hij had me alleen maar aangestaard, zijn handen in zijn zakken.

'Nou?' eiste ik op hoge toon. Hij haalde zijn schouders op, liep de huiskamer in en ging aan de eettafel zitten. Ik veegde met een doek de waterdruppels van de kopjes en borden die door de vaatwasser nog niet helemaal waren gedroogd. Bruusk rammelde ik met de besteklade. Ik stond met mijn gezicht naar de keukenkastjes en voelde Barts ogen in mijn rug. Vroeger had ik me vaak in de keuken teruggetrokken als zijn aanwezigheid me te veel werd. Het was een veilige plek. Nu de keukenmuur was gesloopt, was ik mijn schuilplaats kwijt. Weerloos stond ik voor degenen die me vanuit de huiskamer in de gaten hielden, als een schildpad zonder schild.

'Waarom ben je toch zo boos op me de laatste tijd?' vroeg Bart opeens.

Het was alsof hij me met een speld in mijn ruggengraat prikte. Waarom was ik boos op hem? Had ik wel het recht daartoe? Ik legde mijn voorhoofd tegen het keukenkastje en bleef staan. De stilte was ondraaglijk.

'Wat is er, schat? Hoe kan ik je helpen?' Zijn stem klonk zacht en meelevend. Hij verdiende het niet dat ik van hem vervreemd was geraakt. Ik moest van hem houden zoals in het begin van onze relatie. Ik moest meer mijn best doen. De gedachten tuimelden over elkaar heen. Langzaam draaide ik me om, vast van plan iets liefs te zeggen, iets wat de afstand tussen ons zou overbruggen. Ik realiseerde me dat ik dat al maanden niet had gedaan. Ik stond voor een grabbelton en moest er een positieve emotie uit trekken, maar kon zo gauw niets bedenken. Hugo, schoot het door me heen. Met Hugo zou ik gelukkig kunnen worden, bij hem wil ik zijn. En niet meer bij jou.

'Hoezo boos, Bart? Ik ben gewoon mezelf niet, voel me moe, doodop. En als Leon slecht slaapt en ik 's nachts een paar keer uit bed moet, dan is dat geheid stress de volgende dag. En als ik gespannen ben, schiet ik uit mijn slof. Dat weet je. Maar het is niet tegen jou gericht, maar tegen de wereld om me heen.'

Ik keek Bart aan en glimlachte. Kijk hem eens zitten, dacht ik, hij heeft geen zelfvertrouwen meer.

'Heb je soms een ander?' Bart liet niet los.

Zijn vraag voelde als een stomp in mijn maag. Een week geleden hadden Hugo en ik stiekem een afspraak gemaakt, toen Bart en hij de laatste hand aan de keuken hadden gelegd en Bart naar de doe-het-zelfwinkel was gefietst om de juiste schroeven te kopen. Ik verlangde naar Hugo. Elke dag zag ik weer voor me hoe hij zich had uitgekleed, zich naakt onder de douche had omgedraaid en zijn lichaam was gaan inzepen. De tattoo van de slang op zijn bovenarm had sindsdien mythische proporties in mijn fantasie aangenomen. Naast Bart in bed gelegen, met mijn ogen dicht, tekende ik de slangenkop voor me uit, zijn bek open, de gespleten tong bewoog op en neer. Zelfs toen Bart een keer met me wilde vrijen, had ik hem laten begaan. Toen hij boven op me lag, keek ik naar het gordijn en dacht aan Hugo. Het was voor het eerst in lange tijd dat ik Bart in me voelde, maar de intimiteit was eenrichtingverkeer. Wat deed ik hem aan? Het zou veel gemakkelijker zijn bij Bart te blijven en me te schikken in ons huwelijk. Maar er was geen ruimte meer in mijn hoofd voor rationele overwegingen. Ik kon niet anders. Mijn gevoelens waren met me op de loop gegaan. Wat ik bij Bart miste, zou ik bij Hugo vinden.

'Een ander? Hoe kom je daar nu bij?'

'Je bent zo afwezig, zo verstrooid. En zo emotioneel. Om het minste of geringste huil je. Gisteravond nog, toen je naar de tv keek. Misschien moet je niet meer naar die soap kijken. Het is grote onzin.'

'Wat nou onzin? Het geeft me afleiding. Ik hou van de grillige verhaallijnen en elke keer maken die cliffhangers het weer spannend.'

'Het heeft niets met het echte leven te maken,' zei Bart. 'Het brengt je maar op rare gedachten.'

'Mag ik alsjeblieft zelf weten waar ik naar kijk? Jij hoeft niet voor me te bepalen wat goed voor me is en wat niet.'

'Jezus, Netty, kalm maar. Ik ben je man. Niet je vijand!'

Tegen zoveel redelijkheid kon ik niet op. Uit frustratie beet ik op mijn onderlip.

'Ik ga naar bed.'

Ik gooide de droogdoek in de gootsteen, liep de huiskamer in langs de eettafel, mijn blik op de grond gericht.

'Welterusten!' riep Bart me na. Zijn vriendelijkheid voelde als een verwijt. Zei hij me na mijn uitbarsting nou welterusten omdat hij het meende of omdat hij het niet meende maar wilde dat hij dat deed? Of dacht hij dat ik het graag wilde horen of dat het zo hoorde? Zijn moeder zei altijd dat je nooit boos moest gaan slapen. Daar kwam alleen maar ellende van. En daarin had ze gelijk.

De volgende ochtend probeerde ik aardig tegen hem te doen. Ik legde mijn hand op zijn schouder en ongevraagd schonk ik hem koffie bij het ontbijt in. 'Ben je nog met interessante zaken bezig?' vroeg ik. Leon zat op zijn houten kinderstoel, pakte zijn plastic bord met beide handen en likte de yoghurt van de bodem.

'Niet doen,' zei ik. 'Dat is vies. Je moet je lepel gebruiken.' Ik gaf hem die aan. Ondertussen vertelde Bart over een groep hooligans die in drugs handelden. Er werden rellen bij de thuiswedstrijd van Ajax verwacht. De politie zou streng letten op racistische en antisemitische spreekkoren.

'Leggen jullie de wedstrijd dan stil, als het toch weer gebeurt?' vroeg ik, Leons kin met een papieren servetje afvegend.

Bart begon me gedetailleerd uit te leggen dat de KNVB dat niet wilde en dat het beter was de raddraaiers te identificeren, hen uit de groep supporters te halen en hun een stadionverbod te geven. 'Er zijn altijd maar een paar aanstichters. Pluk je die eruit, dan blijkt de rest een verzameling meelopers te zijn. Dat zijn makke schapen die zich wel aan de regels houden.'

'Ik snap niet dat jullie dit soort tuig supporters noemen. Ze doen het voetbal meer kwaad dan goed.'

Barts antwoord ging langs me heen.

Na het ontbijt fietste ik met Leon naar de peuterspeelzaal en vandaar door naar de veerpont over het IJ. Hoe kwam het toch dat Bart en ik uit elkaar waren gegroeid? Ik zag al die keren voor me dat ik me inhield, niet op hem reageerde, en herinnerde me de momenten dat ik de schijn ophield, vriendelijk lachend terwijl ik hem in mijn hoofd verwijten maakte. Het was alsof ik me in een onzichtbare glazen koepel voortbewoog. Zelfs de geluiden van de stad drongen niet tot me door, ik was volledig van mijn omgeving afgeschermd. Alleen was ik, eenzaam en neerslachtig. Wat moest ik in godsnaam doen om me weer vrij te voelen, onbekommerd en enthousiast?

Toen ik bij kantoor aankwam, zat Cyntha al achter haar bureau.

'Wat zie jij er afgepeigerd uit! Heb je een vermoeiend weekend gehad?'

Ik zette mijn tas naast mijn bureau en liep naar het keukentje om me een glas water in te schenken.

'Een klein kind mat je af,' antwoordde ik, terwijl ik naar Cyntha's buik keek. Ze was zes maanden zwanger. 'Onthoud één ding. Je hebt nooit meer tijd voor jezelf.'

Cyntha schudde haar hoofd. 'Dat is toch geen volledige samenvatting van het moederschap!' We moesten allebei lachen.

'Leon is een schatje. Een lief klein knulletje. Vroegwijs. En alweer bijna vier jaar oud,' zei ik. Ja, dacht ik, en het is waar wat ik zeg.

'Gelukkig heb jij Bart en zijn moeder. Komt ze nog steeds elke week langs?'

Het was alsof Cyntha bij me op een knopje drukte. De woorden stroomden eruit. Ik begon omstandig uit te leggen dat ik mijn schoonmoeder dankbaar was omdat ze vaak insprong wanneer het me te veel werd.

'Toch zijn er van die momenten... Ze bedoelt het goed, maar ze bemoeit zich overal mee. En ze houdt Bart altijd de hand boven het hoofd.'

De telefoon ging. Vanaf dat moment werden Cyntha en ik door het werk in beslag genomen. Toen het bijna vijf uur was en meneer Karman naar een klant in Amsterdam-Zuid was gereden, sloten we het kantoor wat vroeger dan normaal.

'Zullen we nog wat gaan drinken?' vroeg Cyntha.

'Volgende week. Ik moet nog boodschappen doen,' loog ik.

Op de pont nam ik afscheid van haar. Snel fietste ik via de Haarlemmerdijk en de Goudsbloemstraat naar de Marnixstraat. Onderweg keek ik goed om me heen of ik geen bekenden zag. In tegenstelling tot die ochtend was ik hypersensitief. Een zachte bries waaide in mijn gezicht. Ik was me bewust van alles en iedereen om me heen. De zon scheen, de stad kleurde optimistisch. Hier en daar wapperde een vlag. Was het een feestdag? Rood-wit-blauw met een oranje wimpel. Was het de verjaardag van een lid van het Koninklijk Huis? Mensen lachten, het viel me op hoeveel bloemenstalletjes er waren. De bloemen stonden in alle kleuren van de regenboog in emmers op de hoek van de straat uitgestald. Een klas schoolkinderen zong een lied, ik belde met mijn fietsbel en zwaaide naar de juf die vooropliep en als een dirigent haar armen omhooghief. Het was alsof de hele stad samenspande om me gelukkig te maken.

Bij de Nieuwe Willemsstraat maakte ik mijn fiets vast aan de brugleuning en haastte me de straat over. Ik drukte tweemaal op de bel. Met mijn rug tegen de deur keek ik de straat af.

De deur zoefde open en ik nam de trap naar de eerste etage. Het trappenhuis rook naar schoonmaakmiddel. Hugo stond al in de deuropening. Ik wilde hem vrolijk begroeten, maar hij trok me naar binnen, schopte de deur achter me dicht en begon me hartstochtelijk te zoenen. Binnen een mum van tijd had hij me de slaapkamer in geloodst.

'Hugo, ik...' begon ik.

'Sst,' zei hij. 'Geen woord.'

Terwijl ik op het bed zat, en naar hem keek hoe hij voor me stond, trok hij zijn T-shirt uit. Zijn borsthaar was zwart, de haren onder zijn oksels lang. De slang leek zich naar me toe te draaien. Mijn hart begon sneller te kloppen. Langzaam ritste hij zijn gulp open. Het geluid ervan wond me op. De broek viel op de grond. In zijn onderbroek stond Hugo voor me. Zo had ik me hem ingebeeld, terwijl Bart naast me lag te snurken. Nu het werkelijkheid was, veranderde mijn geilheid in onzekerheid. Zou hij me naakt aantrekkelijk vinden? Langzaam trok hij het elastiek van zijn zwarte onderbroek naar beneden en floepte zijn geslacht naar buiten. Hugo was groot geschapen. Zijn eikel was roze en glad. Hij was besneden. Hij deed een stap in mijn richting. Ik zat nog met mijn kleren aan op de rand van het bed. Hugo's handen masseerden mijn hoofd, woelden door mijn haar en toen, onverwacht, duwde hij mijn achterhoofd naar zich toe. In een vloeiende beweging opende ik mijn lippen en nam hem in mijn mond. Hugo maakte schokkende bewegingen met zijn heupen. Ik keek naar boven, naar hem omhoog. Even flitste het beeld van mijn leraar Engels Dirk Becker op die ik vaak in de fietsenkelder van mijn middelbare school had afgezogen. Niet aan denken, gebood ik mezelf.

'Dit is goed, dit is goed,' kreunde Hugo.

Met mijn ene hand wreef ik over zijn billen, met de andere kroelde ik door het haar op zijn buik.

'Kom,' zei Hugo. Hij stapte achteruit en trok mijn shirt over mijn hoofd. Ik schopte mijn spijkerbroek en schoenen uit, haakte mijn bh los en liet mijn slipje naast het bed vallen.

'Ik wil je,' hijgde Hugo. Hij rook naar een mengeling van musk en citrus.

'Ik jou ook, kom, ik wil je,' herhaalde ik.

Hugo keek me doordringend aan, terwijl hij, hard en stijf, bij mij naar binnen drong. Zijn gespierde bovenlichaam drukte me diep in het matras. Ik had mijn benen om zijn heupen geslagen en zag de glinstering in zijn ogen. Steeds sneller ging hij op en neer, ik bewoog soepel mee. Ik voelde me een met hem. Spontaan dacht ik aan Bart, hoe hij boven op me had gelegen en hoe ik werktuigelijk met hem had meebewogen en net gedaan had of ik had genoten. Hugo zoende me ruw en duwde zijn tong bij mij naar binnen. Vergeet Bart. Geniet van het hier en nu. Ik moet voelen, niet denken, maande ik mezelf.

'Fuck me, fuck me hard,' hijgde ik en ik gaf me over aan Hugo's lichaam. Zijn kracht overweldigde me, nam me helemaal in beslag. Er was geen ruimte in mijn gedachten voor iets anders, ik voelde alleen maar.

'Ik kom, Netty, ik ga komen,' brulde Hugo in mijn oor. Ik zette mijn nagels in zijn rug, ik snoof zijn lichaamsgeur op, de slangenkop leek van zijn huid los te komen om me bij de strot te grijpen. Ik liet me door hem meevoeren. Geen gedachten meer. Alleen met hem. Een met hem.

'Hugo,' riep ik.

'Ja,' stiet hij uit.

'Hugo, ik hou van je,' hijgde ik in zijn oor. Ik voelde de naschokken van zijn lichaam op het mijne, alsof de aarde onder ons meebewoog. Hij bleef op me liggen en streelde zacht mijn haren. Zijn ademhaling, diep en mannelijk, kwam langzaam tot bedaren. God, wat ben ik gelukkig, dacht ik. Mocht het altijd maar zo blijven. Ik hoor bij hem. Ik streelde hem over zijn rug. Hugo maakte zich langzaam van me los en stond op van het bed.

'Laten we gaan douchen. Ga jij eerst maar,' zei hij.

'We kunnen er toch samen onder?'

'Nee, eerst jij, ik zet alvast water op.'

Ik voelde me zelfverzekerd en de moeite waard. Zachtjes neuriede ik de laatste hit van Britney Spears, 'Oops! I did it again', terwijl ik ervoor zorgde dat mijn haar niet nat werd. Ik zeepte me zorgvuldig in, alle sporen uitwissend. Vrijheid, dat was wat ik voelde. Dit was het echte leven. Hugo's lichaam en het mijne waren voor elkaar gemaakt. Hij was vrijgezel, ik zag al voor me hoe ik bij hem in zou trekken. Weg van Bart, het donkere huis, de schoonmoeder, de beklemming. Toen ik me afdroogde, keek ik stralend om me heen en verbaasde me over het medicijnkastje, de handdoeken aan het rek, de toiletrol en de wc-borstel. Alles lachte me toe. Zelfs de vloer en de spiegel die beslagen was, lachten. Ik voelde me thuis, opgenomen in een nieuw universum. Ik kon de hele wereld aan. Ik veegde de condens van de spiegel en knikte mezelf toe. Op dat moment zag ik mijn leven helder en in perspectief, alles van daarvoor was troebel en verwarrend geweest. Dit was de nieuwe Netty! Hugo was mijn toekomst.

'Goed zo, meid,' zei ik hardop tegen mezelf. Ik moest aan Britney Spears denken en de video's waarin ze jong en krachtig aan het zingen en dansen was. Haar stem drukte vrijheid en zelfstandigheid uit, precies zoals ik mezelf wilde zien.

Even later zat ik met Hugo aan de tafel voor het raam. Beneden in de Marnixstraat reed een tram tingelend voorbij. Tussen ons in lag een schets die hij had gemaakt van de achtertuin en de vijver die hij met Bart zou aanleggen. Ik knikte goedkeurend. Elke krabbel die hij op papier zou zetten, zou ik bewonderen. Alles van Hugo was goed. Mijn lichaam gloeide nog na.

'Weet je wel zeker dat je een vijver wil? Jullie achtertuin is donker, er komt nooit zon.'

De intimiteit van zonet was verbroken. Wat kon hij snel overschakelen naar zakelijkheid. Zelf wilde ik liever praten over wat er zojuist tussen ons was gebeurd.

Glimlachend keek ik hem aan. Hij zat naast me in zijn badjas, zijn borsthaar stak naar buiten. Zijn tepels waren rond, donkerbruin en puntig. Wat had hij een schitterend lichaam. Dat hij zijn bedenkingen uitte over mijn plannen voor een vijver in de achtertuin betekende dat hij me wilde behoeden voor een teleurstelling.

'Ja. Met de juiste belichting gaat de hele achtertuin met de woonkamer meedoen. Ik vind het nu te benauwend in huis.'

We spraken nog wat over de vijver, hoe diep de kuil moest worden afgegraven en wanneer Hugo tijd had om Bart daarbij te helpen. Ik hoorde het maar half in mijn gelukzalige gemoedstoestand.

'Voor Bart heb ik alles over, dat weet je,' zei Hugo, mij naar zich toe trekkend. 'Wat we gedaan hebben is over de rand.' Hij kuste me op mijn wang. 'Ik voel me er lullig over. Ga nu maar, voor hij argwaan krijgt.'

Ik nam zijn gezicht in beide handen en zoende hem op zijn oogleden.

'Ik hou van je. En als ik dat zeg, dan meen ik het,' lachte ik en stapte de gang in. Hugo bleef aan de tafel zitten.

8

Het was een prachtige dag. Een strakblauwe lucht omspande Amsterdam als de koepel van een kathedraal. Ik had mijn lichtgele zomerjurk aangetrokken. Leon zat in de buggy, half naar me toe gedraaid. Hij trok gekke gezichten en zwaaide naar me.

'Mama gaat een liedje voor je zingen. Moet je luisteren,' zei ik, een kuil in het trottoir omzeilend.

Op MTV had ik een oude videoclip gezien van Harry Belafonte. Hij zong een droevig lied. Het ging geloof ik over een man die kapotging aan liefdesverdriet. De vrouw van wie hij hield, was onbereikbaar. Zelfs na zijn dood jammerde hij om haar. Zijn ziel was gereïncarneerd in een duif. 'Cucurrucucu,' zong de duif die op de vensterbank neerstreek. En de hemel huilde mee. De melodie was puur, eenvoudig. Ik had ervan moeten huilen. Zelfs bij Bart sprongen de tranen in zijn ogen, al had hij geen idee wat mij ontroerde. Hij had gehuild omdat ik huilde, wat me had vertederd. Ik had zijn hand gepakt en 'Dank je' gezegd. Toen begon hij nog harder te huilen en ik daardoor ook. Een volwassen echtpaar, snikkend op de bank. De melodie was door mijn hoofd blijven spoken.

'Cucurrucucu, paloma,' zong ik. Het was natuurlijk geen kinderliedje, maar Leon klapte in zijn handjes. 'Aj, aj, aj, aj, aj.' Hij probeerde me na te bootsen, had de juiste toon te pakken, maar hij brabbelde zijn woordjes. En dat maakte mij zo blij, zo licht vanbinnen. In tijden had ik me niet zo opgeruimd, schoon gevoeld, het leek wel alsof ik zweefde en ik moet eruit hebben gezien als de gelukkigste moeder met haar zoontje. Ik duwde de buggy voor me uit. Het voorste wieltje liep nog steeds aan, maar vandaag klonk het geknars melodieus. Af en toe passeerden we iemand op de stoep. Van de blikken die men ons toewierp, trok ik me niets aan. Ik zong gewoon door.

Vanuit het felle zonlicht kwamen we bij het viaduct aan het eind van de straat. De plotselinge donkerte en de koele lucht legden ons het zwijgen op. Eenmaal daaronder vandaan, stapten we weer het zonlicht in. De overgang van donker naar licht voelde als herboren worden. Leon begon meteen weer te zingen. 'Aj, aj, aj, aj, aj.' Ik vierde met Leon het leven, wat in de ogen van anderen misschien vreemd was omdat ik op weg was naar het huis van de vermoorde Maria Torres.

Saskia en ik hadden het plan opgevat een stille tocht voor haar te organiseren. De moord had me continu beziggehouden. Ik voelde me met Maria Torres verwant, waarom precies kan ik niet onder woorden brengen. De leden van de discussieclub vonden het meteen een goed idee. 'We maken er een witte mars van,' opperde Angelique. Nu eens geen kringgesprek, maar we zouden als activisten de straat op gaan. Lidwien en Trees ontpopten zich als feministen.

'We willen de wereld laten zien dat we het niet pikken dat vrouwen zomaar worden afgeslacht en dat de daders ontkomen.' De moord op een andere jonge vrouw, Marianne Vaatstra, lag nog vers in het geheugen. Na een avondje uit was zij 's nachts in een weiland in Friesland verkracht en om het leven gebracht. Ze was nog maar zestien jaar. Heel Nederland had met haar ouders meegeleefd toen de jacht op de dader was geopend.

'Dit geweld moet stoppen. Mannen moeten beseffen dat vrouwen recht op veiligheid hebben,' zei Trees. Toen onze plannen vaste vorm begonnen aan te nemen, kon ik thuis niet meer stilzitten. Ik moest naar het huis van Maria Torres.

Op het Haarlemmerplein sloegen Leon en ik links af naar de Haarlemmerdijk en daarna weer links een steegje in. De Nieuwe Houttuinen was een naam voor niet meer dan een langwerpige binnenstraat waar geen verkeer kon komen. Eigenlijk was het een breed wandelpad met aan weerszijden tuintjes. In de verte zag ik rood-witte linten aan een tuinhek vastgemaakt. Ik duwde de buggy ernaartoe. 'Bloemen,' wees Leon en hij trappelde ongeduldig. Er lagen een paar bossen bloemen op de grond, gele en donkerpaarse tulpen, een witte roos en een bos rode anjers. Een zachtzoete geur waaide ons tegemoet. 'Rust zacht'. 'R.I.P.' Er lag een kindertekening van een pop met sprieten als haar en een zon in de rechterbovenhoek. 'Voor Maria' stond er met groen potlood op geschreven. Uit het voorvakje van de buggy pakte ik een pen, ik wilde Maria Torres iets schrijven. De hele ochtend had ik die drang gevoeld en nu stonden we voor het huisje waar ze had gewoond. Ik moest en zou mijn solidariteit met haar tonen, ik kon me er niet tegen verzetten. Ik had geen papier bij me. Zou ik de kindertekening oppakken en op de achterkant een boodschap krabbelen? Ik aarzelde. Op dat moment schoof een raam open op de eerste etage van het pand naast dat van Maria Torres.

'Zoekt u iets?' Een oude man, een jaar of zeventig, met grijs haar, keek ons afwachtend aan.

'Ik wilde een bericht voor Maria achterlaten,' zei ik. 'Hebt u misschien een blaadje voor me?'

'Wacht even,' antwoordde hij. Even later ging de voordeur open en kwam hij met een kladblok naar buiten. 'Dit is wat ik in de gauwigheid kon vinden.' En hij vervolgde in één adem: 'Het is me wat. We zijn er allemaal ondersteboven van. Kende je haar goed?'

Ik pakte het kladblok aan, terwijl de man bij Leon hurkte en hem over zijn wang streek.

'Cucurrucucu,' zong Leon.

Lieve Maria, wat vreselijk dat dit heeft kunnen gebeuren. Je wordt gemist! Netty en Leon. Ik legde het blaadje tussen de gele en donkerpaarse tulpen en gaf het kladblok aan de buurman terug.

'Ze was erg op zichzelf,' zei hij. 'Had bijna nooit bezoek. Vreselijk wat haar vriend haar heeft aangedaan.'

'Is de dader al gepakt?' vroeg ik. 'Was het haar vriend?'

'Vandaag staat er een groot stuk over dat monster in *De Telegraaf*.'

'Ik heb de krant nog niet gelezen.'

'Hij heeft haar in de slaapkamer gewurgd en daarna haar keel doorgesneden. Ze was bijna onthoofd. Daarna heeft hij geprobeerd de woning in brand te steken. De buurvrouw rook een schroeilucht en belde de brandweer. Zo is ze gevonden.'

Mijn ogen begonnen te tranen. Het was alsof ik een koude windvlaag in mijn gezicht voelde.

'Maar hij is nog niet gepakt. Hij staat op beelden van de beveiligingscamera van een van de winkels. De politie heeft een klopjacht op hem geopend.'

Ik wist niet wat ik moest zeggen.

'Was je met haar bevriend?' vroeg hij voorzichtig.

Ik had de neiging 'ja' te zeggen, want het voelde echt alsof Maria en ik elkaar al lang kenden, alsof we jeugdvriendinnen waren die elkaar uit het oog waren verloren. Maar ik wist niets van haar, behalve de spaarzame gegevens uit de krant.

'Dat niet,' stamelde ik. 'We kenden elkaar eigenlijk niet.'

De oude man keek verrast. 'Wat goed dat je je gevoel volgt en hier dan komt. Medemenselijkheid, dat is waar het tegenwoordig aan ontbreekt.'

Mijn voeten stonden wijd uit elkaar, alsof ik bang was mijn evenwicht te verliezen.

'Toen ze nog leefde, kwam er behalve haar vriend nooit iemand.'

'Mijn buurvrouw en ik organiseren een stille tocht op zondagmiddag,' zei ik. 'We gaan met witte ballonnen de straat op. Elk jaar worden er vrouwen door hun partner vermoord. Bijna nooit andersom. Wij vrouwen lijken wel vogelvrij. Als we aangifte doen van mishandeling, neemt de politie ons niet serieus.'

'Ze was een lieve vrouw,' zei de oude man. 'Bedankt voor je boodschap. Dat had Maria zeker gewaardeerd.' Hij liep naar zijn huis terug en deed de deur achter zich dicht.

De zoete geur van de bloemen prikte opeens in mijn neus. Aan het tuinhek hing de zwart-witfoto uit de krant, in een plastic mapje. 'Vaarwel Maria. Je buren,' stond eronder.

Snel duwde ik de buggy naar de poort die op de Haarlemmerdijk uitkwam. Leon had ongemerkt de witte roos tussen de bossen bloemen uit gevist en zwaaide ermee naar de voorbijgangers. Schuin aan de overkant van de winkelstraat was een krantenkiosk. Ik kocht *De Telegraaf*. Op de voorpagina stond een foto van een jonge man. Hij had een vriendelijk gezicht, een bril en lang golvend haar. De blik in zijn ogen was kil. 'Wie heeft hem gezien?' stond erboven. 'Het monster van Amsterdam houdt zich schuil. Politie vreest meer geweld.' Ik zag de woorden 'vuurwapengevaarlijk' en 'niet zelf aanspreken'. Bij hoge uitzondering mocht de foto geplaatst worden zonder balkje voor de ogen.

Ik stopte de krant in het voorvak. De lichtvoetigheid van het begin van de dag was verdwenen. Het leek alsof mijn schoenzolen met kauwgum aan de straatstenen vastplakten, de buggy werd zwaar en ik kwam moeizaam vooruit.

Waarom werd een jonge vrouw door haar vriend vermoord en bijna onthoofd? Waarom had de politie hem nog niet opgepakt? Ik had geen zin om naar huis terug te gaan, dus ploegde ik zonder concreet doel met Leon door de straatjes van de Jordaan. In de winkelruit van een kapperszaak zag ik mezelf, een jonge vrouw in een gele jurk, het haar omhooggestoken in een knotje. Medemenselijkheid, het woord bleef in mijn gedachten hangen.

Leon was in slaap gevallen, zijn hoofdje hing opzij. Af en toe bij een brug of een zijstraat liep een jonge man ons tegemoet. Golvend haar? Een brilletje? Ik zette me telkens schrap, voelde een onbestemde dreiging. Het viel me op dat er nog maar weinig mensen op straat waren. Waar was iedereen? Zou ik gehoord worden als ik om hulp moest schreeuwen? Op een pleintje bij de Brouwersgracht hield ik halt. Ik zette de buggy naast een houten bank en liep naar de hoek van de straat.

'Help,' riep ik zo hard als ik kon. 'Help!' Mijn stem snerpte door de lucht. Ik wilde zien of iemand naar buiten zou komen en me te hulp zou willen schieten. Mijn ogen zochten de ramen in de voorgevels af. Nergens ging de deur open, nergens keek iemand uit het raam. Ik was vogelvrij. Mijn ooglid begon weer te trillen, ik rilde over mijn lichaam. Het was koud geworden. Hoelang had ik rondgebanjerd zonder het zelf te merken? Ik liep terug naar de bank. Leon sliep nog steeds.

'Is er dan niemand!' gilde ik zo hard ik kon. Aan de overkant van de Brouwersgracht kwamen twee fietsers voorbij. Ze lachten naar elkaar en sloegen de hoek om. Het bleef verder uitgestorven op straat.

Leon opende zijn ogen en keek me verbaasd aan.

'Mama is moe.' Mijn stem klonk schor. Ik verslikte me haast en begon te hoesten.

'Mama is moe,' herhaalde hij. Uit zijn mond klonk het als een vonnis dat over me werd geveld.

'We gaan,' zei ik resoluut. Uitgeput duwde ik de buggy voor me uit.

De witte roos waren we onderweg kwijtgeraakt.

9

De weken na mijn eerste vrijpartij met Hugo was ik in de greep gekomen van een obsessie die ik niet kon beheersen. Als ik mezelf toen tot de orde had kunnen roepen, was het misschien allemaal anders gelopen.

Hugo had Bart geholpen een diepe kuil in de achtertuin te graven, waar de vijver zou komen. In mijn fantasie leidde ik Hugo opnieuw naar de badkamer, waar hij zich voor me zou uitkleden, terwijl Bart beneden in de tuin bezig was. Maar in werkelijkheid had Hugo het aanbod afgeslagen. Hij had nauwelijks gezweet, beweerde hij, en die avond zou hij niet uitgaan. Meteen na het avondeten was hij vertrokken, mij met Bart achterlatend. Daarna brak een regenachtige periode aan en was de kuil vol water gelopen, de tuin werd een modderpoel. Hugo liet zich niet meer bij ons thuis zien. Hij voelde zich schuldig tegenover Bart, zei hij. Mijn teleurstelling daarover vierde ik bot op Bart. De sfeer in huis daalde naar een dieptepunt. Dan maar niet hier, dacht ik en ik plande bezoekjes bij Hugo thuis. Om bij Bart geen achterdocht te wekken, verzon ik een van de meestgebruikte smoezen: ik moest overwerken. Op mijn werk hadden we nieuwe klanten gekregen en hun administratie moest worden bijgewerkt. Maar soms, als Hugo thuiswerkte, haalde ik Leon vroeg van de peuterspeelzaal en nam hem mee. Hugo was gek op de kleine man en speelde dan een paar minuten met hem, tilde hem hoog de lucht in, waarbij Leon kraaide van plezier, met zijn beentjes spartelde, terwijl ik me in de slaapkamer uitkleedde en onder de lakens wachtte. Leon werd op de bank gezet voor de tv met een glas cola, iets waar we thuis strikte regels over hadden, maar bij Hugo mocht hij naar cartoons kijken, cola drinken, chips eten, ik vond alles best. Het geluid van de tv stond hard zodat het gekreun van zijn moeder in de slaapkamer werd overstemd.

Stiekem had ik de reservesleutel van Hugo's appartement van het haakje in de meterkast gehaald. Zo kon ik in geval van nood bij hem schuilen. Dat Hugo en Leon goed met elkaar overweg konden, maakte het eenvoudiger over mijn toekomst na te denken. Mijn plan was dat Leon en ik tijdelijk bij hem zouden intrekken. Na verloop van tijd zou Barts woede afkoelen en misschien zouden we dan op vriendschappelijke voet als co-ouders voor Leon kunnen blijven zorgen.

Het viel me op hoe simpel het was om een dubbelleven te leiden. Na een bezoek aan Hugo streek ik de plooien in mijn kleren glad, stak mijn haar opnieuw op, bracht wat lippenstift aan en deed boodschappen op de Haarlemmerdijk. Leon kreeg zijn dropjes of een ijsje en ik had verder geen kind aan hem. Ik was steevast iets eerder thuis dan Bart en stond neuriënd in de keuken het avondeten klaar te maken. Door mijn escapades werd het samenzijn met Bart weer draaglijk, omdat ik in gedachten bij Hugo was. Op zijn werk hield Bart zich bezig met het in de val lokken van grote criminelen, maar thuis was hij goedgelovig en had hij niet door hoe zijn vrouw hem met zijn beste vriend bedroog. Ik had niet echt een schuldgevoel, eerder had ik medelijden met hem. Steeds vaker deed ik daarom mijn best en kookte uitgebreid. Bart schatte mijn relaxte houding verkeerd in. Als hij verhalen vertelde over zijn werk, over de nieuwe korpsleiding en het verbod op het toepassen van bepaalde opsporingsmethoden, broedde ik op de manier hoe ik hem moest vertellen dat het voorbij was en dat ik met Leon weg zou gaan, tijdelijk, totdat hij het huis van mijn ouders had verlaten. En Hugo zou bij mij intrekken. Dat was het vervolgplan. Mijn plan. Nu moest ik alleen nog de juiste woorden en het geschikte moment vinden om het aan beide mannen voor te leggen. Hoe Hugo met Bart in het reine zou komen, daar kon ik me geen voorstelling van maken. Hun vriendschap verbaasde me al jaren. Ze waren als broers, hadden aan een half woord genoeg en hielpen elkaar, zodra de ander daarom vroeg. En dat terwijl ze zo verschillend waren. Hugo sterk, gespierd en blond, spontaan en ook wat onbesuisd. Bart donker, een kop kleiner dan Hugo, in zichzelf gekeerd en zachtmoedig.

Toen ik op een keer na een vrijpartij met Hugo aan zijn tafel bij het raam zat, gooide ik het eruit. Ik keek naar de trams die door de Marnixstraat reden.

'Ik ga weg bij Bart. Vind je het goed als Leon en ik een tijdje bij jou komen wonen, totdat Bart is verhuisd? Dan kunnen we daarna in het huis van mijn ouders trekken.'

Hugo keek me aan, geen uitdrukking op zijn gezicht. Hij protesteerde niet, pakte mijn hand en zei: 'Wat een stap! Je laat er geen gras over groeien.'

Glunderend zei ik: 'Als ik weet wat ik wil, ga ik ervoor.' Mijn hart bonsde in mijn keel. Het hoge woord was eruit! Ik had de zinnen vaak geoefend en nu Hugo's reactie niet afwijzend was, twijfelde ik niet meer. Ik wist het zeker. Mijn toekomst met hem lag gewoon op me te wachten.

'Wanneer had je gedacht hier in te trekken?' vroeg hij. Hugo wreef met zijn handen over zijn dijbenen.

'Ik dacht aan volgend weekend. Dat geeft me tijd wat dingen te regelen en met Bart te praten.'

Hugo stond op van tafel en liep naar de keuken. Hij schonk zichzelf een biertje in.

'Wil jij ook?'

Toen hij weer binnenkwam, had hij zich herpakt.

'Volgend weekend komt slecht uit. Ik moet weg voor zaken.'

'Waar ga je naartoe?'

Hij vertelde dat hij voor een Nederlandse klant een groot bedrijfspand in Barcelona zou gaan kopen.

'Mag ik mee?' vroeg ik spontaan, hem lief aankijkend. Die verhuizing kon nog best even wachten. Ik zag ons al over de Ramblas lopen en samen paella eten, een soort huwelijksreis met mijn minnaar.

'Dat lijkt me niet zo'n goed idee, Netty.' Zijn stem klonk vreemd, en hij keek me niet aan. 'Ik ga met mijn baas. Die zou een rolberoerte krijgen als-ie erachter zou komen dat ik met jou was, een getrouwde vrouw.'

'Dat hoeft toch niet zo'n punt te zijn. Je kunt hem vertellen dat het serieus is tussen ons en dat ik ga scheiden. Het is het jaar 2000, zeg! Zoveel huwelijken lopen op de klippen.'

Hugo beaamde dat zijn baas een wat vreemde man was die er conservatieve ideeën op na hield. 'Gun me wat tijd om erover na te denken.' Hij dronk zijn glas in een paar teugen leeg.

Ik verbeet mijn teleurstelling. Concentreer je op de verhuizing, dacht ik. Die heb je er in elk geval uit gesleept. Ik stond op.

'Het is alweer tijd om te gaan,' zei ik monter. Zoals bij bijna alle voorgaande bezoekjes liep Hugo mee naar de voordeur, waar hij me altijd een ferme afscheidszoen gaf. Dit keer pakte hij mijn kin en hief mijn hoofd omhoog. Zijn ogen keken me doordringend aan.

'Vertel het nog niet aan Bart. Wacht ermee. Het zal hem vreselijk pijn doen.'

Deze reactie verraste me. Ik moest Hugo moed inpraten. Het was natuurlijk een grote verandering voor hem opeens met een vrouw en kind te gaan samenleven. En Bart was zijn beste vriend. Ik begreep hoe moeilijk dat voor hem was.

'Dat is het gevolg van het feit dat we van elkaar houden. Liefde laat zich niet dwingen. We moeten durven leven en ons gevoel volgen. We leven maar één keer. Hoe eerlijker we tegen Bart zijn, hoe beter het op de lange duur is.'

'Wees voorzichtig, Netty. Bart is een goed mens,' antwoordde Hugo zacht.

'Ik zie je overmorgen. Om vijf uur,' antwoordde ik.

Hij zwaaide me uit en sloot de deur.

Ik rende de trap af, op weg naar de supermarkt. Voor Bart wilde ik een gezonde maaltijd koken. Ik zat boordevol energie en kocht meteen ook schoonmaakmiddelen om het aanrecht en de oven eens flink onder handen te nemen. Die avond kwam Bart later thuis dan afgesproken. Hij zag er moe uit, douchte zich en trok meteen zijn pyjama aan. We spraken nauwelijks tijdens het avondeten. *Goede Tijden, Slechte Tijden* stond aan. In Meerdijk was een baby te vondeling gelegd. Wie was de moeder en waarom had ze afstand gedaan van haar kind? Bij de eindtune liep ik snel naar boven. Leon sliep rustig, pure onschuld.

Ik besloot de bom nog niet tot ontploffing te brengen. Het leek me beter Bart op een ochtend te vertellen over de scheiding. Ik voorzag geschreeuw, gehuil, een woede-uitbarsting. Een slapeloze nacht konden we geen van beiden gebruiken.

De volgende dag ging ik vroeg naar mijn werk, nadat mijn schoonmoeder me had afgelost, en zich met haar breiwerk op de bank had geïnstalleerd, terwijl Bart en Leon nog sliepen.

Ik kon me goed concentreren op de cijfers die het advocatenkantoor had aangeleverd. Ik splitste de urenregistratie van de stagiaires van die van de compagnons en voerde ze in de computer in. Ieder had een ander uurtarief.

Opeens kwam meneer Karman de kamer binnen. Hij zwaaide met een witte envelop. 'Privé. Voor Netty Geel,' stond erop. Karman keek me plagend aan. 'Kennelijk belangrijk nieuws, hij werd zojuist afgegeven.' Ik pakte de envelop en keek snel uit het raam of ik zag wie de brief had bezorgd.

'Wie was het?'

Meneer Karman haalde zijn schouders op. 'Heeft-ie niet gezegd. Het was een Marokkaanse jongen op een scooter. Hij was meteen verdwenen.'

Hij bleef in de deuropening dralen. Ik legde de brief weg en deed net of ik me weer in de urenregistratie verdiepte. Karman wisselde een blik van verstandhouding met Cyntha en Mirjam, die allebei achter hun bureau aan de telefoon zaten. Toen hij de kamer uit was, griste ik de envelop van het bureaublad en scheurde hem open. Er stond geen afzender op. Cyntha en Mirjam beantwoordden allebei vragen van de klant die ze aan de lijn hadden, maar ik zag hoe ze mijn handelingen nieuwsgierig volgden. Af en toe zeiden ze 'ja' of 'nee' of 'genoteerd'.

Het papier van de envelop was vlijmscherp en sneed in mijn vinger. Er verscheen meteen een druppeltje bloed, ik likte het weg. De brief was van Hugo. Mijn ogen gleden over het papier. Zonder dat ik nog een woord gelezen had, behalve de aanhef 'Lieve Netty', kromp mijn maag samen. Het handschrift was met donkere inkt op lichtbeige papier gekrast en zag eruit als een onheilstijding.

Lieve Netty,

Ons gesprek van gisteren heeft me aan het denken gezet. Ik heb vannacht niet kunnen slapen, maar de tijd benut om onze situatie onder ogen te zien. En dit is waar ik op uitgekomen ben.

Mijn vriendschap met Bart is voor mij heel belangrijk. We kennen elkaar al bijna vijftien jaar. Wat ik hem in een paar zwakke momenten heb aangedaan is niet goed te praten. Het knaagde al die tijd al aan me. Ik heb besloten dat ik mijn geweten wil zuiveren. Ik begin ermee door mijn gevoel voor jou in de ijskast te zetten. We kunnen niet met elkaar verder. Jouw plaats is bij Bart en niet bij mij. Daarom vraag ik je mij te helpen en geen contact meer met me te zoeken. Het is hard, maar dit is het beste zo. Richt je s.v.p. weer op Bart. Hij is het waard, hij is een veel lievere man dan ik. Voor Leon is het natuurlijk het allerbeste als jullie bij elkaar blijven. Ik hoop dat jij en ik goede vrienden kunnen blijven.

Ik zal niet tegen Bart zeggen wat er tussen ons is gebeurd. Het is in jouw belang dat ook niet te doen. Laten we onze relatie als ons geheim met ons meedragen. Zo blijven jij en ik voor altijd met elkaar verbonden.

Deze brief komt als een verrassing voor je en hij doorkruist je plannen. Wees niet boos op me. Dit is gewoon het allerbeste voor jou en voor mij. En voor Bart. En voor Leon.

We hebben een mooie tijd gehad samen.

Je Hugo

Mijn ademhaling stokte. Cyntha en Mirjam waren allebei druk bezig aantekeningen te maken tijdens hun telefoongesprek. Ik waande me onbespied, voelde me duizelig worden. De kamer draaide, ik hield me aan de rand van het bureau vast. De brief stak ik in mijn broekzak en ik hees me overeind. Het duizelige gevoel zakte weg. Aarzelend liep ik naar het damestoilet, mijn handen op de tast voor me alsof ik blind was geworden. In het wc-hokje liet ik mijn tranen de vrije loop. Hoe kon hij mij dit aandoen? Zo uit het niets! Ik haalde de brief tevoorschijn en begon hem opnieuw te lezen, mijn tranen met de rug van mijn hand wegvegend.

'We hebben een mooie tijd gehad samen.' Dat laatste zinnetje was de genadeklap. Had hij dan niet van me gehouden? Hij had me gebruikt. Hij had me zijn bed in gepraat, met me geneukt en nu dumpte hij me. Naast verdriet en woede voelde ik nu ook zelfmedelijden. Waarom moest mij dit overkomen? Waarom was ik verliefd geworden op de beste vriend van mijn man? Waarom moest alles in mijn leven zo gecompliceerd zijn? Ik staarde naar de brief in mijn hand. De pagina trilde. Hoe durfde Hugo mij zo te dumpen? Hij had niet eens het lef het me persoonlijk te vertellen. In plaats daarvan liet hij me een brief bezorgen. 'Zijn geweten zuiveren'. Hoe laf. Hoe hypocriet. En dan die zin over zijn gevoelens die hij in de ijskast ging zetten. Wat een gelul. Ik zag nu duidelijk in dat hij niet van me had gehouden. Of in elk geval niet genoeg. Als ik er niet over was begonnen dat ik met Leon bij hem in wilde trekken, zou hij dan ook wakker hebben gelegen? Hij had mijn eenzame leven zoveel warmte en vreugde gegeven.

Ik keek naar de brief en het gelijkmatige handschrift dat mijn leven had verwoest. Ik scheurde de brief doormidden. En toen nog eens. En nog eens. Hoe kleiner de snippers werden, hoe bozer ik werd. Ik gooide ze in de toiletpot en trok door. Toen ik zag hoe het water de snippers verzwolg en ze kolkend verdwenen, werd mijn woede opzij gedrukt door wraakgevoelens. Ik moest iets doen. Ik zag de woning in de Marnixstraat voor me en beeldde me in hoe ik midden op straat op de trambaan stond. Ik smeet een steen door de ruit van zijn woonkamer. Daarna zag ik me op zijn werk. Deze getrouwde vrouw zou zijn baas eens laten weten wat voor schoft hij in dienst had. Toen pas drong tot me door dat zijn verhaal over de baas die hem niet met een getrouwde vrouw wilde zien, natuurlijk een smoes was, een verzinsel om mij niet mee te hoeven nemen. Het zou wat zijn als ik hem in Barcelona zou storen, wanneer hij bezig was zijn deal over dat bedrijfspand te sluiten. Ik zou het uitschreeuwen dat hij mijn huwelijk kapot had gemaakt, dat hij onbetrouwbaar was. Dat de aankoop van dat pand niet door moest gaan.

In gedachten pakte ik een mes en liep op Hugo af. 'Hier!' riep ik en ik stak hem in zijn zij. Kermend viel hij op de grond en smeekte me om genade. 'We hebben een mooie tijd gehad samen,' riep ik. 'Maar die is nu voorbij.' Met het mes haalde ik uit en sneed zijn halsslagader door.

Ik sloeg mijn armen om me heen alsof het plotseling koud was geworden. Even had ik zin mijn ogen dicht te doen om niet meer wakker te worden en de pijn buiten te sluiten. Ik wilde dat iemand anders me zou vertellen wat ik moest doen, de regie zou nemen. En Hugo tot rede zou brengen. Ik wilde dat deze episode een nachtmerrie zou blijken te zijn en dat als ik mijn ogen opendeed, alles weer goed zou zijn.

'Netty, Netty.' Cyntha klopte op de deur van het toilet. 'Gaat het?'

10

Ik hield me vast aan de stang, mijn gezicht vlak bij het raam. Met mijn andere hand aaide ik Leon over zijn hoofd. Mijn voorhoofd raakte bijna het glas. 'Leuk, zo'n ritje,' zei ik, maar Leon liet zich niet paaien. Hij keek strak voor zich uit, zijn lippen op elkaar geperst. Er hing een druppel aan zijn neus.

Langzaam zette de tram zich in beweging voorbij de Turkse winkel met op de stoep bakken rode paprika's, tomaten, komkommers en sinaasappels. Bij de coffeeshop stonden wat scooters voor de deur. Het winkelpand daarnaast was te huur. De Marnixstraat was opengebroken, in het midden lagen de rails uitgegraven in het zand, open en bloot, als het afgekloven karkas in de kooi van de roofvogels in Artis.

De huizen van bruinrode baksteen gaven de straat een somber aanzien. Aan beide kanten was een fietspad aangelegd. Vroeger stonden er esdoorns, maar die waren gekapt, waardoor er ruimte was gekomen voor extra parkeerplaatsen.

De tram begon vaart te maken. Het huis kwam dichterbij. Ik rechtte mijn rug en concentreerde me op het woonblok. Onbedoeld balde ik mijn vuisten toen we Hugo's woning naderden.

'Wanneer gaan we naar huis?' jengelde Leon.

'Even niet,' zei ik streng.

'Maar waarom?'

Ik keek omhoog naar de eerste etage. Vanaf deze plek in de tram kon ik Hugo met een beetje geluk in de huiskamer zien zitten. Op zijn vensterbank stond een vaas met pioenrozen. Die stond er eerder vanmorgen nog niet. Roze pioenrozen. Vreemd.

Mijn ogen zochten de vensterbank af, de ronde eettafel, de hanglamp. Er brandde geen licht. De tram reed gestaag door en het huis verdween uit het zicht. Vanmiddag geen Hugo.

Langzaam ademde ik uit.

De gevels veranderden van kleur. Van donkerbruin naar donkergrijs. Ik tilde Leon op, terwijl ik aan Hugo dacht en zijn brede borstkas en gespierde bovenarmen voor me zag.

'Jij mag drukken, schat.' Het kleine handje sloeg op het knopje en we liepen naar de uitgang. Even later stapten we uit, staken de Marnixstraat over en wachtten op de tram in tegengestelde richting. De middag was alweer een eind gevorderd. Ik leunde tegen de glazen wand van het tramhokje en sloot mijn ogen.

'Ik wil naar huis.'

'Eventjes nog. Mama wil nog een keer langs oom Hugo rijden.'

'Nee. Naar huis.'

Weer balde ik mijn vuist. Ik moest me in bedwang houden. Ik keek naar Leons rossige krullen, naar zijn rode jasje waarvan de mouwen te kort waren. Even schoot het door me heen dat ik hem met zijn hoofdje tegen de glazen wand van het tramhokje wilde beuken tot hij stopte met dreinen. Diep ademhalen. Tot tien tellen. Hou je in bedwang, Netty.

Alsof hij voelde dat er gevaar dreigde, keek Leon naar me omhoog. Hij lijkt helemaal niet op mij, dacht ik. Hij is haast een kopie van Bart, maar dan met rossig haar. Ik glimlachte, maar hij had feilloos in de gaten dat ik een toneelstukje aan het opvoeren was.

'Waarom ben je boos, mama?'

Die vraag deed me ontwaken uit mijn trance. Door een barst in mijn binnenste sijpelde moedergevoel naar buiten.

'Nog één keertje met de tram en dan gaan we naar huis, dat beloof ik,' zei ik zacht. Ik hoorde mijn stem alsof ik een koptelefoon ophad, ver weg, gedempt.

Ik probeerde me te ontspannen en legde mijn wang tegen de zijne en zoende hem in zijn nek. De dokter had gezegd dat ik, als het niet goed met me ging en ik grote spanning voelde, gerust twee extra lithiumpillen kon slikken. Misschien moest ik daar vanavond mee beginnen.

Leon verlegde zijn aandacht en keek naar een raaf die op een vuilcontainer zat en aan een plastic zak pikte die half uit de bak stak.

'Daar komt de tram,' zei ik. Ik probeerde wat enthousiasme in mijn stem te leggen.

'Mama is moe,' constateerde Leon.

'Ja, heel moe.' Het liefst was ik hier op de grond gaan liggen, mijn ogen sluiten en mijn miserabele leven vergeten. En nooit meer wakker worden.

Een paar dagen later stond ik in hetzelfde tramhokje en tuurde naar het einde van de Marnixstraat, de tram was nog niet in aantocht. Mijn maag brandde alsof ik scherpe sambal had gegeten. Ik had een plan bedacht en het moment was nu. Ik wilde niet langer wachten en besloot het erop te wagen, stak de straat over en liep, dicht langs de gevels, naar de voordeur van Hugo's portiek.

Mijn schoonmoeder paste op Leon nadat ik haar had opgebeld en verzonnen had dat ik naar kantoor moest voor een spoedgeval.

'Op zondag?' vroeg Caroline. 'Wat vreemd.'

'Ja, er zijn faillissementen uitgesproken en ik moet de gegevens voor de curatoren op papier zetten, zodat ze morgen meteen aan de slag kunnen. Bart heeft weekenddienst, anders had ik je niet lastiggevallen.'

'Het geeft niet, Netty, ik doe het graag,' antwoordde ze, in het midden latend of ze me geloofde. Ze was meteen gekomen. Daarmee redde ze me, want ik moest gewoon weg, zonder Leon. Ik stikte in huis, ik moest naar Hugo toe. Ondanks zijn verraad hield ik nog steeds van hem, realiseerde ik me. Ik miste hem. Ik miste de warmte, zijn lichaam, de aandacht die hij me gaf. Hij vergiste zich. Het was niet over tussen ons.

'Doe je voorzichtig,' zei Caroline toen ik naar buiten ging.

'Hoezo?'

'Je weet wel, die moordenaar is nog steeds niet gepakt.'

Op deze zondagmiddag speelde Ajax een thuiswedstrijd. Hugo had een seizoenskaart, ik wist zeker dat hij niet thuis was. In mijn broekzak brandde de kopie van zijn huissleutel die ook op de gemeenschappelijke voordeur naar het trappenhuis paste. Bang dat ik de benedenburen tegenkwam was ik niet, de woning was aan buitenlanders verhuurd die mij niet kenden. Ik liep de trap op naar de eerste etage en luisterde of ik achter zijn voordeur iets hoorde. Zachtjes klopte ik aan. Geen reactie. Ik had het rare gevoel dat ik door een onzichtbare magneet naar binnen werd getrokken. Verzet was onmogelijk. Voorzichtig draaide ik het slot open.

'Hugo?' riep ik. Het bleef stil.

Ik stond nu in het halletje dat ik zo goed kende. Niets was er veranderd. De kapstok met zijn bruine regenjas, de antieke spiegel, de schoenenplank met Hugo's zwarte kantoorschoenen, alles was zoals toen ik hier nog over de vloer kwam. Ik snoof zijn geur op die me altijd deed denken aan tabak, net afgezaagd hout met een vleugje citroen.

Ik begon bij de keuken. In de koelkast zag ik dat hij pas nog boodschappen had gedaan. Een groot stuk jonge Goudse kaas, rosbief, rucola. En een fles oude jenever en wat flesjes Heineken in de koelkastdeur. Ik aarzelde even. Plotseling begon mijn maag te knorren. Vandaag had ik nauwelijks iets gegeten. Nee, afblijven, Netty. Ik sloot de koelkastdeur en liep naar de slaapkamer. Het bed was keurig opgemaakt. Tot een paar maanden geleden lag ik soms in dit bed. De herinnering aan de laatste dag van onze relatie beklemde me en ik probeerde te denken aan het begin, toen we naar elkaars lichaam snakten. Maar ook die mooie herinneringen stemden me nu droevig. Hield ik echt nog van Hugo na wat hij mij had aangedaan? Behoedzaam trok ik de deur van de klerenkast open en liet mijn vingers langs de witte en lichtblauwe overhemden glijden. Ik streelde de stropdassen die aan de binnenkant van de kastdeur aan een rekje hingen. Die met de gele stippen had ik hem voor zijn verjaardag gegeven en hing keurig in het midden. Geen twijfel dus, het was een teken, hij voelde nog wat voor mij.

In de woonkamer gaf ik de ficus in de vensterbank water, want dat was typisch iets wat Hugo vergat. De pioenrozen schoof ik wat opzij, zodat de ficus meer ruimte had. Het voelde vertrouwd om door het huis te dwalen. Een sterk gevoel van gemis, van heimwee naar onze geheime verhouding overweldigde me. Ik voelde tranen opkomen en liep naar de douchecel om mijn gezicht nat te maken. Staand voor de spiegel nam ik mezelf aandachtig op. Mijn ogen, blauwgrijs, stonden wat dof, mijn gezicht was wat pafferig van de emoties. Ik depte mijn wangen. Mijn haar was uit model, de pony te lang. Die moest hoognodig bijgepunt worden. Mijn huid was bleker dan anders, de sproeten accentueerden dat. Toch zag ik er nog goed uit, aantrekkelijk. Waarom had Hugo me afgedankt?

Mijn blik viel op een zijden nachtjapon die aan het haakje aan de muur hing. En op de wastafel stond een bakje met make-upspullen.

Ik verstarde. Gedesoriënteerd liep ik de woonkamer in naar de tafel bij het raam die als Hugo's bureau dienstdeed. Zijn post lag op een slordige stapel. Ik ging door de brieven heen. Waar ik naar op zoek was, wist ik niet. Tussen enveloppen van de belastingdienst, de makelaarsvereniging en brochures over computers trof ik een briefje aan van ene Wanda, die een afspraak met hem had. 'Wanda's kapsalon' stond er op het briefpapier. Het adres was vlak bij de supermarkt in de Jordaan, waar ik soms boodschappen had gedaan wanneer ik bij Hugo vandaan weer terug naar huis moest. Rond de naam van Hugo had Wanda hartjes getekend en met rood potlood ingekleurd. Ik maakte uit het briefje op dat Hugo helemaal niet naar Ajax was maar dat hij vanmiddag met haar in het café zat waar wij ook een keer in het geheim samen waren gekomen. Dit was de ultieme vernedering.

Mijn oog viel op het kladblok met de pen die altijd op het bijzettafeltje lag en die Hugo gebruikte om ideeën op te schrijven die hij opdeed tijdens het televisiekijken. Ik kreeg een ingeving. Ik moest de strijd met deze onbekende Wanda aangaan, ik mocht me niet opzij laten zetten. Hugo moest zich mij herinneren, weer naar me gaan verlangen. Ik krabbelde wat woorden op het blaadje en legde het op de tafel aan het raam.

> Ik mis je, ik wil je graag uitgebreid spreken over ons. Ik heb er lang over nagedacht en wil je vertellen dat ik definitief heb besloten bij Bart weg te gaan. Die beslissing staat los van ons contact. We kunnen zonder schuldgevoel samen zijn. Liefs, N.

Ik wist het zeker, Hugo zou me om dit initiatief bewonderen. Hij zou het waarderen dat ik karakter toonde en investeerde in onze relatie. Ik schoof de stoel aan, legde het blaadje midden op tafel en liep naar de voordeur. Daar aarzelde ik. Kalm. Rustig nadenken. Netty, was dit verstandig? Wat als hij kwaad werd omdat ik stiekem in zijn huis was geweest? Gaf ik hem dan een reden zich voorgoed van me af te keren? In geval van twijfel niet doen, herinnerde ik me een advies uit een zelfhulpboek over stukgelopen relaties.

Ik liep terug en griste het briefje van tafel. Op dat moment hoorde ik beneden in het trappenhuis opgewonden stemmen in de hal. Er was geen tijd meer om na te denken. Ik rende het halletje door naar de voordeur, trok hem zachtjes achter me dicht en snelde de trap op naar boven, naar de tweede etage, waar ik me in de hoek bij het trapgat verschool, hijgend. Ik beefde als een gewond dier.

De diepe bas van Hugo kwam langzaam dichterbij. Een vrouw kirde en mompelde iets onverstaanbaars. Ik drukte me met mijn rug tegen de muur, wachtend op wat komen ging. Mijn hart bonkte in mijn oren. Hugo en de vrouw namen lachend de trap naar boven, tree voor tree, naar zijn etage. Ze stonden nu recht onder me. In de weerspiegeling van het glas in de achtermuur zag ik hen met de sleutel klungelen. De vrouw was klein en had lang zwart haar. 'Niet doen,' giechelde ze. Ze hield Hugo vast bij zijn broekriem en legde haar hoofd tegen zijn rug. Ze droeg een lelijke bruine rok die haar billen nadrukkelijk deed uitkomen. Haar blouse was van een vaal soort oranje. Als ze zich nu omdraaiden, zouden ze me kunnen zien staan, gedrukt tegen de muur van de bovenste etage. Maar Hugo en de vrouw hadden alleen oog voor elkaar. Ze strompelden de woning binnen en duwden de deur met een harde klap achter zich dicht.

Mijn neus prikte, ik voelde een hoofdpijn opkomen. Verrader! Klootzak! Ik huiverde. Een plotselinge kou trok door het trappenhuis.

Na een tijdje sloop ik voorzichtig de trap af. Bij Hugo's voordeur hield ik even stil en luisterde naar het gesmoord gelach. Mijn benen voelden loodzwaar, maar ik dwong mezelf door te lopen. Zonder het te merken bereikte ik de begane grond. Mijn handen waren klam. Zachtjes deed ik de gemeenschappelijke voordeur open. Kromgebogen liep ik dicht tegen de gevelwand van het huizenblok, alsof ik een forse wind moest trotseren. Ik zag niets en haastte me naar mijn fiets op de brug. Hugo heeft een ander. Wanda heet ze. Een gevoel van onmacht, van snijdend verdriet overspoelde me. Even herinnerde ik me de cijfercombinatie van het hangslot niet en moest ik mezelf tot de orde roepen.

Rustig, kalm.

Mijn vingers trilden, maar toen klikte het slot open. Ik fietste naar huis, niet op het verkeer lettend. Bij het viaduct achter het Haarlemmerplein werd ik bijna door een bus geschept. De chauffeur trapte uit alle macht op de rem en sloeg op de claxon. Achter de voorruit zag ik hem wilde armgebaren naar me maken.

'Sorry,' mompelde ik. Van schrik begon ik te huilen, hard en ongecontroleerd. Alle kracht verdween uit mijn benen, futloos trapte ik door. Ik had nog een uur de tijd, voordat Caroline Leon zou terugbrengen. Bart zou pas 's avonds laat thuiskomen van zijn dienst. Dus had ik nog even ruimte om op adem te komen en de sporen van de schok weg te werken.

In het donkere deel van het viaduct stond een man. Zijn hoofd was kaalgeschoren en glansde in het spaarzame licht. Toen ik hem wilde passeren, sprong hij op zijn fiets en dwong me uit te wijken. Ik schrok.

‘Hé, wat is er met jou aan de hand?’ riep hij.

Ik begon harder te trappen. Hier had ik geen zin in. Ik veegde de tranen uit mijn gezicht. Vanuit mijn ooghoek zag ik dat hij me achternakwam.

‘Ik wil je alleen maar helpen, je hoeft niet bang voor me te zijn.’

Ik trapte door.

‘Mag ik je wat vragen?’

Ik schudde mijn hoofd. Zijn stuur kwam vlak naast het mijne. Hij stak zijn arm naar me uit en pakte me vast.

‘Niet zo haastig jij.’

‘Laat me los!’ Ik voelde dat mijn gezicht nog steeds betraand was.

Ik schudde zijn hand van me af.

‘Kutwijf!’ vloekte hij.

Met mijn laatste restje energie fietste ik zo snel mogelijk mijn straat in. Hij bleef me volgen, maar de afstand tussen ons werd groter.

Mijn fiets kwakte ik tegen de lantaarnpaal voor ons huis. Ik grabbelde in mijn broekzak naar de huissleutel. In de weerspiegeling van het woonkamerraam zag ik dat hij aan de overkant van de straat ging staan en een sigaret opstak. Op dat moment kwam Saskia naar buiten.

‘Dag lieverd,’ zei ze. Ze schrok toen ze mijn gezicht zag. ‘Netty, wat is er met jou aan de hand?’

‘Nu even niet, Sas. Die kale vent zit achter me aan.’ Ik wees naar de overkant van de straat. ‘Ik vertel het je nog wel.’ Als bij een stripfiguurtje gingen beide wenkbrauwen van Saskia omhoog.

‘Jezus,’ zei ze. Haar mond viel open.

Ik haastte me naar binnen, naar de open keuken, pakte de fles witte wijn uit de koelkast en schonk mezelf een groot glas in. Ik wist dat de dokter met nadruk had gezegd dat ik geen alcohol mocht drinken omdat dat slecht samengaat met mijn medicijnen, maar wat ik vanmiddag had meegemaakt kon ik niet nuchter verwerken. Ik had hulp nodig. Van de fles. In de huiskamer schoof ik de vitrage voorzichtig opzij. De kale man stond nog tussen de geparkeerde auto's aan de overkant van de straat. Saskia stond midden op de weg en sprak met hem. Hij lachte naar haar en wees op de voordeur. Dit gedoe kon ik er niet bij hebben, ik ging op de bank liggen en sloot mijn ogen.

Wie was Wanda? Waarom verkoos Hugo haar boven mij? Onrustig sprong ik op. IJsberend overdacht ik de situatie en schonk mezelf nog eens in. Op het etiket van de fles stond 'Remhoogte', een witte wijn van de Simonsberg in Stellenbosch, Zuid-Afrika. Remhoogte. Een mooie naam voor een wijn. Een gedachte flitste door me heen. Misschien was het een idee om naar Zuid-Afrika te emigreren? Ik zag de Tafelberg voor me en goudgele stranden. Kaapstad. Daar wilde ik naartoe. Maar al snel doemde het gezicht van Hugo weer voor me op.

Ik probeerde me van hem los te wrikken maar bleef aan hem vastzitten. Hij had niet de moed gehad te reageren op de briefjes die ik in zijn brievenbus had gestopt waarin ik om nadere uitleg vroeg. Ook op mijn telefonische boodschappen op zijn antwoordapparaat reageerde hij niet.

Ergens in mijn achterhoofd nestelde zich de gedachte dat ik gestraft werd omdat ik Bart had verraden. Ik had mijn huwelijk laten imploderen. De situatie waarin ik me bevond, was mijn eigen schuld. Maar zo kon ik niet blijven leven. Ik moest wat doen om me uit het moeras omhoog te trekken.

Starend door het raam naar de omgewoelde achtertuin zag ik de berg aarde die naast de kuil lag, zwart, zonder enig vrolijk accent. Het uitzicht leek haast een beklemmende zwart-witfoto. Op dat moment besloot ik net te doen of ik niet wist dat Hugo een ander had. Ik zou gewoon contact met hem blijven zoeken. Misschien kreeg hij al snel genoeg van die Wanda, zou hij haar de deur wijzen en ging hij beseffen dat hij mij miste. Dat hij mij terug wilde.

11

'Netty Geel, alhier.'

Ik had Leon van de peuterschool gehaald. Op de deurmat lag een envelop, waarop mijn naam in strenge letters stond. Het handschrift herkende ik meteen. Wat onvoorzichtig van Hugo mij thuis te benaderen, terwijl hij me had bezworen onze relatie geheim te houden. Gelukkig had Bart middagdienst en zou hij pas aan het begin van de avond thuiskomen. Meteen gingen mijn gedachten terug naar de gebeurtenis van vorige week. Zou Hugo me daarom hebben geschreven?

Vorige week zei Bart tijdens het ontbijt: 'Wist je dat Hugo een nieuwe vriendin heeft? Ze heet Wanda, het schijnt echt een stuk te zijn.' Ik kauwde een broodkorst weg en probeerde niets te laten merken.

'Kent hij haar al lang?' perste ik eruit. Mijn stem klonk hol.

'Een paar weken geloof ik. Zullen we ze voor het eten uitnodigen?'

Om me een houding te geven tilde ik Leon op schoot en begroef mijn gezicht in zijn haren.

'Laten we het even aanzien. Misschien is het niet serieus.'

'Volgens Hugo wel. Hij is gek op d'r.'

Gelukkig liet Leon zijn speelgoedauto vallen en kon ik onder de tafel kruipen om hem te pakken. Het liefst was ik daar blijven zitten.

'Het lijkt me geen goed idee.'

'Waarom niet?' drong Bart aan. Ik zat nog steeds onder de tafel en wreef over mijn wangen om wat kleur terug te krijgen.

'Ik heb geen zin elke scharrel van hem te ontmoeten. Alleen als het serieus is, dus laten we er nog mee wachten.'

Ik kroop onder de tafel vandaan en ging weer op mijn stoel zitten.

'Ik ben duizelig,' zei ik en verborg mijn gezicht in mijn handen.

'Oké,' zei Bart. 'Trouwens, Hugo komt vanmiddag planten voor de tuin brengen.'

'Maar ik ben er niet,' schoot ik uit.

'Weet ik. Daarom heb ik hem de sleutel van de voordeur gegeven.'

'Ben jij er niet dan?'

'Nee, ik moet naar een politietraining. Als je terugkomt van je werk, zul je eens zien hoe mooi de tuin erbij ligt.'

Ik voelde meteen rode vlekken in mijn nek opkomen, wat meestal gebeurt als ik ga liegen.

'Is goed.' Nonchalant overkomen, dacht ik. Opgewonden wachtte ik tot Bart vertrokken was. Hij was het huis nog niet uit of ik meldde me ziek bij Cyntha.

'Toch niets ergs, hoop ik?'

'Nee, ik haal het morgen wel in. Een vrouwendingetje. Je weet wel.' Ik had meteen opgehangen om verdere vragen te voorkomen. Ik had nog een paar uur voor Hugo kwam. Ik voelde de stress me naar de keel grijpen, maar ook een uitbarsting van energie. Ik ging meteen aan de slag en ruimde het hele huis op, gaf de keuken en de woonkamer een grondige schoonmaakbeurt, schrobde de tegels in de gang en ging gauw naar de bloemenwinkel om een bos tulpen te kopen. Die zette ik in een glazen vaas op tafel. Witte en gele tulpen. Het fleurde de woonkamer op. Ik douchte me en trok mijn mooie zwarte jurk met de gele stippen aan. Ik tutte me op, rode lippenstift, veel mascara. Achter deze façade voelde ik me mooi en sterk. Terwijl ik mijn wenkbrauwen epileerde, hoorde ik beneden de sleutel in de voordeur. Het was zover. De confrontatie waar ik naar smachtte.

'Hallo Hugo?'

Zelfverzekerd liep ik de trap af.

'O, ik wist niet dat je thuis was. Anders had ik wel aangebeld. Sorry.' Hij keek gespannen.

'Geen probleem. Wil je koffie?' Ik moest niet te gretig overkomen. Aarzelend stond hij op de deurmat. Ik ging hem voor naar de keuken.

'Jullie hebben er echt iets moois van gemaakt,' zei hij, terwijl hij naar de keuken gebaarde. Die stem, een beetje hees, warm, diep. Ik smolt.

'Je hebt ons geweldig geholpen. Zonder jou was dit nooit gelukt.' Stilte.

'Hoe gaat het met Leon? Ik heb hem al heel lang niet gezien.'

'Ik weet het.' Ik schonk de koffie in en draaide me langzaam om.

'Het gaat goed. Hij gaat vaker naar de peuterschool en mijn schoonmoeder springt bij. Leon is nu boven, ik haal hem zo even.'

Hugo stond een beetje onwennig voor de deur naar de tuin. Alsof-ie nerveus was. Hij had zich niet geschoren. Ik zag de stoppeltjes op zijn kin. God, wat wilde ik graag zijn wangen strelen.

'Hij mist je,' zei ik. 'Ik ook.'

Hugo haalde diep adem.

'Netty, laten we nou niet... Het is beter zo.'

Ik hief mijn hand op en stopte de uitleg die ik niet wilde horen.

Het zonlicht viel op de schutting van de achterburen, maar haalde niet ons tegelterras. Ik zocht naar woorden die ons over dit ongemakkelijke moment heen zouden tillen.

'Het blijft altijd in de schaduw.' Ik wist niet wat ik verder moest zeggen. Er was een deksel in mijn lichaam opengegaan, ik begon een hevig verlangen te voelen. Het vertroebelde mijn gedachten. Op hetzelfde moment zetten we allebei onze koffiekopjes neer. Hugo ging de planten halen die hij bij het tuincentrum had gekocht en bij de voordeur stonden. Ik deed de deur naar de tuin open en zette een stap opzij. Laat hem maar zwoegen, dacht ik. Toen hij klaar was en zijn handen in de keuken waste, ging ik achter hem staan. Ik legde mijn hand op zijn bil.

'Netty,' bromde hij. Ik hoorde begeerte in zijn stem en drukte me tegen hem aan.

Die ochtend was ik weer mijn pillen vergeten in te nemen. Ik schudde er twee uit het potje op mijn hand en dronk ze met een half glas water weg.

Wat zou Hugo me schrijven? Wilde hij na onze ontmoeting van vorige week ons contact herstellen? Of ging hij me weer vertellen dat dat uit den boze was?

Ik pakte de fluitketel en zette water op het gas. Met de envelop in de hand liep ik de huiskamer in en bracht Leon naar boven, naar zijn kamer, om met zijn Lego te spelen.

'Mama is even bezig,' zei ik.

'Waarom?' vroeg Leon, maar in een discussie had ik nu geen zin.

'Tot zo, lieverd,' zei ik en zoende hem op zijn voorhoofd. Ik deed de deur dicht, liep de trap af en installeerde me op de bank. Met een glas assamthee naast me scheurde ik de envelop open. Mijn vingers beefden. Had mijn strategie van contact blijven zoeken met Hugo vruchten afgeworpen? Toch twijfelde ik, want de manier waarop hij mijn naam had geschreven, had iets agressiefs.

Ik vouwde het vel papier open. Als eerste viel mijn oog op de ondertekening. Het was een brief van Wanda, mede namens hem. Wanda sommeerde mij mee te werken aan een mediation bij een jurist, mr. Hoefnagels, op zijn kantoor aan de Prinsengracht. Als ik niet zou verschijnen, zouden Hugo en Wanda een kort geding aanspannen en een straatverbod eisen 'op straffe van verbeurte van een dwangsom'. En ze zouden aangifte van stalking, overtreding van artikel 285b Wetboek van Strafrecht, tegen me doen bij de politie. 'Stalking, of in gewoon Nederlands belaging, staat sinds deze zomer in de wet. Het past op de situatie zoals die tussen jou en ons is ontstaan,' schreef Wanda.

Nietsziend staarde ik voor me uit. Iemand had Wanda deze brief met juridische taal gedicteerd. De woorden 'mediation', 'kort geding', 'straatverbod', 'dwangsom', 'aangifte', 'stalking' en 'politie' misten hun uitwerking niet. Het was alsof Wanda me met elk woord een emmer ijswater in het gezicht gooide. Artikel 285b Wetboek van Strafrecht. Wat moest ik doen? Als de politie ingeschakeld zou worden, dan zou Bart ongetwijfeld mijn geheim te weten komen. Maar dan zou Hugo ook hangen. Had hij het ervoor over om zijn vriendschap met Bart in de waagschaal te stellen?

Tijdens Hugo's bezoek een week geleden had ik hem weten te verleiden. Dat ging best makkelijk. Ik streelde en zoende hem hartstochtelijk. Eerst liet hij het over zich heen komen, maar zijn geilheid nam het over. Wild ritste hij mijn jurk open en drukte me tegen het aanrecht. Hard kwam hij bij me naar binnen. Het gebonk duurde niet lang. Boven hoorde ik Leon huilen, maar dat deerde me niet. Seks met Hugo was belangrijker. Zo kon ik hem terugveroveren. Nadat we ons hadden aangekleed, zoende hij me vluchtig in de nek.

'Sorry, dit hadden we niet moeten doen.'

'Onzin,' zei ik. 'We moeten niet voor onze gevoelens weglopen.'

Hugo pakte zijn spullen en vertrok zonder me gedag te zeggen. Bevend bleef ik in de keuken achter tot mijn hartslag genormaliseerd was. Sindsdien moest ik weer de hele tijd aan hem denken, maar de herinnering aan die snelle seks in de keuken kon me niet beschermen tegen de wanhoop die me vanbinnen opvrat, als een agressief knaagdier. Ik belde hem een paar keer, maar hij nam niet op en hij reageerde niet op de boodschappen die ik op zijn antwoordapparaat insprak. Ook stopte ik een paar briefjes bij hem in de brievenbus, maar geen respons.

De mediation was in elk geval een kans om opnieuw met hem in contact te komen. Ik wilde hem in de ogen kijken. Misschien zou hij zich realiseren dat hij mij ook miste? Ik legde de brief van Wanda naast me neer, de geschreven kant op het kussen van de bank. Wanda was mijn rivale, ik zou haar met haar eigen wapen gaan verslaan. Ik begon de positieve kanten van de sommatie te zien en schreef mr. Hoefnagels een eenregelig briefje waarin ik de mediation accepteerde en mijn komst bevestigde.

12

De ochtend van de bespreking nam ik behalve mijn lithiumpillen ook nog een seresta om het laatste restje van mijn emoties in te kapselen. Ik kleedde me netjes aan, mijn gele rok die Hugo me goed vond staan, met daarop een grijze blouse. Ik stak mijn haar op en deed twee zilveren oorbellen is. Een beetje make-up deed wonderen.

'Wat zie jij er mooi uit,' zei Bart toen ik langs hem in het halletje voor de badkamer liep.

'Ik ga solliciteren.'

'Waar? Ga je weg bij Karman en Partners?'

Hou het vaag om niet door de mand te vallen, maar blijf dicht bij de waarheid, is de gulden regel bij het liegen tegen je echtgenoot.

'Het is bij een advocaat die ook mediator is. Is weer eens wat anders.'

'Wat spannend.'

'Ik ga het gewoon proberen. Wordt het niets, dan ook goed.'

'Waarom heb je me er niets van verteld?' vroeg hij.

Achteloos antwoordde ik dat ik nergens op rekende en gewoon iets nieuws wilde proberen. 'Kijken hoe ver ik kom met mijn sollicitatie.'

'Nou, succes. Ik ben benieuwd. Ik hoor vanavond wel hoe het is gegaan.'

Ik liep de trap af.

'Smeer jij Leon op tijd in met zijn zalfje tegen allergie?'

Om geen verdere vragen te hoeven beantwoorden maakte ik me snel uit de voeten en fietste naar de Prinsengracht.

De secretaresse van mr. Hoefnagels had me op mijn werk opgebeld en uitgelegd hoe het gesprek in zijn werk zou gaan. 'Hoor en wederhoor,' benadrukte ze een paar maal. 'Als mediator is hij volstrekt onafhankelijk.' Weliswaar was hij door Hugo en Wanda aangezocht, maar hij zou geen partij voor hen kiezen, en ook niet voor mij.

Precies op tijd kwam ik bij het kantoor aan. Door de secretaresse werd ik naar een wachtkamer geleid. In een flits zag ik Hugo en Wanda in een andere ruimte dicht tegen elkaar aan zitten. Om me een houding te geven liep ik naar het raam en veinsde belangstelling voor een rondvaartboot die langzaam door de gracht voer. Een groep Japanse toeristen zwaaide vanachter de raampjes naar me. Een van hen nam een foto. Ik lachte en zwaaide terug.

'Komt u verder,' hoorde ik de secretaresse achter me zeggen. Ik liet Hugo en Wanda voorgaan, een bevroren glimlach op mijn gezicht. Een ader klopte in mijn hals.

Midden in de kamer stond een grote glazen tafel, waarop in een klein bakje een wierookstokje brandde. Een zachte weeë geur verspreidde zich door de ruimte, het deed me aan de katholieke kerk denken waar ik vroeger met mijn ouders zondags naartoe ging.

Mr. Hoefnagels was een man van een jaar of zestig met grijze krullen, op zijn neus een rond brilletje met een dun goudkleurig montuur. Hij wees ons onze plek, Hugo en Wanda tegenover mij. De twee keken gespannen naar de mediator, mij negeerden ze. Wanda pakte een schrift en een pen uit haar tas, maar mr. Hoefnagels corrigeerde haar meteen.

'Geen papier, geen pen. We gaan met elkaar praten.'

Beschroomd ging Wanda achterover zitten. Ze was veel kleiner dan ik, viel me op. In het begin had ik moeite me te concentreren. Wat zag Hugo er verfomfaaid uit. Zijn haar was kortgeknipt. Hij had een baardje laten staan. Zijn ogen stonden dof en ondoorgrondelijk. Hoe keek hij terug op de vrijpartij bij ons thuis? Toen hij me in de keuken tegen het aanrecht had gedrukt en snel klaarkwam, was het meer een dierlijk gevecht geweest, geen intimiteit, geen liefde, maar ik had er genoegen mee genomen. Ik kon er voor even mee vooruit. De volgende dag had ik een briefje bij hem in de brievenbus gegooid, waarin ik hem bedankte. Ik had het zo geformuleerd dat de door mij zorgvuldig gekozen woorden bij Wanda een zaadje van wantrouwen konden planten, mocht ze het lezen. Ook de volgende dagen gooide ik een briefje bij hem in de bus, maar Hugo reageerde niet, totdat de sommatiebrief bij mij op de mat viel. Ik vroeg me af of Hugo tegen de confrontatie met mij had opgezien. Was hij bang dat ik ten overstaan van mr. Hoefnagels over vorige week zou beginnen? Had hij het Wanda opgebiecht? Of was het een geheimpje tussen ons?

Het verbaasde me hoe goed de seresta zijn werk deed en hoe rustig ik was. Ik dwong me mijn aandacht te verleggen naar mr. Hoefnagels die een lange inleiding hield, zette mijn luistergezicht op en knikte beleefd op de momenten die daarvoor geschikt leken. Mijn kantoorervaring bij meneer Karman kwam me goed van pas. Ik zat daar, stil en met rechte rug, alsof ik me achter mijn eigen lichaam had verscholen en over mijn schouder toekeek hoe de bijeenkomst zich ontrolde. Robot Netty.

De mediator hield de touwtjes strak in handen en gaf eerst aan Hugo en Wanda het woord. Hugo kuchte, waarvoor hij 'sorry' zei, wat ik in deze situatie belachelijk vond. Zakelijk keek ik de woorden uit zijn mond.

'Netty is getrouwd met Bart. Hij is mijn beste vriend. Een tijd geleden zijn Netty en ik verliefd op elkaar geworden. Het heeft ons beiden overvallen. We wisten dat het verkeerd was, maar we konden geen weerstand bieden aan de aantrekkingskracht. We kampten allebei met een schuldgevoel dat we achter Barts rug om met elkaar naar bed gingen. We besloten ermee op te houden, maar Netty accepteert niet dat onze verhouding voorbij is. Ze blijft maar contact zoeken, ze weet van geen ophouden. Ze belt, laat berichten achter op het antwoordapparaat, schrijft brieven. Ze stalkt ons.'

Monotoon klonk de bas van Hugo door de kamer.

'Ik heb haar laten weten dat ze moet stoppen, maar dat doet ze niet. Ze verzint steeds nieuwe excuses om van zich te laten horen. In het begin dacht ik dat het vanzelf minder zou worden, maar het wordt alleen maar erger. Gek worden we ervan. Ik wil dit niet meer, ik wil rust.'

Behalve zijn stem kon je een speld in de kamer horen vallen. Mr. Hoefnagels boog zich over zijn blocnote en schreef een paar woorden op. Zijn pen kraste op het papier. Toen Hugo was uitgesproken, duurde het even voor de woorden de kamer hadden verlaten. Ik keek naar de deur, half verwachtend dat die open zou gaan.

Wanda stak haar vinger op.

'Ik wil graag nog wat toevoegen.'

De mediator gaf een kort knikje.

'Hugo en ik houden van elkaar. Het klikte meteen en ik ben nu de meeste tijd bij hem. Wat hij niet verteld heeft,' zei Wanda, 'is dat Netty regelmatig aan de overkant van de straat in het portiek staat te posten en naar ons raam staart. Ik vind dat doodeng. Soms staat ze daar wel een halfuur. Laatst was ze daar met haar zoontje. Dat kan toch niet! Wat doet ze haar kind aan? En we weten bijna zeker dat ze bij ons binnen is geweest toen wij er niet waren. De planten hadden water gekregen en de kastdeur in de slaapkamer stond wagenwijd open. De handdoek in de badkamer was nat. Hugo en ik voelen ons onveilig. Ondertussen blijft ze maar contact zoeken. Ze is ook bij mij in de kapsalon geweest. In het begin had ik niet door dat zij het was. Ze werd door mijn collega geholpen, maar toen ze me dreigend via de spiegel aanstaarde zonder verder iets te zeggen, herkende ik haar. Het was gewoon griezelig.'

Ik probeerde me die keer te herinneren. Het was lang niet zo dramatisch als Wanda het hier deed voorkomen.

Wanda begon steeds sneller te praten en hapte naar adem. Toen mr. Hoefnagels het woord wilde nemen vervolgde ze: 'En een vriend van ons aan de overkant in de Marnixstraat was thuis aan het klussen. Hij heeft haar op een zondag tram 3 zien nemen. Ze staat dan in het midden van de tram en kijkt bij ons de woonkamer in. Bij de volgende halte stapt ze uit, rijdt weer terug en doet hetzelfde. Die middag deed ze dat een paar keer. Dat is toch niet normaal?'

Nadat Hugo en Wanda hun grieven hadden geuit was het mijn beurt. Beheerst, alsof ik op mijn werk een nieuw dossier besprak, nam ik het woord.

'Het was Hugo's initiatief om onze relatie te beëindigen. Mijn mening heeft hij niet gevraagd. Hij schreef een brief, waarin ik aan de kant werd gezet. Gedumpt zeg maar. Ik voelde me misbruikt. Hij heeft me gewoon niet de kans gegeven hem op andere gedachten te brengen en dat neem ik hem kwalijk. Zo wil niemand behandeld worden.'

Zou ik vertellen dat we een week geleden bij mij thuis hadden gevreeën? Hoe zou Wanda daarop reageren? Ik opende mijn mond om de bom te laten vallen.

'Klopt het dat u zonder hun toestemming bij hen binnen bent geweest?' onderbrak mr. Hoefnagels me.

Even aarzelde ik, maar het had geen zin te ontkennen.

'Ja. Ik maakte me ongerust. Hij reageerde niet op mijn telefoontjes en brieven. Ik wilde zien of hij goed voor zichzelf zorgde. In mijn bezorgdheid ben ik wellicht te ver gegaan.'

'Wellicht,' snoof Wanda. Mr. Hoefnagels wierp haar een strenge blik toe. Ik realiseerde me hoe zwak mijn verweer klonk. Toch gaf het me voldoening dat Hugo in aanwezigheid van anderen hoorde wat me dwarszat. Ik boog me over de tafel.

'Je had moeten reageren!' zei ik met stemverheffing. Tot zover robot Netty, want mijn gevoelens kwamen los. De woorden schoten als pijlen uit mijn mond. Wanda en Hugo deinsden achteruit.

'Ho, stop,' riep mr. Hoefnagels me tot de orde. Hij sloeg met vlakke hand op het tafelblad. De as van het wierookstokje brak en viel naast het bakje. Geschrokken van de klap ging ik achterover zitten.

'Ik kan me voorstellen dat dit gesprek heel wat losmaakt, maar we gaan hier niet zitten hakketakken. We zijn volwassen mensen en proberen tot een oplossing te komen.'

Hij begon vragen te stellen. Aan Hugo, aan Wanda, aan mij. Telkens wanneer we door elkaar praatten, verhief hij zijn stem. Nadat we alle drie onze kant van de zaak nog eens hadden belicht, vatte de mediator alles kort samen.

'Ik hoor Hugo zeggen dat hij geen gevoelens meer voor jou heeft. Voor hem is de relatie definitief voorbij. Een terugkeer naar vroeger zit er niet meer in. Hij wil dat je ophoudt met contact met hem zoeken. En dat geldt ook voor Wanda. Hun huis zonder toestemming binnengaan is natuurlijk uit den boze. Dat is zelfs strafbaar. Evenals posten in een portiek aan de overkant van de straat. Hen ongewenst blijven benaderen, mag niet. Dat staat sinds kort in de wet. Op stalking staat een gevangenisstraf.'

Hugo en Wanda knikten. Mr. Hoefnagels richtte zich nu tot Hugo.

'Maar ik hoor Netty duidelijk zeggen dat haar gevoelens voor jou nog niet over zijn. De breuk heeft haar overvallen. Ze rekende erop dat jullie gingen onderzoeken hoe jullie verder zouden gaan. Daarvoor heeft ze voorstellen gedaan, maar jij hebt alles afgekapt, waardoor zij zich gedwongen voelde contact te blijven zoeken.'

'Klopt,' zei ik zacht.

'De grondoorzaak van het probleem is dat jullie niet goed hebben gecommuniceerd. Daardoor hebben jullie verschillende verwachtingen over de toekomst van jullie samen gehad.' Mr. Hoefnagels keek me doordringend aan. 'Maar we weten nu dat er geen gezamenlijke toekomst zal zijn.'

Hij liet een stilte vallen en wendde zich weer tot Hugo. 'Jullie hebben allebei verantwoordelijkheid te nemen voor de situatie zoals die is ontstaan.'

'Oké, het spijt me,' zei Hugo. 'Ik had het anders moeten aanpakken.'

Ik knikte bij wijze van acceptatie van Hugo's vage excuses. Ik keek naar zijn stoppelbaardje en zag de man die me vorige week met zijn broek op de enkels tegen het aanrecht had genomen. Wanda keek me met een verwijtende blik aan, haar mondhoeken in een haak naar beneden.

'Ze moet de sleutel teruggeven,' zei ze.

Ik pakte hem uit mijn tas en schoof hem over de glazen tafel richting Hugo.

'Hier,' was alles wat ik zei. De sleutel van ons huis mag hij houden, flitste het door me heen. Bart zou hem maar moeten terugvragen, ik stond daarbuiten.

Toen draaide de mediator zijn stoel naar mij.

'Ja, ik weet het. Ik ben te ver gegaan,' zei ik meteen. 'Ook ik had anders en beter moeten reageren. Sorry.'

Daarna ging het snel. We kwamen overeen dat ik hen met rust zou laten, geen brieven meer zou sturen of zou opbellen, en niet meer in de Marnixstraat zou komen of bij Wanda in de kapsalon. De mediator schreef de gemaakte afspraken meteen op en las elke zin langzaam en nadrukkelijk hardop voor.

'Maar ik moet vaak met tramlijn 3 naar de stad,' wierp ik tegen, toen hij klaar was. 'Die rijdt door de Marnixstraat.'

'Zie je wel, ze begint weer te onderhandelen,' sputterde Wanda tegen, maar Hugo legde haar het zwijgen op door zijn grote hand op haar dijbeen te leggen. Even kruisten onze blikken elkaar. Zeg niets over laatst, las ik een smeekbede in zijn ogen. Flauwtjes glimlachte ik een privéglimlachje dat hij haast ongemerkt met een hoofdknikje beantwoordde, zichtbaar opgelucht.

'Oké, in de tram zitten mag,' gaf mr. Hoefnagels toe. 'Dat is openbaar vervoer. Maar de essentie van wat je net met Hugo en Wanda hebt afgesproken is dat je geen contact meer met ze opneemt voor de duur van twee jaar, met ingang van vandaag. Dus geen telefonische boodschappen, geen brieven. Niets. Geen contact is geen contact. Je mag niet bij ze in de buurt komen, niet bij hun huis en niet als je ze ontmoet.'

'Maar wat als ik ze op straat tegenkom? Bijvoorbeeld bij het boodschappen doen? Of in het café?' Mijn stem begon donker en onvast te klinken.

'Komen jullie elkaar tegen, dan moet je rechtsomkeert maken.

Dat is jouw verantwoordelijkheid.'

Met een strak gezicht keek ik voor me uit en luisterde naar de bepalingen die mr. Hoefnagels in het contract opnam. Zijn secretaresse typte de gemaakte afspraken razendsnel uit. Alle drie zetten we onze handtekening onder het contract. Binnen een uur waren we klaar.

'Blijf nog even zitten,' gebood mr. Hoefnagels mij, terwijl hij Hugo en Wanda uitgeleide ging doen. Toen hij terugkwam, riep hij tegen zijn secretaresse: 'Even geen telefoontjes.' Hij sloot de deur van zijn kantoor, ging achter zijn bureau zitten en nodigde me uit tegenover hem plaats te nemen. Hij pakte een potje met pillen en slikte er een paar door. 'Voor mijn hart,' zei hij, toen hij me zag kijken.

Hij zette zijn bril af. Zijn ogen namen me nauwgezet op.

'Je bent een leuke, jonge vrouw,' zei hij vriendelijk. 'Je verhouding met Hugo is op een vervelende manier beëindigd. Maar hij is verdergegaan met zijn leven en jij bent in de nasleep ervan blijven hangen. Je hebt zelfs af en toe je zoontje meegenomen, terwijl je Hugo aan het belagen was. Dat je getrouwd bent met Bart en stiekem met Hugo een verhouding hebt gehad, daar laat ik me niet over uit, al kan ik me voorstellen dat je man je dat niet in dank zal afnemen als hij erachter komt.'

Ik zette me schrap, half en half een preek verwachtend.

Plotseling vooroverleunend zei hij slechts drie woorden: 'Jij verdient beter.' En nog eens: 'Netty, jij verdient beter!'

Ik wist niet wat ik moest zeggen. Deze woorden, hoe simpel en voor de hand liggend ook, raakten me. Inderdaad verdien ik beter, dacht ik. Ik had Hugo helemaal niet willen belagen. Ik was geen stalkster, ik had alleen maar duidelijkheid gewild. Die had ik nu gekregen. De mediation had me dat gebracht. Nu moest ik verder met mijn eigen leven. Zonder Hugo. Ik moest me weer op mijn gezin richten. Allereerst op Leon, die ik niet de aandacht had gegeven die hij nodig had. En ik moest proberen met Bart in het reine te komen, al waren we ver van elkaar afgedreven.

Plotseling brak ik. De eenzaamheid overviel me. 'Jij verdient beter.' De woorden waren niet alleen tegen me gesproken, ze drongen mijn lichaam binnen, mijn hoofd in. Tranen liepen over mijn wangen, mijn schouders schokten. Mr. Hoefnagels trok een paar tissues uit een kartonnen doos op zijn bureau en reikte me die aan. Ik schaamde me voor deze plotselinge uitbarsting van emotie en mompelde excuses.

'Niemand zegt dat het makkelijk is,' zei hij begripvol.

Is de seresta nu al uitgewerkt, vroeg ik me af, mijn neus snuitend. Mijn toekomst zonder Hugo was hier ter plekke begonnen. Het was definitief, dat voelde ik nu zelf ook.

'Ik zal me aan de afspraken houden,' wist ik eruit te wringen. 'Dank u wel. Voor het eerst in lange tijd is er naar me geluisterd.'

Mr. Hoefnagels begeleidde me naar de deur.

'Ik hoop dat het goed met je zal gaan. Zet 'm op,' lachte hij.

Ik voelde een warme gloed door me heen trekken en met opgeheven hoofd verliet ik zijn kantoor. Ja, dacht ik, ik verdien beter. Ik liep naar de brug over de Prinsengracht waar mijn fiets stond. Toen ik het hangslot losmaakte, drukte een hand op mijn schouder. Ik draaide me om. Daar stond ze. Mijn rivale. De vrouw van wie Hugo hield.

'Nog één ding,' beet Wanda me toe. 'Als je ooit nog een keer bij ons in de buurt komt, zul je eens zien wat er gebeurt. Ik waarschuw je. Niemand kan tussen Hugo en mij komen. Duidelijk?'

De warme gloed die ik zonet nog had gevoeld, maakte plaats voor een koude leegte. Ook al was ik de mindere partij, ik had nog een wapen dat ik kon gebruiken.

'Geloof je het zelf?' Ik voelde een woede in me opkomen. 'Hugo is vorige week nog bij me langs geweest,' zei ik afgemeten. Ik liet een korte stilte vallen, terwijl Wanda me onthutst aankeek. 'We hebben in mijn eigen keuken geneukt. En weet je wat hij zei? "Netty, ik hou van je. Alleen met jou is de seks zo goed."'

'Hoer!' riep Wanda.

Ik deed alsof ik moest lachen. 'Vorige week. Terwijl jij aan het werk was. Bij mij in de keuken. Naïef dat je denkt dat hij je trouw is.'

Het voelde heerlijk die woorden uit te spreken. Wanda's linkeroog trok samen, alsof ik haar in het gezicht had geslagen. Ik zag dat ik haar uit haar evenwicht had gebracht. Haar donkere pupillen keken me vol walging aan.

'Je liegt.'

'O ja? Vraag het hem zelf maar!'

'Je verzint maar wat. Je moet opgenomen worden, je hoort in een inrichting thuis. Iedereen weet dat!' Snel stak ze de straat over.

Aan de overkant stond Hugo op haar te wachten. Een klein lachje speelde om zijn lippen, spottend, alsof hij ervan genoot dat twee vrouwen om hem vochten. Dat lachje kende ik maar al te goed. Vroeger dacht ik dat hij me daarmee wilde verleiden. Nu besefte ik de werkelijkheid. Hij minachtte me.

Ik sprong op mijn fiets en reed zo snel mogelijk naar kantoor. De wind waaide in mijn gezicht, maar gaf me geen verkoeling.

Ik verdien beter, herhaalde ik als een mantra tegen mezelf. Maar nu vielen de woorden dood.

13

Bij het beginpunt van lijn 3 kletsten Saskia en ik nog wat totdat de tram vertrok. Saskia ging naar haar werk op de universiteit, ik fietste naar Karman en Partners. Daar deed ik de kantoordeur van het slot, pakte de kranten uit de brievenbus en legde ze op de tafel in de receptie. Meteen ging de telefoon. Toen ik opnam, hoorde ik de vrolijke stem van Edo Flinck, een makelaar die een klein kantoor had in Amsterdam-Noord. Ik zou vandaag zijn boeken controleren en in orde maken.

'Ik heb nog wat rekeningen gevonden, Netty. Kan ik die nog aanleveren?' Flinck was een van mijn favoriete klanten en altijd joviaal.

We praatten wat over koetjes en kalfjes, terwijl ik *Het Parool* doorbladerde. Edo Flinck was midden in een anekdote over een ontruiming toen mijn oog op de pagina met overlijdensadvertenties viel.

'Onverwacht is van ons heengegaan mr. Paulus Johannes Maria Hoefnagels, in leven advocaat, procureur en mediator. Zijn plotselinge overlijden heeft ons diep geschokt.'

Het duurde een paar seconden voor ik besefte dat deze Hoefnagels mijn mediator was.

'Sorry Edo, ik moet ophangen.'

Met ingehouden adem bestudeerde ik de pagina. De advertentie was afkomstig van zijn kantoorgenoten. Er stonden nog meer rouwadvertenties. Mr. Hoefnagels liet een vrouw en twee dochters achter. Hij was slechts zesenzestig jaar geworden en was ridder in de Orde van Oranje-Nassau. De Hartstichting bedankte hem voor zijn jaren in het bestuur en voor zijn fondsenwerfactiviteiten. Ook de Amsterdamse Orde van Advocaten had een condoleancebericht geplaatst, net als een vereniging van scheidingmediators.

Ik legde de krant weg. Mr. Hoefnagels leefde niet meer. Ik hoorde zijn vriendelijke woorden weer: 'Jij verdient beter.' Wat een onwerkelijk idee dat hij kort na onze mediation was gestorven. Somber ging ik achter mijn computer zitten. Elke lust om aan de slag te gaan was me ontnomen. Ik moest oppassen niet depressief te worden. Ik pakte het dossier van makelaarskantoor Flinck erbij, maar de cijfers, de overboekingen, de gegeven verantwoording, ik kon me er nauwelijks op concentreren. De letters en getallen dansten voor mijn ogen, terwijl in mijn gedachten de gebeurtenissen met Hugo en Wanda op het kantoor van mr. Hoefnagels versneld door mijn hoofd schoten. Het nieuws over mr. Hoefnagels putte me uit. Mijn energie was op. Ik staarde naar de foto aan de muur tegenover me, mijn koffie werd koud.

Toen vloog de buitendeur open. Een groter contrast met mijn gemoedstoestand was niet mogelijk. Neuriënd kwam meneer Karman het kantoor binnen, hing zijn jas in de garderobe en riep iets over het nieuws dat hij op de autoradio had gehoord. Even later kwam hij met een dik dossier naar me toe. 'Dit is additionele informatie van die grote cliënt, notariskantoor Kessels. Kijk jij ernaar?' Hij legde het dossier op mijn bureau en draaide zich om zonder mijn reactie af te wachten. Concentreer je. Aan het werk, Netty, zei ik tegen mezelf.

Het kleine kantoor van Karman en Partners lag op een mooie plek, vlak bij het IJ en ernaartoe fietsen, de overtocht met de pont en dan met mijn eigen sleutel naar binnen gaan, voelde vaak als een bevrijding voor me: dit was wat ik goed kon, hier voelde ik me veilig en gewaardeerd. Bart en mijn schoonmoeder waren ver weg.

Karman was een goede accountant, maar hij was de laatste jaren steeds drukker met het binnenhalen van klanten en het managen van het kantoor. Daardoor kwam veel van zijn werk op mij neer. Ik pakte het dossier dat meneer Karman zojuist op mijn bureau had gelegd. 'Notariskantoor Kessels' stond er op de rug van de map. De afgelopen twee maanden had ik zijn boeken ook gedaan en steeds klopte er iets niet. Nu ook weer. In de tabellen die ik nu voor me had liggen zag ik periodieke overboekingen naar steeds dezelfde bankrekening met als beschrijving 'deelbetaling'. Elke week hetzelfde bedrag. De non-descripte omschrijving viel op omdat de andere wel gedetailleerd waren. De totale som zoals me die was aangereikt door het notariskantoor, klopte niet. De periodieke betalingen waren er niet in verwerkt. Nadat ik de documenten een paar keer had gecontroleerd en steeds tot dezelfde conclusie was gekomen, pakte ik de telefoon. Ik belde het kantoor en kreeg de secretaresse van notaris Kessels aan de lijn. Ze verbond me met hem door.

'Mijn naam is Netty Geel van het accountantskantoor Karman en Partners. Ik heb een vraag over zeventien overboekingen. Er staat geen beschrijving bij en ze zijn niet in de totaalstaat opgenomen. Kunt u me wat meer informatie geven? Ik kan ze niet duiden.'

Mijn vraag was to the point en redelijk.

'Mevrouw, dit is wel heel ongebruikelijk. De cijfers spreken voor zich.' Kessels klonk vijandig.

'Toch snap ik het niet. Ik heb er al een keer eerder contact over opgenomen, maar werd niet teruggebeld.'

'Dan is de boodschap kennelijk niet overgekomen. Dit zijn de gegevens die we verstrekt hebben en u moet ze gewoon verwerken. Punt uit.'

'Maar de cijfers en de optelsommen kloppen niet!' Mijn stem schoot omhoog.

'Nou wordt-ie helemaal mooi. Ik laat me niet de les lezen door iemand van de administratie!'

Verbaasd door zijn felle reactie begon ik nog eens uit te leggen wat me aan de overboekingen en de optelsom was opgevallen, maar de notaris onderbrak me.

'Mevrouw,' zei hij. 'Ik heb hier geen zin in. Ik wil dat u gewoon mijn gegevens verwerkt en niet moeilijk doet.'

Ik liet een stilte vallen en telde tot tien, zoals ik vorig jaar van mijn therapeut had geleerd.

'Ik wil dat Karman snel een goedkeuringsverklaring afgeeft.' Hij klonk autoritair en gehaast, alsof hij elk moment de hoorn op de haak kon gooien.

'Nee,' zei ik gedecideerd. 'Als ik dit zie en doe wat u zegt, dan is dat fraude en aan fraude werken wij niet mee.'

Ik was alleen in mijn kantoor en hoorde de trilling in mijn stem.

'Fraude? Fraude?' Hij ontplofte aan de andere kant van de lijn. 'Mevrouw Geel is het, toch?' Hij wachtte niet op mijn reactie. 'Mevrouw Geel, ik snap dat u uw werk goed wil doen en er trots op bent dat u een onduidelijkheid hebt opgespoord. Chapeau! Maar ik wil dat mijn boeken niet meer door u, maar door Otto Karman zelf worden gedaan. Laat hem maar contact met mij opnemen. Dan regelen we het verder wel.'

'Meneer Kessels, ook meneer Karman zal dezelfde vragen hebben. Hij zal aan deze cijfers geen goedkeuring kunnen geven.'

Nu werd Kessels echt kwaad. Ik hoorde hem briesen door de telefoon. 'Ik gebied je te doen wat ik zeg.' Hij liet er een krachtige vloek op volgen.

‘Meneer Kessels, u hoeft niet zo tekeer te gaan.’ Het zweet stond in mijn handen.

‘Weet je wel tegen wie je het hebt!’ fulmineerde hij. ‘Ik ben kandidaat-notaris, ja!’

‘Uw titel zegt me niks. Ik ga op de boeken af. En die kloppen niet. Ik zal mijn baas, meneer Karman, hierover informeren.’

‘Als jij niet doet wat ik zeg, Netty Geel, dan kom ik hoogstpersoonlijk naar jullie kantoor. Dan zul je eens zien wat er gebeurt!’

Het gesprek liep zo snel uit de hand dat ik steeds een zin achterliep.

‘Is dit een dreigement? U bent notaris. Althans kandidaat-notaris. Dat had ik niet van u verwacht.’

‘Arrogante trut. Wacht maar, hier kom je niet mee weg! Jullie kantoor zit toch in Noord? Je bent zeker alleen op kantoor dat je me een grote bek geeft?’

Tegen zoveel agressie kon ik niet op. Ik verbrak de verbinding. Je verdient beter, had mr. Hoefnagels gezegd. Mijn handen beefden. Ik had zin in een sigaret, ook al was ik jaren geleden gestopt met roken. Ik keek naar buiten en voelde mijn onmacht overgaan in woede. Kessels wist nog niet met wie hij van doen had. Mijn knieën knikten toen ik op de deur van de kamer van meneer Karman klopte.

‘Wat is er?’

Ik vertelde wat er was gebeurd.

‘Ben je rustig gebleven?’ vroeg hij. ‘Kessels is een cliënt van wie ik veel verwacht. Hij is gelieerd aan andere notariskantoren, een vette vis. We kunnen het ons niet veroorloven hem zomaar te laten gaan.’

‘Zomaar?! Die administratie klopt van geen kanten en hij bedreigde mij,’ zei ik met stemverheffing. ‘Ik had verwacht dat u achter me zou staan.’

Er speelde een lachje om Karmans mond. ‘Ach kom. Dit is Amsterdam. De soep wordt niet zo heet gegeten. Waarschijnlijk had hij gewoon een pesthumeur. Je moet alles niet zo letterlijk nemen.’

Iets in dat lachje van hem maakte me onverzettelijk. Ik liet me niet afschepen. Met de papieren in de hand liep ik naar zijn bureau. 'Otto,' zei ik, 'ik zou graag willen dat je zelf deze tabellen even bekijkt.' Verschrikt keek hij me aan. Ik tutoyeerde hem nooit, noemde hem nooit Otto, niemand van ons noemde hem bij zijn voornaam. Kennelijk zag hij dat het mij menens was. Ik zag iets van bewondering in zijn ogen. 'Hier!' Ik legde de papieren voor hem neer en bleef voor zijn bureau staan.

'Oké, oké. Ik kijk wel even.' Hij liep met zijn vinger de overboekingen langs en controleerde de totaalsommen, terwijl ik met mijn handen in mijn zij stond te wachten.

'Ik moet toegeven, dit ziet er vreemd uit.'

Hij pakte de telefoon. 'Ben benieuwd hoe hij tegen mij reageert.' Hij gebaarde naar een stoel. Ik ging aan zijn bureau zitten en luisterde mee.

'Ja, met Otto Karman hier. Begrijp ik het goed dat er een probleem was met mijn medewerkster Netty Geel?'

Karman knikte, mij aankijkend. Een opgewonden stem schalde aan de andere kant van de lijn. Karman hield de hoorn even van zijn oor en trok een grimas.

'Ja, nee. Ja. Nee. Dat kan toch niet de bedoeling zijn,' zei Karman droog. Wat? Liet hij me toch vallen? Maar ik had zijn reactie verkeerd geïnterpreteerd.

'Luistert u eens goed, meneer Kessels. Zo gaan wij hier niet te werk. Mevrouw Geel had volkomen gelijk.' Meneer Karman gaf me een knipoog en maakte met zijn hand een gebaar in de lucht alsof hij zijn vingers had gebrand.

'Ja, prima. Geen probleem. We geven de opdracht terug. U krijgt de slotfactuur en de stukken vandaag nog retour. U zoekt maar een andere accountant. Goedemiddag!'

Meneer Karman gooide de hoorn op de haak. 'Wat een hufter!' liet hij erop volgen. 'Nou, je had gelijk. Die man is niet te vertrouwen. Verzamel alle stukken, bel de bodedienst en we zijn van alles af.'

'Zal ik aangifte van bedreiging tegen hem doen?'

Karman keek me aan alsof ik iets heel buitenissigs voorstelde. Hij tuitte zijn lippen en zei toen: 'Nee, laat toch zitten. Van die man horen we nooit meer iets. Als ik die cijfers zo zie, denk ik dat het niet lang duurt voordat hij tegen de lamp loopt en dan is-ie alles kwijt.'

Karman schikte de papieren, keek me even aan en zei: 'Goed werk, Netty. Maak je geen zorgen over deze charlatan.' Hij gaf me het stapeltje terug. Toen ik bij de deur was, riep hij me na.

'O, en Netty. Ik stel het wel op prijs dat je me blijft aanspreken met meneer Karman.'

Het duurde maar even dat ik genoot van mijn overwinning op Kessels, de rest van de dag ging als in een roes voorbij. Het gezicht van mr. Hoefnagels zag ik zo nu en dan voor me, en het mediationgesprek onder zijn leiding speelde zich steeds in mijn hoofd af. Dan weer hoorde ik het opgewonden geschreeuw van de kandidaat-notaris. Het leek alsof beide mannen in mijn hoofd waren gaan zitten, de ene vertegenwoordigde het goede, de andere het slechte. Soms begonnen ze een discussie met elkaar en moest ik met mijn hoofd schudden om hun stemmen tot bedaren te brengen.

Na de lunchpauze stond Edo Flinck met een plastic boodschappentas op de stoep. 'De rekeningen waar ik vanmorgen over belde.'

Ik nam de tas aan. 'Wil je die terug?' vroeg ik.

'Nee, en om het goed te maken dat ik je op het laatste moment nog lastigval, heb ik een zak zoete drop voor je meegenomen. Daar hou je toch van?'

Ik bedankte Edo Flinck en stopte twee dropjes in mijn mond. De rust keerde weer. Maar na dit intermezzo kwam de eenzaamheid in alle hevigheid op me af. Wat moet ik aan met mijn leven, vroeg ik me af. Wat wil ik? Waar en met wie? Aan het eind van de middag fietste ik naar de pont. Er stond een zacht briesje, maar het voelde alsof ik sterke tegenwind had. Uitgeput keek ik om me heen of ik geen vreemde auto's of figuren zag. Die verdomde Kessels. Het was voor het eerst van mijn leven dat ik was bedreigd. Ik was bang.

Maar, zei de stem van mr. Hoefnagels tegen me, ik had me ook verweerd tegen die klootzak. 'Je mag trots op jezelf zijn, Netty Geel!' Ik voelde zijn steun, maar tegelijk overviel me de droefenis van zijn overlijden. Een moment later waren de stemmen in mijn hoofd verdwenen en was ik weer alert. De andere passagiers op de pont keken voor zich uit, niemand lette op mij. Toch had ik het gevoel dat iemand mij in de gaten hield, dat ik achtervolgd werd. Ik klemde mijn kaken op elkaar om het klapperen van mijn tanden tegen te gaan. Telkens weer dacht ik aan Kessels' uitbarsting. Ik begreep er niets van. Een heleboel vragen tolden door mijn hoofd. Hoe kon het telefoongesprek zo snel ontsporen? Wat was mijn rol daarin geweest? Had ik het kunnen voorkomen? Onwillekeurig doemden recente gebeurtenissen voor me op, ik kon me er niet tegen verzetten. Ik zag de gorilla in Artis. De moord op Maria Torres en de bossen bloemen bij haar voor de deur. Mijn schoonmoeder met haar impertinente vragen. De man met het kale hoofd die me op de fiets tot aan mijn huis was achtervolgd. Bart die Hugo en Wanda wilde uitnodigen bij ons thuis te komen eten en me bij onze laatste ruzie onverwacht had uitgescholden en had gezegd dat ik niet spoorde. De plotselinge dood van mr. Hoefnagels. En nu het dreigement van Kessels.

'O nee!' ontsnapte aan mijn keel.

Ik schrok van mezelf, mijn stem klonk zo scherp. Om me een houding te geven bestudeerde ik de bel aan het stuur van mijn fiets en schroefde de dop los. Sommige mensen keken om. Ik zag ze denken: wie is die vrouw die in zichzelf praat? De oudere vrouw die met haar fiets naast me stond schoof bij me vandaan, zoals je je uit de voeten maakt voor een grommende hond. Toen de veerpont achter het Centraal Station aanmeerde was ik zo moe dat ik het niet op kon brengen op mijn fiets te springen. Gelaten liep ik, met de fiets aan mijn hand, over het fietspad naar huis.

14

Zoals gewoonlijk was Saskia te laat. Ze had de sleutel van ons huis en zette haar schoenen bij de kapstok in de gang. Op sokken kwam ze de huiskamer binnen.

'Sorry, sorry, ik kreeg onverwacht een telefoontje.' Ze plofte naast me op de bank en plukte een pluisje van haar trui. In de verte hoorde ik de sirene van een brandweerwagen.

'Vorige week was je niet bij de stille tocht. Wat jammer,' ging ze in één moeite door. 'Er waren bijna veertig mensen. We liepen met witte ballonnen naar het huis van Maria Torres en hebben ze daar opgelaten. Het heeft nog in *Het Parool* gestaan.'

Ik voelde me schuldig dat ik na de eerste besprekingen niet had geholpen met de organisatie en niet was komen opdagen.

'De hele discussieclub was er. Angelique had witte T-shirts laten bedrukken. Bea, Fanny en Trees hadden op grote stukken karton leuzen geschreven, en Lidwien had alle kranten gebeld.'

Ik stond van de bank op, liep naar de keuken en riep vandaar: 'Ik was zo moe. Al dagen voelde ik me niet lekker, ik kon het gewoon niet opbrengen.'

Op het dienblad zette ik twee glazen thee en een bord met speculaasjes.

'Snap ik, je moet goed voor jezelf zorgen. Zit er maar niet over in.'

Ze stond op, liep naar het raam aan de achterkant en keek de tuin in.

'Het schiet niet erg op. Waarom duurt het toch zo lang voordat je vijver is aangelegd?'

'Bart moet beton storten, maar hij stelt het steeds uit. Ik denk dat het deze maand afgemaakt wordt.'

Saskia blies op haar thee. 'Dat zou fijn zijn. Jullie tuin ziet er van bovenaf niet uit. Andere tuinen links en rechts zijn veel mooier.'

'Oké, Sas, zo kan-ie wel weer.'

Ik nam een speculaasje. We spraken over het sabbatical dat ze binnenkort op mocht nemen. Ze wilde een wereldreis van drie maanden maken en beschreef de landen die ze wilde aandoen. Ik hing aan haar lippen. Ze zag mijn enthousiasme. Plotseling vroeg ze: 'Waarom ga je niet een tijdje met me mee?'

'Ik? Wat zou ik dat graag willen, maar ik kan Leon toch niet alleen laten. Zo lang kan ik ook niet zonder hem.'

'Hoezo alleen? Bart en je schoonmoeder kunnen toch voor hem zorgen? Al ga je maar een paar weken mee. Kom op, Netty, avontuur zou je goed doen.'

Saskia wist niet half hoe haar woorden doel troffen. Ik zou niets liever doen dan met haar naar de eilanden in de Egeïsche Zee gaan. Santorini, de naam alleen al. Ik zag de witte huisjes met blauwe daken voor me, de steile rotswanden en het azuurblauwe water. Weg van hier, van dat naargeestige huis, van die rottuin, van dit leven.

'Leon moet leren dat zijn moeder niet altijd bij hem kan zijn.'

'Jij hebt makkelijk praten. Jij hebt geen gezin.'

'Het is maar wat je met je leven doet.' Ze keek me doordringend aan, alsof ze van mijn gezicht kon aflezen dat ik er een puinhoop van maakte.

'Wist je dat de vriend van Maria Torres nog steeds niet gepakt is?' veranderde ze van onderwerp. 'Ik zag het gisteravond in *Opsporing verzocht*. Zeg tegen Bart dat de politie aan deze zaak prioriteit moet geven. Doodeng dat die man vrij rondloopt.'

Nadat Saskia naar haar werk was gegaan, haalde ik Leon op van de peuterzaal. Ik besloot met hem naar huis te wandelen, het was heerlijk weer. We liepen langs de Brouwersgracht en vandaar de Jordaan in. Dit stukje Amsterdam was zo mooi. Ik hield van de woonboten, de grachtenpanden en de smalle straatjes. Voor Leon had ik een ijsje met slagroom gekocht bij de Italiaan op de hoek. Gek genoeg had ik het gevoel alsof dit een afscheidswandeling was. Hoe mooi dit deel van Amsterdam ook was, ik wilde ontsnappen. Naar Santorini of waar dan ook. Weg, vrij zijn.

Opeens vroeg Leon: 'Gaan we naar oom Hugo?' Ik zag wat hij bedoelde. We waren aan het eind van de Willemsstraat gekomen, bij de brug naar de Marnixstraat. Dit was verboden terrein. Aan mr. Hoefnagels had ik beloofd hier twee jaar lang niet te komen. Maar was het eigenlijk wel legaal dat ik me contractueel in mijn bewegingsvrijheid had laten beperken, schoot het door me heen. Het was toch mijn recht als burger om te gaan en te staan waar ik wilde als ik de wet maar niet overtrad? Vreemd dat ik me dat tijdens de mediation niet had afgevraagd. Ik was te zeer overdonderd geweest door het protocol van de bijeenkomst en de serieuze manier waarop mr. Hoefnagels onze problemen had opgelost. Nou ja, 'afgebakend' was een beter woord, want de beslissing dat ik niet meer bij Hugo en Wanda in de buurt mocht komen was natuurlijk geen echte oplossing. Besluiteloos stond ik aan de waterkant van de Lijnbaansgracht. Mr. Hoefnagels was dood. Waarom zou ik me dan nog laten beperken in mijn bewegingsvrijheid?

'Kom,' zei ik tegen Leon, 'we gaan via de Marnixstraat naar huis.'

Vastberaden pakte ik zijn handje en liepen we over de stoep aan de overkant van het huis waar ik ooit gelukkig was geweest. De zon verdween achter een wolk, het werd op slag veel kouder. We passeerden het portiek waar ik radeloos had gestaan, teruggetrokken in het duister, heimelijk de blik gericht op Hugo's raam aan de overkant van de straat. 'Jij verdient beter,' herhaalde ik als een mantra.

'Oom Hugo,' wees Leon.

Vlug dook ik het portiek in en trok Leon naar me toe. Voorzichtig keek ik omhoog. Inderdaad, ik zag Hugo en Wanda. Ze stonden bij de tafel aan het raam. Ik zag hen vanaf hun middel. Wanda had dezelfde oranje blouse aan die ze droeg toen ik haar voor het eerst had gezien in het trappenhuis. Hugo zag ik van opzij. Hij legde zijn hand op Wanda's schouder en trok haar naar zich toe. Ik deed een stapje naar voren om hen goed te kunnen zien. Toen zoende Hugo Wanda in haar nek en boog zich voorover. Ik schrok. Niet zozeer van de intimiteit, maar van het feit dat hij vervolgens zijn hoofd iets optilde en me recht in de ogen keek. Zijn blik hypnotiseerde me. Hij had me gezien en wilde me dat laten weten. Die minachting! Het gevoel misbruikt te zijn sloeg zijn klauwen in me. Hij genoot ervan dat ik daar weer stond, buiten in het portiek. Woest stapte ik naar voren het trottoir op.

'Kom Leon, we gaan rennen. Hou me vast!'

Snel maakte ik meters, vluchtte weg van zijn huis, op weg naar het mijne. Ik had Leon stevig bij zijn handje en trok hem met me mee.

'Fuck you, Hugo. Fuck you!'

Onderweg verloor ik mijn schoen en moest stoppen om hem weer aan te doen, hijgend en met verhoogde hartslag. Eenmaal onder het viaduct achter het Haarlemmerplein durfde ik uit te blazen.

'Even op adem komen, mama heeft te hard gelopen.' Leon had zijn best gedaan me bij te houden, hij hijgde net zo hard als ik. 'Lekker, even rennen,' zei ik tegen hem. Zijn grote onschuldige ogen keken me onderzoekend aan.

Ik inhaleerde diep en blies langzaam uit. Waarom was ik naar de Marnixstraat gegaan? Kalm, relax. Ik draaide mijn mantra van rustgevende woorden af en sloot mijn ogen. Leon en ik stonden in het donker, auto's raasden langs ons heen. Boven ons denderde een trein over het spoor, het deed de fundamenten van de overkapping trillen. Leon stak zijn handje naar me uit.

'We zijn er bijna,' zei ik en boog me voorover. 'Hoe gaat het, lieverd?' In zijn ogen zag ik vertrouwen, geloof in mij. De liefde van een kind voor zijn moeder. 'Mama houdt van je, heel veel.' Mijn ademhaling begon zich te normaliseren, ik was klaar voor het laatste stukje lopen naar huis. Op dat moment gleden Leons ogen over mijn schouder, hij zag iets achter mij, er veranderde iets in zijn blik, hij opende zijn mond.

'Zo schoonheid,' hoorde ik. 'Aan de wandel dit keer?'

Ik schrok. Naast me stopte de man met het kale hoofd, hij bleef op zijn fiets zitten.

'Ja, ja,' mompelde ik en trok Leon naar me toe.

'Je bent toch niet bang voor me?' Zijn stem klonk zacht en innemend.

Vanuit de donkerte van het viaduct kwamen we in het felle zonlicht.

'Sorry,' zei ik. 'Ik moet snel naar huis.' Op het trottoir ging ik strategisch aan de linkerkant lopen, zodat hij niet naast me kon blijven fietsen. Ik versnelde mijn pas. Hij fietste gelijk op met ons over de weg, de geparkeerde auto's tussen ons in.

'Je hebt mooie benen.'

'Sodemieter op.'

'Nou, nou, Netty, je bent een bitch. Daar hou ik van.'

Voor je blijven kijken, niet reageren, zei ik tegen mezelf. Het duurde een paar seconden, toen pas drong het tot me door.

'Hoe weet je mijn naam?' Sneller lopen. In de verte doemde het Zoutkeetsplein op met het beginpunt van tram 3. Misschien zouden er mensen bij de tramhalte staan, dan kon ik bij hen schuilen.

'Netty, Netty. Even je mooie koppie gebruiken,' schamperde hij.

'Mijn man werkt bij de politie. Als je niet weggaat, dan zorg ik ervoor dat je wordt opgepakt.'

'Mag ik dan geen praatje met iemand op straat maken? Is dat soms verboden?'

De stoeptegels lagen los, er zat een kuil in het trottoir, ik ontweek een hondendrol. Leon hield me niet meer bij toen ik nog sneller wilde lopen. In de verte kwam een ouder echtpaar onze kant op, nog even en ik kon hen om hulp vragen.

'Zeg tegen je man dat-ie minder nachtdiensten moet draaien. Zijn vrouwtje is dan alleen thuis. Wie weet wat ze dan allemaal uitspookt.'

Ik stopte abrupt, waardoor hij vooruit fietste. Hij stak zijn hand op.

'Groetjes thuis!'

Ik zag hem de brug over rijden en om de hoek van het café verdwijnen.

Nu pas merkte ik dat ik stond te trillen. Wie was hij? Wat wist hij van me? Kende hij Bart? Schokkerig haalde ik adem. Het echtpaar naderde. Leon zwaaide naar ze. De vrouw boog zich naar hem toe.

'Wat een schatje,' zei ze. Op dat moment had ik haar wel willen omhelzen, me aan haar vastklampen. Zolang ik met hen sprak, kon me niets gebeuren.

Ik begon ongeremd over Leon te vertellen. Haastig, verward. Hoe oud hij was, wat zijn lievelingsdier was en dat we een heel eind hadden gerend. Ondertussen hield ik het einde van de straat in de gaten, bang dat de man op de fiets me zou opwachten. Twee vriendelijke gezichten keken me aan.

'Hoe gaat het met u?' vroeg ik, nadat ze geduldig een tijdje naar mijn geraaskal hadden geluisterd. 'Het is heerlijk weer om buiten te zijn.'

'We gaan naar de bushalte op het plein,' zei de man. 'Kom,' zei hij tegen zijn vrouw. 'We moeten gaan.' Ze knikten me toe, een beleefde glimlach op hun gezicht.

'Dag kind,' riep de vrouw ons na. Leon glunderde en keek me aan.

'We gaan op huis aan, schat.' De angst die ik had gevoeld, zakte weg. Leon stak zijn handje in de mijne en langzaam liepen we naar onze straat. Op de hoek bleef ik even staan om te zien of de kust veilig was. Niemand te zien. Bij de voordeur wachtte ik. Stond hij misschien achter een auto? Ik ging naar binnen, sloot de voordeur en zette Leon voor de tv. De rust in huis overviel me. Ik controleerde alle ramen op de begane grond en ging naar boven. Zou ik een seresta nemen? De klootzak. In de badkamer keek ik in de spiegel. Ik zag de grijns van Hugo voor me en het kale hoofd van de man met de fiets. Met de punt van de handdoek maakte ik mijn gezicht nat. Het leek op een rotspartij waartegen woeste zeegolven hadden gebeukt. Toen begon de badkamer te draaien en werd het zwart voor mijn ogen.

15

Bart had zijn uniform aan en stond klaar om naar zijn nachtdienst te gaan, maar hij draalde. Hij was zijn haar vergeten te kammen, zijn buik hing over de broekriem. Hij deed zijn dienstwapen in de holster.

'Netty, we moeten praten.' Zijn kiezen maalden, de huid op zijn slapen bewoog op en neer.

'Wat is er toch met je aan de hand de laatste tijd? Ik heb het gevoel dat we helemaal geen contact meer hebben. We leven langs elkaar heen. Ik wil dat niet. Ik ben je man, ik hou van je. Praat met me!'

Hij stond tegen het aanrecht geleund. Zijn ogen waren vochtig.

Ik zat aan de eettafel en staarde door het raam naar de achtertuin.

'Misschien komt het door de medicijnen,' mompelde ik. 'Ik weet niet wat er met me is, maar ik voel niets meer.' Ik sloeg met mijn vlakke hand op mijn borst. 'Hier is een grote leegte.'

'Laat ik je het dan maar heel direct vragen. Hou je nog wel van me?'

Er viel een stilte. Die zei natuurlijk al genoeg.

Nu begonnen ook mijn ogen te tranen. Ik pakte een papieren servetje uit de houder en begon het in kleine stukjes te versnipperen.

'Zeg me wat ik anders moet doen,' smeekte Bart. 'Hoe kan ik ervoor zorgen dat het weer goed komt? Dat we leuke dingen gaan doen met Leon. Net als vroeger.'

Ik keek naar hem. Zijn gezicht was me zo vertrouwd, ik kende elke rimpel, elke sproet. En toch leek hij een vreemde voor me. Het was moeilijk te begrijpen waarom we zo ver uiteen waren gedreven. Ik zag zijn pijn en wilde die verzachten, maar op dat moment kon ik niet anders dan eerlijk zijn.

'Jij bent een fantastische vader voor Leon. Je bent goed voor mij. Ik heb ontzettend veel van je gehouden.' Mijn vuisten balden zich onder het tafelblad. 'Maar het gevoel is weg. Ik ben moe, ik ben eenzaam. Zo verdomd eenzaam.'

Ik stopte mijn gezicht in mijn handen en haalde piepend adem, zoals me dat ook in Artis was overkomen bij de gorilla's in het apenhuis. Bart was ongemerkt de keuken uit gelopen en schoof een stoel naast de mijne. Hij legde zijn hand in mijn nek en masseerde me zachtjes.

'Maar ik ben er voor je. En Leon is er, mijn moeder, Saskia, je ouders, de discussieclub, je collega's. Je hoeft je helemaal niet eenzaam te voelen.'

'Sabbatical,' sputterde ik in mijn handen. 'Saskia gaat een wereldreis van drie maanden maken. Ik zou zo graag met haar meegaan.'

'Een sabbatical, schat. Wat zeg je nou?' Hij liet zijn hand vallen en ging staan. 'Als je een gezin hebt, kun je er niet zomaar tussenuit.' Bart koos bijna dezelfde woorden die ik tegen Saskia had gebruikt. 'Maar we kunnen wel een lang weekend weggaan. Uitwaaien op Terschelling bijvoorbeeld,' vervolgde hij. Hij gaf een kneepje in mijn nek. 'Wat denk je daarvan?'

'Alsjeblieft zeg!' Het kwam diep vanuit mijn binnenste. Ik begon snel achter elkaar allerlei redenen te noemen waarom ik dat niet wilde. Waarom ik rust nodig had. De woorden stroomden uit mijn mond, ik had geen controle meer over wat ik zei, alsof mijn lichaam woorden lekte. Ze voelden als scheermesjes in mijn keel. Het was onredelijk wat ik spuide, maar het was opgekropt vuil dat eruit moest.

'Misschien moeten we uit elkaar gaan,' sloot ik mijn tirade af.

Bart keek me geschrokken aan, zoog zijn wangen naar binnen en wipte ongedurig met zijn been. Hij zakte onderuit. De stilte die volgde was bijna ondraaglijk.

'Ik doe mijn best. Maar ik weet het ook niet meer,' zei hij langzaam, meer tegen zichzelf dan tegen mij. Hij was zo redelijk, zo vol begrip. Maar ik moest aan mezelf denken. Zo doorleven ging eenvoudigweg niet meer.

'Het spijt me dat ik het je zo moeilijk maak. Ik wil dat niet. Jou valt niets te verwijten. Maar ik wil weg. Ik kan niet meer.'

'Maar Leon dan?'

'Ik wil weg.'

Nu zag ik een flits van woede in zijn ogen. Voordat ik in de gaten had wat er gebeurde, haalde hij uit. Hij sloeg me in het gezicht. 'Jij blijft bij ons,' riep hij. Hij begon te huilen. 'Je laat ons niet in de steek.'

Ik sprong op. 'Hoe durf je, lul!'

Tranen liepen over Barts wangen. 'Sorry, sorry. Ik weet niet wat ik doe. Ik ben radeloos,' zei hij.

'Ik heb hoofdpijn, ik ga naar boven,' zei ik met mijn hand over mijn wang wrijvend. Ik had alle reden om kwaad op hem te zijn, maar ik voelde een mengeling van emoties die elkaar neutraliseerden. Ik keek naar hem en dacht alleen maar dat ik bij hem weg wilde. Bart bleef aan tafel zitten en staarde voor zich uit.

'Ik wou dat het anders was,' zei ik bij de deur naar de gang. Op dat moment realiseerde ik me dat het voorgoed voorbij was. Verslagen keek hij me na. Ik nam de trap naar boven, deed de deur van de slaapkamer achter me op slot, liet me op het bed vallen en sloot mijn ogen. In eerste instantie had het me alleen een beetje opgelucht tegen hem te zeggen dat we uit elkaar moesten gaan, maar toen hij me een klap had gegeven, was ik als het ware ontwaakt. Het begon te voelen alsof er een aardbeving had plaatsgevonden en verschillende aardlagen in mijn lichaam waren verschoven, piepend en knarsend. Mijn leven was voorgoed veranderd, er was geen weg meer terug.

'Netty, doe open. Netty!' Bart morrelde aan de slaapkamerdeur.

Ik draaide me op mijn zij en pakte mijn Nokia van het nachtkastje. Ik moest in actie komen. Nu.

'Het spijt me, oké?' Bart droop af, langzaam nam hij de trap naar beneden, terwijl ik de telefoon liet overgaan.

Een mannenstem antwoordde.

'Met Netty Geel. Is dit Edo Flinck?'

'Ha Netty. Wat een eer jou na kantoortijd aan de lijn te krijgen. Je hebt geluk. Ik ben net klaar met een vergadering en heb mijn jas al aan om naar huis te gaan.'

In smalltalk had ik geen zin. 'Heb je met spoed een tijdelijke woning voor me, Edo?'

'Is er zo'n haast bij?'

'Ja, als het kan morgenochtend.'

Hij floot even tussen zijn tanden. 'Zo snel? Gaat het wel goed met je?'

'Hier thuis kan de bom elk moment barsten. Ik wil de explosie voor zijn.'

'Oké, ik stel geen vragen. Laat me kijken.'

Op de achtergrond hoorde ik hem een bureaula opentrekken. Papieren ritselden.

'Er is een gemeubileerde etage in de Vogelbuurt in Noord per direct beschikbaar. Het is onderhuur. De bewoners zijn voor een halfjaar naar hun flat in Torremolinos. Je zal nog wel wat moeten schoonmaken en stel je van het interieur niet te veel voor. Het is veel oude meuk.'

'Hoeveel kamers heeft het? Ik wil dat Leon een eigen kamertje heeft.'

'Drie.'

De huur viel mee. De woning was niet ver van Karman en Partners. Voor een paar maanden zou het een mooie tussenoplossing zijn. Ik sprak af dat ik snel het contract zou komen tekenen. De waarborgsom en een maand huur zou ik vanavond nog overmaken.

'Eén ding, Netty. De buurt zelf is niet al te best. Er is drugscriminaliteit, werkloosheid. Er wordt veel ingebroken. Als vrouw moet je 's avonds niet alleen over straat gaan.'

'Dat zeg je nu pas.'

'Daarom is de huur zo laag. Je kunt er meteen in als je wil.'

Na het telefoongesprek werd ik rustiger en kon ik mijn gedachten ordenen. Bart had nachtdienst en zou pas de volgende ochtend terug zijn. Ik had geld nodig om de eerste tijd door te komen. En ik moest beslissen wat ik met Leon zou doen. Zou ik hem morgenochtend meteen meenemen? Of zou ik hem later komen halen, als ik gesetteld was? En hoe moest ik het Bart vertellen? Ik was bang dat hij zijn zelfbeheersing zou verliezen, dus dat moest ik tactisch aanpakken.

Ik staarde naar het plafond in de hoek van de kamer. Ik zag mezelf op ons bed liggen, een jonge vrouw, vastberaden risico's te nemen en de teugels van haar leven op te pakken. Ik zou me niet meer door mijn man, mijn schoonmoeder, mijn ouders, mijn ex-minnaar en diens vriendin laten leiden. Ik zou mijn eigen keuzes maken. De toekomst, mijn toekomst en die van Leon, lag open.

'Netty, Netty.' Bart stond weer voor de slaapkamerdeur. De klink ging naar beneden.

'Ik heb een slaappil genomen,' loog ik. Hij probeerde de deur open te duwen. Toen dat niet lukte, schuifelden zijn voeten in het halletje.

'Doe je voorzichtig?' Hij klonk bezorgd. Zoveel redelijkheid. Ik trok het laken over mijn hoofd en hield mijn adem in.

'Wil je dat ik mijn moeder bel om op Leon te passen en een oogje in het zeil te houden?'

'Nee. Het gaat wel. Dank je. Ga nu maar, straks kom je te laat.'

Bart liep de trap af, aarzelend. Halverwege stopte hij. Zou hij weer terugkomen? Maar even later hoorde ik de voordeur dichtslaan.

Nadat ik drie koffers had gepakt, sloop ik naar Leons kamer en ging op de rand van zijn bedje zitten. Hij was in diepe slaap. Met zijn lippen een beetje van elkaar maakte hij puffende geluidjes. Ik streek hem over zijn bolletje, zijn krullen dun en warm. Hij rook naar vruchtenshampoo. Wat hield ik van hem. En wat groeide hij snel. Amper vier jaar geleden zat hij nog in mijn buik en nu lag hier een mensje met een eigen karakter.

'Ik laat je niet alleen, lieverd. Mama komt snel terug,' fluisterde ik. Ik bleef nog een tijdje zitten en keek naar mijn slapend zoontje, terwijl ik hem streelde.

Zo geluidloos mogelijk bracht ik de koffers een voor een naar beneden. In mijn handtas stopte ik mijn pillen, mijn Nokia en oplader, wat make-upspullen en het geld uit de huishoudpot. Ik pakte mijn briefpapier en ging aan de tafel in de huiskamer zitten. Tijdens het inpakken had ik de tekst van de brief geoefend. Nu moest ik het alleen nog netjes opschrijven. Een merkwaardige kalmte had zich van me meester gemaakt. Nu de kogel door de kerk was, verdwenen alle twijfel en onzekerheid. Helder zag ik het doel dat ik voor ogen had. Vrijheid, op eigen benen staan, geen rekening meer houden met anderen.

Ik drukte mijn ballpoint in.

'Bart,' schreef ik. De bel ging. Ik schrok en sprong op.

Ik liep naar de voordeur. 'Wie is daar?'

Een vrouwenstem antwoordde. 'Netty, ik ben het.'

Ik deed de deur open. Saskia stond pal voor me met een sigaret in haar hand. Ze inhaleerde diep. Ze blies de rook mijn kant op. Ze had laarsjes aan waarvan de rits openstond, alsof ze in haast de trap af was gerend.

'Hoelang zijn jullie nog met de tuin bezig?' Die vraag verraste me. Ze keek me uitdagend aan. De woorden kwamen er moeizaam uit. Ik rook de alcohollucht, ze was weer gaan drinken.

'Heb je er last van?'

Ze had een dikke tong en stond wankel op haar benen. 'Andere buren hebben een mooi gazon met bloemen en planten.' Ze verloor bijna haar evenwicht en zocht steun bij de deurpost.

'En jullie.' Ze kreeg de hik. 'En jullie hebben een berg zand en een kuil.'

'Er moet alleen nog beton gestort worden. Dat had ik je al verteld. Zodra Bart tijd heeft, begint hij.'

'Wanneer dan? Dat wil ik nou weleens weten.'

'Ik zie dat je weer rookt. En drinkt.' Dat was onder de gordel, maar wel effectief.

Saskia nam een trekje van haar filtersigaret en priemde haar vinger beschuldigend naar me. Haar gezicht betrok. Ze straalde een intense droefheid uit. 'Nooit kun je eens normaal reageren op wat iemand zegt. Altijd in de tegenaanval.'

Ik herpakte me. 'Sas, zodra we er tijd voor hebben, gaan we de tuin doen. Maak je maar geen zorgen.'

'Zal mij benieuwen,' mopperde ze.

'Je gaat deze week toch op wereldreis?' vroeg ik.

'Ik weet niet of ik nog ga, ik zie ertegen op.' Ze gooide haar sigaret naar de lantaarnpaal en keek de straat af. Haar lip begon te trillen.

'Je gaat,' knikte ik haar toe in een poging zelfvertrouwen uit te stralen. 'En als je terug bent uit Japan, zul je eens zien hoe mooi de tuin is.'

'Sorry dat ik een pesthumeur heb,' zei Saskia langzaam. 'Mijn date heeft me laten zitten.'

Ik had haar graag in vertrouwen willen nemen, ik verlangde naar iemand aan wie ik over mijn besluit kon vertellen dat ik morgenochtend in alle vroegte zou vertrekken. Maar in deze toestand was Saskia niet de aangewezen persoon.

'Geeft niks,' zei ik en ik streek met mijn hand over haar wang. 'Je gaat een mooie tijd tegemoet. De wereld ligt aan je voeten.'

Haar blik verraadde dat ze me niet geloofde. Verrassend trefzeker stak ze de sleutel in de voordeur naast die van ons. 'Ik zie je,' zei ze.

Ik ging weer naar binnen, liep naar de koelkast en schonk mezelf een glas witte wijn in. Boven me hoorde ik Saskia's voeten hard op de trap bonken.

Aan tafel keek ik naar het lege vel briefpapier, waarop alleen de aanhef 'Bart' stond. De meubels in de huiskamer, de fruitschaal op de tafel, het tv-scherm op het tafeltje tegen de muur, het vloerkleed. Alles keek me beschuldigend aan. Hoezo mijn man verlaten en mijn kind tijdelijk bij hem achterlaten?

Toch pakte ik de pen en begon te schrijven. Geholpen door de alcohol vloeiden de woorden als vanzelf op het papier. Ik moest duidelijk zijn en me niet door medelijden laten leiden. Alles wat ik op dat moment aan Bart kwijt wilde, kwam keurig tussen de lijntjes te staan.

Ik schonk mezelf nog een glas in. Wat nu? Hoe zou ik de rest van de avond en de nacht doorkomen? Zou ik kunnen slapen? Terwijl ik zat te mijmeren, hoorde ik buiten een vreemd geluid. Alsof iemand aan het zagen of schuren was. Ik liep naar het raam en schoof het gordijn een beetje opzij om te zien of Saskia weer voor de deur stond. In de verte aan de overkant van de straat zag ik half achter een auto een silhouet in de duisternis. De figuur dook het portiek in en verdween uit het zicht, maar kon dat geluid nooit hebben veroorzaakt. Was het de man met het kale hoofd? Ik begon bang te worden. Het licht van de straatlantaarn scheen op de geparkeerde auto's. Het geluid kwam van vlak bij de voordeur, maar die kon ik vanwaar ik stond niet zien. Ik deed het gordijn weer dicht. Een rilling van angst golfde over mijn rug. Ik was alleen thuis, Leon sliep boven. Hoe moest ik me tegen inbrekers verzetten? Mijn telefoon lag nog in de slaapkamer. Vlug liep ik naar de keuken en pakte het vleesmes uit de bestekla. Ik deed de lichten in de huiskamer en de gang uit en sloop naar de voordeur, mijn adem inhoudend. Opeens klepperde de brievenbus. Van schrik sprong ik achteruit. Ik hield het mes voor me. Weer hoorde ik dat geluid, alsof iemand met een pannenspons over de voordeur schuurde. Doodstil stond ik in het donker achter de kapstok. Mijn ademhaling versnelde, ik hoorde mezelf hijgen. Kalm, relax, ontspan, rustig blijven.

Toen ging de bel, hard, meedogenloos.

'Wie is daar?' hoorde ik mijn stem. Geen antwoord. Is Leon veilig, schoot het door me heen. Ik moet hem verdedigen. Het mes in mijn hand trilde. Iemand stak een sleutel in het slot. Mijn knieën knikten. Tergend langzaam ging de deur open. Ik hief mijn arm op.

BART

16

Dagenlang had ik als bevroren thuisgezeten. Netty zag ik, hoorde ik, voelde ik, rook ik. Keer op keer las ik haar afscheidsbrief. En elke keer zei ik tegen mezelf dat ik actie moest ondernemen, maar ik kwam tot niets. Mijn moeder kookte voor me, zorgde voor Leon, ik liet het me aanleunen, maar als ze over Netty begon, klapte ik dicht. De begintijd van onze relatie kwam helder in mijn gedachten. Ik herinnerde me hoe we plannen maakten, we waren vol vertrouwen in de toekomst. Ik zag haar gave, witte tanden voor me als ze lachte, haar gedweep met honden die ze altijd aanhaalde als we op een terrasje zaten. Hoe ze jarenlang cola light dronk, totdat ze las hoe slecht aspartaam voor je lichaam was. Van het ene op het andere moment deed ze het in de ban. Ik zag onze wintersportvakantie voor me en hoe ze gillend de helling af skiede. We hadden geweldige momenten samen gehad. Hoe had ik het kunnen laten gebeuren dat we zo uit elkaar waren gegroeid?

Pas na een week schudde ik mijn apathie van me af en belde naar Netty's collega Cyntha op het accountantskantoor in Amsterdam-Noord. Ik zag enorm tegen het telefoontje op.

'Bart, wat toevallig. Ik had je op mijn lijstje staan om te bellen. We wachten met smart op Netty. Ze neemt haar telefoon niet op. Waar is ze?'

'Goede vraag. Daarom bel ik. Ze is weg.'

'Weg? Wat bedoel je?'

Staccato vertelde ik dat Netty een nieuw leven wilde beginnen en geschreven had dat ze een tijdelijke woning had gevonden. 'Dus ze is ook niet op het werk geweest,' besloot ik.

Ik hoorde de opwinding in Cyntha's stem.

'Waar zou ze dan zijn, Bart, waar kan ze zijn?' Ze vertelde me dat Netty een week vrij had genomen genomen en gisteren weer zou beginnen, maar niet was komen opdagen zonder zich af te melden.

'Vrijdagmiddag is het werkbezoek van de directeur van een groot advocatenkantoor in Amsterdam-Zuid ingeroosterd. Meneer Karman wil dat Netty zo snel mogelijk op kantoor komt. Hij wil kritische vragen met haar oefenen.'

De problemen op Netty's werk konden me gestolen worden. Ik had andere dingen aan mijn hoofd.

'Heeft ze gezegd wat ze in die week zou gaan doen?' vroeg ik, me schamend dat uitkwam hoe slecht mijn communicatie met Netty was geweest.

'Dat zou jij toch moeten weten,' reageerde Cyntha. Ze had natuurlijk gelijk. Ik wist even niet hoe te reageren en viel stil.

'Sorry Bart. Dat bedoelde ik niet zo. Het kwam er verkeerd uit. Ik geloof dat Netty zou helpen met jullie achtertuin. Ze had verteld dat het de hoogste tijd werd voor een vijver met goudvissen erin.'

Die kutvijver van haar. Natuurlijk had ik die kuil dichtgegooid. Dat was zo'n beetje het enige waar ik de afgelopen dagen toe gekomen was. Bij elke schep aarde vervloekte ik Netty. Daar waar ik oorspronkelijk beton zou storten had ik rododendrons geplant. Volgens het tuincentrum blijven de struiken groen, ook in de winter.

'Tja, wat kan ik zeggen. We hebben privéproblemen.'

Zou ik Cyntha vertellen wat Netty me had geschreven? Ik aarzelde even. Het was alsof ik voor een horde stond waar ik niet overheen wilde springen.

'Ik wil een boodschap achterlaten. Ze moet me meteen bellen als ze binnenkomt. Het is dringend. Alsjeblieft, noteer het.'

Cyntha sprak me moed in. 'Netty loopt heus niet in zeven sloten tegelijk.'

Ik maakte wat bevestigende geluiden. 'Mag ik op je discretie rekenen? Dit is allemaal bijzonder pijnlijk.'

'Ja, dat snap ik,' zei Cyntha. 'Hoe kan ik jullie helpen?'

We spraken af dat ze de collega's en wat kennissen zou informeren en voorzichtig zou vragen of ze iets van Netty hadden gehoord. Zodra ze iets te weten kwam, zou ze me bellen. Zo snel mogelijk beeindigde ik het gesprek.

Netty had een week vrij genomen, me niets verteld en haar vertrek grondig voorbereid. Het voelde als dubbel verraad.

Mijn moeder was Leon van de peuterschool gaan halen en kon elk moment thuiskomen. Om haar vragen te ontlopen besloot ik naar mijn werk te gaan en daar verder rond te bellen. Frisse lucht had ik nodig, het was mooi weer, ik liep naar het hoofdbureau. In gedachten verzonken had ik de Jordaan doorkruist en was ik plotseling in de Marnixstraat beland. Vlakbij woonde Hugo. Zou ik even bij hem langsgaan en hem vertellen wat er was gebeurd? Vanaf de overkant van de straat keek ik of ik hem in de huiskamer aan tafel zag zitten. Maar toen ik bij het portiek tegenover zijn huis stilhield, zag ik dat zijn kamer donker was. In de vensterbank stond een ficus, de bladeren drukten tegen het glas. Ongetwijfeld was hij naar zijn werk. In mezelf pratend en met Netty discussiërend liep ik de Marnixstraat uit. Opeens stond ik voor de ingang van het hoofdbureau. Een van mijn collega's kwam net naar buiten.

'Hé Bart, jij had toch vrij genomen?'

Ik mompelde dat ik iets af moest maken, nam de trap naar boven en ging zo snel mogelijk naar mijn kamer. Daar zette ik een raam open en stak een sigaret op.

Ik belde naar Hugo's werk. De telefoon ging maar één keer over en toen nam hij al op.

'Zit je soms naast de telefoon?' vroeg ik.

'Leuke binnenkomer. Ik verwacht de bevestiging van een grote opdracht.'

Ik kwam meteen ter zake. 'Heb jij Netty de afgelopen week gezien?'

'Wat klink je opgefokt, man. Is ze er soms vandoor,' lachte Hugo.

'Doe effe serieus. Weet jij waar ze is? Eerlijk zeggen.'

Hugo's stem ging omlaag.

'Nee. Hebben jullie weer ruzie gehad?'

'Ja, nogal. Ze wil scheiden. Ze heeft een brief achtergelaten. Ze heeft een andere woning gevonden en zou nog contact opnemen, maar ik heb niets meer van haar gehoord.'

'Wow. Hoelang geleden?'

'Ze is nu een week weg.'

'Jezus. Een week? En je weet niet waar ze is? Heb je haar ouders gebeld?'

'Nee, nog niet. Ik wilde geen slapende honden wakker maken. Ze reageren altijd zo paniekerig.'

'Grote kans dat ze daar is. Een vrouw zoekt meestal als eerste hulp bij haar ouders. Je weet, ik spreek uit ervaring. Bij mijn vorige vriendinnen waren hun ouders het toevluchtsoord.'

'Ik ga ze zo bellen.'

Hugo schraapte zijn keel. 'Wat klote, Bart.'

'Ik geloof niet dat het goed komt tussen ons.'

'Waarom is ze ervandoor? Heeft ze dat geschreven?' Hugo's stem klonk wat weifelend, waarschijnlijk vond hij het ongemakkelijk om persoonlijk te worden. In onze vriendschap praatten we weinig over gevoelens, maar nu waardeerde ik het dat Hugo serieus op mijn ellende inging.

'Ze schrijft dat het op is, dat we niet bij elkaar passen, dat ze niet meer van me houdt, dat ze stikt en dat ze zonder mij verder wil.'

'Kut, zeg.'

Ik slikte en vermande me.

'Er is dus geen ander in het spel,' concludeerde Hugo.

'Nee, dat denk ik niet. Het is al heel lang aan de gang dat ze zichzelf niet meer is. Ze kan enorm opvliegend zijn en dan weer stil en somber. Ze heeft last van die stemmingswisselingen. Haar medicijnen hielpen niet goed. Volgens mij heeft ze een burn-out of zo.'

'Wat heb jij die hele week gedaan dan?'

'Heb me ziek gemeld, een paar dagen vrij genomen en nog een dienst gedraaid. Ik kwam eigenlijk tot niets, heb wat in de tuin gerommeld. Die verbouwing op de eerste etage heb ik afgeblazen. Ik heb geen zin in die klerezooi.'

'Snap ik. Wat doe je als ze straks op de stoep staat en spijt heeft?'

'O man, geen idee. Dat ze weg wilde, daar kan ik nog wel inkomen. De sfeer in huis was om te snijden, maar dat ze Leon achterlaat, vergeef ik haar niet. Welke moeder laat haar kind in de steek?' bauwde ik mijn moeder na.

'Zo is Netty niet. Ze komt hem vast vandaag of morgen halen,' zei Hugo. Er klonk iets van twijfel in de manier door waarop hij het zei, alsof hij elk woord afwoog.

'Laat je me weten als je van haar hoort?' Mijn stem trilde van emotie. 'Ik maak me echt zorgen.'

'Hoe is het met Leon?'

'Het is nogal verwarrend voor hem. Hij vraagt de hele tijd waarom ze weg is. Waarom, waarom? Het gaat maar door, vanmorgen op weg naar school nog. Gelukkig springt mijn moeder bij.'

'Als de nood hoog is, kun je hem bij Wanda en mij brengen. We kunnen best af en toe op hem passen als jij dingen moet regelen.'

Toen we hadden opgehangen moest ik tot mezelf komen. Dingen regelen, wat bedoelde hij daarmee? Door hem over de brief te vertellen drong de ernst van de situatie weer goed tot me door. Netty was er niet meer. Het was onomkeerbaar. Er was een tijd voor en na haar brief. Daar zat ik nou, een man die nu alleen voor zijn zoontje moest zorgen. Opeens realiseerde ik me dat ik veel basale dingen niet wist. Wat at Leon eigenlijk als lunch? Sliep hij 's middags nog?

Wat waren de contactgegevens van de juffen uit groep één?

Het liefst zou ik in bed kruipen, mijn ogen sluiten en de wereld om me heen vergeten, maar ik moest in actie komen. Waarom had ze ons dit aangedaan? Een cocktail van emoties raasde door mijn lichaam. Ik was kwaad, beledigd, maar ook bang en ongerust. En het vreemde was dat ik haar ook miste. Mijn gevoelens konden met de seconde wisselen. Het was afmattend. Mijn benen voelden zwaar aan, mijn armen trokken mijn schouders naar beneden. Het leek alsof mijn hele lichaam aan het verzakken was, naar de aarde neigde, alsof het wilde smelten, naar beneden druipen. Vermoeid hees ik me op. Ik zou meteen maar het moeilijkste doen, waar ik vreselijk tegen opzag. Ik ruimde mijn bureau op, en ging zonder collega's gedag te zeggen naar buiten.

Het waaide behoorlijk hard. Op het fietspad ploegden fietsers moeizaam tegen de wind. De tram rinkelde, auto's toeterden. Nog nooit was ik me zo van de stadsgeluiden bewust geweest. Ik liep dezelfde route terug. Niet ver van ons huis stond het politiebureau aan de Houtmankade, aan de overkant van het water. Ik was niet in uniform. De collega achter de balie kende ik niet. Ik trof het dat er niemand in de hal annex wachtruimte stond. Ik was meteen aan de beurt.

'Ik wil aangifte van vermissing doen. Van mijn vrouw.'

De collega achter de balie keek me een moment te lang aan. Ik voelde hoe ik werd gemonsterd. Zelf beoordeel ik een verdachte die ik voor het eerst zie op exact dezelfde manier. Vaak blijkt achteraf dat de eerste indruk juist was. Ik vroeg me af hoe ik overkwam. Dagenlang had ik me niet geschoren. Zo ruig ziet een man eruit van wie de vrouw is weggelopen. Ik toonde mijn politielegitimatie. Zonder iets te zeggen knikte de collega en pakte de telefoon.

'Er komt zo iemand bij je. Je kunt daar even wachten.'

De vloertegels in de gang waren grijs, de muren van donkere baksteen. Aan de wand hing een saaie zwart-witfoto van een fabrieksterrein. Achter me vloog de deur open. Een jonge agente stond op de drempel. Ze had blond, lang haar, blauwe ogen. Ze was lang en lenig.

'U bent de collega die aangifte komt doen,' zei ze vriendelijk, maar beslist. 'Kom mee naar boven, dan praten we daar verder.'

Ze stak haar hand uit. 'Maya Oliphant.'

'Bart Feenstra.' Mijn stem klonk zwaar. Ik schraapte mijn keel. Oliphant, dacht ik, wat een rare naam. Ik had geen zin in een beleefdheidsgesprekje, dus ik vroeg niets en liep zwijgend achter haar aan de trap op. Ze zette er stevig de pas in, haar lange benen namen soms twee treden tegelijk. Ik had niet de fut haar bij te houden en volgde in mijn eigen tempo.

'Al eens eerder bij ons op het bureau geweest?' vroeg Maya. Toen ik niet antwoordde, hield ze plotseling halt bovenaan de trap en keerde zich naar me om, alsof ze voorvoelde dat ik achterop was geraakt.

'Ik begrijp dat het moeilijk voor je is. We gaan hier serieus werk van maken.' Haar stem ging een beetje omlaag en ze sprak de woorden langzaam en nadrukkelijk uit. Haar betrokkenheid ontroerde me.

'Dank je,' zei ik. Een vlaag van zelfmedelijden overviel me. Hoe zou Maya Oliphant me zien? Als een jonge vader die in de steek was gelaten? Die het niet gelukt was zijn huwelijk te redden?

Ze nam me mee naar een kleine, sombere spreekkamer, met daarin een groene formica kantinetafel met vier zwarte plastic stoelen eromheen. Het kleine klapraam keek uit op een betonnen muur. In de vensterbank stond een plant te verpieteren. Maya deed het licht aan. Een tl-buis floepte aan.

'Welkom in onze spreekkamer,' zei ze met een verontschuldigend glimlachje. 'Onze designer is nog niet langs geweest, zoals je ziet.'

Ze pakte een oud aantekenblok. 'Ik zie je denken, maar ik maak gewoon aantekeningen en die werk ik later uit.'

'Ik denk niets,' zei ik korzelig. Moe van het traplopen ging ik tegenover haar zitten en kuchte.

'Vertel me 'ns. Wat is er gebeurd?' vroeg Maya meelevend. Ze boog zich over de tafel naar me toe. Haar blauwe ogen keken door me heen alsof ze mijn gedachten wilde lezen.

Ik wendde mijn blik af en bestudeerde mijn handen. Mijn trouwring leek me een verwijt te maken. Hoe kon ik mijn huwelijk zo hebben laten escaleren?

'Deze rol is moeilijk voor mij,' hakkelde ik. 'Wij zijn collega's. Ik werk op het hoofdbureau, afdeling zware criminaliteit. En nu zit ik hier om een privékwestie te bespreken.'

Maya knikte begripvol.

'Ik hoop dat ik op discretie kan rekenen. Ik wil niet dat mijn verhaal binnen het korps bekend wordt.'

'Vanzelfsprekend,' zei Maya. Er vormde zich een denkrimpel op haar voorhoofd.

Ze keek naar het papier dat voor haar lag en wachtte af.

'Het gaat om mijn vrouw. Vorige week liet ze een brief voor me achter op de eettafel. Ze schreef dat ze wilde scheiden. Het ging al lang niet meer. We hadden serieuze problemen. Haar beslissing kwam dus niet echt als een verrassing, maar toch ook weer wel.'

Ik zuchtte. Ik baalde ervan dat ik zo warrig klonk. Mijn hals jeukte.

'Vorige week?'

Maya schreef de woorden bovenaan het vel papier en onderstreepte ze. 'Hoelang wordt ze al vermist?'

'Een week dus.'

Even keek ze me verwijtend aan. 'Een week?' herhaalde Maya.

'Ze vroeg me haar met rust te laten. Dat heb ik gedaan, maar ze heeft niets meer van zich laten horen. En dat is vreemd. Zo lang is ze nog nooit zonder ons zoontje geweest.' Hier haperde mijn stem. Ik vocht tegen de tranen en keek naar de plant die in de hoek van de spreekkamer een langzame dood stierf.

'Heb je misschien een glas water voor me?'

Maya stond op. 'Natuurlijk. Of heb je liever thee of koffie?'

'Doe maar koffie, zwart.'

Het voelde alsof ik hier ter plekke in verschillende delen uiteen zou vallen. Toen Maya terugkwam met twee koppen koffie kostte het me moeite rechtovereind te gaan zitten.

'Het moet vreselijk zijn als je partner je verlaat. Was je niet wanhopig? Hoe ben je de afgelopen dagen doorgekomen?'

Ik knikte en zweeg.

'Heb je familie en vrienden gebeld of zij weten waar ze is?' vroeg Maya, terwijl ze weer tegenover me ging zitten.

'Moet je geen aantekeningen maken?' vroeg ik, naar het vel papier kijkend.

Maya tikte met haar wijsvinger tegen haar slaap. 'Tot nog toe sla ik het hier op,' lachte ze. 'En zoveel heb je nog niet verteld.'

Ik kon er niet om lachen en keek strak voor me uit.

'Ik heb haar collega op het werk gebeld. Cyntha. Ze zei dat Netty een week vrij had genomen. Ik wist van niets en stond voor gek tegenover haar. Maar Netty is niet meer op het werk verschenen. Ook daar heeft ze niets laten horen. Daarna heb ik wat vrienden en haar ouders gebeld. Iedereen reageerde verbaasd.'

Maya keek me afwachtend aan.

'Cyntha zou haar andere collega bellen en Netty's baas informeren. Netty's ouders zouden kennissen en vrienden bellen. Netty heeft met haar vriendin Saskia een discussieclubje opgericht. Een paar van de leden heb ik gesproken. Er is een heel belcircuit aan de gang. En iedereen zegt dat ik me niet ongerust hoef te maken, maar het blijft een raadsel waar ze uithangt.'

'Waar zou ze naartoe kunnen zijn?'

Ik haalde mijn schouders op.

'Sorry dat ik het vraag, maar heeft ze misschien een minnaar?'

Die vraag stak me, misschien omdat ik me het afgelopen halfjaar weleens had afgevraagd of ze vreemdging. Er is een tijd geweest dat ze zich optutte, vrolijk neuriënd in de keuken stond, soms laat thuiskwam. Op een gegeven moment rook ze fris alsof ze zich net gedoucht had voor ze thuis was gekomen. Toen ik had gevraagd of ze een goede dag had gehad, had ze me schuldbewust aangekeken. Een keer had ik haar gevraagd of ze een ander had, maar dat ontkende ze. Om de lieve vrede te bewaren hield ik me in en liet het erbij.

Ik rechtte mijn rug en vergat even dat ik me had voorgenomen kalm te blijven. Een jonge vader wiens vrouw was weggelopen, zou zich misschien laten gaan, maar ik niet.

'Netty? Zoiets zou ze niet doen.' Mijn ogen schoten vuur.

Maya keek me onderzoekend aan.

'Ze schreef dat ze een andere woning had gevonden. Maar ik heb geen adres, niets.'

'Heeft ze persoonlijke spullen meegenomen? Haar paspoort, telefoon, kleren, geld, medicijnen?'

'Er is een koffer weg, volgens mij ook kleren, maar wat precies weet ik niet. En haar medicijnen. Ze heeft een lichte vorm van een bipolaire stoornis. De pillen stabiliseren haar. Niet dat dat altijd werkt.'

'Als ze die niet inneemt, wat gebeurt er dan?'

'Ze is niet erg trouw wat die pillen betreft. Soms denkt ze dat ze genezen is. Dan voelt ze zich sterk, is ze heel levendig. Maar algauw mondt dat uit in hyperactief gedrag. Dan gaat ze het huis schoonmaken, koopt ze veel te veel, slaapt ze weinig en zit ze 's nachts voor de tv. Maar het kan van het ene op het andere moment omslaan. Dan wordt ze somber. Ze verliest haar zelfvertrouwen en denkt dat de hele wereld tegen haar is. Dan kan ze achterdochtig worden en rancuneus. Als ik haar bijvoorbeeld vraag of ze haar pillen heeft ingenomen, kan ze me bijna aanvliegen. "Je controleert me. Jij en je moeder proberen me monddood te maken." Dat soort teksten.'

'Dat klinkt allemaal heftig.'

Maya kraste wat op het papier.

'Hoe is ze als moeder?' vroeg ze plotseling. Ze peilde mijn reactie.

'Ze houdt zielsveel van Leon. En ze kan lief en zorgzaam zijn.

Misschien zelfs overbezorgd. Soms is ze wat afstandelijk, maar die twee hebben een hechte band met elkaar. Daarom is het zo raar dat ze al zeven dagen niets van zich heeft laten horen. Dat ze Leon zo lang in het ongewisse laat, dat klopt gewoon niet. Elke dag dacht ik: nu komt ze terug. Ik wacht nog een dag. En nog een. En nog een. Maar een week?'

'Had ze plannen om naar het buitenland te vertrekken?'

'Haar paspoort heb ik nog niet gevonden. Ze sprak wel vaak over op reis gaan. Ze had een lijstje van steden waar ze graag naartoe wilde. Barcelona. New York en Berlijn. Maar het kwam er nooit van. We zijn nooit verder dan de camping in Noord-Italië gekomen. Haar vriendin Saskia, die boven ons woont, is vorige week op wereldreis gegaan. Als het goed is, zit ze nu in Griekenland. Ik heb haar nog niet te pakken gekregen. Mijn hoop is dat Netty op het laatst heeft besloten met Saskia mee te gaan.'

Peinzend tikte Maya met haar pen op de blocnote en bleef me aankijken. 'Netty had gezegd dat ze jaloers op haar was en dat ze graag mee had gewild,' vulde ik aan.

'Maar dan hoefde ze geen andere woning te huren.'

'Ja, ik weet het.'

'De telefoon?'

'Ze had voor haar verjaardag van mij een Nokia gekregen. Die heeft ze meegenomen.'

'Die brief. Heb je die bij je?'

Ik hees me op aan de tafelrand en haalde hem tevoorschijn uit mijn achterzak.

'Het vergt wel enige uitleg. Je zou anders misschien een verkeerde indruk kunnen krijgen,' zei ik. Dit was het gedeelte van de aangifte waar ik zo tegen op had gezien.

Maya pakte de brief aan. Ze begon te lezen en prevelde af en toe een woord hardop, keek me dan aan, alsof ze zich ervan wilde vergewissen of ik nog tegenover haar aan tafel zat, en las weer verder.

Bart,

Deze brief zal je niet verrassen vermoed ik. Na het gedoe van de afgelopen maanden en ons gesprek van vanavond heb ik besloten definitief een punt achter ons huwelijk te zetten. Ik weet, ik ben niet de gemakkelijkste geweest en jij hebt je best gedaan. Dat waardeer ik. Maar het feit blijft: je hebt me geslagen, ondanks je belofte je handen thuis te houden. En je bent blijven drinken. De keren dat je na een nachtdienst thuiskwam en ondanks de afspraak naast me in bed schoof, rook ik de alcohol. Je zou je meer met de opvoeding van Leon bemoeien, maar die belofte heb je gebroken. We zouden allebei parttime gaan werken. Ik heb dat gedaan, jij niet.
Ik heb het na onze laatste verzoening echt geprobeerd, maar het gaat gewoon niet, het gevoel is weg, stukgemaakt. Het spijt me dat ik het moet zeggen: ik realiseer me dat ik niet meer van je hou. Leven onder één dak maakt ons allebei doodongelukkig. Dat is wel gebleken. Jij verdient beter. En ik verdien beter. Daarom ben ik de wijste en vertrek voorlopig tot jij andere woonruimte hebt gevonden. Het huurcontract van de woning staat, zoals je weet, op mijn naam. Ik heb het mijn ouders overigens nog niet verteld.
Dat ik je een brief schrijf en het je niet vertel is omdat ik bang voor je reactie ben. Jij weet dat die angst niet ongegrond is.
Ik heb andere woonruimte gezocht. En iets tijdelijks gevonden.
(tekst is hier doorgestreept en onleesbaar gemaakt).
Ik moet tot rust komen en verwerken wat er allemaal is gebeurd.
Ik laat Leon voorlopig bij jou. Je moeder vindt het vast niet erg om even in te springen en jou te helpen. Ze heeft altijd jouw kant gekozen als ik een probleem tussen ons met haar besprak. En ze had ook vaak kritiek op mijn aanpak van Leon. Nu kan ze laten zien dat zij het beter doet.
Ik hoop over een tijdje op adem te zijn gekomen. Ondertussen verwacht ik van jou dat je een andere woning zoekt, zodat ik weer terug naar huis kan.

We moeten als het stof is neergedaald, afspraken maken over de scheiding en alles wat daarbij komt kijken.
Het is niet anders. Er zijn nog zoveel dingen die ik wil zeggen, maar dat komt later wel. Ik ben nu te moe.

Netty

PS Zoals je ongetwijfeld al hebt gemerkt, heb ik geld van onze rekening opgenomen in verband met mijn opstartkosten. Zo gauw mogelijk betaal ik een deel terug, dus wind je niet op.

PPS De vorige keer dat ik wegging, ben ik op jouw aandringen teruggekomen. Nu is het definitief. Probeer me niet over te halen. Ik wil niet meer. Ik heb rust nodig. Laat me.

PPPS Zeg tegen Leon dat mama op reis is voor haar werk. En dat ik van hem hou. Het doet me pijn hem bij je achter te laten, maar ik moet nu echt even wat zaken regelen. Maak het voor hem niet erger dan het al is. Hij heeft genoeg ellende tussen ons gezien. Ik zal nooit negatief over je spreken tegen hem. Ik hoop dat jij dat ook niet over mij zult doen.
En zeg tegen je moeder dat Leons zalf tegen de allergie in het keukenkastje links naast de koelkast ligt. Elke dag even smeren op de plekjes waar hij uitslag heeft. 's Ochtends is het beste.

'Geslagen, handen thuis, ik wil rust, alcohol...' Maya liet een stilte vallen. Afwachtend keek ik haar aan. Elk woord dat Maya uitsprak klonk genadeloos en geselde me alsof ik in een ver land op het dorpsplein met ontbloot bovenlijf stond en zij me ervan langs gaf.

'Enige toelichting is inderdaad op zijn plaats,' zei Maya streng. Ze leunde achterover. De blik in haar ogen was veranderd. Ik zag argwaan, misschien wel afkeer. Was ze eerst mijn collega, nu was ik haar kwijt en koos ze partij tegen mij.

Ik begon te zoeken naar woorden. 'Netty was al heel lang erg gespannen. Ze werkt op een accountantskantoor. Ze vindt haar werk saai en kijkt uit naar een andere baan. Een tijdje geleden heeft ze nog ergens gesolliciteerd, maar dat is niets geworden, althans ik heb er niets meer over gehoord. Die sleur om andermans boekhouding te controleren, terwijl het werk je niet boeit, dat maakte haar prikkelbaar. Toen had ik het niet zo door, maar terugkijkend denk ik dat ze een burn-out heeft of dat ze haar medicijnen niet heeft ingenomen.'

Maya legde haar pen neer. 'Kun je misschien iets over je eigen aandeel vertellen? Je praat nu alleen over Netty.' Ze trok de blocnote naar zich toe, pakte haar pen weer en schreef een paar zinnen op. Ik probeerde mee te lezen, maar ze ging verzitten en legde haar vuist op het papier.

'Oké, dat was niet mijn bedoeling,' probeerde ik de schade te beperken. 'Zelf heb ik een lastige tijd gehad, mijn vader is overleden, ik had een probleem met een collega op het werk. Enfin, we waren allebei onszelf niet, hadden veel ruzie. Een paar keer escaleerde dat. Daar komt bij dat Leon slecht sliep, ons 's nachts wakker huilde. Ik heb veel nachtdiensten gedraaid en dus stond Netty er dan alleen voor, dat geef ik toe.'

'Je sloeg haar,' onderbrak Maya me. 'Dat staat hier.' Ze tikte op het papier. Haar stem klonk onverbiddelijk.

'Het is een of twee keer voorgekomen. Netty heeft ook eens uitgehaald. Kijk hier.' Ik wees op een klein litteken naast mijn oog. 'Dat is van januari.'

Maya boog zich over de tafel en kwam met haar gezicht dicht bij het mijne. Ik voelde haar adem. Ze bestudeerde mijn wenkbrauwen en mijn slaap. Ik zag hoe haar blauwe ogen als een radar mijn huid afzochten.

'Nou, minuscuul. Ik zie alleen een hele lichte verkleuring.' Ze kon haar weerzin nauwelijks verbergen. Ik voelde me beschaamd. Er viel een stilte.

'Hoe gaat het met jullie zoontje Leon?' vroeg ze uiteindelijk.

'Hij is bijna vier, sinds kort in groep één van de basisschool. Hij is nog in de waarom-fase. Elke dag vraagt hij waar mama is. Ik heb hem zoals Netty schreef verteld dat ze voor haar werk op reis is, maar het lijkt wel of Leon dat niet accepteert. Hij slaapt heel onrustig.'

Maya keek me streng aan en begon allerlei concrete vragen te stellen over Netty, haar geboortedatum, waar ze geboren en getogen was. 'Weet je wat voor kleren ze op de dag van haar verdwijning aanhad?'

Ik schudde mijn hoofd.

'Momentje,' zei ze abrupt. Ze beende de spreekkamer uit, haalde een aangifteformulier voor vermiste personen en samen vulden we de benodigde gegevens in. Ze noteerde de namen en adressen van Netty's ouders, van Hugo, van haar collega Cyntha, van Saskia en van de leden van de discussieclub. Ik gaf haar een foto van Netty die ik vorig jaar tijdens een lang weekend op Texel had gemaakt. Ze zag er daar vrolijk en ontspannen uit, al herinnerde ik me dat ze diezelfde dag nog gedreigd had naar Amsterdam terug te gaan omdat ze vond dat ik me te weinig om Leon bekommerde. Ze was uit haar vel gesprongen, toen ik vertelde dat ik kon overstappen naar het team zware criminaliteit.

'Je zou minderen,' had ze me verweten. 'Dit klinkt alsof je juist meer gaat werken.'

'Netty, het is een unieke kans. Een die zich niet gauw nog eens voordoet. Ik wil me blijven ontwikkelen. Bovendien ga ik meer verdienen.'

Maar Netty bleef de rest van de tijd op Texel bokkig.

Maya haalde me uit mijn gedachten.

'Mag ik die brief van je? Ik ga er een kopie van maken. Ik wil graag het origineel hier houden.' Maya liep de spreekkamer weer uit. Na een tijdje kwam ze terug. IJzig keek ze me aan.

'Ik stel voor dat we het nog een paar dagen aanzien. Probeer intussen die Saskia in Griekenland te bereiken. Misschien duikt Netty weer op. Zo niet, dan wil ik maandag bij jullie thuis een kijkje nemen en alvast DNA-materiaal verzamelen.'

'DNA?' Mijn stem schoot omhoog. 'Vind je dat nu al nodig?'

'Normaal wachten we hiermee, maar ik wil je matsen. We kunnen beter meteen al dat soort dingen geregeld hebben, voordat ik haar als vermist ga registreren in de landelijke database.'

Ik wreef met mijn hand over mijn kin. 'Ik snap het, maar het komt over alsof je van het ergste uitgaat.'

'Ik probeer het zo efficiënt mogelijk aan te pakken. Voorlopig weet ik voldoende. Ik ga ermee aan de slag. Mocht Netty tussentijds contact opnemen, of mocht je nog relevante informatie te binnen schieten, dan moet je me dat uiteraard meteen laten weten.' Ze gaf me haar visitekaartje.

'We zijn klaar voor vandaag. Je hoort snel van me.'

Toen ik het gebouw uit liep, merkte ik dat mijn rug nat was van het zweet. Eerst was ik blij geweest toen ik Maya de gang in had zien lopen, een jonge vrouwelijke collega, bij wie ik aangifte kon doen en die mijn zaak zou behandelen, maar nu had ik mijn bedenkingen. Ik kon haar niet goed peilen. Iets in haar houding gaf me het gevoel dat ze me niet op mijn woord geloofde en dat ze solidair met Netty was.

Als een vrouw vermist is, wordt haar man dan niet als eerste verdacht? Netty had zelf nog zoiets gezegd toen we het over de moord op Maria Torres hadden.

Toen ik over de Houtmankade terug naar huis liep, had ik het gevoel dat Maya Oliphant me ondersteboven had gehouden en me over de tegels in de spreekkamer had uitgeschud.

17

Er werd op de deur van de vergaderruimte geklopt.

Mijn team was met de korpschef aan het bespreken hoe we een betere informatiepositie konden krijgen in een Albanees drugskartel dat de laatste tijd grof geweld in Amsterdam gebruikte. Er waren handgranaten voor een aantal coffeeshops en cafés tot ontploffing gebracht en op klaarlichte dag had er een beschieting van een auto in een woonwijk plaatsgevonden. Het was een wonder dat er geen onschuldige voetgangers door de kogelregen waren geraakt. De Albanezen deden ook aan vrouwenhandel en een van de dames die op de Wallen achter het raam zat was gaan praten.

Mijn collega van de afdeling zware criminaliteit stak zijn hoofd om de hoek. 'Er is hoog bezoek voor je, Bart.' Nog voor ik kon vragen wie er was, sloot hij de deur weer.

'Sorry,' zei ik tegen de anderen, nieuwsgierig wie me wilde spreken. 'Even dit afhandelen, ben zo terug.' De korpschef keek me verstoord aan.

Op de gang stond Maya Oliphant. Ze leunde tegen de vensterbank. Het zonlicht viel op haar hoofd en schouders. Een stralenkrans omgaf haar als op een oud bidprentje. Hoog bezoek, wat een flauwe grap.

'Ik moest bij de afdeling jeugd en zeden zijn en dacht: ik kom je bevrijden uit je vergadering.'

'Bevrijden? Ik ben met de korpschef in gesprek,' zei ik geïrriteerd.

'Daarom,' lachte ze.

'Het komt nu dus niet uit, ik ben nog wel een uur bezig.' Ik klonk zakelijker dan ik bedoelde.

Maya zoog op de binnenkant van haar wangen. 'Ik wil je graag vandaag nog spreken,' zei ze.

Even wist ik niet wat te zeggen. Ik stond met mijn handen in mijn broekzakken en trok mijn schouders op.

'Tja, nu gaat het niet. We zijn met een moeilijke zaak bezig. Laten we vanmiddag even bellen.'

Op slag veranderde er iets in haar gezicht. Haar neusvleugels verwijdden zich, haar mondhoeken gingen naar beneden. Ze keek me verstoord aan.

'Ik wil je toestemming om Netty bij het landelijk bureau van vermiste personen aan te melden. Ze is nu tien dagen spoorloos. Dat is wel erg lang, zelfs voor iemand die vraagt met rust gelaten te worden. Want ze wil door jou met rust gelaten worden, maar dat houdt niet in dat ze haar ouders of vrienden niet wil spreken. Raar dat ze incommunicado blijft.'

'Meld haar dan maar aan,' zei ik, aanstalten makend om weer naar de vergaderzaal te gaan.

'Wat klinkt dat onverschillig. Ik had eigenlijk verwacht dat je eerst zou vragen of ik nieuws over haar had.'

Het voelde alsof ze me beschuldigde. 'Ik probeer praktisch te zijn en niet onverschillig. Natuurlijk wil ik weten of je nieuws hebt.'

Maya zweeg, keek me strak aan.

'En?' vroeg ik gauw. 'Heb je nieuws?'

'Ja, dat heb ik,' zei ze langzaam. Ze pakte haar tas en liep langs me heen naar het einde van de gang. Daar sprong ze in de cabine van de paternosterlift. Terwijl ze naar beneden zakte, zei ze: 'Maar dat hoor je later wel, als je tijd hebt.'

'Kun je het me nu niet zeggen,' riep ik haar na, maar Maya wuifde met haar hand, met haar rug naar me toe. Haar gedrag verwarde me. Speelde ze een machtsspelletje met me?

Toen ik weer bij de werkbespreking aanschoof, kon ik mijn gedachten niet meer bij de strategie houden die we aan het uitstippelen waren om een gewelddadige Albanese drugscrimineel van straat te halen. Ik bleef maar aan Maya denken en de vragen spookten door mijn hoofd. Wat voor nieuws zou ze over Netty hebben? Zodra de vergadering was afgelopen, haastte ik me naar mijn kamer en belde haar.

'Bart Feenstra hier. Ik ben uit bespreking. Wat is het nieuws?'

'Sorry, Bart. Het komt me nu slecht uit. Ik bel je later terug,' zei ze kalm. Ze hing meteen op, nog voordat ik kon protesteren. Mijn hoofd leek uit elkaar te barsten, de spieren in mijn nek stonden gespannen. Uit de bovenste bureaula pakte ik een pakje filtersigaretten, deed de deur dicht met het bordje 'niet storen' aan de klink, zette het raam open en stak er een op. Met mijn voeten op mijn bureau installeerde ik me bij de vensterbank, inhaleerde diep, geconcentreerd naar de telefoon kijkend. Waarom deed ze zo?

Pas aan het eind van de middag belde ze terug. 'Het was hier een gekkenhuis,' zei ze.

'Wat weet je over Netty,' kapte ik haar af.

'Ik heb uitgevonden welke makelaar ze in de arm heeft genomen. En ik weet waar ze naartoe zou verhuizen. Op de dag van haar verdwijning zou ze de sleutel bij hem ophalen. Ze had de eerste maand huur en een waarborgsom overgemaakt.'

Even was het stil. 'Waar is die woning?'

'Wil je dat echt weten?'

'Ja.'

'In stadsdeel Noord, aan de Ganzenweg.'

'Is ze daar?'

'Nee. Ze heeft de sleutel nooit opgehaald, Bart. Merkwaardig, niet?'

'Weet de makelaar waar ze is?'

'Hij zal ons bellen, zodra ze contact met hem zoekt.'

Er viel een korte stilte.

'Nog iets anders,' ging Maya verder. 'Ik heb geregeld dat Leon gehoord kan worden bij Jeugdzaken. Daarom was ik op het hoofdbureau. Volgende week hebben we een gecertificeerde rechercheur in huis die een gesprek met hem kan voeren.'

'Leon? Waarom moet hij gehoord worden?'

'Nu begin jij ook al met waarom-vragen.' Ze probeerde wat luchtigheid in het gesprek te brengen, maar ik zag er de humor niet van in. 'Het antwoord is simpel,' vervolgde ze, 'ik wil kijken of hij weet waar Netty is.'

'Dat snap ik, maar Maya, Leon heeft het heel moeilijk met de situatie. Hij is zo jong en weet van niets. Ik denk niet dat ik hem dat aan kan doen. Het zou hem alleen maar angstiger maken.'

'Gespecialiseerde rechercheurs kunnen goed met kinderen van

zijn leeftijd omgaan. Ze halen soms onverwachte antwoorden naar boven. Iets wat bij jou als vader misschien niet werkt. Leon zal er echt geen nadeel van ondervinden. Het gesprek gaat samen met spel, de kinderen vinden het altijd leuk.'

Ik dacht even na. 'Als vader zeg ik nee.'

'Probeer aan het belang van het onderzoek te denken. We moeten te weten komen waar Netty is.'

Ik was even stil. Wat is wijsheid, dacht ik.

'Ik wil liever niet met Leon op het hoofdbureau komen. Dat roept allerlei vragen op van collega's. Daar heb ik geen zin in.'

Met dit antwoord had ik Maya een opening gegeven.

'Dan doen we het bij mij op het bureau,' zei Maya op een toon alsof we gezamenlijk het besluit al hadden genomen.

'Je overvalt me. Ik wil hierover nadenken. Ik zie niet in hoe we Netty met hulp van Leon kunnen vinden. Hij weet niet waar zijn moeder is, dat heeft ze hem echt niet verteld.'

'Maandagmiddag om twee uur. Op bureau Houtmankade. Ik verwacht jullie allebei, al zal je zelf niet bij het gesprek aanwezig mogen zijn.'

Op maandagmiddag kwam ik met Leon aan de hand het bureau Houtmankade binnenlopen. Ik had in het weekend besloten aan het onderzoek mee te werken op voorwaarde dat Leon er geen nadeel van zou ondervinden. Sinds Netty er niet meer was, was hij naar me toe getrokken, alsof hij bang was dat ook ik hem in de steek zou laten. Hij kwam thuis steeds bij me zitten, pakte mijn hand vast en als ik naar boven ging, kwam hij achter me aan. Ik wilde niet dat Leon zijn vertrouwen in me zou verliezen. Hij moest onbeschadigd uit deze affaire komen. Misschien was hij nog te jong om zich veel te herinneren en kon hij na verloop van tijd de draad van zijn leventje gewoon weer oppakken. Nu was hij angstig en sliep hij slechter dan normaal. Ik had hem al een paar keer bij me in bed genomen, nadat hij me midden in de nacht had geroepen. Het mannetje sloeg zijn armen en beentjes om me heen en snikte met een wit gezichtje. 'Ik wil mama.'

'Mama is aan het werk, ver weg,' suste ik hem dan. 'We moeten geduld hebben. Ze komt over een tijdje terug en dan neemt ze een cadeautje voor je mee.'

In het politiebureau nam Leon de omgeving goed in zich op. 'Zo meteen ga je spelletjes doen,' zei ik opgewekt. 'En als de mevrouw je een vraag stelt waar je het antwoord niet op weet, zeg je gewoon: weet ik niet.' Leon keek me aan en leek diep na te denken.

Zijn reactie was niet verrassend. 'Waarom?'

Ik schoot in de lach en aaide hem over zijn hoofd.

'Waarom, waarom? Waarom zijn de bananen krom? Daarom!'

Maya kwam de hal in om ons op te halen. Ze droeg een spijkerbroek en een oversized trui. Haar haar zat in een staartje. Joviaal gaf ze me een stomp tegen mijn schouder.

'Ik wist wel dat je zou komen. Verstandig.'

Ze boog zich voorover. 'Dag Leon,' lachte ze. 'Ik ben Maya, een collega van je vader.' Leon antwoordde niet, kennelijk geïmponeerd door deze lange vrouw die over hem heen hing. We namen de trap naar boven. Op de eerste etage liepen we door de klapdeur en kwamen bij de huiskamer uit, een kleine kamer, ingericht met oud donker meubilair en een donkerpaars afgetrapt Perzisch tapijt op de grond. Een ruimte voor agenten die zich even willen terugtrekken, mediteren of bidden. De bedoeling was er een genoeglijke plek van te maken, waar je je thuis zou voelen. Het mocht in niets op een kantoorkamer lijken. Vandaar de naam huiskamer. Maar de kamer ademde een zielloosheid uit die je in geen enkel woonhuis zou tegenkomen.

De rechercheur die gespecialiseerd was in gesprekken met kleine kinderen, was er al. Ze had wat spelletjes op de salontafel uitgestald. Op de achtergrond klonk een zacht muziekje.

Ik kromp ineen. 'Welkom,' zei Lonneke van Geen enthousiast. Ze was een van de collega's die ook op het hoofdbureau werkte, maar dan op jeugd- en zedenpolitie, een etage lager dan de afdeling zware criminaliteit. In de hiërarchie van de organisatie stond de afdeling zware criminaliteit bovenaan de apenrots. Jeugd- en zedenpolitie werd aanmerkelijk lager ingeschat. Ook al kwamen Lonneke en ik elkaar regelmatig in de kantine tegen, we hadden nauwelijks contact gehad.

'Hallo. Ik ben Lonneke. Dag kleine man.' Ze ging op haar hurken zitten om op ooghoogte met Leon te komen, maar hij ging verlegen achter me staan.

'Bart, bijzonder om je in deze omstandigheden te zien,' zei Lonneke naar me opkijkend.

'Maya heeft toegezegd mijn zaak discreet te behandelen,' zei ik afgemeten. 'Ik wil er niet op het hoofdbureau mee geconfronteerd worden. Het is allemaal pijnlijk.'

'Tuurlijk, snap ik.' Ze zei tegen Leon dat ze leuke spelletjes had meegenomen. 'En we kunnen gaan tekenen. Ik heb een doos met heel veel kleurpotloden.'

Leon keek naar me op.

'Toe maar,' zei ik. 'Ik ga even weg en kom je straks ophalen. Veel plezier.' Ik tilde hem op en gaf hem een zoen op zijn voorhoofd. 'Papa houdt van je, dat weet je.' Nadat ik Leon op de grond had gezet, kroop hij meteen naar de blokkendoos. Lonneke ging in kleermakerszit naast hem zitten en zette een bandrecorder aan.

'Tot zo,' zei ze tegen Maya en mij.

'Wil je koffie?' vroeg Maya, terwijl ze me naar de spreekkamer voorging. 'Ik kan je niet op mijn kamer ontvangen, want die deel ik met drie collega's. Geen privacy.' We liepen naar het keukentje, waar een pot koffie klaarstond. 'Deze is beter dan die uit het apparaat in de gang,' zei ze. Met haar voet duwde ze de deur van de troosteloze spreekkamer open. Toen ik langs haar heen de kamer in liep, klopte ze me op de rug, zoals een generaal een voetsoldaat het slagveld op stuurt.

We gingen in dezelfde opstelling zitten als de week ervoor. Maya kwam meteen ter zake.

'Ik heb wat rondgebeld en informatie over Netty ingewonnen. En over jou. Heb onder anderen met je schoonouders gesproken.'

Ik zuchtte. 'Pff. Wat hadden ze over me te zeggen?'

Vorsend keek ze me aan. In haar trui zat dezelfde kleur blauw als van haar ogen. Gek, dacht ik. Ze heeft weinig opsporingservaring en toch straalt ze gezag en zelfvertrouwen uit.

'Je vrouw Netty is weg. Mijn onderzoek draait om haar. We willen haar vinden. En de eerste vraag die jij stelt is wat haar ouders over jou hebben gezegd?'

Maya schoof haar stoel naar achteren, de poten schraapten over de vloer. Ze nam een slok koffie, haar blik zonder te knipperen op mij gericht.

'Ik vind dat vreemd,' ging ze er nog eens overheen. Ze sprak de woorden tergend langzaam uit.

Ik voelde me klein worden. Wat moest ik zeggen? Maya liet me geen ruimte een geruststellend antwoord te geven.

'Maar laat ik het zo formuleren,' vervolgde ze, terwijl ze haar ballpoint aan en uit klikte, mij nog steeds aankijkend. 'Wat ik begreep: het contact met hen is niet optimaal.'

Ik zat er als versteend bij. Maya Oliphant mocht me niet raken. Ik wilde geen emoties voelen. Ik had mijn ophaalbrug opgetrokken. Dat Netty weg was, was al pijnlijk genoeg.

Maar ze veranderde haar toon, zachter nu.

'Ik heb het gevoel dat ik tegen een façade aan het beuken ben om door de barsten te kunnen spieken. Om tot je door te dringen. Om te begrijpen wie je bent en wat je voelt. Ik vraag me af wat ik zou zien?'

'Wat je zou zien?' zei ik. 'Iemand die wanhopig is. Die zich zorgen maakt over zijn kind. Die het even niet meer weet. Mijn vrouw is weg. Mijn leven is overhoopgehaald.'

Ik keek over Maya's hoofd heen naar de kale bakstenen muur.

MAYA

18

Verslag gesprek met de ouders van Netty Geel, eerst telefonisch en later bij hen thuis in Alkmaar:

De moeder van Netty reageerde emotioneel, toen ik haar aan de telefoon had.

'O god,' hoorde ik haar roepen. 'De politie aan de lijn!' En tegen mij: 'Is ze dood?'

Ik legde uit dat dit gewoon een gesprek was om meer informatie over Netty te krijgen in het kader van het onderzoek.

'Dus ze leeft nog?' riep haar moeder.

'Daar gaan we wel van uit,' probeerde ik haar gerust te stellen. Netty's vader reageerde anders, zonder emotie. Hij wilde weten wat ik tot nu toe gedaan had, wie ik had gesproken, wat Bart had gezegd etc. Ik zei dat het beter was als ik ze zou ontmoeten dan dit allemaal door de telefoon te bespreken. Een dag later kwam ik bij hen thuis in Alkmaar. De eerste schrik van contact met de politie was er een beetje van af.

Vader, Wim Geel, is een jong ogende zakenman, 49 jaar. Hij heeft een installatiebedrijf van verwarmingsketels en airco-apparatuur. Zijn vrouw, Cora, is huisvrouw. Cora is erg ziek geweest, heeft nog steeds chronische pijn in haar gewrichten, maar toont veerkracht. Ze werkt parttime als secretaresse bij een groothandel in peulvruchten. Hun contact met Netty was goed. Netty was enig kind, heeft een leuke jeugd gehad, was veel buiten in de polder, sportief (deed een blauwe maandag aan badminton op wedstrijdniveau) en kon op school aardig meekomen al was ze niet supergemotiveerd. Ze had op school een paar goede vriendinnen. Netty zat eerst op het atheneum, daarna op de havo, en had een passie voor dieren. In de zomer had ze een bijbaantje in het dierenasiel. Ze was gek op honden.

Heeft ze geen problemen gehad?

Nee, haar jeugd is zonder trauma's verlopen. Ze is door ons beschermd opgevoed. In haar puberteit werd ze niet onhandelbaar, ze is nooit weggelopen, er zijn geen drama's geweest. Ze was eigenlijk een meegaand kind, maar toen het niet zo vlotte op het atheneum kreeg ze periodes dat ze heel uitbundig kon zijn, maar plotseling ook zwaar op de hand. Op de havo had ze minder stress. We vonden het jammer dat ze naar de havo wilde. Met wat bijles had ze het atheneum best kunnen halen, maar ze wilde het per se. Dat hebben we nooit goed begrepen.

Ik vroeg haar ouders haar karakter in een paar kernbegrippen te omschrijven.

Wim Geel: ik zou zeggen dromerig, romantisch, houdt van dieren, niet erg op uiterlijke dingen, leest veel, een binnenvetter. Cora Geel: belangstellend naar anderen, heel sociaal en openhartig, een doorzetter, vegetariër. Als anekdote vertelden ze dat Netty een hond had, die ze op hoge leeftijd moest laten inslapen omdat hij allerlei tumoren had en pijn leed. De dood van haar hond heeft haar meer aangegrepen dan die van haar grootvader. Netty was aangeslagen, erg verdrietig en toen we voorstelden een nieuwe hond te nemen, reageerde ze woedend. Ze wilde de nagedachtenis van haar hond trouw blijven en weigerde er überhaupt verder over te praten. 'Ze kon soms wat doorslaan en dan erg rechtlijnig zijn,' zei haar moeder. Haar vader: 'ik noem dat dromerig en romantisch, maar inderdaad was ze niet altijd even reëel.'

Netty kwam zo eens per maand met Leon naar Alkmaar, bij haar ouders op bezoek. Soms kwam Bart mee. Wat vinden ze van Bart?

Haar ouders keken elkaar vlug even aan.

'Ga jij maar eerst,' zei haar moeder.

Wim Geel: 'Bart is op zich een goeie jongen. Hij heeft Netty op een EHBO-cursus in Amsterdam leren kennen. Ze werden verliefd en waren onafscheidelijk. Dit is zo'n zes jaar geleden. Bart werkte toen bij de politie, bij het wijkteam Mercatorplein. Hij had altijd spannende verhalen, Netty was gek op hem. In het begin was Bart ook erg in haar geïnteresseerd, maar het politiewerk heeft hem veranderd, vinden wij. Hij verloor belangstelling voor anderen, we zagen hem steeds minder. Toen Netty zwanger werd, maakte hij nou niet de indruk graag vader te willen worden. Misschien waren ze nog te jong?'

Hier sprong Cora Geel in.

'Nu doe je Bart tekort. Hij houdt van Leon, en

bemoeit zich intensief met de opvoeding. Daarover kregen Netty en hij weleens ruzie. We merkten dat er spanningen tussen hen ontstonden. Netty beklaagde zich dat Bart te veel op zijn werk gericht was. Zelf is ze minder gaan werken. Barts moeder is in die tijd weduwe geworden en springt in als oppasoma wanneer het nodig is. Daar mogen ze echt blij mee zijn.'

'Heeft Netty ooit drugs gebruikt?'

'Nee. Althans niet dat wij weten. We hebben er nooit iets van gemerkt.' Ze dronk zelfs weinig alcohol, misschien een glas rode wijn bij het avondeten, nee, in die richting hoefden we niet te zoeken, zeiden ze.

Ik heb de ouders over de brief verteld die Netty voor haar vertrek heeft geschreven. Waarom neemt ze met niemand contact op? Wat denken zij dat er is gebeurd?

Cora Geels wangen kleurden rood. Ze wreef met haar hand over haar buik, alsof ze pijnscheuten wilde wegmasseren.

'We maken ons grote zorgen. Netty was de laatste twee jaar nogal emotioneel. Eigenlijk al sinds de geboorte van Leon. Soms werd ze beïnvloed door een tv-programma of een lied dat ze op de radio hoorde. Dan kon ze in huilen uitbarsten. Dat had ze overigens als kind al. Als je dan vroeg: wat is er? Dan wimpelde ze je af. "Niets, het zijn de hormonen." Of ze zei: "Het is weltschmerz, let maar niet op mij."'

'Ze is nooit lang van huis geweest en is een goede moeder voor Leon, al vond ze het best zwaar het leeuwendeel van de zorg voor hem op zich te nemen,' viel Wim Geel in. 'Daarom begrijpen we niet dat ze zomaar is weggegaan en niets meer van zich laat horen.'

Ik liet hun een deel van de brief zien.

'Ja, dit is zeker haar handschrift. Daar is geen twijfel over mogelijk,' zeiden ze allebei. 'Maar heeft ze die brief wel in vrijheid geschreven? Is ze er niet toe gedwongen?' vroeg de vader.

'Bart komt er niet al te gunstig van af in die brief. Denkt u dat hij hem heeft gedicteerd?'

Geen antwoord.

'Wie zou haar dan tot iets willen dwingen, haar iets willen aandoen?' vroeg ik.

Even waren ze stil. Ze keken weer vlug naar elkaar. Wim Geel schraapte zijn keel. 'We zijn bang dat Bart toch meer van haar vermissing weet dan hij voorgeeft.'

'Wat bedoelt u? Waar baseert u dat op?'

'We vrezen het ergste. Het is een gevoel. Ouders voelen zoiets. Hun huwelijk was in zwaar weer. Zij wilde bij hem weg, kondigt dat in die brief aan. Hij straft haar. Zoiets moet het zijn geweest, maar bewijs hebben we natuurlijk niet. Misschien is ze naar het buitenland gegaan, tijdelijk. Dat is natuurlijk een mogelijkheid.'

'Ja, ze had altijd wel belangstelling voor andere landen en culturen,' zei Cora Geel, alsof ze een wens uitsprak.

Veel meer kreeg ik niet uit hen. Ze vertelden me nog dat Bart het huis in Amsterdam mocht blijven huren. Ze vonden het belangrijk dat hij er bleef met Leon, voor het geval dat Netty na een tijd weer terug zou komen.

'Denkt u dat dat gaat gebeuren?'

Wim Geel sloeg een arm om haar schouder. 'Hoop doet leven.' Cora Geel barstte in tranen uit.

19

Verslag telefoongesprek Anqelique van der Brink, vriendin, 28 jaar. Woont in Hoofddorp.

Netty Geel en ik kennen elkaar nu een paar jaar. We zijn allebei actief in een groepje vrouwen dat eens in de zoveel tijd met elkaar over allerlei onderwerpen discussieert. Het initiatief voor onze discussieclub kwam van Netty, samen met haar vriendin Saskia. Netty bereidde zich altijd goed voor op de onderwerpen die we bespraken. Ze trad niet op de voorgrond in discussies, maar liet zich ook niet opzijzetten. Ik vind haar een stille feministe. Wat ik daarmee bedoel? Ze blaast je niet omver met argumenten, ze is niet 'in your face'. Maar ze is uitgesproken als het gaat over gelijke beloning, gelijke kansen, gelijke rechten. En ze was actief na de moord op Maria Torres. Toen heeft ze meegedacht over de stille tocht, om geweld tegen vrouwen onder de aandacht te brengen. En over het gebrek aan daadkracht bij de politie. Hoe vaak komt het niet voor dat er na een aangifte van mishandeling niets wordt ondernomen? Dat was voor Netty een lastig onderwerp omdat haar man Bart bij de politie werkt. Het zou wel heel wrang zijn als ze nu zelf het slachtoffer van geweld is geworden.

U vraagt me of ik enig idee heb waar ze is. Ik ben enorm verbaasd dat ze met de noorderzon is vertrokken zonder iemand daarover te informeren. Dat was toch helemaal niet nodig? Ze was de laatste tijd wat ziekelijk. De stille mars moest ze bijvoorbeeld overslaan. Ik heb haar al weken niet gezien of gesproken. Ik maak me zorgen. Het is niets voor haar om haar zoontje achter te laten. Misschien is ze ziek of geestelijk ingestort? Maar ik heb geen idee, wil er eigenlijk ook niet over speculeren. Zodra ik iets hoor, zal ik u dat laten weten. Ik zal u de contactgegevens van de andere leden van de discussieclub sturen.

20

Informeel verslag in verband met de voortgang van het onderzoek. Formeel proces-verbaal volgt.

Hieronder geef ik in gecondenseerde vorm weer wat Leon Feenstra mij verteld heeft naar aanleiding van mijn vragen over zijn moeder. NB: Leon is drie jaar en elf maanden. We hebben een klein uur met elkaar gespeeld. Tussendoor hadden we gesprekjes over zijn moeder, maar we spraken ook over andere onderwerpen zoals over het hondje dat hij graag wil hebben. Leon komt op mij over als een intelligent kind, hij reageert leeftijdsadequaat en is verbaal misschien zelfs wat voor op andere kinderen van zijn leeftijd.

Toen Leon binnengebracht werd door zijn vader zag ik een verlegen peuter. Schuchter liep hij op de tafel met spelletjes af. Nadat zijn vader de kamer had verlaten en ik naast hem op het vloerkleed ging zitten, pakte hij meteen de doos met kleurige blokken en stapelde ze op elkaar. Hij noemde het een huis. Toen ik vroeg met wie hij in een huis woonde, antwoordde hij: 'Papa en mama.'

Ik vroeg hem waar zijn moeder was. Antwoord: 'Mama is weg.'

Na zo'n vijf minuten pakte Leon de kleurpotloden en begon hij op een leeg vel te kleuren. Ik vroeg hem zijn mama te tekenen. In reactie daarop begon hij driftig te krassen en zei spontaan: 'Papa kon mama niet wakker maken.'

Toen pakte hij donkere kleurpotloden en tekende een poppetje. 'Wie is dat?' vroeg ik.

Leon: 'Dat is tante Saskia.' Toen ik vroeg wie dat was, antwoordde hij: 'Ze woont boven.'

Ik vroeg of tante Saskia wist waar zijn moeder was.

'Ze is ver weg. Als ze terugkomt, neemt ze cadeautjes mee.'

Tegen het eind van de sessie bracht ik het gesprek (tussen het spelen met autootjes en een pop door) weer op zijn moeder. Ik vroeg hem waar ze was.

'Mama is in de keuken.'

'Nu, vandaag?' vroeg ik.

'Nee, mama is weg.'

Ik vroeg waar zijn moeder naartoe was. Leon antwoordde: 'Mama is weg voor werk.'

'Waarnaartoe?'

'In een land. Ver weg.'

Toen we samen het speelgoed opruimden en Leon een glaasje appelsap dronk, zei hij plotseling op de pop met de rode jurk wijzend: 'Mama heeft pijn. Mama bloedt.'

'Heeft mama vaker gebloed?'

'Papa ook.' Daarna veegde hij met een wild armgebaar de opgestapelde blokken omver en keek hij beteuterd voor zich uit. Wat ik ook verder probeerde, er kwam niets meer uit het mannetje. Hij werd hangerig en wilde naar huis. Wat Leon gezegd heeft, heeft hij in vrijheid verklaard. Ik heb hem niet onder druk gezet en hem zelf het tempo van de gesprekjes over zijn moeder laten bepalen. Gedurende de hele tijd dat we samen waren, reageerde hij alert, hij begreep wat ik vroeg over zijn moeder. Het waren open vragen die ik stelde, ik heb naar geen enkel antwoord geleid.

Wat Leon over zijn moeder heeft gezegd is niet eenduidig, het is voor velerlei uitleg vatbaar. Ik verbind er geen conclusie aan. Normaliter horen we in zedenzaken geen kinderen die jonger zijn dan vier jaar. Omdat dit een vermissingszaak is, achtte ik het niet bezwaarlijk op het verzoek van Maya Oliphant in te gaan.

Bovenstaande zal ik later, indien nodig, in een formeel proces-verbaal opnemen met details van tijd en speelgoed alsmede foto's van de tekening en de krassen op het papier.

Was getekend Lonneke van Geen, rechercheur jeugd- en zedenpolitie.

21

Verslag gesprek met Hugo Kemper, 31 jaar, woont aan de Marnixstraat in Amsterdam:

Netty Geel heb ik via haar man Bart Feenstra leren kennen. Bart en ik zaten bij elkaar in de klas en zijn na de middelbare school bevriend gebleven. Ik was getuige op hun huwelijk. Netty kwam op mij over als een zorgzame vrouw, zeker toen Leon geboren was. De zwangerschap was nogal moeizaam, ze had veel klachten, had een tijd op bed moeten blijven, maar de bevalling is uiteindelijk goed gegaan. Netty werkt op een accountantskantoor. Wat ze daar precies doet, weet ik niet. Ze heeft het geloof ik wel naar haar zin daar.

Ik heb verschillende relaties gehad, kortdurend. Met elke vriendin gingen we met z'n vieren uit, meestal naar de film of het café. We zijn ook een keer met z'n vieren naar Lowlands geweest en naar Pinkpop. Met al mijn vriendinnen kon Netty het goed vinden, met de ene wat beter dan met de andere. Ze deed altijd haar best de sfeer goed te houden. Ik heb wel gemerkt dat Bart en zij steeds vaker ruzie kregen. Soms was ik erbij en probeerde te bemiddelen. Netty begon steeds meer voor zichzelf op te komen en ruimte op te eisen, terwijl Bart zich steeds meer terugtrok en zich op zijn werk concentreerde. Ik heb ook weleens met Netty afgesproken zonder Bart. Dat deed ik om haar tot rede te brengen als ze weer eens woedend op hem was. Bart is een binnenvetter en sprak sporadisch met mij over zijn huwelijk. Hij houdt van Netty en is een geweldige vader voor Leon. Daar kan ik veel voorbeelden van geven.

U vraagt mij of ik weet waar Netty kan zijn en waarom ze niets van zich laat horen. Geen flauw idee. Ik ben verbaasd dat ze zomaar is weggegaan. Zelf vermoed ik dat ze naar het buitenland is vertrokken. Waarom? Op een dag vertelde ik haar dat ik voor mijn werk naar Barcelona moest. Ze vroeg toen spontaan of ze mee mocht. Ze was er nog nooit geweest en Barcelona stond op haar verlanglijstje. Ja, natuurlijk voelde ik me door haar vraag overvallen. Ze klonk nogal wanhopig. Ik ga niet met de vrouw van mijn beste vriend op reis, dus moest ik me in allerlei bochten wringen om eronderuit te komen zonder haar te beledigen. Ik wilde geen ruzie met haar krijgen, want dan zou ook mijn vriendschap met Bart onder druk komen te staan. Behalve mij had Netty weinig andere vrienden, voor zover ik weet. Ze kon goed overweg met hun bovenbuurvrouw, Saskia. Die heb ik weleens bij hen thuis ontmoet. Maar goed, ik vermoed dat ze in overspannen toestand naar het buitenland is gegaan. Ze wilde dus naar Barcelona. In dat gesprek had ze het ook over Praag, Berlijn en Rome, allemaal steden waar ze nooit was geweest en waar ze heen wilde. Ze noemde het 'de schade inhalen'. Ik herinner me nog dat ik vroeg 'welke schade?' Ze mompelde toen iets van dat ze te jong was getrouwd en te snel een kind had gekregen, nog voordat ze iets van de wereld had gezien. Ja, ik mocht Netty graag en beschouwde haar als een goede vriendin. Sinds haar verdwijning heb ik niets meer van haar gehoord. Concrete informatie heb ik verder niet. Ik probeer Bart en Leon zo veel mogelijk op te vangen. Mijn vriendin Wanda en ik passen vaak op Leon en doen dan leuke dingen met hem, zodat Bart even de kans krijgt om op adem te komen. Hij is er zo kapot van.

22

De regen kwam met bakken naar beneden. Schuilend onder een grote zwarte paraplu drukte ik hard op de bel. Boven de brievenbus was een naambordje bevestigd, zwarte letters op een witte ondergrond, een beetje ouderwets aandoend. 'Bart Feenstra, Netty Geel, Leon Feenstra'. Er vormde zich een plas water rond mijn voeten. Ik merkte dat één sok nat begon te worden. Nog een keer drukte ik op de bel, binnensmonds vloekend. Was hij er niet?

Uiteindelijk ging de deur langzaam open.

'Je bent vroeg,' klonk het schuchter. Op Barts wangen waren donkere stoppeltjes zichtbaar, hij had zich vast een paar dagen niet geschoren. Zijn ogen stonden dof, in het oogwit rode adertjes, alsof hij de nacht ervoor flink had doorgehaald. Zijn operationele uniform leek een maat te groot en hing losjes om zijn lichaam. At hij wel genoeg?

'De tram kwam snel en het is niet ver lopen van het eindpunt van lijn 3,' zei ik. Bart bleef in de deuropening staan, maar ik had geen zin langer buiten te blijven, dus stapte ik brutaal naar voren, waardoor hij wel opzij moest gaan.

'Kom binnen,' zei hij werktuiglijk. Ik veegde mijn schoenen op de lichtbruine kokosmat met in het zwart WELKOM erop, en stapte over de drempel.

'Ik zie dat ik welkom ben,' wees ik naar de mat.

'O dat,' zei hij vlak en hij ging me voor de gang in.

'Vind je het erg om je schoenen uit te doen? Anders wordt het binnen zo'n smerige boel.'

Bij de kapstok in de gang wiebelde ik op een been, terwijl ik de veters van mijn schoenen lostrok. Door het vocht zogen de zolen zich aan mijn voeten vast. Ik had een gat in mijn sok. 'Ik doe ook mijn sokken uit,' kondigde ik aan. Het klonk als een waarschuwing. Gelukkig had ik daags ervoor mijn teennagels rood gelakt en zagen mijn voeten er presentabel uit. De plavuizen in de gang waren koud, maar binnen in de woonkamer stond de cv aan en was het aangenaam warm. Leon zat op de grond, aan de voeten van een oudere vrouw die op de bank zat met een breiwerk op haar schoot. Ze nam me gespannen op.

'Goedemorgen,' zei ik opgewekt om het ijs te breken. Ik liep om de salontafel heen en stak mijn hand naar haar uit. 'U bent vast Barts moeder, Leons grootmoeder.'

Leons grootmoeder keek me aan, afwachtend, trok snel haar hand terug en antwoordde: 'Caroline Feenstra.'

Daarna verlegde ze haar aandacht naar Leon. Hij zat op de grond, lachte even naar me en ging verder spelen met een plastic vrachtauto in de kleuren rood, geel en blauw. De wagen had witte knipperlichtjes en had een sirene. Volgens mij stoorde het mevrouw Feenstra, ze probeerde de auto af te pakken, maar Leon kroop onder de salontafel en riep fel 'nee!'.

'Dag Leon,' zei ik, terwijl ik op mijn hurken ging zitten. 'Ken je me nog? We hebben elkaar vorige week gezien. Bij mij op het politiebureau. Toen heb je nog met Lonneke gespeeld.'

Geen reactie.

'Misschien wil ze koffie,' zei mevrouw Feenstra tegen Bart, ondertussen kritisch mijn blote voeten opnemend. Zelf had ze witte sportschoenen aan met extreem dikke zolen onder een soort joggingbroek.

'Koffie?' vroeg Bart.

'Als het niet te veel moeite is.' Ik ging in de fauteuil naast de bank zitten en keek de kamer rond.

'Dus dat is de open keuken,' zei ik. 'Iedereen die ik heb gesproken, had het erover. Hiervoor moet de kamer erg donker zijn geweest.'

'Klopt,' zei mevrouw Feenstra. Ze had grijze krullen met wat zwarte strengen ertussen, een scheiding in het midden. 'Het is wel een vreselijke puinhoop geweest. Je wilt niet weten hoeveel bakstenen, stof en gruis er uit zo'n muurtje komen.' Haar donkere ogen keken niet onvriendelijk, maar ze had een verbitterde trek om haar mond.

'Sinds Netty is weggelopen, spring ik vaak bij, zodat Bart toch naar zijn werk kan. Maar het is geen doen. Ik vind dat een moeder voor haar kind moet zorgen en niet de benen moet nemen omdat ze een opwindender leven wil. Dan had ze maar andere keuzes in het leven moeten maken. Nu zijn er alleen maar verliezers.'

'Mam!' klonk het verwijtend. Bart rommelde met koffiekopjes in de keuken, terwijl de regen tegen de ramen striemde.

'Dat is wat ik ervan vind. Als je het mij vraagt.'

'Ik zou u graag binnenkort apart willen spreken. Vanmorgen ben ik gekomen om met Bart te praten en het huis te zien.'

Ik wilde een paar spullen van Netty meenemen zodat het de identificatie zou vergemakkelijken, mochten we ooit ergens in Nederland op het lichaam van een onbekende vrouw stuiten.

Kennelijk beschouwde Caroline Feenstra mijn opmerking als een hint. Ze stond op en kondigde aan dat ze naar Leons kamer ging en haastte zich de gang in, de trap op naar boven, het breiwerk en een knot wol onder haar arm. Haar schoenen kraakten op de treden. Nadat zijn grootmoeder de kamer had verlaten, kroop Leon onder de salontafel vandaan en klom op de bank, mij met grote ogen opnemend. De lichtjes van de vrachtauto en de sirene doofden langzaam uit. Stilte.

Bart kwam de kamer binnen. Op het dienblad stonden twee kopjes koffie en een schaaltje met twee koekjes.

'Zwart, als ik het me goed herinner,' zei hij en hij ging op de stoel tegenover me zitten met de armen over elkaar. Hij was minder kribbig dan toen ik hem op het hoofdbureau sprak.

'Ik weet dat je ons huis moet bekijken. Netty is weggelopen. Ze laat taal noch teken van zich horen. Het voelt allemaal zo raar, zo verward.'

'Ik probeer je aangifte zo zorgvuldig mogelijk te behandelen, ik wil niets over het hoofd zien. Je weet dat ik een kledingstuk van

Netty mee wil nemen, en bijvoorbeeld haar kam of borstel voor DNA. Misschien kunnen we het later gebruiken, mocht het nodig zijn,' zei ik vaag. Ik durfde het worstcasescenario niet onder woorden te brengen, maar in mijn achterhoofd hield ik er rekening mee dat Netty dood was. Ik kon me niet voorstellen dat Bart daar niet ook aan dacht.

Leon kroop van de bank en ging bij Bart op schoot zitten. Hij streelde Leon liefdevol over zijn buik, terwijl hij zuchtte.

'Ze is al bijna drie weken weg,' fluisterde hij schor. Bart had wallen onder zijn ogen, de stoppeltjes op zijn wangen legden een donkere glans over zijn gezicht.

'Deze man hier mist zijn moeder. Hij is vannacht een paar keer huilend wakker geworden.' Bart zoende Leon in zijn nek en knuffelde hem.

'Misschien moeten we daar verder over praten zonder Leon erbij,' zei ik. 'Kinderen registreren meer dan wij ons kunnen voorstellen.' Het klonk wat pedant voor iemand die zelf geen kinderen heeft.

Bart nam een paar grote slokken koffie, voor zich uit starend, en stond toen op.

'Oké. Ik breng hem even naar boven. Jij hebt ook niet alle tijd.'

Hij tilde Leon op, hief hem hoog in de lucht. 'Je gaat vliegen naar oma.' Leon kraaide van plezier. Ze liepen zingend naar boven. Gauw stond ik op en inspecteerde de woonkamer. Het viel me op dat er geen boekenkast stond, en geen planten. Spaarzame meubels, een groot tv-toestel op een laag tafeltje, wat Indonesische maskers aan de muur en op de vensterbank een verzameling beestjes van verschillende soorten steen. Een paar grijze olifanten, een giraf van groenig marmer, een witte leeuw, drie aapjes van roze steen en een bruin geaderde dolfijn.

De regen kletterde tegen de ruit en liep in kleine straaltjes naar beneden. Ik liep naar de andere kant van de kamer, waar een lange eettafel stond. In dit deel waren de muren en het plafond smetteloos witgeschilderd. Het lichtgroene tafelkleed had nog wat etensvlekken. Vanhier kon je de keuken in kijken, al was er een lage muur blijven staan. Erop een brede plank waarop een bloemenvaas stond, buiten het bereik van Leon. Op het aanrecht in de keuken stonden naast de oven pannen en borden. Bart was nog boven. Snel liep ik de keuken in, de plavuizen plakten aan mijn voeten. Hier was lang niet gedweild. Op de koelkastdeur waren briefjes geplakt die me een inkijkje in Barts leven gaven.

'Huisarts Martin Jurgens' met daaronder het telefoonnummer. 'Basisschool Dikkertje Dap' met de namen van de juffen en een meester eronder. Een visitekaartje van 'Kapsalon Wendy Scholten'. Een sticker met 'Saskia Rogger' erop gevolgd door een 06-nummer. Een boodschappenlijstje: 'bietjes, prei, broccoli, ham, eieren'. Het telefoonnummer, e-mailadres en de namen van de wachtcommandant en collega's op het hoofdbureau. En onder een zwart magneetje een briefje met 'Terrasboot café P96, 4 uur'.

Plotseling voelde ik een hand op mijn schouder. Ik schrok.

'Wat een belangstelling voor mijn privézaken!' Bart stond achter me en keek me vragend aan. Wat moest ik zeggen?

'Ik moet zo naar het hoofdbureau,' zei hij kalm. Zijn ogen gleden over de briefjes op de koelkastdeur.

Ik liep langs hem heen de huiskamer in.

'Je bleef zo lang weg, ik dacht, ik kijk alvast even rond.' Ik voelde een rilling over mijn rug. Op dat moment viel mijn oog op het vloerkleed onder de eettafel.

'Wat een mooi kleed, blauw met geel. Echt zonnig.'

'Ja, nieuw,' bromde Bart. 'Het oude was vies en versleten. Zo gaat dat met een klein kind. Leon heeft een tijdje met eten gegooid en vreselijk geknoeid. Het kostte Netty veel moeite hem dat af te leren.'

'Deze kleuren passen goed bij dit deel van de kamer. Het vrolijkt de boel op.' Ik keek naar buiten. Door de ramen zag ik de achtertuin. De lucht was donker, het regende nog steeds vreselijk, en de tuin leek wel een grote, zwarte modderpoel. Ik wilde hem op zijn gemak stellen en mijn faux pas goedmaken.

'Wel boffen dat jullie een tuin hebben. Dat is toch uniek in Amsterdam.'

'Het huis is van mijn schoonouders. We huren het.'

Onder de plank op het lage tussenmuurtje naar de keuken hingen een paar kleurige tekeningen van Leon ingelijst achter glas.

'Hij houdt van tekenen! Die zoon van je heeft talent,' zei ik terwijl ik me vooroverboog om de krabbels met viltstift goed te bekijken. 'Wat leuk om ze daar op te hangen. Op ooghoogte van Leon.'

Bart reageerde niet.

'Hoe gaat het met je? De onzekerheid over Netty moet aan je knagen.'

Bart haalde zijn schouders op en stiet een onherkenbare klank uit. Hij keek naar buiten.

'Om je eerlijk te zeggen ben ik radeloos. Ik word gek van de vragen in mijn hoofd, het voelt als een marteling. En de impact die dit alles op Leon heeft, doet gewoon zeer.'

'Wat denk je zelf dat Netty is gaan doen?' Het kostte me moeite de tegenwoordige tijd te gebruiken. Iets in de sfeer in de kamer, de donkere regenwolken buiten, de schoonmoeder, Barts verslagen houding maakten dat ik een somber voorgevoel kreeg. Zou Netty nog wel in leven zijn? Had ze zelfmoord gepleegd? Was ze verkracht, vermoord? Allerlei nare beelden schoten door mijn hoofd.

Op dat moment ging de bel van de voordeur. Zowel Bart als ik deinsde even achteruit.

'Wie kan dat nu zijn?' Bart liep naar de deur.

'De fotograaf waarschijnlijk,' riep ik hem na. 'Had ik je nog willen zeggen.'

Druipend van de regen stond de politiefotograaf in de gang. 'Ik ben Ans. Sorry dat ik te laat ben. De tram kwam niet.' Ans was de vervanger van de vaste fotograaf.

'Ans komt wat foto's nemen voor in het dossier. Dan hebben we dat meteen gehad.'

'Het is wel een hele invasie,' mopperde Bart.

Hij bleef zwijgend in de huiskamer staan, terwijl de fotograaf, op kousenvoeten, het interieur vastlegde. De lichtflitsen verlichtten de kamer voor een seconde hel en koud.

'Waar wil je dat ik het accent op leg?' vroeg ze me, Bart negerend.

'De eethoek, de keuken, het zitgedeelte. En dan boven Leons kamer, de badkamer en de slaapkamer.'

'Zo grondig zijn wij niet eens bij huiszoekingen in drugszaken,' foeterde Bart.

Ik probeerde hem op te vrolijken. 'Je kan in elk geval niet beweren dat we er met de pet naar gooien. Je moet het zo zien: zodra Netty contact opneemt, gaat het hele dossier met een grote boog het fameuze archief in. Kun je het nooit meer terugvinden, gegarandeerd.'

Bart keek op zijn horloge. 'Ik moet over een paar minuten weg.'

Ans liep naar de keuken. Flits, flits. Ze kwam de woonkamer weer in en ging op een stoel aan de eettafel zitten.

Ze focuste op de tekeningen van Leon die ik zojuist nog had bewonderd.

'Wat hangen die Picasso's laag,' merkte ze op, terwijl ze haar lens op een van de tekeningen scherpstelde. Bart wreef over zijn stoppelbaard. Ans stond in een vloeiende beweging op van de stoel, legde haar camera op de tafel en pakte de middelste lijst van de lage muur.

'Nee,' riep Bart. Hij duwde mij opzij en snelde naar de eettafel. 'Afblijven. Laat ze hangen.'

'Sorry,' zei Ans, verbaasd door Barts uitval, met de lijst in haar handen. 'Ik wilde hem alleen maar op tafel leggen, in het licht, zodat ik er een mooie foto van kan maken.'

Ik kwam naast haar staan. Achter Barts benen viel mijn oog op de smetteloos witte muur. Hoewel, niet helemaal smetteloos.

'Ga eens opzij,' zei ik tegen Bart.

Op de plek waar de tekening had gehangen, was een patroon van kleine, donkere spatjes zichtbaar. Bart stond ervoor, ik kon het niet goed zien.

'Bart,' zei ik streng. 'Stap even opzij alsjeblieft.'

Hij gehoorzaamde. Het leek alsof hij ineenschrompelde, alsof de stekker er bij hem uit werd getrokken.

'Wat is dat op de muur?' Ik wees naar de plek. Ans schoot wat foto's. Flits, flits, flits.

'Dat is,' zei Bart gelaten, 'dat is bloed.'

'Bloed?'

'Na de verbouwing heeft Netty zich bij het opruimen gesneden. We hadden net de muren geschilderd. Het bloed is er niet goed af te krijgen. Daarom heeft ze daar die tekeningen opgehangen.'

'Dus het is bloed van Netty?'

Ik boog me voorover, haalde mijn bril uit de binnenzak van mijn jasje en bekeek de bloedspatjes nauwkeurig. 'Heb je ze goed vastgelegd?' vroeg ik aan Ans. Flits, flits.

'Ze beginnen klein en lopen breder uit naar boven,' wees ik aan, tegen niemand in het bijzonder. Langzaam kwam ik overeind, me vasthoudend aan de plank. Even werd ik duizelig.

Op dat moment kwam Barts moeder de kamer in, samen met Leon.

'Wat is hier allemaal aan de hand?' vroeg ze verbaasd. Ze keek van Bart naar mij, naar Ans. En naar de tekening die op de eettafel lag. Allemaal keken we naar de lege plek op de muur, waarop de bloedspatjes in een soort spraymotief een dialoog vormden met de wild gekraste kindertekeningen.

'Handel jij het verder af, mam?' Bart draaide zich om en liet ons in de huiskamer achter.

'Ik moet gaan,' zei hij bijna onhoorbaar vanuit de gang, alsof hij niet tegen zijn moeder sprak, maar tegen iemand anders, iemand die niet in de kamer aanwezig was.

23

Verklaring (telefonisch) van Barts moeder, mevrouw Caroline Feenstra (leeftijd onduidelijk, naar schatting midden zestig):

Nadat Bart haar en mij in het gezelschap van de politiefotograaf in de huiskamer achter had gelaten, gaf Caroline Feenstra schoorvoetend haar medewerking aan het verdere onderzoek. Ze haalde een vest uit Netty's klerenkast, gaf een paar oude briefjes mee voor de handschriftvergelijking en Netty's haarborstel. Daarna werkte ze ons snel de deur uit. Ze zou contact met me opnemen, maar liet niets van zich horen. Nadat ik wel vijf berichten op haar antwoordapparaat had achtergelaten, kreeg ik haar eindelijk te pakken. Dit is wat ze over haar schoondochter Netty zei: 'Ik was erop tegen dat Bart met Netty zou trouwen. Ze was mij te labiel. Om het minste of geringste kon ze in huilen uitbarsten. Ze deed erg haar best om bij mijn man en mij in de smaak te vallen, maar ik prikte daar meteen doorheen. Een moeder voelt zoiets haarfijn aan. Ze adoreerde Bart en hij was gek op haar, maar ik vond niet dat ze bij elkaar pasten. Mijn man drong er bij mij op aan me er niet mee te bemoeien en dat heb ik dan ook niet gedaan. "Ze komen er zelf wel achter dat het niet gaat werken," zei hij. Maar helaas raakte Netty zwanger, waarna ze trouwden en vanaf de geboorte van Leon ging het goed mis. Volgens mij had Netty een postnatale depressie. Ze was somber, eenzaam, vond haar leven saai en raakte steeds vaker en sneller over de kleinste dingen geirriteerd. Ze zocht ruzie met Bart en ook Leon kon ze soms afsnauwen. Ik had haar aangeraden met een psychiater te gaan praten. Zijn diagnose was: een bipolaire stoornis. Het leek wel of Netty er trots op was dat ze eindelijk wist wat eraan scheelde. Ze kon uitgelaten vertellen over de pillen die ze moest innemen.

In die periode stierf mijn man. Dat hakte er flink bij me in. Toen ik na een paar weken weer onder de mensen kwam, deed Netty een klemmend beroep op mij om een of twee dagen per week op Leon te passen. Zo had ik wat afleiding. Later besefte ik dat ze gewoon egoïstisch was en helemaal niet aan mij, maar alleen aan zichzelf had gedacht. Ze wilde meer vrijheid. Toch was ik haar dankbaar. Het zwarte gat waar ik in terecht was gekomen na de dood van mijn man was er nog wel, maar het was er draaglijk door geworden. Toen ik een of soms twee dagen per week bij hen over de vloer kwam, zag ik hoe erg Netty eraan toe was, erger nog dan ik had vermoed. Ze sliep slecht, had donkere kringen onder haar ogen, had last van hartkloppingen en was mistroostig. Bart en zij communiceerden nauwelijks meer met elkaar. Ik heb een paar keer geprobeerd te bemiddelen, maar dat werd me niet in dank afgenomen. Niet door hem, en ook niet door haar. In die gespannen situatie probeerde ik mijn weg te vinden. Het was echt laveren en behoorlijk vermoeiend. Netty hield zich niet aan afspraken. Een klein voorbeeld. Ik zou Leon regelmatig mee naar Artis nemen om hem te leren hoe het dierenrijk eruitziet. Ik had al een abonnement genomen en vlak voordat we zouden gaan kwam ze thuis met het verhaal dat zij met Leon naar de dierentuin was gegaan en dat hij daar had moeten huilen. Dieren horen niet in kooien, ze moeten vrij rondlopen. Ze was er opeens op tegen dat ik met Leon naar Artis zou gaan. We hebben daar woorden over gehad. Twee dagen later deed ze alsof er niets aan de hand was. Dat bedoel ik met labiliteit. Je kon niet echt van haar op aan. Hoe dan ook, mijn loyaliteit ligt bij Leon. Hij moet geen problemen krijgen door de crisis in het huwelijk van zijn ouders. Misschien ben ik te zwartgallig over Netty omdat ze alles en iedereen de rug heeft toegekeerd. Dat ze niets meer van zich heeft laten horen past wel bij het beeld dat ik van haar heb. Ze was erg op zichzelf gericht. Maar je eigen kind doe je toch zoiets niet aan? Ik vrees dat Leon verlatingsangst ontwikkelt. Hij kan soms vreselijk huilen als ik hem naar de kleuterschool breng. Dan wil hij niet naar binnen en begint te trappen met zijn beentjes en wild om zich heen te slaan.

Waar Netty kan zijn? Ze heeft haar vertrek secuur voorbereid. Ze wil niet gevonden worden. Ze heeft geld van Barts rekening gehaald. Misschien heeft ze een ticket voor een cruise op de Middellandse Zee gekocht. Ik kan me nog herinneren dat er zo'n hele grote boot over het IJ voer en dat ze toen zei dat ze graag eens op zo'n geheel verzorgde reis mee wilde. Ook speelde ze met de gedachte om met Saskia Rogger, die boven hen woont, mee op wereldreis te gaan.

Ik heb het gevoel dat ze over een tijdje gewoon weer voor de deur staat en Leon komt opeisen. Tegen Bart heb ik gezegd dat ze geen goede moeder is. Leon heeft rust en regelmaat nodig. Ik zie hoe

Bart onder de situatie lijdt. Hij heeft eerst de plotselinge dood van zijn vader te verwerken gehad en dan nu het einde van zijn huwelijk.

Netty een wond aan haar hand? Ik heb haar weleens met een pleister om haar vinger gezien, niet zo heel lang geleden. Daar weet ik verder niets van.

Of Netty nog in leven is? Natuurlijk! Tenzij ze zelfmoord heeft gepleegd, maar daar acht ik haar niet toe in staat. Dat durft ze niet. Moord? Nee! Wie zou dat gedaan moeten hebben? En waarom? Volgens mij had ze geen vijanden. Of nou ja, misschien toch wel. Ooit had ze een verhaal dat ze op haar werk fraude met bonnetjes op het spoor was gekomen en dat het bedrijf waar ze de administratie van deed kwaad op haar was en haar wilde dwingen de zaak onder het tapijt te vegen. Dat heeft ze geweigerd, ze heeft haar baas ingeschakeld en dat bedrijf heeft toen de opdracht teruggetrokken. De directeur ervan had haar uitgescholden en bedreigd. Hij zei dat hij haar wel wist te vinden. Ze vertelde het ons nogal lacherig. Ik had niet de indruk dat ze bang was. Het fijne weet ik er niet meer van, maar dat kan Karman en Partners nog wel terughalen. Maar om haar daarvoor te vermoorden? Nee. Drugs? Nee, uitgesloten. Ik zal het u laten weten als me nog iets te binnen schiet dat van belang kan zijn.

24

'Gaat u zitten.'

De vrouw nam plaats aan de formica tafel in de spreekkamer. Ik had het dossier 'Netty Geel, vermissing (2000)' voor me. Het was in de loop van de weken steeds dikker geworden met aantekeningen, foto's, verslagen van besprekingen, berichten uit de media, maar concrete aanwijzingen waar Netty Geel zich kon bevinden waren er niet. Zo vaak gebeurt het niet dat een jonge moeder zomaar van de aardbodem verdwijnt. Meestal geven weglopers na een tijd een teken van leven. Tenzij ze dood zijn natuurlijk.

In overleg met Bart was er een oproep uitgegaan waarin het publiek werd verzocht uit te kijken naar Netty en tips over haar aan de plaatselijke politie door te geven. Bij het bericht was haar kleurenfoto gevoegd, door Bart op Texel gemaakt. Netty keek breed lachend in de lens. Haar tanden waren gaaf en stralend wit. Haar kastanjebruine haar had een lichte slag en haar pony werd door de wind een beetje opgewaaid, haar neus was recht en stevig. Zomersproeten sierden haar gezicht. Ze was mooi en had iets innemends. Maar keek je langer naar haar ogen, dan ontdekte je dat ze niet vrolijk, maar juist triest de wereld in keek. Ogen en glimlach stonden in schril contrast met elkaar. Je kreeg meteen het gevoel dat ze bescherming nodig had, dat je moest helpen. Zo'n leuke, kwetsbare vrouw moest met haar man en kind worden herenigd.

Het vermissingsbericht haalde de lokale tv-zender AT5 en de Noord-Hollandse media. Toen het na een week nog niets had opgeleverd, nam *De Telegraaf* het bericht over en pakte breed uit. De krant schreef dat Netty haar woning in overspannen toestand had verlaten, dat het belangrijk was dat ze haar medicijnen innam en dat een ongeluk werd gevreesd. Bart hing meteen 's ochtends vroeg aan de lijn.

'Hoezo wordt een ongeluk gevreesd? Wie zegt dat? Waarom?' Hij wilde een rectificatie, maar *De Telegraaf* hield vol dat betrouwbare bronnen dit hadden aangegeven. Veel tips stroomden binnen en Bart liet het erbij.

Netty was gesignaleerd in Maastricht op het Vrijthof op een terrasje met twee mannen, ze had samen met een Duitser een zeilboot gehuurd in Sneek om over de plassen te varen, ze had in de bus gezeten van Utrecht naar Zeist en was bij een woonzorgcentrum in Huis ter Heide uitgestapt. Ze had lopen winkelen met twee kinderen in het winkelcentrum van Bergen op Zoom en enkele bellers hadden haar op verschillende locaties in Amsterdam gezien. Het waren allemaal vage en bij nader onderzoek onbruikbare tips.

Er was één melding die eruit sprong. Dat was die van Miranda Postema uit Almere. Zij was een 'ziener'. Ze was hoogsensitief en had een duidelijke boodschap over de verblijfplaats van Netty Geel doorgekregen uit de kosmos, maar aan de telefoon wilde ze er verder niets over zeggen. Ze wenste een persoonlijk onderhoud met me. Ik was geïntrigeerd geraakt door de zelfverzekerdheid waarmee ze sprak en had me in een zwak moment laten verleiden tot het maken van een afspraak.

Miranda Postema ging tegenover me aan tafel zitten.

'Ik heb weinig tijd, maar wilde u toch graag even horen,' begon ik.

Haar zilveren armband schraapte over het tafelblad. Ze had vuurrood geverfd haar. Dikke krullen omlijstten haar gezicht.

'U hebt informatie doorgekregen over Netty Geel,' hielp ik haar op weg.

Miranda stak haar beide handen in de lucht, alsof ze aanstormend verkeer wilde tegenhouden.

'Niet zo vlug. Ik moet eerst een gevoel bij mijn omgeving krijgen.'

Miranda's gezicht had de vorm van een driehoek, een breed voorhoofd en een spitse kin. Haar ogen waren prachtig grijsgroen en fonkelden. Toen ik haar beneden bij de balie had opgehaald, had ik inwendig gevloekt. Ik had zoveel werk te doen. Niet alleen de vermissingszaak kostte veel uren, er lag ook nog een berg ander werk. En dan ging ik het gesprek aan met een helderziende. Maar nu ik tegenover Miranda zat, leek het alsof ze me heimelijk haar invloedssfeer in trok. Abrupt verdween mijn gevoel onder druk te staan, alsof ik een jas had uitgetrokken en die op de stoel naast me had gelegd. Ik voelde me op slag relaxed.

'Neem je tijd,' zei ik vriendelijk en ging achteroverzitten.

Miranda knikte en ademde diep uit. Ze rook naar rozenwater.

'Ja, ik ben er,' zei ze zacht alsof haar lichaam haar was voorgegaan naar de kale spreekkamer en haar geest nu haar lichaam had ingehaald, zodat ze samen verder op konden trekken.

'Ik heb een praktijk in Almere,' begon Miranda. 'Ik ben niet zo'n gek die bij elke vermissing de politie belt. Ik kan me voorstellen dat er allerlei lieden zijn die zeggen te weten waar Netty Groen is. Zo iemand ben ik niet.'

'Netty Geel. Ze heet Geel,' verbeterde ik haar.

'Nou ja, maakt niet uit. Het is maar een naam.' En moeiteloos vertelde Miranda verder.

'Mijn praktijk bestaat uit elektro-acupunctuur en natuurgeneeskunde. Ik geef behandelingen en consulten aan mensen die door de reguliere gezondheidszorg worden genegeerd. En in mijn praktijk, ik heb jarenlang ervaring, heb ik een aantal wonderlijke berichten doorgekregen uit de andere wereld.' Hier stopte Miranda haar introductie. Ze hief haar hoofd op, schuin, als een vogel in een kooi. Hoorde ze een geluid binnenkomen uit de andere wereld?

Ik kon een glimlach niet onderdrukken. 'Heb je een boodschap over Netty Geel ontvangen? Dat zou me ontzettend helpen. Ik weet niet wat ik met haar zaak aan moet. We hebben alles onderzocht, iedereen gesproken die informatie over haar verblijfplaats zou kunnen hebben. Maar geen resultaat. Niets. Nada.'

Ik voelde de neiging om al mijn gedachten en twijfels over de zaak met haar te delen, maar ik wist me nog net in te houden. Miranda lokte me uit mededeelzaam te zijn, ik moest me schrap zetten en professioneel blijven.

'Graag een glas water,' antwoordde ze een niet-gestelde vraag.

Toen ik terugkwam uit het keukentje, stond ze voor het raam en staarde naar de betonnen muur waar de spreekkamer op uitkeek.

'Wat mensen elkaar niet aan kunnen doen,' mompelde ze.

Ik pakte mijn blocnote en hield mijn pen in de aanslag. 'Netty en haar man?'

Miranda draaide zich om. 'Nee. Architecten. Opdrachtgevers. Om zulke lelijke gebouwen neer te zetten. Het doet gewoon pijn om hier te zijn.'

Ze ging weer zitten en nam een slok water. 'Het is niet goed voor je om in deze omgeving te werken. Je lichaamscellen pikken de negatieve energie op. Ze hebben een geheugen, je cellen. Voor je het weet, is al die negativiteit opgeslagen en heb je kanker.'

'Laten we het over Netty Geel hebben,' onderbrak ik haar, maar Miranda's woorden riepen bij mij herkenning op. Elke dag als ik op het werk kwam, haalde ik op de drempel diep adem, alsof ik me tegen een onzichtbaar gevaar moest beschermen dat Miranda achteloos onder woorden had gebracht.

'Toen ik op AT5 het filmpje met de oproep over haar zag, voelde ik een heftige emotie. Ik barstte in huilen uit. En dat gebeurt me niet vaak. Dan weet ik dat er echt iets aan de hand is. Mijn hand ging als vanzelf naar mijn keel. Eenzaamheid, diepe treurnis, isolement, dat is wat ik voelde. Brrr.' Miranda schokte met haar schouders, haar armband tikte tegen het tafelblad.

'Kun je wat concreter worden?' vroeg ik. Ik begon geïrriteerd te raken. Was dit alles wat ze te melden had?

'Normaal gesproken moet ik iemand in zijn eigen woonomgeving zien. De geur in huis ruiken. De kleuren van het interieur zien. De geluiden horen van de verwarmingsbuizen of het gedruppel van een kraan. Dan werkt het het beste en sta ik in no time met de andere wereld in contact.'

'Dat zal hier in deze spreekkamer dan wel moeilijk worden,' schamperde ik. Dit gesprek zou nergens toe leiden. Weer een dood spoor.

'Nee hoor. Hij is hier geweest. Ik ruik zijn lichaamsgeur.'

'Hij? Wie is hij?' vroeg ik.

'Nou, Bart natuurlijk. Bart Feenstra.'

Verbaasd keek ik haar aan. 'Ken je Bart dan?'

Weer hief ze beide handen omhoog.

'Ik kwam erachter dat Netty in Amsterdam-Noord werkte. Met een smoes heb ik haar baas gebeld en hij gaf me haar adres. Ik ben naar de Van Heemskerckstraat gereden, ik moest naar haar huis, het was alsof ik werd geroepen. In de auto komend uit Almere hoorde ik haar fluisteren. "Help me, help me, Miranda, help me." Voor ik het wist stond ik bij hem voor de deur. Ik belde aan en hij deed open. Ik heb mezelf naar binnen gepraat, ondanks de weerstand die er van hem uitging. Deze man gaat gebukt onder verdriet en angst. Ik heb de kleine Leon in mijn armen genomen en alweer begon ik te huilen. Het waren Netty's tranen. "Moeder heeft het niet zo bedoeld," schreeuwde ik. Ik raakte buiten mezelf. Wat ik nog meer geroepen heb, weet ik niet, maar Bart Feenstra gaf me een klap in mijn gezicht. Hij sloeg me! Hij riep "Takkewijf!" En hij zette me de deur uit, dreigde met een proces als ik het ooit nog eens waagde in zijn buurt te komen.

De klap gaf me een nieuw inzicht.

Ik weet genoeg, riep ik. Ik weet genoeg! En ik ga naar de politie! Denk maar niet dat je de dans ontspringt.

Ik zag de vertwijfeling op zijn gezicht voordat hij de deur dichtsmeet. En diezelfde dag heb ik jullie gebeld. En nu zit ik hier.'

'Maar wat weet je dan? Waar is Netty?' vroeg ik bezorgd. Ik zag de kleine Leon voor me, die door een wildvreemde vrouw werd aangeklampt, nota bene in de gang van zijn eigen huis.

'Netty,' zei Miranda. 'Netty Geel is weg.' Ze sloeg haar ogen op en keek naar het plafond. 'Ja, ze is weg. Ze is er niet meer.'

'Wat bedoel je?'

'Hoe duidelijk moet ik zijn?' zei Miranda met stemverheffing. Ze stak haar arm over de tafel uit. De palm van haar hand voelde warm op mijn pols.

'Ze is weg. Netty is dood. Dóód!' Miranda stiet de woorden uit alsof ze een zwemmer was die tussen elk woord even boven water kwam om naar lucht te happen. 'Dood,' voegde ze er ter bevestiging nog een keer aan toe.

Ik keek haar verbouwereerd aan.

'Dat is nogal wat. Hoezo dood? Vertel.'

Miranda begon op haar stoel naar voor en naar achteren te bewegen. Ze sloot haar ogen. Toen slaakte ze een gil die als het lemmet van een mes door de kamer klonk.

'Netty is hier. Ze vertelt me dat ze dood is. En hij heeft het gedaan!'

'Wie?' vroeg ik. 'Bart Feenstra?'

'Hij. Hij heeft het gedaan, hij, van wie ze zoveel hield.'

'Ze hadden heel veel ruzie. Hun huwelijk was kapot,' zei ik.

Abrupt stond Miranda op. Zoekend keek ze om zich heen, verwilderd.

'Ze is weg, nu voel ik haar niet meer.'

'Het is nogal een beschuldiging. We moeten bewijs tegen Bart hebben.'

Miranda maakte een lichte buiging.

'Hij was niet alleen. Er is een ander bij betrokken. Meer heb ik niet.'

Voor ik goed en wel besefte dat Miranda het gesprek had beëindigd, hoorde ik de klapdeur in de gang en haar voetstappen de trap af snellen.

Uitgeput bleef ik zitten, alsof ik zojuist een van mijn marathons had gelopen. Ik legde mijn handen op tafel en keek naar het glas dat voor me stond. Vreemd, dacht ik. Ik had Miranda toch echt zien drinken, maar nu was het glas weer tot aan de rand gevuld. Een stroompje kroop over de tafel naar mijn aantekeningen en drupte op de grond.

25

Aan het begin van de week was er goed nieuws. De vriend van Maria Torres was aangehouden. Hij was in Zaandam drugs gaan kopen in een pand dat door de politie in de gaten werd gehouden. Een van de rechercheurs was getipt dat hij zou komen en vroeg versterking aan. Dirk C. had zijn hoofd kaalgeschoren, zijn snor laten staan en droeg contactlenzen. Daardoor zag hij er heel anders uit dan op de foto die de politie had verspreid. Daar had hij lang krullend haar en een rond brilletje, wat hem een studentikoos uiterlijk gaf. Dirks DNA was in de woning van Maria aangetroffen en het duurde dan ook niet lang of hij legde een volledige bekentenis af. Hij beweerde dat hij in zijn hoofd stemmen had gehoord die hem opdracht gaven de keel van zijn vriendin door te snijden. Daarna had hij een black-out gekregen en wist hij niet meer wat er was gebeurd. Er was brand in de woning ontstaan, de bank met kunststof bekleding vatte vlam. Door de stank en de rook was hij uit zijn roes ontwaakt en het huis uit gevlucht.

Het nieuws haalde alle landelijke media. Dirks nieuwe uiterlijk werd uitvoerig beschreven, ook op tv, in *Opsporing verzocht*. Dat leverde een nieuwe golf van tips op. Veel mensen hadden Dirk C. in Amsterdam gezien. Meerdere telefoontjes kwamen van bewoners uit de Van Heemskerckstraat en directe omgeving. Ze hadden hem daar rond zien hangen. Een beller beweerde zelfs dat hij Dirk op een avond tegenover het huis van Netty en Bart had zien staan. Een van de rechercheurs uit het team dat de moord op Maria Torres onderzocht, belde me op.

'Maya, ik heb misschien iets voor je.' Hij vertelde me over de melding. Was er nu een directe link tussen moordenaar Dirk C. en Netty Geel? Mijn hart maakte een sprongetje. Zou er eindelijk schot in de zaak van Netty komen?

'Mag ik bij het verhoor aanwezig zijn?' vroeg ik. 'Misschien weet hij waar Netty Geel is gebleven? Misschien hoorde hij stemmen dat hij ook haar moest vermoorden?' Mijn collega legde het aan de hoofdofficier van justitie voor, mr. Waalwijk, maar die besliste dat de rechercheur die mij verteld had over de meldingen, zelf het verhoor moest doen. Ik mocht er niet bij aanwezig zijn. Mr. Waalwijk wilde niet dat de zaken vermengd zouden worden en bovendien had ik te weinig ervaring voor een dergelijk verhoor in een high profile-zaak. Ik baalde van zijn beslissing, maar kon er niets tegen doen. Wel bedong ik bij mijn collega dat ik informeel een kopie van zijn aantekeningen van het verhoor zou krijgen. Hij zette het meteen na afloop op de fax.

Nadat Dirk Colenbrandt uitgebreid had verklaard over de moord op Maria Torres, hebben we hem naar de verdwijning van Netty Geel gevraagd op basis van de informatie van collega Oliphant.
'Ken je Netty Geel?' Ik liet hem haar foto zien.
'Ik weet het niet, ze komt me bekend voor.'
'Heb je haar nooit gesproken?'
'Volgens mij niet.'
'Weet je waar ze woont?'
'Nee.'
'Ben je weleens in de Van Heemskerckstraat geweest?'
'Misschien, kan me niet herinneren.'
'Weet je waar Netty Geel is?'
'Nee.'
'Ben je bekend met haar zaak?'
'Ik weet niet waar je het over hebt.'
'Netty Geel wordt vermist. Haar vermissing is in het nieuws geweest.'
'Ik lees geen kranten, kijk geen tv.'
'Heb je seks met Netty Geel gehad?'
Hier weigerde Dirk Colenbrandt op te antwoorden.
'Waarom zeg je niks.'
'Ik heb hier geen zin meer in.'
'Heb je Netty Geel vermoord?'
Weer geen antwoord.
'Ik vraag het nog eens: heb jij Netty Geel vermoord?'
'Hoe duidelijk moet ik zijn? Ik beroep me op mijn zwijgrecht. Ik zeg

niets meer. Jullie proberen me te framen. Me nog een moord in de schoenen te schuiven.'

Hierna ging Dirk Colenbrandt met zijn armen over elkaar zitten en weigerde nog verder te praten. Na overleg met de officier van justitie heb ik het verhoor afgebroken.

26

's Avonds zat ik nog op het politiebureau, mijn aantekeningen voor me. Ik had alleen de schemerlamp aan, de rest van het kantoor was donker. De schoonmakers waren klaar met hun rondje stofzuigen. Ze hadden de prullenbakken geleegd en af en toe met een vochtig lapje een koffiekring op een bureaublad weggewerkt. Ze waren naar een andere etage in het gebouw afgedaald. Ik had de grote kamer die ik met drie collega's deelde, voor me alleen. Het geluid van de stofzuiger was verstomd, de stilte voelde weldadig aan. In het dossier had ik al mijn aantekeningen op chronologische volgorde gelegd. Ik wilde ze deze avond nog een keer doornemen om te controleren of ik niets over het hoofd had gezien. De volgende dag moest ik verslag uitbrengen aan mr. Waalwijk en zouden we besluiten wat we nog verder in de zaak konden onderzoeken.

Ik had buitensporig veel uren in de zaak gestoken, realiseerde ik me toen ik de vellen met aantekeningen voor me zag. Daar zou vast kritiek op komen. Mijn gedrevenheid kwam voort uit een vaag soort solidariteit met Netty. We hadden bijna dezelfde leeftijd. De foto van Netty en de krantenartikelen over haar plotselinge verdwijning had ik op het prikbord aan de muur gehangen. Van een afstandje zag ik die onbestemde blik in haar ogen, alsof ze contact met me zocht. Soms voelde ik me door haar aangespoord extra onderzoek te doen. Op andere dagen keek ze me beschuldigend aan: heb je me nog steeds niet gevonden?

Was ze ergens in het buitenland een nieuw leven begonnen? Was ze vermoord? Had ze misschien zelfmoord gepleegd? Alle opties lagen open. Ze was mijn eerste vermissingszaak en ik wilde die hoe dan ook op een goede manier afronden. Een onduidelijke afloop zou onverteerbaar zijn, niet alleen voor mij, maar in de eerste plaats voor haar gezin en de rest van de familie.

Ik las een paar van de verklaringen nog eens door.

Verklaring van Bart Feenstra, 30 jaar, afgelegd op het bureau aan de Houtmankade:

'Dit is geloof ik de vierde verklaring die ik afleg. Of ik iets nieuws te melden heb, betwijfel ik. Netty was wat labiel. Dat werd steeds erger. Slapeloosheid. Opruimwoede. Dwangmatig haar handen wassen. Als ik iets liet slingeren of de vaatwasser niet uitruimde, dan kon ze exploderen. Om het later weer goed te maken met een uitgebreid diner. Ze hield van koken.

We hadden problemen samen, maar naar mijn mening konden we die nog oplossen. Ik heb voorgesteld samen naar een therapeut te gaan. Daar is het nooit van gekomen, temeer omdat Netty zei dat ze het wel alleen af kon. Ze heeft een paar gesprekken gehad met een psychiater en daar is uit gekomen dat haar wisselende stemmingen veroorzaakt worden door een bipolaire stoornis. Ze kreeg pillen voorgeschreven en daarna is ze met haar therapie gestopt.

Als ze te veel wijn had gedronken, kon ze verschrikkelijk schelden. Maar dat was zeker niet dagelijks het geval. Meestal functioneerden we gewoon. Gewoon. Niets bijzonders, al groeiden we uit elkaar. De brief die ze me schreef waarin ze zei dat ze van me wilde scheiden en dat ze tijdelijk ergens anders wilde gaan wonen, tja. Had ik die niet zien aankomen? Ja en nee. Ze is er zomaar tussenuit gepiept. Leon is hier het slachtoffer van. Ik overweeg sterk om echtscheiding aan te vragen. In elk geval neem ik de zorg voor Leon op me, met hulp van mijn moeder. Ik zal ervoor zorgen dat ze bezoekrecht krijgt, daar wil ik wel aan meewerken, maar niet meer dan dat. Leons belang is dat hij een stabiele jeugd krijgt, rust en regelmaat, en met Netty als opvoeder loopt dat gevaar.

Ik heb geen idee waar ze is, vermoedelijk is ze gaan reizen. Ik weet dat tijdens een verhoor Dirk C. gevraagd is of hij iets met Netty's verdwijning te maken heeft gehad. Op het hoofdbureau ging zo'n gerucht en ik ben daar natuurlijk achteraan gegaan. Maar of hij Netty kende, ik weet het niet, het lijkt me sterk. Hij komt uit een heel andere wereld. Ze hebben niets gemeenschappelijks. De periode voor zijn arrestatie hield hij zich vaak op onder het viaduct achter het Haarlemmerplein. Daar sliep hij weleens, heeft hij verklaard. En hij was drugskoerier. Maar Netty gebruikte geen drugs, dat weet ik zeker. Er is ook niet bij ons ingebroken. Ik acht het onwaarschijnlijk dat hij op de een of andere manier bij Netty's verdwijning betrokken is. Ik weet dat Dirk C. gezien is in onze straat. Saskia heeft hem daar gezien. Zelf ben ik hem nooit tegengekomen, ik heb hem nooit ontmoet, al heb ik natuurlijk veel over de moord op zijn vriendin Maria Torres gelezen.'

Telefonische verklaring van Netty Geels baas Otto Karman en haar directe collega Cyntha Bruinswijck.

Otto Karman, directeur van accountantskantoor

Karman en Partners, 54 jaar: Ik heb Netty Geel op 17 mei 1994 aangenomen als medewerker op de administratie. Voor uw telefoontje heb ik dat nog even nagezocht. Netty was heel precies, deed haar werk goed en is in de loop der jaren opgeklommen tot hoofd administratie.

Ik had een goed zakelijk contact met haar. Het was fijn om met haar te werken. Haar man Bart Feenstra heb ik in al die jaren een paar keer ontmoet. Hij is politieman en doet nogal gewichtig en geheimzinnig over zijn werk. Over hun privéleven weet ik weinig. Ik weet dat ze in Amsterdam-West wonen, ben een keer bij ze thuis op bezoek geweest toen Leon pas geboren was en Netty zwangerschapsverlof had. We hebben haar met kantoor toen een plantenbak gegeven.

U vraagt me waar Netty kan zijn. Geen idee. Ik was erdoor overvallen dat ze met stille trom vertrokken is. Netty's collega's hebben haar werk overgenomen. Ik herinner me dat er een keer een brief voor haar op kantoor werd bezorgd. Dat verraste haar en ik herinner me nog dat ze na het lezen ervan ontdaan was. Ze is toen eerder naar huis gegaan, maar ik heb niet gevraagd wat er in die brief stond. Dat zijn mijn zaken niet. Het is de enige keer dat dit gebeurd is, daarom weet ik het nog. Zou ze een minnaar hebben en is ze er met die man vandoor gegaan? Het lijkt me sterk. Op kantoor hebben we het uiteraard vaak over haar. Niemand weet waar Netty is. Mijn vriendin denkt dat ze zelfmoord heeft gepleegd of vermoord is. Maar dat is uiteraard speculeren. Verder heb ik geen relevante informatie. We missen haar. Het was fijn om al die jaren met haar te werken. Ik hecht eraan dat u opschrijft dat ik hoop dat ze gezond en wel terugkomt.

Telefonische verklaring van Cyntha Bruinswijck, 32 jaar:

Netty Geel en ik zijn al zes jaar collega's. Zij heeft me bij Karman en Partners aangenomen en we zijn kan ik wel zeggen bevriend geraakt, al lopen we de deur niet bij elkaar plat. Netty heeft een scherp oog voor details en is een rekenwonder. Ze gebruikt een rekenmachine alleen om te controleren of ze de uitkomst zelf goed had uitgerekend. Zo wil ze haar hersens blijven trainen. Op het werk waren er geen problemen. In de pauzes maakten we regelmatig wandelingen langs het IJ. Er zijn veel bouwplannen in Amsterdam-Noord, het is een gebied in opkomst. We wonen allebei aan de andere kant van het water en namen meestal dezelfde pont richting stad. Soms gingen we bij het Centraal Station op een terras aan het Singel nog wat drinken. Over Netty's privéleven weet ik niet bijster veel. Het boterde al een tijdje niet zo met haar man Bart, maar ik had zeker niet de indruk dat het een onhoudbare situatie was. Leon, haar zoontje, is een leuk kereltje, ze is dol op hem. Op mij maakte Netty een stabiele indruk. Ze kon wel soms wat dweperig zijn. Een voorbeeld? Haar achternaam is Geel. Daarom wilde ze altijd iets geels in haar kleding. Ze was helemaal van slag als dat niet kon, als alles met geel erin bijvoorbeeld in de was zat. Daar kon ze dan echt van in paniek raken alsof ze onheil over zich afriep. Een keer zijn we zelfs in de lunchpauze naar het winkelcentrum gelopen om een geel sjaaltje te kopen. Ze kon er overigens op dat moment ook zelf om lachen, maar toch. Een ander voorbeeld: ze heeft een halfjaar geluisterd naar een lied van de zangeres Dido, 'Thank You'. Ze beweerde dat het het mooiste nummer was dat ze ooit had gehoord en na een halfjaar had ze er plotseling genoeg van en verafschuwde ze het. Ik vond dat nogal extreem en zei tegen haar, half voor de grap, dat ze misschien wel een lichte vorm van autisme had. Ook altijd die liefde voor getallen. Nou, dat had ik beter niet kunnen zeggen, want ze heeft me een week genegeerd. Maar daarna was ze weer de oude en zijn we op goede voet doorgegaan. Ze is een fijne collega, vergeet nooit verjaardagen of andere belangrijke gebeurtenissen. Ik vind het beangstigend dat ze opeens spoorloos is. Dat is echt niets voor Netty. Hoe langer het duurt, hoe somberder ik word over een goede afloop. Waar ik aan denk? Misschien heeft ze een ongeluk gehad? Is ze ergens in het water gevallen? Ik geloof niet dat ze op de vlucht is. Wat moet zij nou zonder Leon? Bart kan ze nog wel missen, maar haar kind was haar alles. Ik merk dat ik soms in de verleden tijd over Netty denk en spreek en dat maakt me verdrietig, alsof ik haar daardoor de dood in jaag. Maar ik kan me niet voorstellen dat ze zich ergens schuilhoudt. Ik heb over haar brief gehoord. Ik vind het goed bij haar passen dat ze alles wat ze gaat doen op papier zet en als het ware administreert. Maar die brief geeft toch geen aanleiding om te denken dat ze zelfmoord pleegt? Anders zou ze dat toch wel expliciet onder woorden hebben gebracht?

In Bart, haar man, heb ik het volste vertrouwen.

Hij is een zorgzame echtgenoot en een lieve vader. Wat een ellende moet dit voor hem zijn. Ik hoop maar dat ze snel thuiskomt en dat Leon er niet al te veel schade van ondervindt.

Nadere telefonische verklaring van Cyntha Bruinswijck:

De week voor haar verdwijning had Netty vrij genomen. Ik dacht omdat ze wilde helpen bij de verbouwing van hun keuken. Was dat daarvoor al? Of iets met die achtertuin? Misschien haal ik het door elkaar. Nee, Netty heeft geen wond aan haar hand gehad, dat weet ik zeker, anders zou ik het wel gezien hebben. Tenzij ze zich heeft gesneden in de week dat ze vrij had.

Die fraudezaak? Dat is tijdens mijn vakantie gebeurd. Ik heb er alleen van haar en meneer Karman over gehoord. Er zijn nooit dreigtelefoontjes binnengekomen. Netty had het er sporadisch nog wel over, maar meer als sappig verhaal dan als iets waar ze zich zorgen over maakte.

Nadere telefonische verklaring van Otto Karman, directeur van Karman en Partners:

Er was inderdaad een controverse met het kantoor van een kandidaat-notaris, Fabian Kessels. Of haar verdwijning daar iets mee te maken kan hebben? Dat lijkt me sterk. Hij wilde bepaalde uitgaven en inkomsten buiten de boeken houden. Netty was daar niet toe bereid. Het conflict daarover liep hoog op. Ze kon fel zijn en op haar strepen staan. Kessels bedreigde haar. Hoe? Hij zei iets in de trant van 'ik weet je te vinden'. Het ging allemaal telefonisch. Ze heeft toen mijn hulp ingeroepen en na wat gedoe erover hebben we de opdracht teruggegeven. We hebben de FIOD niet ingeschakeld. Later heb ik gelezen dat Kessels door de Broederschap disciplinair is gestraft vanwege malversaties. Zijn kantoor is opgeheven. Netty stond daar verder helemaal buiten. Gewond aan haar hand? Dat is me niet opgevallen. Een verband om haar hand zou ik denk ik wel hebben gezien.

Telefonische verklaring van Saskia Rogger, 42 jaar, bovenbuurvrouw en vriendin.

Ik bel u van Santorini. Ik heb een sabbatical en ben op reis. Na Griekenland wil ik naar Japan en vandaar naar Nieuw-Zeeland. Ik ben van Amsterdam naar Athene gevlogen. Voor ik wegging heb ik nog gekeken of Netty thuis was. Niet dus, ik heb toen een boodschap op haar antwoordapparaat achtergelaten om afscheid te nemen. Netty zou voor mijn planten zorgen.

Ik woon boven Bart en Netty. Ik huur van Netty's ouders.

Met Netty ben ik bevriend. We spraken elkaar geregeld, vaak op straat. Soms bijna dagelijks, soms zag ik haar weken niet. We bespraken de dingen van het leven. Over relaties, het nieuws, waar we mee bezig waren. Ik dronk af en toe koffie met haar, zij kwam ook bij mij over de vloer.

Met Bart heb ik een goed contact. Hij is vriendelijk, doet af en toe klusjes bij mij in huis. Hij heeft me ooit een sleutel van hun huis gegeven, voor het geval dat.

Tussen Netty en Bart zat het volgens mij best wel

goed. Misschien af en toe een dipje, maar dat is in elk huwelijk, toch?

Met de leden van onze discussieclub heb ik een stille tocht georganiseerd na de moord op Maria Torres. Zij is op een vreselijke manier afgeslacht, niet ver van ons huis vandaan. We wilden laten zien dat vrouwen, ook die illegaal in Nederland zijn, recht hebben op veiligheid. Het idee van de tocht kwam op in een gesprek met Netty. Maar toen ik haar vroeg of ze mee wilde helpen met de organisatie, hield ze de boot af. Ze was al met Leon bij het huis van Torres geweest en had er een boodschap achtergelaten. Ze zei dat ze ziekig was. Ik vond dat jammer, maar ze was erg moe in die tijd. Met Netty heb ik het vaak over de moord op Maria Torres gehad. We voelden ons met name 's avonds op straat niet veilig.

De weken voor mijn vertrek heb ik drie keer een man met een kaal hoofd bij ons in de straat gezien. De eerste keer was hij op de fiets. Netty kwam toen net thuis. Hij bleef aan de overkant van de straat staan en moet gezien hebben waar ze naar binnen ging. Ik heb die man toen even gesproken. Waarover weet ik niet meer. Daarna fietste hij weg. Een paar dagen later later liep hij 's avonds een keer langs. Ik keek toevallig net uit het raam en herkende hem. En daarna zag ik hem nog een keer in de straat langsfietsen. Dat was de avond voordat Netty vertrok.

Inmiddels heb ik begrepen dat Dirk C. is gearresteerd. Ik begrijp nu dat de man met het kale hoofd Dirk C. is. Dat was mij toen niet bekend, anders had ik jullie natuurlijk meteen gebeld. En Netty wist dat ook niet. Ze kende hem niet. Die eerste keer, toen ik ze allebei in de straat zag, had hij haar lastiggevallen. Hij wilde seks. Hij was haar toen naar huis gevolgd.

Toen ik haar vertelde dat ik een wereldreis ging maken, vroeg ik of ze zin had om mee te gaan. Daar had ze wel oren naar, maar praktisch was het moeilijk te regelen met Leon en zo. Gek genoeg dacht ik dat ik haar op Schiphol zag, toen ik in de rij stond om aan boord van mijn vliegtuig naar Athene te gaan, maar ik zal me wel vergist hebben.

Pas toen ik weken later vanuit Santorini met mijn moeder belde, hoorde ik van Netty's vermissing. Ik heb meteen Bart gebeld en daarna jullie.

Het pand waar wij in wonen is gehorig. Ik heb Bart en Netty weleens tegen elkaar horen schreeuwen. Maar het was niet iets waar ik me ongerust over maakte of het gevoel had dat ik moest ingrijpen. Of ik Netty kort voor haar verdwijning nog heb gezien? Ja, de avond voor ze verdween. We hebben bij de voordeur nog wat gekletst, niets bijzonders. Mij is ook niets aan haar opgevallen. Ik weet niet of er iemand bij hen binnen is geweest nadat we elkaar hadden gesproken. Ik heb niemand gezien of gehoord. Ik heb Netty ook niet zien weggaan met een koffer of zo. Ik pieker me suf over wat er met haar gebeurd kan zijn. Het laat me niet los dat ik haar misschien op Schiphol heb gezien. In de verte en maar even. Maar toch. Kunnen jullie dat niet uitzoeken? Er moet toch een passagierslijst van vertrekkende vluchten zijn?

Ik mis haar. Ik mis onze gesprekjes, het lachen om de gekste dingen. Ze houdt ontzettend veel van

Leon. In mijn ogen is ze een fantastische moeder. Is ze van huis weggelopen? Heeft ze zelfmoord gepleegd? Of is ze vermoord? Ik heb geen flauw idee. Nu ze al zo lang niets van zich laat horen, ben ik bang dat ze dood is. Ik vind het een griezelig idee dat de moordenaar van Maria Torres bij het huis van Netty en Bart is geweest. Ik hoop dat hij goed aan de tand wordt gevoeld over de verdwijning van Netty. Mijn gevoel zegt dat hij haar heeft vermoord.'

Nadere verklaring van Dirk Colenbrandt, afgelegd aan collega's in het huis van bewaring.

Ik heb toch al gezegd dat ik Netty Geel niet ken. U laat mij nu weer dezelfde foto zien. Ze komt me vagelijk bekend voor. U zegt dat ik haar op de fiets ben gevolgd en heb lastiggevallen. Daar weet ik me niets van te herinneren. In die periode was ik op de vlucht voor de politie en ik was constant bezig om niet gepakt te worden. Ik sliep meestal buiten op straat, de daklozenopvang was te riskant, want daar zouden jullie mij als eerste gaan zoeken. Ik gebruikte in die tijd veel drugs. Dat heeft mijn geheugen aangetast. Hoe ik me in leven hield? Ik dealde in drugs, voornamelijk cocaïne. U vraagt mij of ik die ooit aan Netty Geel heb verkocht. Wat een idiote vraag. Flikker op man. Ik ken haar niet.

Ben ik weleens in haar straat gesignaleerd door buurtbewoners? Zou kunnen. Ik kwam overal in Amsterdam voor de drugs. Herkenden ze me aan mijn kale kop? Zou kunnen. Ik had me kaalgeschoren om niet herkend te worden, mijn foto met haar hadden jullie verspreid. Die kale kop heeft geholpen, want ik ben nog wekenlang onder de radar gebleven. Als ik niet naar Zaandam was gegaan, was ik nu nog vrij man geweest.

Nee, ik heb Netty Geel niet vermoord. Nee, ik weet niet waar ze is. Nee, ik heb geen flauw idee, ik weet niks van haar verdwijning. Nee, ik ben nooit in haar woning geweest. Nu houden we ermee op. Ik wil terug naar mijn cel. Hier heb ik geen zin meer in. Ik ontken elke betrokkenheid bij haar verdwijning. Ik laat me geen moord aanpraten.

27

Officier van justitie mr. Waalwijk zat achter zijn bureau aan het raam, de telefoon aan een oor, ondertussen gebarend dat ik op de vrije stoel kon plaatsnemen.

Overal in zijn werkkamer lagen stapels dossiers, tot in de vensterbank aan toe. Aan de muur hing een affiche van een tentoonstelling van Honoré Daumier in het Grand Palais in Parijs. Er stond een officier van justitie in toga op afgebeeld met een dik pak papier onder zijn arm. Hij daalt de trappen af van het gerechtsgebouw met een wat verwilderde blik in zijn ogen. Op de achtergrond draait een andere jurist in zwarte toga zich naar hem om. Het licht valt op zijn gezicht en geeft hem een sinistere uitstraling. De boodschap van Daumier is duidelijk: rechtszaken zijn een kermis, een show, niet iets om serieus te nemen. Eronder stond in potlood geschreven dat de oorspronkelijke tekening uit 1864 stamt.

Achter de officier van justitie torende een metalen boekenkast tot aan het plafond, de planken gevuld met dikke ordners waar namen en nummers op stonden. De middelste plank was ingeruimd voor wetboeken van strafrecht en strafvordering en boeken met commentaren op die wetsartikelen, hun kaft bruinrood en donkerblauw. Ik raakte erdoor geïntimideerd. Zelf had ik lessen strafrecht gehad tijdens mijn opleiding, maar uiteraard kon ik me niet meten met mr. Waalwijk. Hij nam rustig de tijd voor zijn telefoongesprek.

Het was de eerste keer dat ik een werkbespreking met hem had. Hij stond bij de politie als korzelig bekend en op het bureau ging het verhaal dat hij neerkeek op het gewone politiewerk. Hij vond dat wij de processen-verbaal slordig en niet feitelijk genoeg opstelden. Daar werd hij dan in de rechtszaal mee om de oren geslagen. Geslepen advocaten plozen de dossiers uit op zoek naar argumenten om hun cliënt vrij te pleiten. Vaak beriepen ze zich erop dat er iets mis was met de verhoren en dat dit nadelig was voor de verdediging. Heel af en toe was mr. Waalwijk nat gegaan en kwamen de rechters tot vrijspraak, waarna hij nijdig naar het bureau belde en eiste dat we voortaan zorgvuldiger te werk zouden gaan. Dus toen ik het verzoek had gedaan om de vermissingszaak van Netty Geel met hem te evalueren, wensten mijn collega's me sterkte.

'Als de advocaat het ermee eens is, dan kunnen we een lagere gevangenisstraf eisen, maar dan moet ik wel zeker weten dat de verdachte bekent,' klonk zijn hese stem door de kamer. Mijn blik dwaalde langs de wetboeken, het dossier over de vermissing van Netty Geel op mijn schoot.

'Ja, inderdaad, een soort *plea bargaining*. Dat doen we wel vaker. Het scheelt zoveel werk. En dus tijd. Die kunnen we dan weer aan een andere zaak besteden. Ja, ja.' Terwijl hij bijna ongeïnteresseerd sprak, monsterde hij me. Zijn ogen bleven uiteindelijk haken bij het dossier dat ik met beide handen omklemde. Hij rondde het gesprek af en kwam meteen ter zake.

'Wat hebben we hier?' vroeg hij gehaast.

'Ik ben Maya Oliphant, ik ben hier voor het eerst, ik werk op het bureau Houtmankade.'

'Ja, dat weet ik. Maar wil je een vermissingszaak bespreken?' Zijn ogen waren nog steeds op het dossier gericht. 'Is dat echt nodig?'

'Het is een bijzondere kwestie. Een jonge moeder, Netty Geel, is opeens van de aardbodem verdwenen. In de pers is uitvoerig aandacht besteed aan haar verdwijning. Na de moord op Maria Torres was haar vriend Dirk C. op de vlucht geslagen. Hij veranderde van uiterlijk, heeft zich kaalgeschoren en zijn bril afgedaan. Hij is een paar keer in Netty Geels straat gezien, voor ze verdween. Ze is getrouwd met Bart Feenstra, een collega van ons.' Ik hoopte dat ik mr. Waalwijks belangstelling had gewekt.

Hij draaide aan de zegelring om zijn vinger.

'Nou, laat maar eens horen.' Hij zakte achterover op zijn stoel.

Ik opende het dossier en pakte het feitenrelaas. Toen ik de aantekeningen de avond tevoren had doorgenomen, had ik het gevoel dat de zaak sterk genoeg was om verder onderzoek te doen, maar hier 's ochtends in het daglicht aan het bureau van de officier was ik daar opeens niet meer van overtuigd. De zaak zou moeten concurreren met een stroom aan onopgeloste misdrijven.

'Netty Geel wordt vermist en laat niets van zich horen. Ze heeft een zoontje, dat zou ze nooit in de steek laten,' begon ik.

'Ze had toch een afscheidsbrief geschreven? Laat eens zien,' onderbrak de officier me. Hij stak zijn hand uit. Ik rommelde in mijn papieren en trok het origineel eruit, in een doorzichtig plastic mapje.

'Haar vingerafdrukken zitten erop,' zei ik, toen ik hem de brief gaf.

De officier las wat Netty geschreven had, knikte af en toe en keek me toen aan, een frons op zijn voorhoofd.

'Zo klaar als een klontje, toch?'

'Zo lijkt het op het eerste gezicht. Bart Feenstra had nachtdienst en toen hij 's ochtends thuiskwam, was ze weg. Deze brief lag op de tafel. Op de oproepen op tv en in de krant hebben we reacties gehad, maar niets concreets. Ze zou op verschillende plaatsen in Nederland gesignaleerd zijn, op hetzelfde moment.'

Mijn ontmoeting met Miranda Postema zou in de ogen van mr. Waalwijk geen genade vinden en sloeg ik maar over.

'We hebben bloedspatjes op de muur in de huiskamer ontdekt.

Haar man Bart beweert dat ze haar vinger had opengehaald. Het is haar bloed.'

'Wat zegt dat nou? Wat is de context?'

'Er waren een paar kindertekeningen van Leon overheen gehangen, op een onlogische plek. Wat verder opviel was dat er een gloednieuw vloerkleed onder de eettafel lag. Misschien zat er bloed op het oude kleed en was het daarom vervangen.'

'Dit zijn aannames. Daar kunnen we niets mee.'

De kritische ondervraging maakte me onzeker. Ik had het gevoel dat hij me een stuntelende beginneling vond, emotioneel betrokken bij de verdwijning van een leeftijdsgenote.

'Zijn er braaksporen?'

'Nee.'

'Wie hebben er allemaal een sleutel van hun huis?'

Ik somde op: 'Bart Feenstra zelf uiteraard. Saskia Rogger, de bovenbuurvrouw. Barts moeder Caroline Feenstra. Netty's ouders. Misschien Hugo Kemper, maar dat weet ik niet zeker. Hij is Barts beste vriend. En dat is het wel zo'n beetje.'

'We hebben dus alleen die brief, waarin ze haar vertrek aankondigt. Die is duidelijk zat.'

'Ja, maar...'

'Laat die foto van die bloedspatjes eens zien.'

De officier hield de kleurenfoto op afstand alsof hij zo een scherpere focus had. Hij kneep zijn ogen toe.

'Is dat wel bloed? Het is niet rood.'

'Bart Feenstra kwam zelf met het verhaal dat het bloed was van Netty. Ze zou haar vinger hebben opengehaald.'

De officier gaf de foto terug.

'Dit zijn geen harde aanwijzingen voor *foul play*. Die bloedspatjes zeggen weinig. En dat haar man bij de politie werkt kunnen we ook niet tegen hem gebruiken.'

'Het zoontje heeft het gehad over bloed en dat zijn vader zijn moeder niet wakker kon krijgen. Volgens Lonneke van Geen van jeugd en zeden die met hem heeft gesproken, klonk dat onheilspellend.'

'Onheilspellend. Dat zijn gevoelens. Geen feiten. Hoe oud is dat joch?'

'Bijna vier.'

'Dat houdt nooit stand in de rechtszaal. Bovendien is het multi-interpretabel. Een kind van bijna vier, drie dus!' Mr. Waalwijk schudde zijn hoofd.

Ik legde Netty's brief weer in het dossier.

'Is het mogelijk dat een verdachte in een zaak waar haar man aan werkt, wraak wil nemen door haar te ontvoeren of zo?' De officier staarde voor zich uit, over mijn hoofd heen, alsof hij een filmpje zag waarin Netty Geel een auto in werd gesleurd.

'Bart Feenstra heet hij toch? Ik heb hem bij een grote drugszaak meegemaakt. Aardige vent. Niets mis mee. Kan het zijn dat een drugsbende hem via zijn vrouw te grazen wil nemen?'

Schuldbewust keek ik in de papieren van het dossier alsof ik iets zocht. Een wraakactie vanuit Barts werk? Dat ik daar nooit op was gekomen. Was dat niet iets wat ik verder moest onderzoeken? Maar Bart had daar ook geen gewag van gemaakt toen we samen allerlei scenario's van wat er gebeurd kon zijn doornamen.

'Het zit me niet lekker dat Dirk Colenbrandt haar heeft lastiggevallen en haar op de fiets naar huis is gevolgd. Die man heeft de moord op zijn vriendin Maria Torres bekend. Omdat hij zogenaamd stemmen hoorde die hem daartoe opdracht gaven. Hij kan Netty ontvoerd hebben. We weten dat hij tot gruwelijke daden in staat is.'

'Wat zegt Bart Feenstra daarover?'

'Hij ziet niet echt het verband tussen Colenbrandt en de verdwijning van Netty. Maar voor hetzelfde geld...'

'Ik vind het te mager. We doen het volgende. We gooien er nog een oproep uit. We vragen het publiek om tips over haar huidige verblijfplaats. Ondertussen zorg ik dat Dirk Colenbrandt nog een keer wordt verhoord. Levert dat allemaal niets op, dan sluiten we het dossier. Als er zich in de toekomst relevante feiten voordoen, kunnen we het opnieuw opstarten.'

Even keek mr. Waalwijk naar de stapel papier op mijn schoot.

'Je kunt het beste je aantekeningen dateren, stempelen en in het dossier houden. Ik zou ze niet uitwerken tot een proces-verbaal. Dat neemt nodeloos veel tijd in beslag.'

'Ik heb het gevoel dat we iets over het hoofd zien. Maar wat?' zei ik peinzend.

Hij stond op en veegde wat kruimels van een gevulde koek van zijn stropdas. De wikkel gooide hij in de prullenbak.

'Luister,' zei hij. 'Het siert je dat je je bij deze vermissingszaak betrokken voelt, maar je moet leren om je emoties uit te schakelen. We hebben het allemaal druk, we zijn onderbezet. We moeten prioriteiten stellen. Er is geen aanwijzing van een misdrijf. Mevrouw Geel schrijft zelf dat ze niet wil dat er naar haar gezocht wordt, ze heeft rust nodig. Dat komt vaker voor. Mensen mogen zich onvindbaar houden. Ze had een slecht huwelijk. Ze kiest ervoor om van de radar te verdwijnen en dat recht heeft ze ook. Ondertussen gaan wij ons op misdrijven richten. Ik wed dat ze op een gegeven moment weer opduikt. Levend of dood. Dan kunnen we altijd verder zien.'

Binnen een halfuur stond ik weer buiten. Ik had er weinig vertrouwen in dat de gouden tip na een nieuwe oproep opeens wel binnen zou komen. Het zat me niet lekker het dossier te sluiten. Ik voelde me schuldig. Voor Netty, voor Leon en ook wel voor Bart wilde ik het mysterie van haar verdwijning oplossen. De beslissing om het onderzoek te staken voelde als een nederlaag, alsof ik gefaald had in de eerste belangrijke vermissingszaak die ik onderzocht.

Maar de conclusie was onontkoombaar.

Netty Geel was weg, spoorloos, en zou misschien altijd wegblijven.

LEON

2020

28

Mijn verjaardag is ieder jaar een beladen dag. Het is bepaald niet chill. 'Vieren' doe ik het niet. Dat is het verkeerde woord. Op mijn verjaardag wil ik altijd thuis zijn. Ergens in een hoekje van mijn gedachten is er die hoop, hoe vergezocht ook, dat mijn moeder plotseling voor de deur staat om me te feliciteren. Ik weet dat het onlogisch is, maar mijn gevoel zegt iets anders. Elk jaar ben ik aan het eind van de dag teleurgesteld dat ze niets van zich heeft laten horen en voel ik me leeggezogen.

Vanaf mijn vierde ben ik zonder mijn moeder opgegroeid. Wat er met haar is gebeurd, is een groot vraagteken. Het houdt me constant bezig. Dat vraagteken bepaalt mijn identiteit. Iets in mij is onaf. Soms heb ik het gevoel dat anderen dat van mijlenver aan me kunnen zien, zoals bij stripfiguren in een wolkje boven het hoofd een vraagteken staat. Als ik rationeel naar de gebeurtenissen kijk, ligt het meest voor de hand dat mijn moeder dood is. Want waarom zou ze mij achterlaten en nooit meer iets van zich laten horen?

De scenario's over het grote raadsel heb ik van jongs af aan in mijn hoofd uitgewerkt, ik kan ze zo uit mijn mouw schudden. Ze omvatten moord, zelfmoord of een tragisch ongeval in een afgelegen gebied. Het besef van haar dood doet pijn, ik wil het niet en onderdruk die gedachten het liefst. Maar als ik zo'n scenario toch heb doorgeakkerd, weiger ik haar dood te accepteren en hoor ik altijd een inwendig stemmetje dat zegt: 'Maar wat als?' En dan zie ik andere mogelijkheden, zoals een ontvoering en gevangenhouding of algeheel geheugenverlies. De meest geruststellende gedachte is dat mijn moeder doelbewust onder een andere identiteit ergens ver weg een nieuw leven is begonnen. Dan voel ik een mix van trots, boosheid en een diep verlangen naar haar warme, zachte huid. Het is afmattend en verwarrend.

Er zijn momenten in mijn leven geweest dat mijn fantasie haar een nieuw leven gaf. Zo heb ik kinderen in de buurt destijds wijsgemaakt dat ze met wilde dieren in Afrika werkte en dat we in de zomervakanties naar haar toe gingen. Ik wilde dat zo graag dat ik er op dat moment echt in geloofde. En ik had overtuigingskracht, want de andere kinderen waren jaloers. Wie wil er nou geen moeder die in een jeep door een safaripark crost?

Op andere momenten fantaseerde ik over hoe ze is ontvoerd en ergens tegen haar wil wordt vastgehouden of zich na een ongeluk niets meer herinnert, waardoor het onmogelijk is contact met mij te zoeken. Mijn vader vond het moeilijk over haar te praten. Meestal wimpelde hij een gesprek over haar af met vaagheden: 'Ik geloof niet dat ze dood is. Volgens mij woont ze aan de andere kant van de wereld.'

Soms kon ik zo kwaad op mijn moeder worden. Waar haalde ze het lef vandaan om mij, een onschuldig, klein kind, achter te laten? Het is keihard om een brief op tafel te leggen en weg te lopen. Daarmee heeft ze mij voor het leven gebrandmerkt. Ze heeft me met een complex opgezadeld. Als een rat met scherpe tanden knagen de vragen aan mijn zelfvertrouwen. Was ik niet lief genoeg? Ben ik het niet waard om voor terug te komen?

Er is een tijd geweest, zo'n tien jaar geleden, dat ik behoefte voelde aan wildvreemde mensen te vertellen dat mijn moeder spoorloos was. Waarom ik dat deed, weet ik niet. Misschien hoopte ik dat iemand zou zeggen: o, maar we hebben haar laatst gezien. Maar de geschokte reacties van de volwassenen gaven me geen gevoel van bevrediging. Ik zag mezelf door hun ogen, een wanhopig kind, eenzaam.

'Leon, misschien is het beter niet meer met vreemde mensen over mama te praten,' zei mijn vader op een avond, nadat hij door Saskia was ingeseind dat ik weer eens iemand had aangeklampt. Toen ben ik ermee gestopt. Daarna kwamen de woorden 'verdwijning' of 'vermissing' sowieso weinig in mijn vocabulaire voor. Ik gebruikte liever de neutrale formulering 'mijn moeder is weg'. Daarmee liet ik verschillende opties open. Niet dat ik met anderen veel over mijn moeder praatte, eigenlijk vermeed ik het onderwerp het liefst helemaal. Gesprekken erover leidden alleen maar tot speculaties over wat er met haar gebeurd kon zijn. Zekerheid over haar lot bestaat niet. Haar brief aan mijn vader geeft aan waarom ze weggegaan is, maar verklaart niet waarom ze nooit meer is teruggekomen.

Er waren momenten dat ik aan het onderhandelen was met mezelf. Stupide, maar toch deed ik het. Dan zat ik bijvoorbeeld op de fiets en dacht: als ik snel ben, haal ik nog het groene licht en dat betekent dat mijn moeder nog leeft. Springt het op rood, dan is ze dood. Die frustrerende onderhandelingen heb ik de afgelopen jaren constructief gebruikt. Het heeft me ambitieus gemaakt. Ik zei dan tegen mezelf: als ik dit tentamen haal, als dit of dat me lukt, dan leeft ze nog en komt ze terug. Alleen gebeurde dat nooit. Vandaar dat ik ook weleens in een depressie wegzakte. Misschien zit dat in mijn genen. Mijn oma heeft weleens laten vallen dat mijn moeder depressieve buien had.

Vaak mijmerde ik over hoe mijn leven eruit had gezien als mijn moeder niet was weggegaan. Dat leidde dan weer tot een gevoel van ontroostbaar verdriet dat zich in me nestelde en me terneerdrukte. Met jaloezie dacht ik aan mijn vrienden die wel twee ouders hadden. Tijdens zo'n downperiode verdwenen alle kleuren, werd het grijs en zwart om me heen en verloor ik alle energie. Moe van de pijn die haar afwezigheid bij me opriep, trok ik me terug op mijn kamer. Mijn vader wilde ik niet met mijn sombere buien belasten. Eigenlijk de enige bij wie ik mijn hart uit kon storten was oom Hugo. Hij kende mijn moeder goed, snapte hoe pijnlijk de situatie voor mijn vader was en wist altijd wel een lichtpuntje aan te dragen, waardoor ik verder kon, wachtend op betere tijden.

Ik moet erkennen dat ik nooit de fase van aanvaarding van het vertrek van mijn moeder heb bereikt. Mijn gevoelens schieten nog steeds alle kanten op. Hopelijk komt er ooit berusting in zicht, maar zover ben ik nog niet. Ik heb daar hulp bij nodig.

Verrassend, maar naarmate ik ouder word, is het steeds lastiger om mijn moeder uit mijn gedachten te bannen. Toen ik een tiener was, waren er dagen dat ik nauwelijks aan haar dacht, maar nu ik een twintiger ben, voel ik doorlopend een zeurende pijn op de achtergrond, als een steentje in mijn schoen. Ik wil weten wat voor vrouw ze was, wat haar dreef, hoe ze het moederschap heeft ervaren. De laatste tijd schiet er op onverwachte momenten een herinnering los, als een ijsschots die tegen de oever van een meer op kruit. Dan moet ik oppassen want sommige herinneringen aan haar trekken me naar beneden het koude, donkere water in. Kortom, een echte *mindfuck*.

Ik weet weinig over mijn moeder. De beelden die ik voor me zie, zijn gegroepeerd rond foto's in het album dat mijn vader in een kast had weggestopt. Soms, als hij de deur uit was, bladerde ik stiekem door het fotoalbum en fantaseerde ik over haar. Maar of het echt herinneringen waren of iets was wat ik me eigen heb gemaakt door vaak hetzelfde te denken, is me onduidelijk.

Mijn jeugd heb ik met een zwijgzame vader doorgebracht. Het is pijnlijk voor hem dat zijn vrouw niet meer van hem hield en bij hem is weggegaan. Dat begrijp ik. Geleidelijk aan is het onderwerp van mijn moeder tussen ons een taboe geworden. Als compensatie voor het gemis heeft hij erg zijn best gedaan mij een liefdevolle opvoeding te geven. Hij stond me elke zaterdag langs de lijn aan te moedigen bij het voetballen, nam me mee naar thuiswedstrijden van Ajax, samen met oom Hugo, totdat ik eens schoorvoetend bekende mijn interesse in de sport te hebben verloren.

Mijn vader steunde me toen ik naast mijn studie rechten ook nog zanglessen wilde gaan nemen en ervan droomde in plaats van jurist een singer-songwriter te worden. Elk lied dat ik schreef, vond hij mooi. Het laatste lied was altijd het beste. Hij sprak me moed in als ik zenuwachtig voor een optreden in de kleedkamer ijsbeerde.

En hij reageerde liefdevol toen het hoge woord eruit kwam: 'Pa, ik val op mannen.' Het was een moment stil, ik zag even een schrikreactie in zijn ogen, maar hij herstelde zich, pakte mijn hand en zei: 'Leon, ik hou van je. Het is goed dat je weet wie je bent. Ik hoop dat je een leuke vriend vindt.' Ik kan nog steeds ontroerd raken door die open houding van mijn vader.

Mijn vader is altijd alleen gebleven en weigerde mijn moeder dood te laten verklaren. Vijf jaar nadat ze was weggegaan, zei hij de politie vaarwel, ging ruimtelijke ordening en verkeer studeren met als specialisatie treinverkeer. Daarna kwam hij in dienst van het ministerie van Infrastructuur en Waterstaat.

Toen ik Martin aan hem voorstelde, heeft hij hem hartelijk ontvangen. En toen ik met Martin wilde gaan samenwonen, solliciteerde mijn vader bij de Nederlandse ambassade in Berlijn. Hij vond ons huis te klein voor drie personen en zei dat hij me met een gerust hart achterliet. In Duitsland is zijn nieuwe leven begonnen.

29

Voor mijn vierentwintigste verjaardag heeft Martin een origineel cadeau bedacht. Hij komt naast me staan voor het raam dat uitkijkt op de achtertuin. 'Verrassing,' zegt hij, van de voorpret genietend.

'We halen die grote en donkere rododendronstruiken eruit en

planten er bamboe. Dat ruist heerlijk in de wind, is lichter en zal tegen de achtermuur goed gedijen. Het zal de boel opvrolijken.'

Ik verschiet van kleur, verslik me. De achtertuin. Ik ken de verhalen van mijn grootmoeder. Mijn moeder had er een vijver aan willen leggen. Mijn vader heeft er na haar vertrek rododendrons geplant. Deze tuin hoort bij mijn familiegeschiedenis. Martin ziet de aarzeling op mijn gezicht, slaat een arm om me heen en drukt me tegen zich aan.

'Je moet het verleden loslaten, Leon. Je moet vooruitkijken. Dit wordt leuk!'

Op dat moment gaat mijn mobiele telefoon.

'Ha pap.'

'Van harte gefeliciteerd. Hoe gaan jullie het vieren?'

'We gaan vanavond uit eten. Misschien komen er wat vrienden in het weekend. Oma en oom Hugo komen zondagmiddag.'

Mijn vader zegt dat hij dan ook uit Berlijn overvliegt en een paar dagen blijft logeren. We praten nog wat over koetjes en kalfjes.

'Is het verder rustig?' Ik herken de trilling in zijn stem. Het is volgens mij codetaal. Al heb ik het nooit met hem besproken, ik denk dat hij ook hoopt dat mijn moeder zich mijn verjaardag herinnert en iets van zich zal laten horen.

'Ja, alles oké.'

'Probeer te genieten jongen, ik zie je zondag.'

Er wordt aangebeld. Ik snel naar de voordeur. Een warme gloed trekt door me heen, totdat ik zie wie er voor me staat. Het is iemand van het tuincentrum met een kruiwagen, een schop, en een paar bundels met bamboe. Het riet is bijna twee meter lang, de stengels zijn dik. Ik houd me vast aan de deurlijst en doe enthousiast, maar eigenlijk wil ik het liefst boven in de muziekkamer alleen zijn, op mijn gitaar tokkelen. Ik heb een melodie in mijn hoofd die ik verder wil uitwerken, maar ik wil Martin niet teleurstellen. Het tuin-cadeau is lief bedoeld. Martin heeft bovendien vandaag een vrije dag genomen en is niet van plan die door zijn vingers te laten glippen.

'U weet dat de plant aan de wandel kan raken. Moet-ie op zijn plek blijven, dan kunt u het beste betontegels in de grond zetten. Zo ongeveer zestig centimeter diep.' De man van het tuincentrum geeft ons beiden college over hoe we de bamboe moeten planten. 'Deze bamboesoort is winterhard. Toch kunnen door de vorst stengels afsterven en kan er bladschade ontstaan. Wees niet bang, bamboe groeit bijna altijd weer aan.'

Nadat de man is weggegaan, zoent Martin me op mijn lippen.

'Help je mee, of doe ik het alleen? Ik vind alles best. Het is jouw verjaardag,' zegt hij opgewonden.

'Ik heb hoofdpijn, ik ga even boven liggen en kom je straks helpen. Laat wat struiken voor mij over.'

Martin gaat energiek aan de slag en rijdt de kruiwagen met de bamboe door de keuken de achtertuin in. Ik trek me boven in de voorkamer terug. Ik controleer mijn YouTube-kanaal en het aantal likes op mijn laatste nummer. Het houdt niet over. Een paar volgers weten dat ik jarig ben en feliciteren me.

Was deze dag maar al voorbij. Ik loop naar de badkamer en kijk uit het raampje de tuin in. Martin heeft zijn trui uitgedaan, en heeft al twee van de vier rododendrons uitgegraven. Hij wist zich het zweet van zijn voorhoofd. Ik kijk op Martins kruin en zie dat hij een beetje begint te kalen.

We hebben elkaar ontmoet in een homoclub in het centrum, tijdens een van de eerste keren dat ik alleen uitging, kort nadat ik het had uitgemaakt met mijn vriendin. Ik was eenentwintig. Het was zaterdagavond, mijn vader was met oom Hugo en tante Wanda naar Parijs. Toen ik de donkere club binnenstapte, zag ik mannen met elkaar dansen. Rode, groene en gele lichtjes flitsten over de dansvloer, de muziek stond oorverdovend hard. De bassen dreunden door mijn lichaam. Verlegen baande ik me een weg door de mensenmassa naar de bar en bestelde een whisky met ijs, de drank die ik in mijn eindexamenjaar had leren drinken. Tegen de muur staand keek ik onwennig naar de dansers die geëxalteerd spastische bewegingen maakten op de housemuziek. Is dit mijn voorland, vroeg ik me af. Moet je dit leuk vinden als homo? Zodra ik mijn whisky ophad, zou ik naar huis gaan, besloot ik. Op dat moment ging de deur open en stapte er een bloedmooie jongen naar binnen. Hij had zwart krullend haar, een bruine huid en lichte ogen. Hij droeg een witte broek en een strak T-shirt, waardoor zijn spieren goed uitkwamen. Ik hield mijn adem in. Kijk, zo'n vriend zou ik wel willen hebben, dacht ik. Van een afstandje volgde ik de nieuwe binnenkomer, die naar de bar ging en een flesje bier bestelde. Zoekend keek hij om zich heen. Onze blikken kruisten elkaar. Mijn lichaam nam de leiding. Zonder vooropgezet plan knikte ik de jongen toe en lachte naar hem. Daarna draaide hij zijn hoofd weg. Aan de overkant van de dansvloer stonden wat tafeltjes tegen de muur. Een van de dansers viel uitgeput op een stoel, zijn vriend ging bij hem op schoot zitten, ze liefkoosden elkaar openlijk. Hun strelingen maakten me onrustig. Ik wipte van het ene op het andere been. Plotseling voelde ik een hand op mijn schouder.

'Wat drink jij?' In de duisternis van de club lichtte zijn gezicht beurtelings rood, groen of geel op.

'Whisky.'

'Hoe schrijf jij het?'

'Wat?' vroeg ik en ik boog me naar hem toe. Ik had niet goed gehoord wat hij had gezegd.

'Zullen we daar aan een tafeltje gaan zitten, wat verder bij de speakers vandaan?'

Ik volgde Martin over de dansvloer naar een tafeltje in de hoek. Ik zag hoe zijn billen stevig in zijn witte broek spanden, uit de achterzak stak de punt van een blauwe zakdoek. Betekende dat wat? Ik had weleens gelezen dat in de homoscene dit soort dingen symbool stonden voor 'top' of 'bottom'.

'Whisky. Hoe schrijf je dat?'

Ik spelde het, onzeker waar het gesprek naartoe zou gaan.

'Amerikaanse whiskey schrijf je met een e in het woord. Schotse zonder. Jij schrijft het zonder e. Dus je drinkt scotch, neem ik aan?'

'Je maakt een fatoe met me, toch?'

Martin hief het bierflesje naar me omhoog en lachte. 'Als je er maar van geniet.' Hij vertelde dat hij net uit de kast was en gehoord had dat je vroeger naar bars en discotheken ging om elkaar te ontmoeten. Dan was Grindr, de homo-app, toch veel makkelijker, hoe onpersoonlijk het ook was. Ik moest bekennen dat ik niet wist hoe Grindr werkte en Martin begon aan een lange uitleg. Ik knikte en registreerde ondertussen zijn regelmatige gebit, de stoppeltjes op zijn wangen, het minuscule oorbelletje. En die stem, rasperig en licht hees. Hij was ontzettend *swag*. We praatten tot diep in de nacht. In mijn fantasie was hij mijn *fix* en zag ik ons samen al in bed. Toen het sluitingstijd was, liepen we hand in hand naar buiten. Op de stoep draaide Martin zich naar me toe. Hij pakte mijn wangen en zoende me op mijn mond.

'Dank voor het gesprek. Ik heb een geweldige avond gehad.' Toen draaide hij zich om en liet me voor de deur van de club staan. Vond hij me niet leuk genoeg om mee naar huis te nemen? Ik durfde hem niet achterna te gaan. Teleurgesteld fietste ik naar huis. Waarom had ik Martin niet om zijn adres en telefoonnummer gevraagd? Ik kon me wel voor mijn kop slaan.

De dagen erna maakte ik op Grindr een profiel aan en ging naar hem op zoek. Ondertussen had ik bijvangst van jongens die digitaal aan het cruisen waren. Met elke vrijpartij na een Grindr-date zakte ik verder weg in een moeras van onvervulde verlangens. Ik wist het zeker, Martin was de man met wie ik wilde *viben*.

Eindelijk, na twee weken, kwam het bevrijdende sms'je.

'Zou graag met je afspreken. We hadden een mooi gesprek. Ik ben niet uit op seks.'

We spraken af in het café van het Stedelijk Museum. Martin zat al te wachten. Hij zwaaide nonchalant naar me. Ik wilde *shinen*, had me mooi aangekleed, eau de toilette opgedaan en mijn haar gewassen. Met steun van een cappuccino kwam het gesprek langzaam op gang, maar algauw verloren we allebei onze schroom. Uren praatten we met elkaar. Dit keer was ik beter voorbereid. Ik troonde Martin mee naar huis, zodat ik een paar liedjes op mijn gitaar voor hem kon spelen. Martin vond het fantastisch, gaf opbouwende kritiek en trok me naar zich toe.

'Je bent zo mooi,' zei hij zacht. 'Jij ook,' wist ik uit te brengen.

Hij pakte mijn hoofd in zijn handen en zoende me op mijn ogen, daarna op mijn neus en als laatste heel teder op mijn mond. Ik rilde van genot. Mijn hart zat in mijn keel. De eerste zoen duurde minutenlang. De wereld om me heen bestond niet meer, ik voelde alleen zijn tong tegen de mijne en gaf me over.

Martin werkte als purser bij de KLM en was een paar jaar ouder dan ik. Ook hij had eerst vriendinnen gehad, maar ontdekte dat hij toch meer op mannen viel. Hij identificeerde zich als omniseksueel, maar feit was dat hij de laatste tijd alleen in mannen geïnteresseerd was. In de dagen dat Martin niet hoefde te vliegen studeerde hij filosofie. Onze relatie kreeg vaste vorm. Ik, wispelturig, was de creatieveling die mijn impulsen volgde en leunde op hem. Martin was bedachtzaam en degelijk. Hij wikte en woog voordat hij een beslissing nam, en bleef dan bij zijn keuze.

Ik kijk op Martins kruin en besluit naar beneden te gaan om hem te helpen mijn verjaardagscadeau te planten. Als ik door de openstaande deur van de keuken de achtertuin in loop, zie ik hem naar de kuil voor zijn voeten staren.

'Wat is er? Waar kijk je naar?'

Zijn gezicht staat strak. 'O Leon,' is het enige wat hij zegt. Hij leunt op de schop en ademt zwaar.

Ik kom dichterbij, schoorvoetend.

'Wat?' zeg ik nog eens.

Martin kijkt weer naar beneden, ik volg zijn blik.

Daar op de bodem van de kuil, waar de rode rododendron stond, zie ik iets liggen. Rond en bleek. Ik knijp mijn ogen toe en bestudeer de vorm. Het lijkt op een kokosnoot. In de hoek van de kuil steekt een geel stukje katoen uit de grond. Meteen voel ik kippenvel op mijn armen, het bloed trekt uit mijn gezicht weg.

Martin komt naast me staan en slaat zijn arm om mijn schouder.

'Is het wat ik denk dat het is?' stamel ik.

'O Leon, lieverd.' Martin zoent me op mijn wang. 'Kom mee naar binnen.'

Op dat moment komen de tranen. Het schrijnt, het doet pijn. Ik druk mijn beide handen op mijn buik.

'Nee,' zeg ik en wild ruk ik me los.

30

'Dit moet de schedel van mijn moeder zijn.' De woorden klinken hol, ik herken mijn eigen stem haast niet. Er is geen twijfel mogelijk. Ik voel het, ik weet het. Ik kijk Martin aan. Die steekt zijn hand naar me uit.

'Kom, we gaan naar binnen.' En zonder mijn reactie af te wachten trekt hij me de tuin uit en duwt me de keuken in. Hij sluit de deur, zet water op voor thee.

'Ga zitten,' gebiedt hij. Ik veeg de tranen van mijn wangen en leg mijn hoofd op het tafelblad. Martin schenkt het water in twee grote glazen en dompelt de theezakjes erin. Ik krijg gemberthee, Martin neemt darjeeling. Gek dat je je op zulke momenten dit soort futiele details herinnert. Voorzichtig zet hij de glazen op de eettafel.

Ik leg mijn hoofd in mijn nek, staar naar het plafond en schreeuw zo hard als ik kan. Het is een kreet van wanhoop en ontsteltenis, verstaanbaar in elke taal. Mijn borst gaat heftig op en neer, mijn ademhaling piept.

Dan sla ik met mijn vlakke hand op tafel. De fruitschaal trilt, een appel rolt over het tafelblad, Martin weet hem nog net te vangen voor hij op de grond valt.

'Dus toch?' zeg ik uiteindelijk.

'Wat bedoel je?'

'Mijn vader. Ergens ben ik er altijd bang voor geweest,' stamel ik tussen mijn snikken door. 'Maar ik heb hem altijd verdedigd als iemand hem verdacht maakte. "Hij zou mijn moeder nooit iets aandoen," zei ik, herhalend wat oom Hugo, oma, Saskia en anderen zeiden. Al die jaren heb ik aan haar gedacht, van haar gedroomd, verbeeldde ik me dat ze op straat liep, wachtte ik op een telefoontje. Al die energie. Al die hoop. Al die dromen. Die nachtmerries. En dan blijkt dat ze hier heeft gelegen. In de tuin. Al die tijd.'

Martin krabt zich op zijn arm.

'Weet je,' zegt hij zacht. 'Toch weten we het niet zeker. Ze zal geïdentificeerd moeten worden. In theorie kan...'

'Doe niet zo belachelijk. Ik weet het. Ik voel het. Er is geen twijfel mogelijk.'

In de twintig jaar na het vertrek van mijn moeder is het meer dan eens voorgekomen dat ik dacht haar te zien. In een winkelstraat, op een landweggetje bij Alkmaar toen ik naar mijn opa en oma ging. Zelfs in Praag, waar ik met mijn eindexamenklas was, zag ik haar op de Karelsbrug. Nooit was ze ouder dan op de foto die de politie gebruikte in het bericht van vermissing. Die keer in Alkmaar rende ik op haar af. 'Mama, mama,' riep ik. De vrouw draaide zich om en keek me verbaasd aan. 'Sorry,' stamelde ik. 'Ik dacht dat u mijn moeder was.'

We hadden een hechte band. Ik weet nog goed hoe we in het apenhuis naar de gorilla's gingen kijken. Hoe een grote gorilla met zijn hand tegen het glas sloeg. Het rook muf, naar natte jassen en wilde dieren. Mijn moeder legde haar handen op mijn schouders, ze beschermde me. Ik droom er soms nog van. Daarna zat ik op de schouders van een man en liepen we langs de giraffen, mijn moeder hield mijn voet vast. Was het mijn vader? Hij zegt dat hij het zich niet kan herinneren. In elk geval was ik gelukkig.

Nog een herinnering springt eruit. Met rode, blauwe en witte legostenen heb ik in mijn kamer een vrachtwagen gebouwd. Mijn moeder zit wijdbeens op de grond. 'Kom maar door,' roept ze een paar keer en ik zie haar in haar handen klappen. Ik duw de vrachtwagen haar kant op. Dan tilt mijn oma me op.

Op een zonnige dag gingen mijn moeder en ik de stad in. Ik zat in de buggy. We zongen, ze lachte, ik zie haar witte tanden voor me, haar grijsblauwe ogen en haar kastanjebruine haar. Ze boog zich voorover, haar haar kriebelde in mijn gezicht en ze zoende me. Op de een of andere manier herinner ik me een witte roos waar ik mee zwaaide. Mensen liepen ons tegemoet en lachten. Tot dat moment ben ik gelukkig. Dan verschuift de herinnering een kwartslag en zie ik hoe we plotseling naar huis snelden, alsof het was gaan regenen. Terwijl mijn moeder de buggy haastig voortduwde, keek ze gespannen voor zich uit en schudde ik helemaal door elkaar.

De laatste herinnering maakt me somber en ga ik niet oprakelen. Soms duurt het een dag voor ik de zwaarte ervan van me af weet te schudden.

Vanaf nu is alles anders. Aan de onzekerheid is een einde gekomen. Mijn moeder is dood. Vermoord. Door mijn vader, dat kan niet anders.

Een golf van misselijkheid overspoelt me. Ik sluit mijn ogen. De huiskamer draait. Dan spring ik op en ren naar de wc. De bewegingen van mijn maag lijken mijn hersens uit te persen. In etappes braak ik mijn verjaardagsontbijt eruit. De croissants, de bosbessenjam, het zuur van de door Martin geperste sinaasappels, de chocolaatjes. Op de tast trek ik hijgend door en de smurrie verdwijnt in het riool van Amsterdam. Ik spuug een paar keer. Mijn ogen tranen, het speeksel veeg ik met wc-papier van mijn kin. Nog één keer haal ik diep adem. Een laatste maal leegt mijn maag zich. Mijn knieën knikken. Ik lik mijn lippen alsof ik een vieze smaak moet wegwerken, maar ik proef niets. Martin staat achter me en wrijft over mijn rug.

'Schat, kom weer naar de huiskamer,' zegt hij zacht.

Mijn ooglid trilt, mijn handen beven wanneer ik Martin bij de arm pak en naar de eettafel terugstrompel. Ik lijk wel een oude man, in minder dan vijf minuten heeft mijn soepelheid me verlaten. Voorzichtig laat ik me op de stoel zakken. Bibberend breng ik het glas thee naar mijn mond. Een gedachte komt opeens op. Het besef dat mijn leven voorgoed overhoop is gegooid, vult de holle ruimte in mijn lichaam. Verbijsterd kijk ik Martin aan.

'Ik heb mijn moeder definitief verloren,' zeg ik. 'En nu ook mijn vader.'

31

Met mijn hand wrijf ik over mijn borst, ik wil mijn hart in toom houden. Voor me zie ik steeds de schedel opdoemen, met de aarde en het stukje van het gele kledingstuk dat als een jonge grasspriet boven de bodem van de kuil uitsteekt.

Martin is aan de andere kant van de tafel gaan zitten, evenzeer onder de indruk, hij leunt naar voren, pakt mijn hand en kijkt door het raam de tuin in. Naar de plek waar zijn schoonmoeder ligt, een vrouw die hij nooit gekend heeft maar die altijd aanwezig was.

'Weet je wat zo raar is,' begin ik. Mijn adem stokt. Ik hap naar lucht. De woorden, zwaar en verdrietig, blijven boven de tafel hangen. Martin geeft een kneepje in mijn hand om me aan te moedigen.

'De eerste jaren bloeiden die rododendrons niet. Dat ergerde mijn oma. Ze zei dat er iets mis was met de struiken en stelde voor nieuwe te kopen. "Nee," riep mijn vader dan nijdig. "Geen sprake van."'

Ik spreek de zinnen langzaam uit, alsof ik op een podium sta en me mijn ingestudeerde tekst amper kan herinneren. 'En toen plotseling, in het voorjaar een paar jaar later, kregen ze knoppen en begonnen ze te bloeien. Ik vond het geweldig, ik was een jaar of zeven, acht. Maar mijn vader was van slag. Hoofdschuddend stond hij voor het raam. "Dit heb ik niet gewild," zei hij meer tegen zichzelf dan tegen mij. Als kind al vond ik zijn reactie vreemd. Daarom heb ik het onthouden.'

Martin kijkt me vragend aan.

'Hij had witte rododendrons geplant. Maar de witte bloemen kregen rode stippen, net als bloeddruppels.'

Stilte.

'En nu denk ik te begrijpen waarom de kleur van de bloemen hem uit zijn evenwicht bracht. Hij beschouwde het als een signaal van mijn moeder dat ze hem zou blijven straffen voor wat hij haar heeft aangedaan.'

Martin pakt zijn mobiele telefoon en googelt bloemen van planten die van kleur veranderen. Hij leest voor dat roze hortensia's blauw kunnen worden door ijzer in de grond te stoppen, daar verkleurt de bloem van. 'Misschien gebeurt dat ook met witte rododendrons?'

'Als je die plant op de vrouw die je hebt vermoord,' vul ik bitter aan. 'Martin, wat moet ik in hemelsnaam doen?'

Hij steekt meteen van wal, alsof de vraag hem de ruimte geeft om te zeggen wat hij al dacht sinds hij op de schedel stuitte. Wilde hij het juiste moment afwachten?

'We moeten de schedel laten identificeren. Via DNA. En je moet je vader ter verantwoording roepen. Confronteer hem met wat we gevonden hebben. Hij kan de waarheid niet blijven verzwijgen. Je hebt er recht op te weten waarom hij je moeder heeft vermoord en in de tuin heeft begraven.'

Ik hap naar adem. 'Die woorden alleen al!'

In een opwelling sta ik op en loop de tuin in, gehaast. Ik kijk naar de schop die achteloos op de grond ligt met aarde vastgekoekt aan de rand van het blad. Mijn ogen glijden af naar de kuil. De schedel ligt er nog steeds, bijna beschuldigend. Resoluut loop ik naar binnen, pak mijn telefoon.

'Martin, ik dacht iets als dit te zeggen. Wat vind je?'

Streng stoot ik het openingssalvo van de zinnen uit. 'We hebben haar gevonden. Mama is terecht. Ze ligt in de tuin. Wat een gruwelijk verjaardagscadeau. Vertel, pa, waarom heb je haar vermoord?'

Martin zegt niets, knikt me alleen maar toe.

'Zou hij zo dapper zijn om het toe te geven?'

'Ik weet het niet. Jij kent hem beter dan ik. Maar bang is je vader nooit geweest.'

Ik kies zijn Duitse nummer en zet het toestel op de luidspreker. 'Leon belt pa' staat er op het schermpje. De telefoon gaat niet eens een keer over, abrupt begint mijn vader te praten, me geen tijd gevend om me op de opening van het gesprek voor te bereiden. Hij neemt het initiatief, zoals altijd.

'Jongen, ik vroeg me af, wat geef je een man die vierentwintig is geworden? Ik had het volgende gedacht. Hier op de Prenzlauer Allee is een kleine schoenenzaak. Ze verkopen prachtige sportschoenen, met de hand gemaakt in een werkplaats achter de winkel. In de etalage zag ik een paar in de kleuren rood-wit-blauw. Kun je mooi aan als je op de bühne staat. Zou dat iets zijn waar ik je blij mee kan maken? Ik wil zondag niet met iets aankomen waar je niets aan hebt.'

Vertwijfeld kijk ik naar Martin. Ik hoor mezelf iets totaal anders zeggen dan gepland.

'Cool.' En dan: 'Ik wilde weten hoe laat je zondag komt. Dan kan ik daar rekening mee houden.'

'Hoezo?' vraagt mijn vader.

'Verrassing.'

'Ik hou niet van verrassingen, dat weet je.'

'Oké. Martin wil een taart bakken. En die moet op tijd afkoelen.'

Martin kijkt me verbaasd aan en gebaart: Ik? Een taart?

'Ik neem de vlucht van kwart over tien. Dan ben ik tegen halfeen bij jullie.'

'Mooi. Tegen die tijd is oma er ook. Oom Hugo gaat naar Ajax, de wedstrijd begint om twee uur, dus hij komt veel later.'

'Mooi.'

Aan onze stemmen is te horen dat het gesprek is afgelopen. Nu alleen nog 'dag' en 'tot zondag'. Maar dan kijk ik gespannen naar Martin.

'Pa, nog iets.' Ik laat een stilte vallen.

'Ja?'

Martin trekt zijn hand terug en bijt op zijn nagelrand. Nu gaat het komen.

'Vind je het niet raar?' hoor ik mezelf zeggen. 'Jij moet ervoor zorgen dat de treinverbinding tussen Berlijn en Amsterdam sneller gaat, maar zelf neem je het vliegtuig.'

Mijn vader lacht even.

'Nee. Ik ben juist heel consequent. Omdat die trein er zo lang over doet en vaak vertraging heeft, word ik gedwongen het vliegtuig te nemen. Tot zondag.'

De verbinding wordt verbroken, ik blaas uit. Martin kijkt me vragend aan.

'Ik wilde wel, maar hij begon over dat fokking cadeau en toen was het moment voorbij,' verontschuldig ik me. 'Het voelde niet goed om een fittie met hem te beginnen. Dat doe ik zondag wel als hij hier voor me staat.'

Achter de ramen van de woonkamer doemt de tuin op. Daar ligt mijn moeder. Uit machteloosheid begin ik weer te huilen.

'Stil maar,' sust Martin. Hij is naast me gaan staan en streelt me zachtjes over mijn hoofd.

'Verdomme! Mijn vader is een moordenaar. Niet alleen mijn moeder is het slachtoffer. Ik ook! Ik mag kwaad zijn.'

'Natuurlijk. En verdrietig.'

'Het is zo fokking doortrapt. Mijn moeder was zo jong, onze leeftijd.'

'Wat ga je doen?' Martins stem klinkt vast. Hij wacht en laat het tempo aan mij.

Aarzelend formuleer ik mijn gedachten hardop, de ene na de andere. 'Aan haar ben ik verplicht hier werk van te maken.' En daarna: 'Ik moet de politie bellen.'

Martin zoekt op internet naar verschillende telefoonnummers, terwijl ik glazig voor me uit staar. De schedel in de tuin is van mijn moeder, geen twijfel mogelijk. Eindelijk heb ik het antwoord op de vraag waar mijn moeder is gebleven, maar nu komen nieuwe vragen op. Heeft niemand dan twintig jaar geleden gemerkt dat mijn vader haar daar had begraven? Heeft Saskia van boven niets gezien? Heeft de politie de tuin toen niet onderzocht?

Ik doe mijn uiterste best me op Martin te concentreren en wat hij zegt.

'Dit nummer moet je bellen.' Hij schuift de telefoon naar me toe. 'Het is voor tips over vermiste personen.' Ik bel het nummer en krijg een man aan de lijn.

'Waarmee kan ik u van dienst zijn?'

'Mijn moeder was vermist. Al bijna twintig jaar. Ze staat bij jullie als vermist geregistreerd. Maar zojuist heb ik haar gevonden. Ze ligt begraven in mijn tuin.'

Er volgt een vervreemdend gesprek.

'Hoe weet u dat het uw moeder is?' vraagt de man.

'Wat?' De vraag is op zich redelijk en logisch, maar valt bij mij verkeerd. 'Ik heb na twintig jaar zoeken mijn moeder gevonden en dan vraagt u dit?'

'Rustig maar. U klinkt geëmotioneerd.'

'Vindt u het gek?' Ik voel dat het bloed naar mijn hoofd stijgt. Ik voel een woede opkomen die diep in me zit en die een uitweg zoekt. 'Het kan niet anders dan mijn moeder zijn. Maar misschien heeft mijn vader nog meer mensen vermoord en ben ik op een massagraf gestuit.'

'Twintig jaar,' herhaalt de man stoïcijns. 'Dat is een cold case.'

'Meneer,' snauw ik. 'We hebben het over mijn moeder. Zij is geen cold case. Het gaat over Netty Geel.' Haar naam brul ik de kamer in, de tranen beginnen weer te komen. De man aan de andere kant van de lijn ademt zwaar.

'Ik ga nu wat gegevens noteren, maar voordat ik dat doe wil ik u vragen nergens aan te komen. De plaats delict moet intact blijven. De sporen moeten worden veiliggesteld.'

Martin en ik kijken allebei op hetzelfde moment naar de tuin. De rododendrons die Martin energiek uit de grond had getrokken, liggen buiten opgestapeld tegen de keukenmuur. De groene bladeren zwiepen in de wind en lijken om hulp te schreeuwen nu de wortels van de struiken in de lucht steken.

'De tuin is al omgewoeld.'

'Hoe is het stoffelijk overschot eraan toe?'

'Wat denkt u zelf? Na twintig jaar?'

'Meneer, ik doe mijn best wat relevante gegevens te verzamelen. Wilt u daaraan meewerken?'

Martin legt zijn hand op mijn schouder. 'Rustig,' fluistert hij.

Ik geef de naam van mijn moeder, haar geboortedatum, het adres, de datum waarop ze als vermist was geregistreerd. En mijn eigen personalia.

'Nee,' zeg ik uitgeblust, het is Feenstra met een F en niet met een V.'

'Ik stuur een auto naar u toe. Het is druk, dus het kan wel even duren.'

'Oké.'

'En nog wat, Leon,' zegt de man. Het gebruik van mijn voornaam klinkt opeens meelevend en vriendschappelijk. Ik schrik ervan. Opeens ben ik in een ander scenario beland.

'Ik raad u aan de vondst van het lichaam geheim te houden. Met niemand over praten. Het tactisch onderzoek moet ongehinderd kunnen worden uitgevoerd.'

'Oké.'

'Dus ook niet met de buren. Geen foto's op social media zetten. Laat het aan de politie over.'

'U dacht toch niet dat ik een foto van de schedel van mijn moeder op Instagram ga zetten?'

'Sterkte,' zegt de man en hij verbreekt de verbinding.

Een uur lang ijsberen we zenuwachtig door de huiskamer. Ik loop wel drie keer de tuin in om te kijken of het echt waar is. Dan zegt Martin: 'We moeten opnieuw bellen en vragen waar ze blijven.'

'Ik kan niet meer. Niet nog zo'n gesprek. Want eigenlijk lap ik mijn vader erbij. Ik geef mijn eigen vader aan.'

'Terecht,' zegt Martin. 'Hij zal moeten vertellen wat er is gebeurd, wat hij heeft gedaan. Jouw schuld is het in ieder geval niet dat je in deze situatie bent beland. Dus zet dat schuldgevoel van je af. Het is je vader die heel wat heeft uit te leggen.'

'Toch voelt het als verraad.'

Flitsen van herinneringen aan mijn vader komen voorbij. Toen ik in het ziekenhuis lag met een middenoorontsteking en geopereerd moest worden, zat hij elke dag aan mijn bed, hield mijn hand vast en gaf me boeken met plaatjes van de nieuwste automodellen, en toen ik daar niet enthousiast op reageerde, gaf hij me op een dag een pop.

'Missschien vind je dit leuker?'

En inderdaad was de pop, een ruig uitgevallen variant op Ken van Barbie, een schot in de roos. De rest van de tijd in het ziekenhuis was een feest. De pop, Lukas had ik hem genoemd, stimuleerde mijn fantasie en creativiteit. De ene keer speelde ik met hem in mijn ziekenhuisbed en waande mezelf een brandweerman, dan weer was ik een popzanger, of een voetballer die de winnende goal had gescoord en door Lukas omhelsd werd. Later dacht ik dat het toen begonnen was, mijn eerste verliefdheid op een man. Lukas staat nu boven in onze slaapkamer in de vensterbank.

Martin weet niets van deze herinneringen. Hij belt het nummer van zonet en krijgt dezelfde man aan de lijn. Het is druk, legt hij afgemeten uit, er is een bendeoorlog in Zuidoost gaande tussen rivaliserende drillrapgroepen, er zijn schoten gelost, twee tieners zijn daarbij gedood, drie zijn er op de vlucht. 'Dat heeft prioriteit.'

Martin vraagt hoelang we nog moeten wachten. De man zegt dat hij de melding heeft doorgegeven en dat de politie aan het uitzoeken is wie de behandelend rechercheur was in de zaak van Netty Geel. Als die nog in dienst is, dan is het handig dat hij meteen bij de zaak wordt betrokken.

'Het vraagt even geduld, hopelijk begrijpt u dat.'

'We wachten al langer dan een uur.'

'Ik kan geen ijzer met handen breken.'

Martin bijt op zijn tong om niet te gaan vloeken. Hij verbreekt de verbinding.

'Ze komen straks,' zegt hij geruststellend. Ik ga op de bank liggen, uitgeteld.

MAYA

32

De coördinator van de afdeling stuurt me een berichtje, net op het moment dat het werkoverleg is begonnen. 'Spoed'. Ik loop de vergadering uit, bel terug. Even denk ik dat er een vergissing in het spel is, maar zodra ik de naam Netty Geel hoor, herinner ik me het glashelder. Het was de eerste vermissingszaak die ik onderzocht. In de twintig jaar daarna heb ik nog regelmatig gedacht aan de jonge moeder die in een brief had uitgelegd waarom ze een nieuw leven wilde beginnen en vervolgens spoorloos verdween. Soms als er een lichaam van een onbekende vrouw was aangetroffen in Amsterdam, pakte ik het dossier van Netty Geel er weer bij. Onbekende doden worden meestal in een gracht of in het IJ aangetroffen. Het water heeft op een bizarre manier aantrekkingskracht op zelfmoordenaars en criminelen die er lijken dumpen. Zou het Netty zijn, dacht ik steevast. DNA-onderzoek wees telkens uit dat er geen match was.

Misschien herinnerde ik me Netty Geel ook vanwege mijn schuldgevoel toen ik het dossier moest sluiten. Als beginnend agent had ik me door de toenmalige officier van justitie laten intimideren. Nu zou ik ertegen ingaan, maar toen liet ik me opzijzetten. Het dossier moest naar het archief vanwege de werkdruk, nieuwe zaken vroegen om aandacht. Er waren te weinig rechercheurs. De reorganisatie naar een nationale politie stond op stapel, er waren bezuinigingen en falende computersystemen. Tussen al die factoren was het moeilijk foutloos laveren en er was geen aanleiding de vermissing van Netty Geel als prioriteit te beschouwen. 'Geen prioriteit' betekende stopzetting van het onderzoek.

'Ach, wat treurig. Er was dus toch een misdrijf in het spel,' zeg ik tegen de coördinator. 'Ik ga erheen met een collega. En we zullen die schedel moeten onderzoeken en het DNA vergelijken. Zet jij dat in gang?'

In de zijvleugel van het hoofdbureau is de kantoortuin, waar mijn collega Bulut Kaya achter zijn bureau zit. 'Ik heb iets interessants,' val ik met de deur in huis. Bulut en ik werken al jaren samen, ook toen ik nog aan de rijksrecherche was uitgeleend. We hebben gruwelijke moorden, ontvoeringen en kinderpornozaken opgelost.

'Dat kan er ook nog wel bij,' lacht Bulut en hij sluit zijn computer af.

Ondertussen vraag ik de secretaresse Leon te bellen en te zeggen dat we over een paar minuten ter plaatse kunnen zijn. Bulut rijdt de auto voor.

'Een cold case,' zegt hij. 'Is weer eens wat anders.'

'Haar man is Bart Feenstra. Heb je die nog meegemaakt? Hij heeft jaren geleden op het hoofdbureau gewerkt, zware criminaliteit. Maar hij werd steeds somberder naarmate zijn vrouw langer wegbleef.'

'Zou dat allemaal toneelspel zijn geweest,' vraagt Bulut. 'Theoretisch is het natuurlijk mogelijk dat iemand anders haar heeft vermoord en in de tuin heeft begraven.'

'Dan moet hij bij de rechter wel een heel goed verhaal hebben. We zullen het zien.'

Bulut ziet eruit als een Griekse god met zijn zwarte haar, lange, rechte neus en stoppelbaardje. Hij is geliefd binnen de politieorganisatie en is voorzitter van het Turkse netwerk binnen het korps, een taak die hij serieus neemt. Net als ik is hij een fanatiek sporter. Hij is elke dag in de sportschool te vinden. Met Buluts ex-vrouw Fatma, die hun drie kinderen opvoedt, ben ik ook bevriend.

Tijdens de rit van de Elandsgracht naar de Van Heemskerckstraat, normaal gesproken een rit van nog geen tien minuten, praat ik hem bij. Omdat er veel straten zijn opgebroken en er een lange file voor de brug staat, kiezen we een alternatieve route. We rijden over de trambaan van de Marnixstraat.

Ik kijk naar de gevelrij van donkere baksteen. Dit gedeelte van de straat is boomloos en geeft me altijd een naar gevoel. Het viaduct onder het spoor is donker. Om de boel op te vrolijken heeft het stadsdeel er grote kleurenfoto's opgehangen, maar het blijft een mistroostige plek, waar je snel door wil om weer in het licht te komen. Even later rijden we de Van Heemskerckstraat in. Terwijl Bulut een parkeerplaats zoekt, stap ik op de voordeur af. In twintig jaar is hier niets veranderd. Ik druk op de bel. Boven de brievenbus prijken nog steeds de namen Bart Feenstra, Netty Geel, Leon Feenstra. Ernaast is een klein bordje vastgeschroefd, in een frisse kleur wit met hetzelfde type zwarte letters. 'Martin Matroos'.

'Ach god, Leon,' zeg ik, wanneer hij de voordeur opendoet, zijn gezicht wit weggetrokken, zijn ogen rood doorlopen, en zijn haar in de war. Hij is onmiskenbaar het kind van toen. 'Gecondoleerd. Wat moet dit een schok voor je zijn.'

Ik pak hem even bij de bovenarm en kijk hem doordringend aan. Leon Feenstra. Natuurlijk. Nu herken ik hem van zijn deelname aan *The Voice of Holland*, maar dit is niet het juiste moment om daarover te beginnen. 'Ik ben Maya. Ik was de rechercheur toen je moeder als vermist werd opgegeven. Je was toen zo klein.' Ik gebaar naar heuphoogte. Leons ogen volgen mijn hand. Hij kijkt naar beneden, zijn wenkbrauwen gefronst.

'Kan ik me niets van herinneren,' zegt hij futloos en hij gaat Bulut en mij voor naar de tuin.

In de deuropening van de keuken maakt hij met zijn arm een

weids gebaar, alsof hij de toegang tot een groot park ontsluit. Martin, zijn vriend, heeft zich bescheiden bij het aanrecht opgesteld en vraagt of we iets willen drinken.

'Laten we eerst maar eens kijken,' zeg ik. Bulut volgt me de tuin in. Ik voel de adrenaline door mijn lichaam razen. Het is dezelfde opwinding die ik iedere keer voel als ik met een lijk word geconfronteerd. Ik word er altijd even beduusd van en besef hoe broos het leven is, hoe je van het ene op het andere moment kunt ophouden te bestaan. Ik stap over de wortels van de uit de grond getrokken rododendrons heen, loop naar de kuil en buk me voorover.

LEON

33

De bank is de plek waar ik me verschans. Ook al is het warm in de huiskamer, ik heb een fleecedeken over mijn benen gelegd en heb mijn laptop op schoot. Vanhier houd ik de werkzaamheden van de technisch rechercheurs in de gaten. In het achterste deel van de tuin zijn ze druk bezig geweest met het afgraven van de plek waar we mijn moeder hebben gevonden. Ze hebben er een witte tent overheen gezet om nieuwsgierige blikken van Saskia en de andere buren tegen te gaan. Mijn moeders lichaamsresten, haar schedel, stukken bot van armen, benen, ribben en ruggengraat worden veiliggesteld. Op een brancard met een wit laken erover dragen ze haar overblijfselen naar een gereedstaand busje. Martin legt nog gauw een paarse orchidee op het laken als de mannen voorzichtig de draai maken bij de open keuken en de huiskamer. Ik sta op van de bank en kijk verstijfd naar het schouwspel. Haar telefoon, een bruine Nokia, een tasje met wat make-upspullen en een plastic kammetje, komen na haar botten uit de bodem tevoorschijn. Haar gele jurk met blauw bloemmotief is redelijk intact gebleven. De rechercheurs doen elk item in een doorzichtige plastic zak en verzegelen die. Een van hen draagt de buit omzichtig naar het busje alsof het een belangrijke trofee is, een archeologische vondst uit lang vervlogen tijden. Ik plof weer op de bank, glazig kijk ik voor me uit. Ik voel me de hele ochtend al daas, alsof er een waas tussen mij en de rest van de wereld hangt.

Maya Oliphant komt bij me zitten. Ze legt haar hand op mijn knie.

'Hoe gaat het hier?' vraagt ze, me bezorgd aankijkend. Ze ziet nog steeds het kind van toen in mij en wil me beschermen. De afgelopen uren hebben we intensief met elkaar gesproken. Altijd als mensen hun medeleven uitspreken en zeggen dat ze het zo erg vinden dat mijn moeder is verdwenen, heb ik het gevoel dat ze eigenlijk over hun eigen angsten en onzekerheden praten en dat mijn pijn een excuus is om hun eigen gevoel te uiten. Maar bij Maya Oliphant is het anders. Zij maakt een oprechte indruk. En de situatie is natuurlijk veranderd. Mijn moeder is nu terecht. Dood weliswaar, maar terecht.

'We zijn klaar. De rechercheurs zijn aan het opruimen. Straks zijn we weg en is het achter de rug.'

Ik knik. Lusteloos.

'Mijn moeder droeg altijd iets met geel. Ze schijnt nogal bijgelovig geweest te zijn. Zonder geel zou ze onheil over zich afroepen, heeft mijn oma weleens verteld. Maar ik zag net die rechercheur met een geel kledingstuk voorbijkomen. Geel heeft haar dus niet kunnen beschermen.'

Maya zegt zachtjes: 'Netty Geel.'

'Hoe lag ze erbij?' hoor ik mezelf vragen.

'Haar lichaam was verzwaard met grote stenen. Kennelijk had je vader niet gewild dat haar lichaam tijdens het ontbindingsproces naar de oppervlakte kon komen,' vertelt ze.

'Maar haar schedel dan?'

'Die was losgeraakt van de rest van het lichaam.Wil je haar beenderen zien?' vraagt ze behoedzaam.

Bulut komt de huiskamer binnen. 'We zijn klaar.'

Maya staat op.

'Nee. Ik wil me mijn moeder herinneren zoals ze er op foto's uitziet, lacht en in de lens kijkt. Wat denken jullie dat er is gebeurd? Hoe is ze overleden?'

'We denken dat een kogel haar schedel heeft doorboord,' antwoordt Bulut. 'Er zit een gat in aan de bovenkant. Waarschijnlijk is de kogel via de hals het hoofd in gegaan en heeft hij de schedel aan de bovenkant verlaten.'

Maya werpt hem een boze blik toe.

Bulut gaat onverstoorbaar verder. 'We laten dat nog precies onderzoeken in het laboratorium van het NFI. Daar proberen ze ook na te gaan wat voor soort kogel is gebruikt. Soms kunnen ze dat zien aan de manier waarop de inslag heeft plaatsgevonden.'

'Stop maar, ik weet genoeg.'

De mannen van de technische recherche sjouwen de witte tent door de kamer naar het busje dat voor het huis geparkeerd staat. Bulut loopt naar de keukendeur en sluit die. Hij kijkt de tuin in.

'Zo, dit is nu weer jullie tuin en niet een plaats delict.'

Alle rechercheurs, de fotograaf, Maya en Bulut nemen beleefd afscheid.

'Tot zondag,' roept Bulut. Maya steekt haar duim naar ons omhoog. Martin sluit de voordeur. We hebben het huis weer voor onszelf.

'Wat gaan we doen?' vraagt hij, terwijl ik me weer op de bank laat vallen en de deken over me heen trek. 'Niets,' zeg ik en sluit mijn ogen. Maar Martin wordt overvallen door de stilte in huis. Hij moet iets omhanden hebben. Hij haalt de rododendrontakken weg, plant de bamboe, boent de vloer in de keuken, de huiskamer en de gang. Het glimt als nooit tevoren. Liggend op de bank prijs ik zijn vlijt.

'Kom kijken,' zegt hij en hij steekt zijn hand uit. Log hijs ik me van de bank. Hij neemt me mee naar de keukendeur en opent die.

'Vet! Het is veel lichter inderdaad. Je hoort het ruisen van het riet.' Ik kijk hem dankbaar aan en probeer te verhullen dat ik me bezwaard voel. De struiken die zich twintig jaar met de lichaamssappen van mijn moeder hebben gevoed, zijn weg. Wat is er nu nog van haar over?

34

De deurbel gaat.

'Daar zijn ze.' Martin springt op. 'Ze zijn op tijd, ik doe wel open.'

Maya en Bulut vegen hun voeten onnodig lang op de oude deurmat, waarop in het zwart 'Welkom' staat. Dan stappen ze de huiskamer in. 'Alles goed hier?' Ze wisselen alleen de noodzakelijkste woorden ter begroeting. Ik zit onderuitgezakt op de bank en mompel wat algemeenheden. Ik moet er relaxed uitzien, maar mijn hart pompt het bloed extra snel door mijn aderen. Martin neemt ze mee naar boven. Op deze zondagmiddag moet ik de surpriseparty heelhuids doorstaan. Weliswaar slaap ik 's nachts redelijk, geholpen door extra sterke melatoninepillen, maar overdag krijg ik hartkloppingen. Ik kijk op mijn horloge. Het is bijna zover. Maya en Bulut installeren zich boven in de slaapkamer en wachten tot het grote moment daar is. Ik ga ijsberen door de kamer.

Weer gaat de deurbel.

Martin is koelbloedig en loopt naar de deur alsof er niets aan de hand is, alsof deze zondagmiddag een gewone middag wordt waarop je verjaardagsvisite ontvangt. Handenwringend sta ik in de keuken, mijn rug tegen het aanrecht. Ik kijk de woonkamer in en wacht af.

Dan schuifelt mijn grootmoeder naar binnen en loopt door naar de eettafel. De spanning die ik voel, zakt weer. Met Maya en Bulut hebben we afgesproken mijn grootmoeder vooraf niet te vertellen dat mijn moeder is gevonden.

'Lieverd, ben je daar,' zegt ze. Ze zet haar handtas op de tafel en zwaait met een envelop. Het zilverkleurige cadeaupapier met een groen strikje eromheen emotioneert me. Mijn grootmoeder is een constante factor in mijn leven. Elk jaar krijg ik mijn verjaardagscadeau, meestal een boekenbon, omdat ze vindt dat 'de jeugd van tegenwoordig' te weinig leest en alleen maar op schermpjes tuurt. Dat kan nooit goed zijn voor de ontwikkeling van de hersens, herhaalt ze te pas en te onpas, soms tot mijn grote ergernis, maar ik weet dat het uit een goed hart komt. Ik loop op haar toe, we zoenen elkaar en ik veins enthousiasme.

'Een boekenbon! Wat wreed, oma. Dank u wel!' Trots kijkt ze me aan. Ze is oud geworden, kromgebogen en loopt moeizaam.

'Wreed. Die taal van jullie. Het is dat ik weet dat je het leuk vindt. Weet je al welk boek je gaat kopen?'

Het is de vraag die ze elk jaar stelt. Het is een ritueel waar ik van hou. Meestal zoek ik daags voor mijn verjaardag een titel uit, laat die in de conversatie vallen alsof het al tijden mijn grootste wens is juist dat boek te kopen. Ze vraagt later nooit of het boek was wat ik ervan verwacht had. Waarschijnlijk vindt ze dat ongepast. Mijn oma. Ik hou van haar.

Maar dit jaar staat mijn hoofd niet naar dit soort spelletjes, noch naar lezen.

Ze loopt de keuken in om voor zichzelf een Nespresso te maken. 'En?' vraagt ze, terwijl het apparaat ratelt. Dan ziet ze de verandering in de achtertuin. De keukendeur staat open, de bamboestengels wiegen zachtjes in de wind.

'Eindelijk,' zegt ze bijna fluisterend. 'Dat hebben jullie goed aangepakt. Martin zeker?'

'Wat bedoelt u met Martin zeker?' vraag ik quasi beledigd.

'Ik heb het je vader vaak voorgesteld, maar hij wilde zelfs geen grasspriet in de tuin veranderen. Bizar.'

'Papa kan elk moment komen,' verander ik van onderwerp. Ik denk aan Maya en Bulut die boven in de slaapkamer zitten, wachtend op hun prooi. Volgens hen is een onverhoedse confrontatie het beste om mijn vader een bekentenis te ontlokken. Mijn maag brandt. Ik ben het die het leven van mijn vader in de war gaat schoppen. En ongetwijfeld ook het leven van mijn grootmoeder. Maar het moet, het kan niet anders. De afgelopen dagen was ik niet te genieten. De ene keer steunde ik het plan dat Maya ons had voorgelegd, dan weer stond ik op het punt alles af te blazen, maar Martin was mijn baken. Hij hield koers en was ervan overtuigd dat van alle opties deze de minst slechte was.

Mijn grootmoeder gaat op de bank zitten en pakt haar breiwerk. 'Is dat bamboe? Hadden jullie geen inheemse soort kunnen kiezen? Al die exotische planten en dieren die tegenwoordig worden geïmporteerd. Ze drukken de Nederlandse flora en fauna weg. Wat blijft er van ons land over? We worden een soort Spanje!'

Vanwege de voorspelbaarheid kan ik een glimlach niet onderdrukken. Nog even en ze haalt de politiek erbij, een onderwerp waar we hartgrondig over van mening verschillen.

'Je ziet er slecht uit,' zegt ze plotseling, me kritisch opnemend. 'Zijn jullie soms weer uit geweest? Jullie slikken toch niet van die pillen? Hoe heten die ook alweer?'

'Xtc?'

Alweer de deurbel. Mijn hart slaat over. Mijn vader heeft de sleutel, maar sinds hij naar Berlijn is verhuisd en Martin bij mij is ingetrokken, gebruikt hij die niet meer. Boven in de slaapkamer hoor ik gestommel. Maya en Bulut staan paraat. Martin roept vanuit de gang: 'Ik doe wel open.'

Mijn oma zegt: 'Daar zal je 'm hebben,' en roert met het lepeltje in haar koffiekopje.

Paniek overvalt me. Moet ik niet toch mijn vader waarschuwen? Vlucht voor het te laat is! De deur naar de huiskamer staat open. Martin en mijn vader kussen elkaar op de wang, drie keer.

'Ja, oma is er al,' zegt Martin. Mijn vader zet een tas bij de kapstok op de grond.

'Even naar de wc,' zegt hij.

Martin staat in de deuropening en knikt me bemoedigend toe. Ik haal diep adem, mijn ooglid begint te trillen.

'Kan die deur niet dicht, het tocht,' roept mijn grootmoeder. We antwoorden niet.

Mijn vader trekt door, ik hoor het water in het fonteintje spetteren. Nu droogt hij zijn handen aan het doekje dat aan het haakje onder de spiegel hangt. Waarschijnlijk controleert hij de verjaarskalender aan de binnenkant van de deur, voordat hij de gang in stapt. De deur gaat open, dicht.

'Waar is mijn zoon?' Zijn warme, donkere stem klinkt opgewekt in de gang. Martin knikt naar de huiskamer, laat zijn schoonvader binnen en blijft als een uit de kluiten gewassen portier in de deuropening staan.

'De jarige!' roept mijn vader. 'Nou ja, een paar dagen geleden, maar toch.' Hij opent zijn armen om me een knuffel te geven. De salontafel staat tussen ons in. Mijn vader loopt eromheen, trekt me naar zich toe, zoent me op mijn wang en geeft me een Amerikaanse hug, waarbij hij me op de rug klopt. Ik ben ijskoud vanbinnen. Ik laat de begroeting over me heen komen, het is alsof ik uit mijn lichaam ben getreden en zelf niet aanwezig ben. Moordenaar, denk ik. Je hebt mijn moeder vermoord. Martin kijkt naar het tafereel, ik zie dat hij ook gespannen is.

'Ik ben er ook nog,' klinkt het vanaf de bank. Eindelijk laat mijn vader me los en bukt zich voorover om zijn moeder een zoen te geven.

'Dag mam, hoe gaat het?' Hij zich in de luie stoel laat zakken. 'Hoe laat komt Hugo?' vraagt hij aan mij.

'Zodra Ajax is afgelopen.'

'Tegen wie spelen ze?'

Geen antwoord. We horen voetstappen de trap af komen.

'Wie zijn er?' vraagt mijn grootmoeder.

Martin stapt opzij en verleent vrije doorgang. Maya en Bulut komen in uniform de huiskamer in. De gele balken met in kleine letters 'politie' op de zwarte ondergrond springen in het oog. Hun onverwachte entree in de huiskamer lijkt op een ouderwetse poppenkast, waarin Jan Klaassen en Katrijn vanachter het gordijn plotseling midden op het toneel verschijnen.

Er valt een stilte. Verrast kijkt mijn vader van de een naar de ander. Zijn mond valt open.

'Dag Bart,' zegt Maya niet onvriendelijk. 'Ken je me nog?'

'Ik ben Bulut Kaya,' zegt Bulut, 'een collega van Maya.' Hij steekt zijn hand op naar mijn vader en mijn grootmoeder.

Mijn vader krabt zich op zijn buik. Dan kijkt hij naar mij, een diepe voor tussen zijn wenkbrauwen. Hij staat op en draait zich naar de eettafel. Hij kijkt door de ramen naar de tuin.

'Ja, ik herinner me je nog goed,' antwoordt hij uiteindelijk. Iedereen kijkt hem aan.

'Kan iemand me uitleggen wat hier gaande is?' Niemand reageert op de opmerking van mijn oma. 'Het lijkt wel een toneelstuk van Harold Pinter,' zegt ze.

Martin legt zijn hand op mijn onderrug, waardoor ik uit mijn lethargie ontwaak. Ik stap naar voren en kijk mijn vader aan.

'We hebben mama gevonden. Ze is terecht.'

Mijn grootmoeder pakt een kussen van de bank en houdt het tegen haar buik. 'O god,' zegt ze, naar haar zoon kijkend. 'Waar is Netty?'

'Pa? Wat heb je erop te zeggen?'

Maya en Bulut, mijn grootmoeder, Martin en ik, alle ogen zijn op hem gericht. Hij zuigt zijn wangen naar binnen, maar lijkt geen aanstalten te maken ook maar een woord uit te spreken.

'Je bent je zoon uitleg verschuldigd, Bart. En ons ook.' Maya staat vlak bij hem, klaar om hem vast te pakken.

'Waar is ze?' vraagt mijn grootmoeder en ze kijkt van Maya naar mij. Ik realiseer me dat mijn formulering alle mogelijkheden heeft opengelaten.

'Mama lag hier in de tuin begraven. Al die jaren dat we over haar spraken, fantaseerden waar ze was en waarom ze was weggegaan. Het is allemaal voor niets geweest. Want ze lag hier. Een paar meter van ons vandaan.'

De ogen van mijn grootmoeder beginnen te tranen. Ze drukt het kussentje tegen haar kin en begint haar hoofd te schudden.

Mijn vader staart naar de tuin. Hij knakt de knokkels van zijn vingers.

'Bart,' beveelt zijn moeder. 'Zeg wat.'

De overval in de huiskamer ten overstaan van de directe familie levert geen spontane bekentenis op, zoals Maya en Bulut hadden gehoopt. Mijn vader is letterlijk met stomheid geslagen. Zelfs na de felle aansporing van mijn grootmoeder zich uit te spreken, houdt hij zijn mond.

'Papa,' schreeuw ik. Mijn uithaal, tussen vertwijfeling en beschuldiging in, slaat zeker zes op de schaal van Richter uit. De anderen zijn bevroren in hun beweging.

'Sorry, jongen, je zult het nooit kunnen begrijpen,' zijn de woorden die hij uiteindelijk bijna fluisterend spreekt.

'Wat bedoel je, Bart?' vraagt Maya. Maar mijn vader schudt het hoofd.

'Eens moest de dag komen,' zegt hij cryptisch. 'Maar uitgerekend op Leons verjaardag?' Hij krabt zich op zijn hoofd, het geluid van de nagels op zijn schedel doet me huiveren. Martin slaat zijn hand tegen zijn borst alsof hij zich tegen een onzichtbaar gevaar wil beschermen.

'Bart Feenstra, we houden je aan op verdenking van de moord op Netty Geel in het jaar 2000,' zegt Bulut formeel. 'We nemen je mee naar het hoofdbureau.'

'O mijn god,' roept mijn grootmoeder. Een wanhopige uitdrukking glijdt over haar gezicht. Moeizaam staat ze op van de bank. 'Zeg dan toch dat het niet waar is!' roept ze naar haar zoon. 'Je hebt Netty toch niets aangedaan!' Door haar overtuigingskracht lijkt het alsof ze met deze bezwering de werkelijkheid naar haar hand kan zetten.

'Leon,' zegt mijn vader. Alle gezichten draaien verwachtingsvol zijn kant op zoals zonnebloemen met de zon meedraaien. Zal hij dan toch bekennen?

Hij schraapt zijn keel. 'In de gang bij de kapstok staat je cadeau. Het zijn de sportschoenen waar ik het over had.'

Martin zucht. Ik roep: 'Fuck je sportschoenen. Je hebt mama vermoord en je bent te laf om het toe te geven!' Een haat welt in me op. De emotie is overweldigend en daardoor bijna aangenaam, het is zo intens en puur. Ik laat me gaan, storm naar voren, hef mijn vuist en raak mijn vader vol op de borstkas. Bulut Kaya springt tussen ons in.

'Kalm aan,' roept hij. 'Rustig, rustig.' Hij duwt mijn vader voor zich uit de gang in, waar Maya op hen wacht, terwijl Martin mij bij mijn arm heeft gegrepen en me in bedwang houdt. Maya en Bulut brengen Bart zwijgend naar de politieauto en plaatsen hem op de achterbank. Alleen de uitroepen van mijn grootmoeder zijn te horen. 'Het is niet waar! Het kan niet waar zijn!' Martin en ik volgen op korte afstand.

Op de stoep loopt buurvrouw Saskia ons tegemoet, met aan elke hand een volle boodschappentas.

'Hé Bart,' groet ze hem opgewekt door het raampje van het achterportier. Ze heeft niet door hoe bijzonder de situatie is. 'Zin in een borrel binnenkort? Voor hoelang ben je in het land?'

'Lang,' antwoord ik, terwijl Maya naast mijn vader plaatsneemt op de achterbank.

'Wat hebben jullie de tuin serieus aangepakt. Eerst met die tent, vanmorgen zag ik hoe mooi het is geworden met die bamboe.'

Ik kijk Saskia aan, de beste vriendin van mijn moeder. Vroeger heeft ze ontelbare keren op me gepast als mijn vader voor zijn werk weg moest.

'Saskia, we hebben mama gevonden. Ze lag daar begraven. Onder de rododendrons.'

Saskia kijkt van mij naar Martin alsof ze wil controleren of ik de waarheid spreek. Dan zet ze haar plastic tassen op de grond en veegt met haar hand met rode nagels een paar keer over haar wangen alsof de huid haar irriteert.

'O nee, Netty,' jammert ze.

BART

35

Tijdens de rit door de stad zegt geen van ons iets. De politieauto rijdt me naar een toekomst die er slecht voor me uitziet, ik weet het. Maya zit naast me en kijkt stuurs naar buiten, haar lichaam van me afgedraaid. Af en toe vang ik de blik van Bulut op in de achteruitkijkspiegel. Ik vind hem moeilijk te doorgronden met die donkere ogen.

'Godsamme, Bulut, het is oranje! Je mag best doorrijden!' Maya klinkt geïrriteerd. Maar Bulut stopt keurig voor het stoplicht. 'Het goede voorbeeld, weet je nog,' zegt hij rustig, terwijl hij door de voorruit tuurt. Zijn vingers trommelen op het stuur. Maya klakt met haar tong. Om Buluts lippen speelt een nauwelijks zichtbaar lachje, wanneer hij me in de spiegel aankijkt. Binnen tien minuten rijden we het parkeerterrein van het hoofdbureau op. Bij aankomst word ik meteen herkend door enkele oud-collega's.

'Hé Feenstra, tijd geleden, man!' roept de wachtcommandant vrolijk als we gedrieën naar de sluis aan het eind van de gang lopen. Ik hoefde geen handboeien om. Misschien ziet het er daarom uit alsof ik een nostalgisch bezoekje afleg in het gezelschap van twee oud-collega's. Nadat ik ben ingeklaard, gaat Bulut naar boven om het papierwerk verder in orde te maken. Hij houdt de veters van mijn schoenen en mijn broekriem losjes in zijn hand, belachelijk ver van zijn lichaam, alsof het een slang is die hem zou kunnen bijten.

De geur in de arrestantengang waar alle celdeuren op uitkomen is nog precies dezelfde als vijftien jaar geleden, toen ik hier zelf arrestanten afleverde. Het ruikt naar een mengeling van desinfecterend schoonmaakmiddel, een kunstmatig dennenbos en urine. De meeste celdeuren staan open. Het interieur is in al die jaren niet vernieuwd: een ligplek op een betonnen verhoging, een metalen wc-pot in de hoek, een stoel en een uitklaptafeltje, beide in de muur verankerd. Tegels op de vloer, makkelijk schoon te maken. Hoog in de achtermuur van de cellen is een uitsparing waar stenen van dik matglas vagelijk wat daglicht doorlaten.

Maya gaat me voor naar de grote cel achter in de gang.

'Ik zie je zo,' zegt ze ijzig, waarna ze de deur achter me in het slot laat vallen. Ze laat het luikje openstaan. Vanuit de gang zegt ze: 'Als je iets nodig hebt, druk je op de bel of roep je de arrestantenbewaarder.'

Haar voetstappen sterven weg in de gang, haar schoenzolen knarsen op de tegels. Ik strek me uit op het matras op de ligplaats. Het is dun, na een paar minuten voel ik mijn botten, alsof ze door mijn huid willen barsten. Eindelijk alleen. Met mijn handen onder mijn hoofd gevouwen sluit ik mijn ogen en speel het laatste uur opnieuw af. Gek, ik voel weinig emotie, ben koud vanbinnen.

Altijd heb ik geweten dat dit moment zou komen. Nu het zover is, ben ik erop voorbereid. Algauw dwalen mijn gedachten af naar de begintijd met Netty. Ik was haar eerste serieuze relatie. Nadat ze zich eenmaal voor me had opengesteld, was ze toegewijd en trouw. Zelf had ik niet veel ervaring met vrouwen, maar met Netty leek alles automatisch te gaan. Ik volgde mijn gevoel en meestal kwam dat met dat van haar overeen. In de beginfase waren we allebei gretig. We zagen alleen maar positieve dingen in elkaar. Netty nam me al na een paar afspraakjes mee naar haar ouders in Alkmaar.

Ik werkte toen bij het wijkteam Mercatorplein, waar ik het enorm naar mijn zin had. Bij haar ouders praatte ik honderduit over mijn werk bij de politie. Niet lang na de eerste kennismaking bleek ze zwanger te zijn. Mijn schoonouders hadden bedenkingen en dachten dat we beter af waren met een abortus. Netty weigerde. Ze wilde het kind houden en liet zich door mijn ouders overtuigen dat we dan maar beter konden trouwen. Het ging allemaal snel en niet erg doordacht, maar in die beginfase maakte het weinig uit. We waren verliefd, hadden vertrouwen in de toekomst. Kinderen waren we eigenlijk nog, naïef, niet wetend wat er op onze weg zou komen.

'Het is zover.' Ik moet in slaap gevallen zijn. De woorden brengen me terug in de realiteit. De wachtcommandant haalt me uit mijn cel. Vroeger waren we collega's, nu loop ik als arrestant met hem mee. Beiden voelen we ons opgelaten met de situatie. Indertijd hadden mijn collega's enorm veel medelijden met me, toen Netty werd vermist. Ongetwijfeld weten ze nu op het hoofdbureau dat hun vroegere collega van moord wordt verdacht.

'Hoelang geleden was het dat je hier werkte?' De wachtcommandant verbloemt het ongemak met een kletspraatje. Hij rijgt de woorden ongeïnspireerd aaneen. In één moeite door, niet passend bij de vraag die hij had opgelepeld, zegt hij: 'We gaan naar de verhoorkamer.'

Mijn schoenen zonder veters slippen telkens over mijn hielen. Met mijn linkerhand houd ik mijn broek op.

'Iets van vijftien jaar,' antwoord ik monotoon op de vraag van een tijdje daarvoor. Een van de arrestanten bonkt op zijn celdeur. 'I want a fucking doctor!' schreeuwt hij door het luikje. Als we langs hem lopen, werp ik gauw een blik naar binnen. Ik zie de grote ogen, de verwilderde blik, het schuim om de mond en de agressie me aanstaren.

'Niets veranderd. Vroeger hadden we veel meer verslaafden. Nu is het hooguit wat stiller,' zegt de wachtcommandant. 'Zondagmiddag hè, dan zijn ze naar de kerk.'

Ik reageer niet op het grapje.

'Hebben we in 2005 samen die cursus gedaan over de opheffing van de verjaringstermijn bij moord? Weet je wel, die wet die in 2006 in werking trad?'

Het woord 'moord' valt. Ik ben meteen alert. Zwijgen is het beste. Elke snipper informatie die ik geef, kan tegen me worden gebruikt. De wachtcommandant doet de deur van de kleine verhoorkamer open en wijst naar een stoel.

'Ga zitten. Maya Oliphant komt zo.'

Ik blijf staan en neem de ruimte in me op. De schok van mijn arrestatie, de woede van Leon, de wanhopige kreten van mijn moeder, het dunne matras in mijn cel, hebben me murw gemaakt. In deze verhoorkamer heb ik honderden uren van mijn werkzame leven doorgebracht met leugenaars, bedriegers, drugshandelaren, zielige verslaafden, doorgewinterde oplichters. Criminelen, die óf beweerden onschuldig te zijn óf berouw toonden en zichzelf een gouden toekomst voorspelden, zodra ze weer op vrije voeten zouden zijn. Tot ik ze een tijd later weer voor me had staan, nadat ze een nieuw delict hadden gepleegd. En dan begon het hele gedoe van voren af aan.

'Klote je onder deze omstandigheden terug te zien,' zegt de wachtcommandant, de deur sluitend.

Ik ga met mijn rug tegen de muur staan en wacht af. De spiegel in de wand tegenover me bolt een beetje, ook dat is niet veranderd. Vroeger had ik aan de andere kant ervan meegekeken, wanneer collega's in de verhoorkamer een moeilijk verhoor afnamen, om op een tactisch moment de ondervraging te onderbreken. Dan kwam ik de kamer binnen en zei iets in de trant van: 'We hebben nieuwe informatie. Je kompaan heeft een bekentenis afgelegd. Jouw rol is veel groter.' Vaak raakten de verdachten geïntimideerd, het rollenspel van ons rechercheurs was geraffineerd. Soms braken flinke criminelen voor mijn ogen en legden een volledige verklaring af. Anderen waren niet te vermurwen, haalden minachtend hun schouders op en bleven bokkig voor zich uit staren.

De deur gaat open. Maya komt binnen, een dik dossier onder haar arm. Had ze vroeger lang blond haar, nu is het heel kort geknipt en roodgeverfd. Ze heeft een paar rimpels in haar gezicht gekregen, maar verder is ze nog precies hetzelfde. Ze heeft nog steeds een lenig figuur. Ze houdt twee plastic bekertjes koffie vast die ze bijna uit haar handen laat vallen en gauw op tafel zet.

'Godsamme, wat is die koffie heet,' zegt ze, wapperend met haar handen in de lucht. 'Ik dacht, jij heb vast wel trek in ons slootwater.'

Ze peilt mijn reactie, installeert zich tegenover me met haar rug naar de spiegel en reikt me een van de plastic bekertjes aan. Uit haar broekzak haalt ze een zakje melkpoeder en wat suikerzakjes. 'Hier.' Ze schuift ze over de tafel naar me toe.

Twee helblauwe ogen kijken me aan. 'Weet je nog hoe chaotisch het archief was? Dat is in de loop van de tijd verbeterd. Ze hebben het dossier uit 2000 weten te vinden. En ook Netty's DNA-materiaal.'

Ik blaas op mijn koffie. Mijn been wipt ongedurig heen en weer, ik heb er nauwelijks controle over.

'Ter zake, Bart. Je bent hier als verdachte van de moord op je vrouw en van het laten verdwijnen van haar stoffelijk overschot. Je bent niet verplicht om op vragen antwoord te geven, al hoop ik dat je dat wel zult doen. Is je dat duidelijk?'

Ik knik.

'We hebben je bij de piketcentrale aangemeld. Je hebt een advocaat toegewezen gekregen. Die zal hier snel naartoe komen. Dan onderbreken we dit gesprek en gaan we verder als-ie weer weg is.'

'Ik wil mijn eigen advocaat kiezen. Ik weet ook wie. Ik wil Annette van Paassen uit Amsterdam-Noord. Zij is al ruim veertig jaar advocaat, ik ken haar van toen ik nog een groentje was. Altijd principieel, integer en rechtdoorzee. Als ze mijn zaak wil doen, dan graag.'

'Zal ik dat meteen maar even doorgeven dan?' Maya staat op,

loopt naar de telefoon die in de gang naast de verhoorkamer hangt en belt de wachtcommandant. Het dossier dat voor me ligt, hoe kan het zo dik zijn? Wat voor informatie hebben ze verzameld? Ik weersta de verleiding de map open te slaan. Even later neemt Maya weer plaats.

'Ze wordt nu gebeld. Als ze niet kan komen, om wat voor reden dan ook, dan raad ik je aan toch alvast met de piketadvocaat te praten.'

Maya pakt het feitenrelaas uit 2000 erbij. 'Misschien herinner je je officier van justitie mr. Waalwijk nog? Hij had de leiding over het opsporingsonderzoek. Hij adviseerde me nadrukkelijk pas weer tijd aan de zaak te besteden als er iets concreets te onderzoeken viel. Nou, dat moment is nu aangebroken dacht ik zo.' Ze kijkt me aan, wacht op mijn reactie. Die geef ik niet.

'Nog iets. Dit gesprek wordt op de video opgenomen.' Wijzend naar een camera in de hoek boven de deur zegt ze: 'Zodat de opname en het verslag ervan bij het dossier kunnen worden gevoegd. We zijn open en transparant in onze verhoormethoden.'

'Ik beroep me op mijn zwijgrecht,' zeg ik stellig en kijk strijdlustig naar de camera en dan naar Maya. 'Ik ga geen verklaring afleggen over wat er is gebeurd.'

Ze kijkt me vorsend aan. De woorden langzaam articulerend zegt ze: 'Dat is je goed recht, maar toch wil ik het gesprek met je aangaan.'

Ik ga achterover zitten en sla mijn armen over elkaar.

'Weet je onze gesprekken in 2000 nog? Het was op het bureau aan de Houtmankade. Je kwam aangifte doen van vermissing, het was mijn allereerste vermissingszaak. Ik vond het spannend.'

Denkt ze werkelijk dat ik hierin trap? Ze kiest voor de methode van goede vrienden worden met de verdachte, het vertrouwen winnen door zelf iets van kwetsbaarheid te tonen en dan vanuit het niets toeslaan om een bekentenis los te krijgen. Haar aanpak komt rechtstreeks uit het lesboekje voor politieverhoren. Bij sommige verdachten werkt dat, met name als ze zich eenzaam voelen en de rechercheur als een potentiële vriend zien die het beste met hen voor heeft.

'Ik herinner het me als de dag van gisteren,' zeg ik. 'Ik was erg van streek, maar wilde dat niet laten merken.'

'Dat is je dan goed gelukt, want ik vond je behoorlijk koel en afstandelijk over Netty praten. Ik heb me altijd afgevraagd of ze die afscheidsbrief wel in vrijheid heeft geschreven. Is het echt zo gegaan?'

Ik recht mijn rug en zie mijn spiegelbeeld omhoogkomen. Even nadenken, voorzichtig.

'Daar kan ik wel op antwoorden,' zeg ik. 'Ik ben er niet bij geweest toen ze hem schreef, maar ik neem aan dat ze goed heeft nagedacht en dat ze exact onder woorden heeft gebracht wat ze me wilde zeggen. Mocht je impliceren dat ik haar heb gedwongen die rotbrief op zo'n manier te formuleren, dan heb je het mis. Het is haar brief aan mij. Ik wist van niets en werd erdoor overvallen.'

Maya krast ondertussen met haar ballpoint op een blocnote die voor haar ligt.

'Leon was bijna vier jaar toen Netty opeens verdween,' zegt Maya. 'Ik heb het dossier doorgenomen en zoveel herinneringen kwamen boven. Weet je nog dat ik besloot Leon door een collega van jeugd en zeden te laten horen? Jij vond het maar grote onzin.'

'Klopt. Zo'n verhoor zou er diep in kunnen hakken. Als vader wilde ik hem daartegen beschermen.'

'Je kwam met Leon naar de Houtmankade. Hij sprak daar toen over "Mama bloedt". En tekende met rood potlood. Volgens de rechercheur verzint een kind zoiets niet.'

Ik schud van nee en kijk strak naar de verhoorspiegel, me ervan bewust dat elke uitdrukking op mijn gezicht wordt gefilmd, geanalyseerd en beoordeeld.

'Wat een schattig knulletje was Leon toen. Ik heb zelf een zoontje van die leeftijd, Zlatan. Hij is een wildebras. Ik kan me niet voorstellen hoe hij reageert als een van zijn moeders plotseling verdwijnt.'

'O?' Ik kijk haar vragend aan.

'Ja, ik ben getrouwd. Met een vrouw.'

'O.'

'Met Inger Talsma. Zlatan is onze zoon.'

'Inger Talsma?' Ik denk na, haar naam prevelend. 'Inger Talsma? Ik ken haar. Zij was ook een collega. Werkte ze niet met computers?'

'Bingo! Je hebt een goed geheugen, Bart. Maar goed, terug naar Leon. Hij is mooi terechtgekomen. Inger en ik hebben naar *The Voice of Holland* gekeken, we zijn groot fan van het programma, hij heeft een prachtstem. Toen ik met de televote op hem stemde, had ik me helemaal niet gerealiseerd dat hij jouw zoon was.'

'Leon is een beste knul. Boordevol talent.' Ik zucht.

'Wat een leven moet hij hebben gehad, denkend dat zijn moeder hem in de steek heeft gelaten. Twintig jaar lang vragen, hopen, wachten, zoeken. Waarom vertel je hem niet gewoon wat er is gebeurd? Hij is vierentwintig en kan de waarheid best aan, is mijn inschatting. Het zou hem echt verder helpen. Nu heeft hij het gevoel niet alleen zijn moeder, maar ook zijn vader te hebben verloren. Je ruïneert zijn leven door te zwijgen.'

Mijn uitgestreken gezicht verraadt niets. Het is alsof Maya helemaal niet heeft gesproken. Ik schuif met mijn veterloze schoen over de vloer. Dan fluister ik.

'Soms is niet weten beter.'

'Beter dan wat?'

'De waarheid kennen.'

'Dat is niet aan jou om te beslissen, Bart.' Maya buigt voorover en komt met haar gezicht dicht bij het mijne. Met haar vinger priemt ze mijn kant op. 'Jij hebt een eigen belang. Jij wil de dans ontspringen en dan verschuil je je achter dit soort gemeenplaatsen.' De fluwelen handschoenen zijn uit. De vriendelijke inzet van het verhoor is naar de achtergrond verdwenen.

Mijn stem slaat over. 'Ik heb altijd het belang van Leon voor ogen gehad. Niets is hij bij ons thuis tekortgekomen. Ik was vader en moeder tegelijk. En ik ben grote dank aan mijn eigen moeder verschuldigd. Ze heeft een deel van de opvoeding op zich genomen. Zonder haar was het me niet gelukt Leon op een goede manier klaar te stomen voor de maatschappij.'

'Waarom vertel je hem dan niet de waarheid? Waarom beroep je je op je zwijgrecht?'

Ik leun weer achterover en kijk naar mijn beeltenis in de spiegel.

Gerommel aan de deur. Hij gaat open, de cellenbewaarder stapt naar binnen.

'Sorry, maar de advocaat is er. Mevrouw Annette van Paassen staat hier in de gang.'

'Dat is snel,' moppert Maya. Ze slaat het dossier dicht, drinkt haar lauw geworden koffie in één teug leeg. 'Ik zie je morgen weer.'

Ik sta op. 'Vergeet niet tegen Bulut te zeggen dat hij achter de spiegel weg moet. Het gesprek tussen mijn advocaat en mij is vertrouwelijk.'

Even stopt Maya, ze opent haar mond om te ontkennen dat Bulut ons gesprek heeft gevolgd, maar dan bedenkt ze zich kennelijk.

'Oke,' zegt ze, en ze knikt naar mr. Van Paassen in het voorbijgaan.

LEON

36

Ik zit tegenover mijn vader in de spreekkamer van het huis van bewaring. Alsof ik een steile bergwand moest beklimmen, zo heb ik tegen onze ontmoeting opgezien. Het spreekuur vullen we voornamelijk met zwijgen.

'Shit pa, ik weet verdomme gewoon niet wat ik moet denken. Martin zei dat ik je nog een kans moet geven.'

Elke kleur is moedwillig uit de spreekkamer gebannen. Het lijkt meer op een kleine kantine van een saai kantoorgebouw. Er zijn inmiddels vijf maanden verstreken sinds mijn verjaardag en de nieuwe werkelijkheid is langzaam bij me ingedaald. DNA-onderzoek heeft uitgewezen dat het skelet in de achtertuin inderdaad van mijn moeder is. Vast is komen te staan dat ze door het hoofd is geschoten, waaraan ze 'met aan zekerheid grenzende waarschijnlijkheid' is overleden. Volgens het NFI is de kogel, die niet werd aangetroffen, afgevuurd uit de Walther die mijn vader als dienstwapen had. Toen hij de politieorganisatie verliet, is het vuurwapen ingeleverd, maar het kan niet meer worden getraceerd omdat de registratie ervan niet deugde.

Tijdens het gerechtelijk vooronderzoek heeft mijn vader consequent geweigerd vragen van de rechter-commissaris te beantwoorden. Niemand weet de details van wat er twintig jaar geleden is gebeurd en waarom.

'Je zult veroordeeld worden als je blijft zwijgen. Pa, zeg wat er is gebeurd.'

Hij schudt zijn hoofd.

'Dan zullen de rechters denken: wie zwijgt, stemt toe.'

Een keer had ik mr. Van Paassen gebeld. 'Hoe kunt u mijn vader blijven verdedigen?' had ik haar gevraagd.

'Iedereen heeft recht op een goede verdediging,' zei ze. Verdere vragen wilde ze niet beantwoorden, ze wees op de vertrouwensband tussen verdachte en advocaat.

'Waarom is Martin niet meegekomen?' vraagt mijn vader, de stilte doorbrekend.

'Hij vliegt deze maand op Peking en Shanghai.'

'China, lange vluchten. Ik heb gelezen dat daar een nieuw virus is opgedoken. Via vleermuizen op mensen overgebracht.'

'Pa, stop. Je wilde me spreken. Niet over vleermuizen in China. Kom op, vertel waarom.'

Om mijn vaders mond zijn wat vriendelijke trekken zichtbaar. Het maandenlange verblijf in het huis van bewaring heeft zijn uiterlijk veranderd. Zijn wangen zijn wat ingevallen, waarschijnlijk heeft hij wat kilo's verloren. De eerste schok van betrapt zijn die hem deed bevriezen op mijn verjaardag, is weggeëbd. Hij heeft alle tijd gehad om na te denken. Hij miste me en heeft me vanuit het huis van bewaring gebeld om te vragen of ik langs wilde komen. Verder bezoek heeft hij nog niet gehad, behalve van oom Hugo en een keer van mijn grootmoeder.

'Hoe gaat het met je nieuwe liedjes? Ik kan hier niet op je YouTube-kanaal kijken.'

'Je hebt mijn vraag niet beantwoord.'

Stilte.

'Morgen komt er een nieuw nummer uit,' zeg ik dan maar.

'Is het meteen te zien op social media?'

'Ja. De video zetten we morgen op TikTok. Martin heeft me gefilmd, terwijl ik op een bootje door de Amsterdamse grachten vaar. Ik denk dat mijn volgers het supervet zullen vinden.'

'Hoe heet het?'

'"Mom is gone". Het is een rap met een steeds terugkomende melodie. Ik kwam op het idee door een lied van een zangeres uit de jaren tachtig. Bonnie Tyler heet ze.'

'O god, natuurlijk. "Total Eclipse of the Heart". Dat was in de tijd dat oom Hugo en ik op het Montessori Lyceum zaten. Een prachtig nummer.'

'Ja, het is fokking gruwelijk.'

Weer vallen we stil. Hoe kan ik mijn vader ertoe brengen open kaart te spelen?

'Ik voelde me eerst schuldig dat ik over mijn moeder schreef. Maar de song zat in me en moest eruit. En Martin zegt dat het juist een eerbetoon aan haar is. Dat ze er blij mee zal zijn daar boven.'

Onwennig schuift mijn vader op zijn stoel. We hebben nog een kwartier en dan is het bezoekuur voorbij.

'Pa.' Ik ga rechtop zitten. Nu moeten de zinnen komen die ik thuis heb geoefend. Het is moeilijk, maar hij laat me geen keus. 'Ik ben hier met een doel. En dat is te weten te komen wat er met mama is gebeurd. Ik wil de waarheid weten. Wat heb je gedaan? En waarom? Als je me dat niet vertelt, dan eindigt ons contact hier voorgoed. Hoeveel ik ook van je hou, ik kan je niet vergeven dat je mama hebt vermoord. Ik moet consequent zijn. De keuze is aan jou.'

Zijn ogen tranen. Hij slikt zijn ontroering weg, zijn adamsappel gaat op en neer. Hij kijkt me hulpeloos aan. Ik zie hem denken dat ik volwassen en vastberaden ben geworden. Hij pakt het plastic bekertje koffie dat tussen ons in staat. Hij laat zijn vinger over de rand glijden, en kijkt naar het restje koffie alsof hij daar het antwoord op al mijn vragen kan vinden.

'Ik weet dat je kwaad op me bent. Ik snap dat. Ik ben niet de vader voor je geweest die ik graag had willen zijn.' Hij zet het bekertje weg en begint met zijn voet te wippen.

'En?' vraag ik.

'Ik heb er echt goed over nagedacht, maar ik zal me in de rechtszaal op mijn zwijgrecht blijven beroepen. Ik weet dat het zwaar voor je is. Ik snap dat je wil weten wat er is gebeurd, maar zo is het het beste. Vertrouw mij nou maar. Ik ben bereid de consequenties te aanvaarden. Iedereen zal zich tegen mij keren. Het is niet anders. Jij zult verdergaan, je leven voortzetten, ik zal achterblijven. Dat heb ik ervoor over.'

Mijn stoel valt achter me op de grond als ik abrupt opsta. De bewaker in de hoek van de spreekkamer kijkt onze kant op, klaar om in te grijpen als het uit de hand dreigt te lopen.

'Ik begrijp jou niet. Je bent een goede vader geweest. Dat zal ik altijd volhouden tegen al die mensen die het tegendeel beweren. Maar ik wil de waarheid weten. Dat is toch niet te veel gevraagd? Jouw zwijgen is echt ruk! Dat is wat ik je persoonlijk wilde komen zeggen. Je vergroot er mijn verdriet mee. Ik heb mijn hele leven een moeder gemist. Jij kon die leegte niet vullen, hoe goed je ook je best deed. Mama's afwezigheid was altijd aanwezig. Dat gemis is over me heen gewalst, heeft me gevormd en gemaakt tot wie ik ben.'

'Het spijt me, Leon. Maar het is niet anders. Ik heb mijn keuze gemaakt.'

'Fuck it. Kut. Je ontloopt je verantwoordelijkheid. Twintig jaar lang heb je in vrijheid geleefd, terwijl je eigenlijk je straf had moeten uitzitten. Door jouw keuze dwing je me mijn keuze te maken. Hier scheiden onze wegen.'

Ik voel een hoofdpijn opkomen, mijn benen voelen zwaar. Ik wil naar huis, me terugtrekken in mijn muziekkamer en de breuk met mijn vader analyseren. Om de pijn uit mijn systeem te krijgen wil ik een lied over zijn verraad schrijven. Langzaam loop ik van de tafel weg, mijn vader aankijkend, alsof ik hem nog een kans bied op het allerlaatst opening van zaken te geven. Ook hij gaat staan. Nu pas hoor ik de geluiden in het gebouw. De tl-buizen zoemen, een elektrisch apparaat slaat aan, een zware deur valt in het slot. Iemand op de gang roept iets in het Arabisch, de woorden klinken gesmoord, alsof we in een aquarium staan. Ik haal diep adem.

'Als je zaak bij de rechter voorkomt, zal ik van mijn spreekrecht gebruikmaken. Als zoon van mama, de moeder die ik dankzij jou nooit echt heb leren kennen. Ik ben ook slachtoffer. Jij zwijgt, maar ik zal spreken!'

Op dat moment rollen de tranen over mijn vaders wangen. Ik aarzel even of ik hem ter afscheid de hand moet schudden. Maar nee, ik ben solidair met mijn moeder. Ik doe het niet. Geen hand. Geen fysiek contact meer. Nog eenmaal werp ik een blik op mijn vader. Voor mijn ogen schrompelt hij ineen.

'Jij kiest hiervoor,' weet ik nog uit te brengen. Ik draai me om en loop naar de bewaker die bij de deur staat. Ik rol met mijn schouders om mijn nek- en schouderspieren los te maken. Tijdens het lopen merk ik de spanning in mijn rug en armen, ze zijn bijna gevoelloos.

'Het bezoekuur is nog niet afgelopen. U hebt nog vijf minuten de tijd, meneer Feenstra,' zegt de bewaker vriendelijk.

'Laat maar,' zeg ik. 'Het is voorbij.'

37

In de auto naar de rechtbank zet Martin de radio aan. We vallen in het nieuwsprogramma van de publieke omroep. Een verslaggever is op locatie en doet opgewonden live verslag.

'De belangstelling voor het proces neemt ongekende proporties aan. Er vormt zich een rij tot om de hoek van de rechtbank. Opvallend is dat de gemiddelde leeftijd van de belangstellenden nog geen twintig jaar is. Zo jong hebben de portiers het publiek nog nooit gezien, behalve als schoolklassen een middagje rechtbank komen doen. Naast me staat het hoofd voorlichting en communicatie van de gerechtelijke organisatie. Wat is uw naam?'

'Ik ben Hendrick Knigge.'

We staan achter het glas van de portiersloge die uitkijkt over het plein voor het gebouw. 'Waarom is het hier zo druk, meneer Knigge?' vraagt de verslaggever.

'Het is vanwege de zoon van Bart F., Leon.'

'Hoezo?'

'Hij is de singer-songwriter van *The Voice of Holland* die nu een nummer 1-hit heeft gescoord.'

'Hoe heet dat nummer?'

'"Mom is gone." Persoonlijk vind ik het een smartlap, ook al zit er veel rap in, maar de meisjes zijn er gek op. Mijn dochter en haar vriendinnen zitten op TikTok en dansen het de godganse dag.'

'Dus ze komen meer voor hem dan voor de behandeling van de zaak,' concludeert de verslaggever.

'Vorige week gaf Leon Feenstra op tv nog een interview over de rechtszaak. Ze zeggen dat zelfs het achtuurjournaal er vanavond aandacht aan gaat besteden.'

'Er zijn ook kritische geluiden. Leon Feenstra is een bekende influencer en hij zou volgens critici de moord op zijn moeder commercieel uitbuiten. Wat vindt u van die kritiek?'

Martin drukt de radio uit.

'Dat is nou de prijs van je roem. Nu heeft iedereen een mening over je. Hier moet je boven staan.'

Gespannen kijk ik voor me uit. Vandaag wordt een dag die ik nooit zal vergeten. Ik kan nog terug. Ik hoef het niet te doen. Martin werpt een blik op me. Ik weet wat hij denkt.

'Nee, ik zet door. Ik moet in mijn achterhoofd houden dat ik dit voor mijn moeder doe. Zij hoort in het proces de hoofdrol te spelen. Het moet niet alleen om mijn vader gaan en de moord die hij heeft gepleegd.'

We rijden de parkeergarage van de rechtbank in. Bij de slagboom staat de bewaker te wachten. Vanmorgen had de rechtbank gebeld dat we vanwege de onverwachte toeloop onder begeleiding meteen het gebouw in konden lopen voorbij de detectiepoortjes. Als we uitstappen vertelt de bewaker ons dat we toch buitenom moeten. Vanwege veiligheidsmaatregelen is de lift in de parkeergarage afgesloten. Ik trek de hoodie over mijn hoofd en geef mijn tas aan Martin. Daar gaan we.

Er klinkt gegil, gejuich, gejoel. Bij de portiersloge zie ik de verslaggever staan met naast hem een oudere man in een grijs pak. Zijn haar is grijs, zelfs zijn gezicht ziet asgrauw. Hij moet het hoofd Voorlichting & Communicatie zijn dat zojuist werd geïnterviewd. De dranghekken die 's ochtends in allerijl waren neergezet toen de toeloop duidelijk werd, schrapen over de grond. Uitgestrekte armen van meisjes reiken over het hek naar me. Sommige meiden hebben groen haar, andere paars. Ik zie opvallend veel neuspiercings. Mijn hoofd is diep in mijn hoodie weggedoken. De bewaker leidt me langs de wachtenden. Achter me loopt Martin, die beleefd briefjes en foto's aanneemt van de fans, die gillen, roepen en smeken. Af en toe zet ik een snelle krabbel. De armen graaien naar voren, proberen me aan te raken, me vast te pakken. Ze doen me denken aan de tentakels van een octopus.

'Hier is geen tijd voor,' zegt de bewaker beslist, wanneer ik even blijf staan zodat een van de meisjes een selfie kan nemen. Mobiele telefoons worden hoog boven de hoofden gehouden. Iemand roept: '*Go fuck them*, Leon! Doe je ding.'

De bewaker duwt me door de hoofdingang het gebouw in. Martin volgt gedwee, hij stopt de foto's en briefjes die de meisjes aan me wilden geven in zijn tas.

'Welkom heren,' roept Hendrick Knigge handenwringend. 'Ik ben hoofd V&C van de rechtbank en begeleid u naar de grote zittingszaal.'

Ik heb mijn hoodie afgedaan en wrijf met mijn hand door mijn haar. Ondertussen vertelt de man dat het nog nooit zo druk is geweest in het gerechtsgebouw en dat de hele dag voor de zaak is uitgetrokken. Hij duwt de deur naar de zittingszaal open, maar de bewaker houdt me tegen.

'Hoho, nou wil ik een selfie met je.'

Ik grijns in de lens. Als de foto is genomen, draai ik me om en zie dat de zaal al bijna vol zit. Het hoofd V&C loopt voorop. Met bonkend hart volg ik, Martin loopt achter me. Het staatsieportret van Willem-Alexander dat aan de muur achter de rechters hangt, komt steeds dichterbij. Ik voel dat alle blikken op me gericht zijn. Gelukkig mogen we op de eerste rij zitten en zullen we dus weinig merken van de stormloop achter ons.

Al snel zijn ook de achterste banken bezet en ook boven op het balkon is geen enkele plek van de publieke tribune leeg. In een aangrenzende zaal is een livestreamverbinding. Journalisten zitten daar achter hun laptop om verslag van de rechtszaak te doen. Buiten het gebouw ontstaat een opstootje als de deuren van het gerechtsgebouw gesloten worden en de portier moet meedelen dat er geen plaats meer is.

In de zittingszaal heb ik amper om me heen gekeken, beduusd van mijn eigen populariteit. Sinds de lancering van 'Mom is gone' heb ik op mijn YouTube-kanaal een paar honderdduizend volgers erbij gekregen. Het nummer heeft drie weken op één gestaan in de top veertig.

Martin zit naast me. 'Gaat het?' fluistert hij.

'Het moet maar. Ik zal blij zijn als het allemaal voorbij is.'

Iemand knijpt me in mijn nek. Het is oom Hugo, het is 'm gelukt om vlak achter ons een plekje te veroveren. 'Sterkte, Leon. Ik weet hoe moeilijk het voor je is. Maar ik vind je dapper.'

Ik krijg een brok in mijn keel en snuit mijn neus.

'Komen jullie gauw weer eens langs?' vraagt hij. Ik laat het antwoorden aan Martin over. Ze maken een afspraak voor de week erop.

De bode loopt door het middenpad van de zaal naar voren, betreedt het podium en heft beide handen omhoog. Het geroezemoes in de zaal verstomt. Het spektakel gaat beginnen.

Links van het podium verschijnt de officier van justitie in haar zwarte toga. Ze strijkt haar witte bef glad, wanneer ze achter haar tafel plaatsneemt en haar computerscherm aanklikt. Ze ordent wat papieren en kijkt dan belangstellend de zaal in.

De bode loopt naar een deur aan de zijkant van de zaal, trekt die open en niet lang daarna verschijnt mijn vader, tussen twee bewakers. Hij is netjes gekleed. Hij draagt een beige broek met een blauwe blazer en een wit overhemd. Geen stropdas. In zijn haar heeft hij aan de linkerkant een rechte scheiding getrokken. Hij ziet er jonger uit dan toen ik hem in het huis van bewaring bezocht. Wat betreft zijn voorkomen is hij van het type vriendelijke buurman die geen vlieg kwaad doet. Vanaf de publieke tribune op het balkon roept een jongen: 'Moordenaar!'

De bode maant om stilte. Er klinkt gesis, geschuifel van voeten, de rust keert weer. De bewakers brengen mijn vader naar de stoel achter het hekje voor het podium. Zijn ogen schieten vlug over de hoofden van de aanwezigen vooraan en blijven bij mij haken. Hij knijpt zijn ogen even toe, maar ik draai mijn hoofd ostentatief de andere kant op. Geklik van camera's.

'Geen camera's, geen foto's!' roept de bode. 'Mobiele telefoons uit!'

Mr. Van Paassen neemt naast mijn vader plaats. Ze legt twee dikke ordners op tafel, en een stapel papier. Haar haar is ongekamd en springerig, alsof ze zojuist uit de Noord-Zuidlijn is komen rennen. Terwijl ze naar hem toe loopt en zich vooroverbuigt, knoopt ze haar bef vast. Mijn vader knikt, mr. Van Paassen legt even haar hand op zijn schouder.

Het is warm in de zaal. Ik ben nerveus en wip met mijn been, totdat Martin zijn hand op mijn knie legt. Ik haal twee A4'tjes uit de binnenzak van mijn spijkerjasje. Mochten de zenuwen me de baas worden, dan kan ik altijd terugvallen op de tekst die ik thuis heb voorbereid.

'De rechtbank!' roept de bode plotseling. Iedereen gaat staan. Knieën kraken, de poten van de houten banken schuiven over de vloer, vervolgens is het doodstil. Aan de zijkant van het podium gaat een deur open. Alle ogen zijn op de opening gericht. Drie rechters lopen met serieuze gezichten naar hun plek achter de tafel, met in hun kielzog de griffier.

'Het zijn allemaal vrouwen,' fluistert Martin. Ze doen me denken aan de pinguïns in Artis, waar ik als kind vaak met mijn oma ben geweest.

'Openbaar Ministerie tegen Bart Feenstra,' roept de bode die daarna parmantig door het middenpad wegloopt.

De voorzitter van de rechtbank, een vrouw van een jaar of zestig met grijs haar dat strak naar achteren in een knotje zit, zet een bril op en kijkt de zaal rond. Dan laat ze haar blik op mijn vader rusten.

'Goedemorgen,' zegt ze in de microfoon en ze gebaart iedereen te gaan zitten. 'Laten we eerst even testen of de zitting goed te volgen is in de overloopzaal. Ben ik daar goed te verstaan?'

Kennelijk krijgt ze een seintje, want ze knikt bevestigend.

'Is al verteld dat er geen foto's, films, geluidsopnames mogen worden gemaakt?' Haar ogen zoeken het balkon van de publieke tribune af. Ze knikt nog eens. Dan begint de behandeling. Ze nodigt mijn vader uit voor het hekje te gaan staan en vraagt naar zijn personalia. Hij is niet tot antwoorden verplicht. 'U hebt het recht te zwijgen,' zegt ze. De officier leest de aanklacht voor. Dan gaat de voorzitter tot het verhoor over.

'U hebt begrepen dat u wordt verdacht van de moord op uw echtgenote, mevrouw Netty Geel?'

Mijn vader schraapt zijn keel.

'Dat heb ik begrepen.'

'We hebben in het dossier kunnen lezen dat u consequent bij de rechter-commissaris en daarna tijdens het hele gerechtelijk vooronderzoek hebt geweigerd vragen over de toedracht van het gebeurde te beantwoorden. Vandaag is een cruciale dag in de behandeling van uw zaak. Wij willen graag weten wat er is gebeurd. Als rechters willen wij de waarheid boven tafel krijgen om een passende beslissing in deze zaak te nemen. Bent u bereid te praten over de dood van uw echtgenote en hoe haar lichaam in uw achtertuin terecht is gekomen?'

Je kunt een speld horen vallen. Het lijkt alsof iedereen zijn adem inhoudt. Ik vouw mijn handen alsof ik een smeekbede tot God richt.

Mijn vader buigt zich een beetje naar voren en met zijn mond vlak bij de microfoon klinkt het: 'Nee, edelachtbare. Ik blijf me op mijn zwijgrecht beroepen.'

Het publiek mompelt en sist, alsof men teleurgesteld is dat hun een sappig verhaal waar ze recht op hebben, wordt onthouden.

Streng de zaal in kijkend zegt de voorzitter: 'Ik verzoek u geen geluiden te maken tijdens de hele behandeling vandaag, goedkeurend noch afkeurend. Als dit nog een keer gebeurt, ben ik genoodzaakt de publieke tribune te laten ontruimen.'

Dan verlegt ze haar aandacht weer naar mijn vader, die het hekje waar hij achter staat, stevig vastklemt. De knokkels van zijn handen zijn wit.

'Toch wil ik u vragen waarom. U bent oud-politieman. U weet hoe het is als een verdachte weigert te verklaren. Die zwijgzaamheid werpt een bepaald licht op de zaak en dat hoeft niet per se gunstig te zijn voor de beoordeling. Waarom wilt u niet meewerken aan waarheidsvinding?'

De rechter schuift het dossier dat ze voor zich heeft liggen, opzij en leunt naar voren. Haar ogen zijn groot door de brillenglazen.

Het is muisstil, men houdt de adem in, in afwachting van het antwoord. Maar mijn vader houdt het bij het schudden van zijn hoofd. De voorzitter doet haar bril af en kijkt een beetje radeloos naar mr. Van Paassen, die opeens grote belangstelling toont voor haar papieren op tafel en niet thuis geeft.

'Dan gaan we verder zonder uw verklaring. Mocht u van gedachten veranderen, dan laat u me dat weten, hoop ik.' De voorzitter neemt uitgebreid de feiten uit het dossier door, loopt de rapporten en conclusies langs van het technisch onderzoek en de uitkomsten van de DNA-vergelijkingen. In de zaal is het af en toe onrustig, omdat dit gedeelte van de behandeling saai is en niet op een Amerikaanse Netflix-serie lijkt. Mijn vader volgt de uiteenzetting aandachtig, hij staat nog steeds achter het hekje. Af en toe kijkt de voorzitter hem aan om zich ervan te vergewissen of hij nog steeds blijft zwijgen. Vervolgens is het moment aangebroken dat de getuigen worden gehoord. Alleen Maya Oliphant is opgeroepen. De bode gaat door een deur en even later komt hij met Maya achter zich aan de zaal in. Ze heeft haar operationele uniform aan en kijkt gespannen.

'Mevrouw Oliphant,' zegt de voorzitter vriendelijk. 'Wat een bijzondere naam hebt u toch, komt niet veel voor in Nederland.'

'Dat klopt,' zegt Maya met luide stem. 'Het is een Schotse naam. Mijn grootvader komt uit Edinburgh en is na de bevrijding in Nederland gebleven.'

De voorzitter knikt en vraagt of Maya de eed of de belofte wil afleggen dat zij de waarheid en niets dan de waarheid zal spreken.

'De belofte graag.'

Als de voorzitter vervolgens zegt: 'Wilt u mij dan nazeggen: dat verklaar en beloof ik', steekt Maya de wijs- en middelvingers van haar rechterhand omhoog en legt de belofte af.

Consternatie bij de rechters en de griffier. 'Dat hoeft niet,' merkt de voorzitter vriendelijk op, wijzend naar Maya's hand. 'Alleen als u de eed aflegt, steekt u uw vingers op. Ik stel vast dat u de belofte hebt afgelegd.'

'O nee, het zit er zo ingebakken!' Maya lacht gegeneerd.

'Geeft niks. Gaat u zitten en praat u goed in de microfoon zodat het in de overloopzaal luid en helder te verstaan is. U bent de rechercheur in deze zaak. Toen en nu. Wilt u uitleggen hoe het onderzoek twintig jaar geleden gegaan is en of de processen-verbaal van de afgelopen maanden de stand van toen accuraat weergeven?'

Daarbij kijkt de voorzitter naar mr. Van Paassen, die druk aantekeningen maakt, alsof achter deze vraag een argument schuilgaat om de zaak in mijn vaders voordeel te laten kantelen.

Maya antwoordt uitgebreid. Haar verhaal is helder. De voorzitter vraagt aan de rechters die aan weerskanten van haar zitten, of zij nog aanvullende vragen hebben. De jongste rechter, met zwartgeverfd haar, een pony die in haar ogen prikt en die ze telkens wegduwt, buigt naar voren en duwt het knopje van haar microfoon in.

'De zoon van Netty Geel is in 2000 gehoord. Hij was toen drie, bijna vier jaar oud. Hoe betrouwbaar acht u de verklaring van zo'n jong kind?' De voorzitter werpt even een blik naar opzij, alsof ze dit geen goede vraag vindt. De jongste rechter kijkt stoïcijns voor zich uit, de onuitgesproken kritiek negerend.

Maya pakt de microfoon die voor haar staat alsof ze bang is dat die elk moment weggegrist kan worden.

'Sommige kinderen hebben een sterk geheugen, ook op die leeftijd. Ik was geen expert in het horen van jonge kinderen, vandaar dat ik een gecertificeerd collega van Jeugd en Zeden heb gevraagd Leon Feenstra wat vragen te stellen tijdens een speelsessie. In de regel worden kinderen jonger dan vier jaar niet gehoord, maar uitzonderingen zijn mogelijk. We vonden dat Leon in staat was de vragen te begrijpen en er antwoord op te geven. Zoals u gezien hebt, zei hij spontaan tijdens het spelen zonder dat het hem op dat moment was gevraagd: "Mama heeft pijn. Mama bloedt."'

Op de publieke tribune wordt het onrustig. Een paar meisjes beginnen te snikken. Verstoord kijkt de voorzitter naar omhoog, klaar om in te grijpen. Maya volgt haar blik. Papieren zakdoekjes gaan rond. De rust keert weer.

'Over de betrouwbaarheid kan ik niets zeggen. We hebben die verklaring afgenomen omdat we niets over het hoofd wilden zien. Maar het heeft toen niet tot de arrestatie van Bart Feenstra geleid. De brief van Netty Geel heeft ons achteraf gezien op een dwaalspoor gezet.'

'Dwaalspoor? Wat bedoelt u,' springt de voorzitter in.

'Er waren geen aanwijzingen van een misdrijf. In de brief stond dat ze met rust gelaten wilde worden, dat ze een nieuw leven ging opbouwen. Ze had geld van de rekening gehaald, dus ze kon daar een tijdje mee vooruit. Het enige wat iedereen verbaasde, was dat ze Leon zomaar achterliet.'

Opnieuw commotie op de publieke tribune. Iemand trekt een plastic zak snoep open.

'Stilte!' snauwt de voorzitter.

De jongste rechter heeft nog een vraag.

'In het proces-verbaal staat dat er op een muurtje bij de keuken bloedsporen waren aangetroffen. Hebt u die door de technische recherche laten onderzoeken?'

Maya gaat verzitten en kijkt Bart Feenstra aan.

'De verdachte gaf zelf aan dat het bloed van zijn vrouw afkomstig was. Ik heb het laten fotograferen en aan ervaren collega's laten zien. Die vonden de manier waarop de bloedspatjes op de muur terechtgekomen waren, niet bijzonder.'

'Het gaf dus geen aanleiding tot nader onderzoek?'

'Ik heb de verdachte daarna nog een paar maal verhoord. Ook die processen-verbaal vindt u in het dossier. Maar nee, gelet op de andere omstandigheden vonden we er geen aanleiding nader onderzoek in te stellen.'

De jongste rechter kauwt op het einde van haar ballpoint en knijpt een oog toe, alsof ze op een zure citroen bijt. Dan blijkt waar ze naar op zoek is.

'De verdachte was in die periode rechercheur bij de afdeling zware criminaliteit op het hoofdbureau van politie in Amsterdam. Heeft hij te eniger tijd invloed op het onderzoek in de zaak uitgeoefend of laten uitoefenen?'

Maya recht haar rug.

'Als u suggereert dat ik me door hem onder druk heb laten zetten bepaalde onderzoeken achterwege te laten, dan moet ik u teleurstellen. De behandelend officier van justitie was mr. Waalwijk. Met hem heb ik besproken wat we nog meer aan opsporingshandelingen konden verrichten. De keuze is toen door hem gemaakt om de zaak op de plank te leggen. Dat is een beslissing die hij naar eer en geweten heeft genomen.'

Was Maya eerst vriendelijk en goedlachs, nu blaft ze de woorden naar de rechters.

'En Bart Feenstra stond daar geheel buiten,' voegt ze er snel aan toe.

'Geen verdere vragen,' kapt de jongste rechter haar hooghartig af. Omdat de officier van justitie noch mr. Van Paassen Maya aan de tand wil voelen, is haar verhoor afgelopen.

'U kunt in de zaal blijven zitten, als u dat wilt,' zegt de voorzitter.

Naast Martin en mij is nog een plek vrij en Maya neemt plaats. Ze geeft me een knipoog en legt even haar hand op mijn onderarm.

'Leon Feenstra,' richt de voorzitter het woord tot mij, 'wij hebben begrepen dat u uw schriftelijke slachtofferverklaring mondeling wilt aanvullen. Komt u naar voren.'

Ze wijst me de stoel aan waar Maya Oliphant zo-even op heeft gezeten. Iedereen volgt nauwgezet hoe ik het hekje waar mijn vader als versteend achter staat, met een grote boog passeer, alsof hij een besmettelijke ziekte heeft. Dan neem ik plaats achter de microfoon. De ogen van de voorzitter glijden over de hoofden van de aanwezigen op de publieke tribune op het balkon. Dan kijkt ze me aan.

'Aan u het woord.'

'Mag mijn vader gaan zitten? Hij staat nu al een hele poos,' vraag ik.

'Natuurlijk,' zegt de voorzitter. 'Meneer Feenstra, u kunt plaatsnemen.'

Mijn vader kijkt om naar de stoel achter hem en twijfelt wat hij moet doen.

'Ik blijf staan,' besluit hij.

De voorzitter gebaart dat ik kan beginnen. Ik haalt de twee

A4'tjes uit mijn binnenzak, schraap mijn keel en wrijf langs mijn neus. Dan leg ik de blaadjes opzij en kijk mijn vader aan, die ongeveer vier meter van me vandaan staat.

'Ik vond het moeilijk om te beslissen of ik hier vandaag iets zou zeggen. Mijn moeder is met een kogel door het hoofd geschoten en mijn vader wordt daarvan verdacht. Door de brief die mijn moeder heeft geschreven heb ik, misschien wel tegen beter weten in, geloofd dat ze ergens ver weg een nieuw leven was begonnen. Ik was vier jaar toen ze wegging. Ik heb mijn moeder gemist. Altijd. Elke dag van mijn leven. Ik heb alleen wat vage herinneringen aan haar. Maar bij belangrijke gebeurtenissen mis ik haar, zoals bij mijn eindexamen of tijdens *The Voice of Holland*. Of toen het laatste nummer dat ik heb geschreven, nummer één werd in de top veertig. Dat was zo epic. Altijd schiet het door me heen: was mijn moeder hier maar bij. Wat zou zij ervan vinden? Zou ze trots op me zijn?'

Terwijl ik de woorden uitspreek, realiseer ik me hun betekenis. Herinneringen aan de afgelopen twintig jaar, aan de momenten dat ik het moeilijk had zonder haar, flitsen door me heen. Ik moet me er niet door laten beïnvloeden, want dan verdrink ik hier ter plekke. Ik moet sterk zijn. Ik ben hier voor haar. Om haar te eren.

'In mijn gedachten was ze er altijd. Iemand missen kost veel energie. Helemaal omdat ik ergens diep vanbinnen ook kwaad op haar was, want ze had ervoor gekozen mij bij mijn vader achter te laten. Hield ze niet van mij? Wat had ik fout gedaan? Ik was een kind van nog geen vier jaar oud!'

Ik stop weer even en neem een slokje water uit het glas dat op het tafeltje naast me staat.

'En toen werd ik vorig jaar vierentwintig,' ga ik verder. 'Martin, mijn vriend, gaf me bamboeplanten voor in de tuin cadeau.' Ik haper even omdat er op de tribune verbaasde geluiden te horen zijn. De meisjes op het balkon zijn verrast. 'Zijn vriend,' echoot het op de bovengalerij.

De voorzitter grijpt in.

'Geen reacties, anders moet ik de tribune laten ontruimen,' maant ze de aanwezigen. Drie meisjes op het balkon staan op en schuifelen langs degenen die op de eerste rij zitten.

'Gaat u verder,' zegt de voorzitter.

'Op de plek waar mijn vader twintig jaar geleden rododendrons had geplant, wilden Martin en ik die bamboe planten. En daar...' Ik stop even en pak het glas water. Mijn hand beeft. Ik neem een slok en vertel verder. Ik kijk mijn vader recht in de ogen. '... lag het lichaam van mijn moeder.'

Ik val even stil. 'Mijn vader was altijd bae.'

'Bae?' vraagt de voorzitter.

'Ja, hij kwam altijd op de eerste plaats. Tot dat moment. Want ik heb hem om opheldering gevraagd. Maar hij weigert erover te praten. Uit schaamte? Uit lafheid? Is het om zijn eigen hachje te redden? Het is in elk geval puur egoïstisch. Want ik blijf met vragen zitten over het hoe en waarom. Voor mij is hij nu geen vader meer. Maar de moordenaar van mijn moeder.'

Plotseling voel ik hoe de tranen over mijn wangen stromen. Ik zoek Martins gezicht in de zaal. Hij knikt me toe, maar zijn ogen staan donker. Ook de voorzitter is geemotioneerd en snuit haar neus. Mijn vader ploft op de stoel achter hem en slaat zijn handen voor zijn gezicht. Het publiek is onrustig. Er wordt gefluisterd.

'Toch ben ik blij dat we mijn moeder hebben gevonden,' vervolg ik. 'Nu kan ik eindelijk beginnen met alles te verwerken. Nu weet ik dat ze me dus niet in de steek heeft gelaten. En ik ben ook blij met dit proces tegen mijn vader. Hij moet boeten voor wat hij heeft gedaan. Gelukkig hoef ik niet te bepalen hoelang hij moet zitten. Dat is aan u. Maar ik vind het belangrijk dat de moord op mijn moeder niet zomaar wordt vergeten. Daden hebben consequenties. Mijn vader verdient straf. Voor de moord op mijn moeder. Ik noem hier haar naam. Netty Geel.'

Ik leun achterover en haal diep adem. Het zit erop. Ik heb gezegd wat ik wilde zeggen. Mijn schouders schokken, mijn ooglid trilt. Het blijft even stil.

'Meneer Feenstra. U hebt het relaas van uw zoon gehoord. Wilt u reageren?'

Mijn vader kijkt niet eens op, maar schudt zijn hoofd. Zijn advocaat fluistert hem iets in, maar hij blijft nee schudden. Ze geeft hem een glas water.

'Dank u wel, Leon Feenstra. U kunt weer plaatsnemen.' Ik veeg mijn tranen weg. Voetje voor voetje schuifel ik langs het hekje waarachter mijn vader zit, alsof ik door een mijnenveld manoeuvreer. Heelhuids bereik ik mijn plek op de voorste rij, mijn armen wijd alsof ik elk moment mijn evenwicht kan verliezen. Dan ga ik zitten, voorzichtig. Zowel Martin als Maya wrijft over mijn rug. Net als mijn vader ga ik voorovergebogen zitten, mijn gezicht in mijn handen begraven.

De voorzitter handelt wat formaliteiten af en geeft dan de officier van justitie het woord om het requisitoir te houden. De officier gaat staan, neemt een slok water en trekt haar bef recht voor ze begint. Op dat moment vliegt de deur achter haar open en stuift een andere officier van justitie de zaal in. Hij zwaait met een papier in zijn hand en fluistert zijn collega wat in het oor, tikt met zijn vinger op het papier dat hij haar overhandigt en blijft achter haar staan, de handen achter zijn rug.

'Mevrouw de voorzitter,' zegt de officier. 'Ik weet dat het ongebruikelijk is, maar, zoals u ziet, krijg ik hier ter plekke nieuwe informatie over de zaak aangereikt. Het is belangrijk dat ik dit document goed lees, want het kan essentieel zijn voor de eis die ik zo meteen ga voordragen en de onderbouwing van de straf die ik in gedachten heb. Mag ik u om een korte schorsing vragen?'

De voorzitter kijkt verstoord, haar wenkbrauwen komen boven het zwarte brilmontuur uit.

'Dit is uitzonderlijk. Vooruit dan maar. De zitting wordt vijf minuten geschorst.'

38

De rechters gaan de zaal uit. De officier van justitie leest het document, ze mompelt de zinnen terwijl ze met haar vinger over de regels gaat, overlegt dan met haar collega, waarna deze zich met het document de zaal uit haast. Ze kijkt strak voor zich uit, alsof ze in haar hoofd een nieuwe strategie uitstippelt.

'Wat een vreemde bedoening! Wat zou er in dat stuk staan? Wat kan er zo belangrijk zijn?' fluistert Martin tegen mij. Ik ben nog aan het bijkomen van de verklaring die ik tegen mijn vader heb afgelegd en heb het intermezzo met de brief nauwelijks gevolgd.

Maya kijkt op haar mobiele telefoon. De tweede officier komt de zaal weer in en geeft een stapeltje documenten aan zijn collega. Die gebaart naar de bode, die op zijn beurt de rechters ophaalt.

'De rechtbank!' Iedereen gaat staan.

'Neemt u weer plaats. Ik heropen de zitting. Het woord is aan de officier van justitie voor het requisitoir.'

'Voorzitter, ik ben nu bijna dertig jaar in deze functie werkzaam, maar wat vandaag gebeurt heb ik nog nooit meegemaakt. U zag het, er werd mij zojuist een brief aangereikt. Ik heb hier kopieën voor u en voor de verdediging. Kort gezegd komt het erop neer dat de briefschrijver beweert informatie te hebben over een derde persoon die de moord op Netty Geel op zijn geweten kan hebben. Die derde persoon wordt met naam en toenaam genoemd. En er worden details gegeven die erop wijzen dat de briefschrijver goed op de hoogte is van wat er kan zijn gebeurd. Als het klopt wat in de brief staat, dan ontlast dat de verdachte in zekere mate. Of misschien zelfs helemaal. Dat brengt mij ertoe u om aanhouding van de zaak te vragen. Het Openbaar Ministerie en de politie moeten nader onderzoek kunnen doen naar deze melding. Nogmaals, ik besef hoe ongebruikelijk dit is, en ik vraag het met enige schroom, maar voor de waarheidsvinding kan het niet anders.'

De bode reikt de gekopieerde brief aan de rechters en de advocaat uit.

Nors besluit de voorzitter tot een nieuwe schorsing zodat de rechtbank en de verdediging de brief ook kunnen lezen. 'Tien minuten.'

Weer staat het publiek op en de rechters verlaten de zaal. Mr. Van Paassen zet haar stoel naast die van Bart Feenstra. In de zaal blijven de meeste mensen staan, er wordt hardop gespeculeerd over wat de nieuwe ontwikkelingen kunnen zijn.

'Raar,' zegt Maya tegen ons. 'Eens kijken of ik wat te weten kan komen.'

Ze loopt naar de officier van justitie, die rode wangen van opwinding heeft. Vanaf de katheder licht ze Maya met schokkerige armgebaren in.

Voor het eerst voel ik ruimte in mijn hoofd om goed om me heen te kijken en de aanwezigen in de rechtszaal op te nemen. Ik zie Saskia midden in de zaal. Ze zit over haar smartphone gebogen. Schuin achter haar zitten twee vrouwen uit de discussieclub van mijn moeder. Ik heb ze weleens bij Saskia thuis ontmoet, maar ben hun namen vergeten. Ik zoek oom Hugo in de rijen achter ons, maar kan hem niet vinden.

'Zie jij oom Hugo? Hij zat toch achter ons?' vraag ik Martin.

Ik ben benieuwd wat hij van de gang van zaken vindt. De laatste maanden hebben Martin en ik regelmatig met hem gespard. Hij is een prima gast die me al vanaf mijn geboorte kent. Hij begrijpt me, met hem heb ik aan een half woord genoeg. De klok op de zijmuur geeft aan dat er nog geen tien minuten voorbij zijn. Af en toe volg ik de bewegingen van mijn vader en zijn advocaat. Ze zijn druk in gesprek. De advocaat wijst iets op het papier aan, mijn vader haalt zijn schouders op.

Met beide handen, ze voelen klam aan, grijp ik naar mijn hoofd. De wijzers van de klok tikken traag voorbij. Het voelt alsof de tijd kruipt. Martin legt zijn hand weer op mijn knie.

'Zou iemand anders mijn moeder hebben vermoord? Geloof jij dat?' vraag ik Martin.

'Stil maar, ze komen zo terug en dan krijgen we het te horen.'

Maya voegt zich weer bij ons. We buigen ons naar haar toe.

'En?'

Net als ze wil vertellen wat het onverwachte nieuws is, komen de rechters weer binnen.

'Gaat u zitten.'

Mr. Van Paassen is nog in overleg met mijn vader en richt zich dan op.

'Mevrouw Van Paassen, u hebt inmiddels de brief kunnen lezen. Hoe beoordeelt u het aanhoudingsverzoek van de officier?'

De advocaat draait een haarlok achter haar oor en recht haar rug.

'Voorzitter, geacht college, wij zijn overvallen door de inhoud van de brief. De brief is een paar dagen geleden geschreven. Hij werpt een totaal ander licht op de zaak en op de rol van mijn cliënt. Wij snappen dat het OM de kwestie nader gaat onderzoeken. Dat steunen wij. Wij doen hetzelfde verzoek in het belang van de verdediging. Maar namens mijn cliënt verzoek ik u tevens de voorlopige hechtenis met onmiddellijke ingang op te heffen. De heer Feenstra houdt zich beschikbaar voor het nader onderzoek en is bereid zijn paspoort in te leveren. Maar een langer verblijf in het huis van bewaring is volstrekt onnodig, zeker gezien de verwachte afloop van de zaak.'

De officier maakt bezwaar tegen het feit dat Bart Feenstra zo de zaal uit kan lopen. 'Laten we eerst het onderzoek afwachten. Straks is die hele brief een list om vrij te komen, door de verdachte zelf geënsceneerd. Je weet maar nooit. We moeten eerst de feiten kennen. Daarom eerst het onderzoek, daarna pas beslissen.'

De voorzitter verontschuldigt zich bij het publiek, maar er moet weer even geschorst worden. De rechters trekken zich terug. Dit keer duurt het raadkameren maar kort. Na een paar minuten komen de rechters de zaal weer binnen.

'De rechtbank wijst het verzoek tot onmiddellijke opheffing van de voorlopige hechtenis af,' zegt de voorzitter. 'Eerst dient het onderzoek naar de informatie uit de brief plaats te vinden. Daarin volgen wij de redenering van het Openbaar Ministerie. We kunnen nu niet verder met de behandeling van de zaak. De waarheidsvinding staat centraal. De uitkomst van het onderzoek kan van beslissende betekenis zijn in deze zaak. Daarom schorsen we de behandeling. We gaan ermee verder in de eerste week van april en wel op dinsdag 7 april 2020 om 9.30 uur. Meneer Feenstra, u krijgt daar in het huis van bewaring nog schriftelijk bericht over. We verwachten dat het Openbaar Ministerie dan tot op de bodem heeft uitgezocht wat er aan de hand is. Zowel de rechtbank als de verdediging moet tijdig op de hoogte worden gesteld van de uitkomsten van dat nadere onderzoek. Voordat ik de zitting sluit, vraag ik nog eenmaal: meneer Feenstra, wilt u nog iets zeggen? U hebt het recht van het laatste woord.'

Mijn vader haalt zijn schouders op en schudt zijn hoofd.

'Ik sluit de zitting.'

Met een hamerslag beklinkt de voorzitter deze conclusie. De rechters verdwijnen in de raadkamer. Bij het publiek is er verwarring.

'Wat staat er in die brief?' roept een journalist. Maar degenen die de brief in handen hebben reageren niet. De officier loopt naar mr. Van Paassen en mijn vader, die mijn ogen zoekt. Ik vermijd zijn blik. Dan wordt hij door de bewakers afgevoerd. Martin vraagt aan Maya hoe we aan een kopie kunnen komen.

'Het snelste is als je vaders advocaat een kopie wil geven,' zegt ze. 'Ik mag dat niet doen.'

Martin stapt op mr. Van Paassen af, ze is haar tas aan het inpakken.

De zaal stroomt leeg, chaotisch. Mensen roepen door elkaar. Een meisje heeft zich naar voren gedrongen en vraagt me om mijn handtekening op het gips om haar arm te zetten. 'Ik vind je muziek zo cool!'

Zonder iets te zeggen krabbel ik iets op het gips.

Martin komt terug. 'De advocaat wil overleg met je vader voor ze een kopie van de brief mailt. Ze hoopt hem vanavond te spreken.'

'Hm.'

'Kom, we gaan. Het zit erop voor vandaag.' Hij pakt me bij de arm.

Bij de uitgang van de zittingszaal worden we door een groep luidruchtige fans aangesproken. Ik zet een paar handtekeningen en dan banen we ons een weg door de mensenmassa naar de ingang van de parkeergarage.

39

Mr. Annette van Paassen belt me om te zeggen dat mijn vader het goedvindt dat ze mij de anonieme brief mailt. Tijdens ons gesprek verzucht ze dat ze het onbegrijpelijk vindt dat hij zich tegen haar advies in op zijn zwijgrecht blijft beroepen.

'Hij is door die brief zo dicht bij zijn vrijlating en nog wil hij niets zeggen over wat er twintig jaar geleden is gebeurd. Waarom neemt hij mij niet in vertrouwen? Hij heeft mij zelf als raadsvrouw uitgekozen.'

Ze klinkt vertwijfeld. 'Ik ga eind van de week opnieuw bij hem langs in het huis van bewaring. Misschien verandert hij van gedachten,' zegt ze.

We spreken af dat ik contact met haar houd. Minuten later komt de anonieme brief die de rechtszaak op zijn kop heeft gezet in mijn inbox binnen.

Aan de rechters in de zaak van Bart Feenstra,

Op tv zag ik het interview met Leon Feenstra. Hij sprak over het proces tegen zijn vader Bart. Ik weet veel over wat er in 2000 is gebeurd. En de helft daarvan is niet bekend bij de politie. Maar laat ik begin-

nen te zeggen: dat Netty Geel vermoord is en in haar eigen tuin lag begraven kwam voor mij als een grote schok.
Ik ben ervan overtuigd dat Bart Feenstra zijn vrouw Netty Geel NIET heeft vermoord. Nu kan iedereen van alles roepen, maar ik heb een goede reden om aan te nemen dat iemand anders haar dood op zijn geweten heeft.
Twintig jaar geleden was Netty Geel ongelukkig. Ze zat opgesloten in een slecht huwelijk en wilde een ander leven. Maar ze hield veel van haar zoontje Leon. Ze wilde hem niet van zijn vader weghouden, dus bleef ze bij Bart. Met tegenzin en met steeds meer ergernis richting haar man.
Toen werd ze verliefd. Op de beste vriend van haar man, Hugo Kemper, die een tijdje daarvoor zijn relatie had verbroken en vrijgezel was. Hugo is in die periode vaak bij Netty en Bart over de vloer geweest om te helpen bij een verbouwing. Toen zijn Netty en Hugo verliefd op elkaar geworden en begonnen een verhouding. Ze spraken stiekem bij Hugo thuis af. Netty was zo gek van hem dat ze soms de kleine Leon mee naar Hugo nam. Hun verhouding heeft niet lang geduurd. Hugo kreeg er genoeg van omdat hij Netty te dwingend vond. Jaloers. Hij heeft het uitgemaakt toen Netty had besloten bij Bart weg te gaan. Ze wilde bij Hugo intrekken. Hij heeft haar zonder pardon aan de kant gezet. Ze was ten einde raad en werd depressief. Hugo Kemper woont aan de Marnixstraat in Amsterdam.
Netty kon het niet verkroppen dat Hugo niet met haar verder wilde. Ze ontdekte dat hij verliefd was geworden op een andere vrouw, ene Wanda Scholten, kapster in de Jordaan. Wanda trok bij Hugo in. In deze periode is Netty hen gaan stalken. Ze stond uren aan de overkant van de straat. Ooit heeft ze Wanda Scholten in haar kapsalon lastiggevallen. Ook brak ze in Hugo's woning in. Het werd zo erg dat Hugo een jurist heeft ingeschakeld die moest bemiddelen. Die mediator heet mr. P. Hoefnagels. Hij had in 2000 een kantoor aan de Prinsengracht. Hoefnagels heeft de afspraken tussen Hugo en Netty op papier gezet: Netty mocht geen contact meer met hen opnemen.

Ondanks dat contactverbod is Hugo naar het huis van Netty en Bart gegaan. Bart was die avond aan het werk en Netty was alleen thuis met Leon. Hugo is langer dan twee uur bij haar binnen geweest. Wat zich toen heeft afgespeeld laat zich raden. Sinds Hugo's geheime bezoek aan haar is Netty van de aardbodem verdwenen. Pas een week later is Bart naar de politie is gestapt om zijn vrouw als vermist op te geven. Ik heb altijd geloofd dat Netty was weggelopen. Door het nieuws dat zij was opgegraven, ben ik gaan terugdenken aan wat ik me over die periode herinner.

Ik denk dat Hugo Kemper Netty Geel die avond heeft vermoord.

Het is niet makkelijk voor mij om deze brief te schrijven. Ik doe het anoniem omdat ik bang ben voor de gevolgen.

Op tv vertelde Leon dat het proces tegen zijn vader binnenkort van start gaat. Er wordt gezegd dat hij tot nu toe zijn mond houdt. Ik snap niet waarom.

De politie heeft de rol van Hugo Kemper over het hoofd gezien. Ze hadden hem toen aan de tand moeten voelen. Misschien zou Netty's lichaam dan meteen zijn ontdekt. En niet twintig jaar later.

In elk geval vind ik dat u hiervan op de hoogte moet zijn voordat het proces tegen Bart Feenstra gaat beginnen.

X

40

Martin heeft de brief geprint. We zitten naast elkaar op de bank. 'Ongelooflijk,' roep ik tijdens het lezen een paar keer. De brief heeft de werking van een fragmentatiebom. Ik ontkom niet aan de schokgolven. In mijn hoofd komt steeds maar weer dezelfde vraag op. Wie heeft mijn moeder vermoord als mijn vader het niet heeft gedaan?

'Oom Hugo een verhouding met mijn moeder? Ik kan het niet geloven. Oom Hugo is mijn vaders beste vriend! Hoe vaak heb ik als kind niet bij hem en Wanda gelogeerd? Nooit heeft hij een hint gegeven dat er tussen hem en mijn moeder iets speelde.'

'En je tante Wanda? Heeft zij er nooit iets over gezegd?' Martin streelt met zijn hand mijn achterhoofd.

'Nooit. Als mijn moeder echt een stalkster was, dan had zij daar toch van op de hoogte moeten zijn?'

De nagedachtenis van mijn moeder wordt door deze anonieme beschuldigingen besmeurd. Martin bewaart zijn kalmte en zegt meer dan eens, wanneer ik opgewonden steeds maar weer dezelfde vragen herhaal, dat we het nieuwe onderzoek van de politie moeten afwachten.

'Laat Maya en Bulut hun werk doen. Ze zitten erbovenop.'

Ik doe net alsof ik niets van de beweringen geloof, maar als ik eerlijk ben, is bij mij het zaadje van de twijfel geplant. Want waarom hoor ik nu niets meer van oom Hugo en waarom reageert hij niet op mijn sms'jes?

Martin drukt me op het hart hem met rust te laten. 'Geef hem tijd.' Maar ik wil actie! Ik heb de neiging mijn vader in het huis van bewaring op te zoeken en hem te vragen hoe hij denkt over mijn moeder en oom Hugo, maar die weg heb ik zelf afgesloten. Ik wil nu niet met hangende pootjes naar hem terug. Maar zou het kunnen zijn dat mijn vader onschuldig is? Dat hij mijn moeder niet heeft vermoord?

MAYA

41

De dag na de zitting ontbiedt de nieuwe hoofdofficier van justitie mij, een vrouw met de reputatie van een pitbull.

'We staan er slecht op,' valt ze met de deur in huis, als ik haar kamer binnenloop. 'De publiciteit over deze zaak is vernietigend.'

Mr. Waalwijk is met pensioen, zij heeft de zaak met frisse blik bekeken. 'Ik heb grote vraagtekens bij het stoppen van het onderzoek twintig jaar geleden.'

'Maar Waalwijk...' begin ik, maar ze valt me in de rede.

'Kom me niet aan met verhalen over prioriteitstelling, te weinig mankracht, voorrang van urgente misdrijven. Het publiek verliest zo alle vertrouwen in ons. Jij had tegen Waalwijk moeten zeggen: "Ik ga door totdat de kwestie tot op de bodem is uitgezocht."'

Ik sputter tegen. 'Zo waren de verhoudingen niet.'

Maar daar heeft de hoofdofficier geen begrip voor en ze begint kritische noten over het rechercheonderzoek te kraken.

'De bloedspatten hadden je toch tot nader onderzoek moeten aanzetten? Hoezo verwonding tijdens het schoonmaken? Misschien is Netty Geel daar op die plek door het hoofd geschoten en hadden die bloedspetters een aanwijzing kunnen zijn.'

'Maar Bart Feenstra had zelf gezegd dat het haar bloed was. Waarom zouden we dat dan nog eens officieel moeten laten vaststellen?'

Ze gaat niet in op mijn argumentatie, maar vuurt een nieuwe vraag op me af.

'En waarom is de tuin toen niet afgegraven? In de dagen na haar vermissing plantte Feenstra nieuwe planten en gooide die kuil dicht. Waarom heb je toen die tuin niet doorzocht? Het lijkt zo logisch dat het lijk daar verstopt was!'

'Omdat we ervan uitgingen dat ze was weggelopen. Ze wilde niet gevonden worden. Dat had ze zelf geschreven.'

'Dat is te makkelijk geredeneerd. Tunnelvisie! Jullie hadden alle opties open moeten houden.'

Ik besluit er niet meer tegen in te gaan. Dit is een frontale aanval op mijn deskundigheid. Ik adem door mijn neus en laat de tirade over me heen komen. Ze vuurt een nieuwe pijl af.

'Ik snap niet dat jullie die Hugo Kemper hebben laten wegkomen.'

Bij zoveel tegengas is het beter mee te bewegen. 'Die anonieme brief plaatst zijn verklaring van twintig jaar geleden inderdaad in een ander daglicht.'

De hoofdofficier staat op, de handen in haar zij.

'Ik zag in het dossier dat Bulut Kaya ook bij de zaak betrokken was. Ik wil dat hij het nieuwe onderzoek naar Hugo leidt.'

Ik weet niet wat te zeggen, haar woorden voelen als een berisping.

'Ik ben degene die de zaak toen en nu behandelt,' mompel ik. 'Word ik er zomaar van afgehaald?'

De hoofdofficier geeft geen krimp.

'Jij wordt er niet van afgehaald. Ik wil dat je Bulut zo veel mogelijk steunt, oké?'

'Geen probleem. Bulut en ik werken goed samen.'

'Mooi. Aan de slag dan. Hou me op de hoogte. Iedereen zit op mijn nek over deze zaak,' foetert ze.

Op de gang besluit ik niet terug te gaan naar het hoofdbureau.

Ik ben vreselijk uit mijn humeur en moet mijn zinnen verzetten. Hardlopen helpt, ik ga naar huis, kleed me om en ren een paar rondjes Vondelpark.

42

'Je bent een halfuur te laat,' zegt Bulut tegen Hugo, wanneer hij de verhoorkamer wordt binnengebracht. Hugo heeft een net pak met zelfs een stropdas aangedaan.

'Sorry. Ik woon dichtbij,' antwoordt hij alsof dat een afdoende verklaring is.

Ik negeer zijn opmerking, wijs hem zijn stoel en stel Bulut en mezelf voor. 'Mij kun je je misschien nog van twintig jaar geleden herinneren. Ik heb je toen ook verhoord.' Met mijn vlakke hand sla ik op het dossier dat voor me ligt. 'Ik heb je verklaring van toen nog even doorgelezen.'

Hugo kijkt gespannen van Bulut naar mij en knippert zenuwachtig met zijn ogen. Een adertje in zijn oogwit is geknapt. Hij wrijft de toppen van zijn duim en wijsvinger tegen elkaar, maar blijft stil.

'Het was me wel een chaotische zitting vorige week,' begint Bulut. 'Hoe heb jij dat ervaren? Jij was er toch ook bij?'

Hugo knikt. 'Inderdaad chaotisch.'

'Op het laatst, toen die brief werd binnengebracht, zag ik je de rechtszaal verlaten. Wilde je niet weten wat erin stond?' vraag ik.

Stug haalt hij zijn schouders op. Op dat moment besef ik dat dit geen gemakkelijk gesprek wordt.

Ik schuif een kopie van de brief over de tafel naar Hugo. 'Lees maar even.'

Zijn ogen glijden over het papier. Af en toe schudt hij zijn hoofd. Hij houdt zijn vinger naast een regel in het midden van de tekst, kijkt ons aan en zegt: 'Allemaal bullshit.'

'Alles gelezen?' vraag ik.

Hij neemt de rest van de regels door en schuift de brief dan van zich af, alsof hij er niets mee te maken wil hebben. 'Idioot,' zegt hij.

'Er wordt nogal wat over je beweerd,' houdt Bulut hem voor. 'Om te beginnen: is het waar dat jij in de periode voor Netty's dood een verhouding met haar had?'

Hugo wrijft in zijn oog en haalt zijn schouders op. Bulut en ik laten een stilte vallen en kijken hem aan.

'Ja, dat is waar. Maar die was al voorbij toen ze verdween.'

'Vermoord werd,' verbeter ik hem. Ik zit schuin achter Bulut en doe alsof ik aantekeningen maak. 'En daar heb je indertijd niets over gezegd,' voeg ik eraan toe. 'Je hebt die informatie achtergehouden. Waarom heb je twintig jaar geleden maar een klein deel van het verhaal verteld?'

Weer dat gewrijf met zijn vingertoppen.

'Vond dat privé.'

Bulut neemt weer over. 'Waar was je de avond voordat Netty Geel spoorloos verdween?'

'Het klopt dat ik bij haar was. Ik kwam haar spullen terugbrengen die nog bij mij thuis lagen. Wanda wilde ze niet meer in huis hebben.'

'Spullen, zoals wat?'

'Een jas, een paraplu en nog wat speelgoed van Leon.'

'Hoelang ben je binnen geweest?'

'In mijn herinnering, we hebben het over twintig jaar geleden, een minuut of tien.'

Mij negerend kijkt Hugo Bulut strak aan, zijn ogen scannen Buluts gezicht alsof hij daar de volgende vragen kan ontdekken.

'In de brief staat "langer dan twee uur",' zeg ik.

'Dat is gelul.'

'Heb je seks met Netty gehad die avond?'

'Wat doet dat er nou toe?'

'Wat is je antwoord?'

'Is het relevant?' houdt Hugo vol.

'Ja,' bits ik.

'Oké dan,' zucht hij. 'Ja. Ze wilde het graag, een laatste keer.'

'En toch ben je maar tien minuten binnen geweest?' Ik kan mijn sarcasme niet verbergen.

'Alles ging heel snel.'

Ik schud mijn hoofd en trek een afkeurend gezicht. Hugo kijkt naar zijn handen.

'Leefde ze nog toen je wegging?' Bulut negeert mijn chagrijn.

'Ja, natuurlijk. Ik heb haar niet vermoord. Ze is doodgeschoten. Ik heb geen vuurwapen en heb nog nooit van mijn leven een schot gelost.'

'Hoe laat ging je bij haar weg? Hebben jullie nog een afspraak gemaakt om elkaar weer te zien?'

'Het was 's avonds en al donker. Ik denk dat het een uur of negen was. En nee, het was de laatste keer, Netty wilde onze breuk op een positieve manier afsluiten.'

'Met seks?'

'Ja.'

'Je was toen toch al met Wanda?' zeg ik.

'Ga je de moraalridder uithangen?' Hugo ergert zich aan me, hij kijkt me kwaad aan.

'Heb je het Wanda verteld?'

'Is dat belangrijk?'

'Ja, voor ons wel.'

'Nou, ik heb altijd ontkend dat er die avond tussen Netty en mij iets was voorgevallen.'

'Geloofde ze je?'

'Ze bleef maar zeiken en wantrouwig doen.'

'Dus?'

'Nee.'

'Je hebt ook nooit met Bart over je affaire met Netty gesproken?'

'Nee. Dat had geen zin. Netty was weg. Wat deed het er nog toe?'

'Je bent een man met veel geheimen,' zeg ik, hem strak aankijkend.

'Weet je wie Netty heeft vermoord?' komt Bulut tussendoor. Relevante vraag.

'Ik kan me moeilijk voorstellen dat Bart dat heeft gedaan. Maar hij heeft natuurlijk wel wat uit te leggen nu ze in zijn tuin is gevonden.'

'En jij hebt helemaal niks met haar dood te maken gehad?' vraag ik. Mijn stem slaat over.

Bulut kijkt me aan.

'Nee. Ik weet nergens van,' antwoordt Hugo, zijn handen omhooghoudend.

'Nog één vraag,' zeg ik. 'Wie heeft die brief geschreven, denk je? Het moet iemand zijn die een hekel aan je heeft.'

'Ik denk dat ik het weet. De brief zit slim in elkaar.'

'Wie dan?'

'Ik verdenk Wanda.'

'Verdenk, verdenk,' haal ik uit. 'Het schrijven van een brief is geen misdrijf, hoor.'

'Wanda?' gaat Bulut onverstoorbaar verder. 'Ze wordt zelf in de brief genoemd, "Wanda Scholten". Is dat niet raar?'

'Dat heeft ze expres gedaan zodat je niet aan haar denkt.'

'Wat is haar belang om jou erbij te lappen?'

'Ze lapt me er niet bij. Ze beschuldigt me. Dat is iets anders. En het is een valse beschuldiging. Waarom? We zijn vorig jaar uit elkaar gegaan. Met forse ruzie. Ze neemt het me kwalijk dat ik met iemand anders ben. Dit is haar manier om mij terug te pakken.'

Druppels parelen op Hugo's voorhoofd en bovenlip. Onder zijn oksels verschijnen natte plekken.

'Had Wanda een goede band met Bart?'

'Dat hield niet over.'

'Heeft zij Bart nooit verteld over jouw verhouding met Netty?'

'Nee, dat geloof ik niet. Wanda en ik hebben het bijna twintig jaar voor hem verzwegen. Dan ga je dat niet zomaar vertellen.'

'Maar als jullie ruzie hebben wil ze jou misschien een hak zetten. Ze heeft toch niets te verliezen?'

'Bart heeft me er nooit op aangesproken, dus ik denk niet dat ze het hem heeft verteld. Maar die brief vlak voor het proces versturen heeft natuurlijk meer impact. Dus heeft ze gekregen wat ze wilde: mij beschadigen.'

'Heb je nu contact met Bart?' vraagt Bulut.

'Na de zitting heeft hij me een paar keer uit de gevangenis gebeld, maar ik laat er nog wat tijd overheen gaan. Ik vind het ongemakkelijk nu hij van Netty en mij weet.'

'Heb je Wanda over de brief gesproken?'

'Nee, ik weet niet meer van haar dan dat ze haar kapsalon heeft verkocht en met een andere man is. Ik heb ook geen behoefte aan contact met haar. Ik zou niet weten wat ik met haar zou moeten bespreken.'

'Je zweet,' zeg ik.

'Klopt, het is hier warm.'

'Nou, dat valt best mee.'

We beëindigen het gesprek en spreken met Hugo af dat we binnenkort nog een keer de hele feitelijke gang van zaken met hem zullen doornemen. Eerst willen we Wanda verhoren.

43

'Geloof jij Hugo?' vraagt Bulut. Een donkere wolk hangt boven de snelweg. De regen striemt tegen de voorruit. De ruitenwissers maken een knarsend geluid. Hij zet de richtingaanwijzer aan naar de afslag van de wijk Oog in Al in Utrecht.

Ik kijk uit het raam. De nieuwe hoofdofficier heeft me naar het tweede plan gedegradeerd. Ik verbijt me en probeer me voor Bulut groot te houden, maar de tik op mijn vingers is hard aangekomen.

Onuitstaanbaar dat ze me verantwoordelijk houdt voor het gebrek aan resultaat in het onderzoek van twintig jaar geleden. De slechte pers die politie en justitie naar aanleiding van de anonieme brief hebben gekregen, is toch voornamelijk aan het Openbaar Ministerie en mr. Waalwijks beslissing te wijten. Maar ergens voel ik me ook schuldig, want waarom was ik niet op het idee gekomen om in de tuin te kijken? Uit mijn aantekeningen uit die tijd blijkt dat het die week erg had geregend, maar dat had geen reden mogen zijn om de tuin over te slaan. Alleen was die hele tuin nooit ter sprake gekomen. Had ik maar, denk ik steeds. Had ik maar...

'Ik vind hem een lul. Hij liegt en bedriegt, maar of hij Netty heeft vermoord, ik weet het niet.' Langzaam spreek ik de woorden uit. Eigenlijk zijn mijn gedachten bij het gesprek met de hoofdofficier en niet bij het verhoor van Hugo.

Bulut kent me door en door, hij weet dat ik mezelf kwel en probeert me gerust te stellen, terwijl ik nog helemaal niet tegen hem gezegd heb wat me dwarszit.

'Je bent zo populair als je laatste succes. Maak je geen zorgen, we lossen de moord op Netty Geel op en dan krijgen we weer applaus.'

Ik reageer niet en kijk naar de donkere lucht.

'Ze zitten boven op de zaak omdat Leon Feenstra erbij betrokken is. Anders hadden ze ons onze gang laten gaan,' gaat hij door.

Even ben ik stil. Dan: 'Ik weet het niet. Ergens geloof ik hem toch wel. Jij?'

'Eens, ben benieuwd wat Wanda te melden heeft. Maar of zij die brief heeft geschreven? Hugo en Wanda hebben ruzie met elkaar. Voor hem is het makkelijk haar erbij te betrekken. Misschien zijn er nog meer kandidaten die de brief kunnen hebben geschreven?'

'Zoals?' vraag ik.

'Die bovenbuurvrouw, Saskia. Die was goed bevriend met Netty, begrijp ik. Misschien heeft Netty haar in vertrouwen genomen?'

'Zou zij dan ook iets tegen Hugo hebben gehad? Anders schrijf je zo'n anonieme brief niet.' Ik maak een mentale aantekening. Saskia moet opnieuw verhoord worden.

'Wat ook kan is dat Hugo die brief zelf heeft geschreven,' oppert Bulut. 'Om zijn vriend Bart te helpen. Om twijfel bij de rechters te zaaien. Misschien hoopt hij dat ze Bart bij gebrek aan bewijs vrijspreken.'

Ik schud mijn hoofd. 'Lijkt me wel erg vergezocht.'

Wanda woont in Utrecht aan het Herderplein. Ze is ernaartoe verhuisd toen ze na de breuk met Hugo een andere man leerde kennen. Die relatie heeft maar enkele maanden geduurd. Nu woont ze alleen in een flat op driehoog boven een rij verpauperde winkels aan het plein dat nodig toe is aan een opknapbeurt.

Wanda laat ons met tegenzin binnen. Haar haar is grijs en kortgeknipt.

'Hoe zijn jullie aan mijn gegevens gekomen?' is haar eerste vraag. 'Ik heb alles laten afschermen.'

'Dat is niet zo moeilijk, Wanda. Je hebt nog een afbetalingsregeling bij een deurwaarder in Amsterdam lopen.'

'Dus dan heb je geen recht op privacy?' zegt ze verongelijkt en gaat ons voor naar de huiskamer. Ze oogt alsof het leven haar de laatste tijd weinig goeds heeft gebracht. Alle drie lopen we naar het raam. Wanda wijst naar een groot beeld aan de rand van het plein. Onder hoge bomen staat in de schaduw een brons van een naakte vrouw, gehurkt, met haar armen boven haar hoofd gevouwen, waardoor haar borsten pront naar voren steken. 'Mijn Marokkaanse buren spreken er schande van. Ze willen geen zicht op een naakte vrouw, het zou een slechte invloed hebben op hun kinderen. Ze zijn een petitie gestart om het beeld weg te krijgen.'

'Ik vind het wel mooi,' zegt Maya. 'Artistiek.'

'Heb jij de petitie getekend?' vraagt Bulut.

'Nee. En dat is het begin van de ellende. Nu word ik met de nek aangekeken en proberen ze me weg te pesten. Nou, neem plaats,' vervolgt ze. De bank is versleten, er ligt een deken van paardenhaar overheen.

Bulut niest en verontschuldigt zich. 'Sorry, ik voel een allergieaanval opkomen.'

'Ik vind het maar niks dat ik zo makkelijk te vinden ben,' moppert Wanda nog even door. 'Straks staat Hugo hier voor de deur.'

'Ben je bang voor hem?'

'Ja, ik vertrouw hem voor geen cent. Toen we nog samen waren, heeft hij me een keer in elkaar geramd.'

'Wanneer was dat?'

'Zo'n vijf jaar geleden.'

'Heb je aangifte gedaan?'

'Nee, dat heeft toch geen zin. Hij zou het ontkend hebben.'

'Aangifte doen heeft wel degelijk zin,' zeg ik fel. 'Als politie kunnen we alleen iets doen als we weten dat er wat is gebeurd.' Ik pak mijn blocnote. 'Je kan alsnog een melding tegen hem doen. Waren er getuigen van die aframmeling?'

De uitdrukking op Wanda's gezicht is overduidelijk. Ze heeft alle geloof in de politie verloren.

'Weet je waarom we je willen spreken?' vraagt Bulut. Hij kijkt de spaarzaam ingerichte kamer rond en krabt zich op zijn onderbeen. Zouden er vlooien zijn? Ook ik schuif onrustig op mijn stoel, ik krijg jeuk op mijn hoofd.

'Zeg het maar.'

'Heb je de zaak tegen Bart Feenstra gevolgd?'

'Ja, natuurlijk. Ik ken Bart heel goed. Ik zag het nog op tv.'

'We willen het met je over Bart en Netty hebben. En Hugo.'

'Oké, dat vermoeden had ik al.'

'Er is een anonieme brief geschreven aan de officier van justitie. Die kwam op het allerlaatste moment binnen, toen de zitting al lang en breed aan de gang was. '

'Ik heb het op tv gezien.'

'Iemand beweert dat jij die brief hebt geschreven.'

'Ik?' roept Wanda uit. 'Wie zegt dat dan?' Ze zit rechtop in haar stoel, haar handen klemmen de houten leuning vast.

'Hugo.'

'Hugo is een klootzak, die zijn pik achternaloopt.' Wanda steekt een sigaret op en blaast de rook in de richting van het plafond, alsof dat de lucht op bankhoogte zuiver houdt. 'Hugo liegt en bedriegt.' Ze raakt op dreef. 'Ik heb jarenlang goed verdiend met de kapsalon, hij heeft een groot deel van mijn geld erdoorheen gejaagd.'

'Even terug naar twintig jaar geleden,' zegt Bulut. 'Weet je waar Hugo de avond voor de verdwijning van Netty was?'

'Ja. Bij haar.'

'Hoe weet je dat?'

'Hugo, Netty en ik zijn bij een mediator geweest. Ze stalkte ons. Hugo wilde geen aangifte tegen haar doen, geen kort geding aanspannen, niets. "Op een gegeven moment houdt ze er wel mee op," zei hij steeds. Maar ik werd er gek van. Netty moest worden afgestopt, volgens mij was ze aan het doordraaien. Ik kwam toen op het idee voor mediation. Ik kende mr. Hoefnagels. Hij hield kantoor vlak bij mijn kapsalon en kwam weleens in café P96. Hij heeft een sessie met ons drieën gedaan en toen is afgesproken dat Netty geen contact meer met ons mocht zoeken. Dat was een duidelijke afspraak, geen misverstand over mogelijk. In die periode begon ik te vermoeden dat Hugo mij bedroog, dat hij een ander had. Ik kon het ruiken als hij met een andere vrouw was geweest. Die avond moest hij naar een vriend, beweerde hij. Ik geloofde er niets van. Ik voelde dat hij een ander had. Ik ben er niet trots op, maar ik ben hem gevolgd. Tot mijn verbazing liep hij naar de Van Heemskerckstraat. Daar stond hij een tijdje voor hun deur te hannesen. Wat mij verbaasde is dat hij hun sleutel had. Hij ging naar binnen. Ik heb schuin aan de overkant van de straat gewacht. Hij is lang binnengebleven. Ik zag op de eerste etage in de kamer een klein licht aangaan. Nou, dan weet je het wel. Toen Hugo naar buiten kwam, wist ik niet goed wat ik moest doen. Hem confronteren, volgen? Naar huis gaan? Bij Netty verhaal halen?' Peinzend kijkt Wanda voor zich uit, de filtersigaret is al bijna op.

'En, wat deed je?'

Wanda drukt de sigaret uit op een schoteltje.

'Ik wist dat Netty alleen thuis was met Leon. Bart had die week nachtdienst, had-ie ons zelf verteld. Ik walgde van Hugo en ik was ook woest op haar. Ik pik geen overspel. Ik kan niet tegen leugens en bedrog. Dus besloot ik aan te bellen en haar uit te horen. En haar te waarschuwen dat ze bij Hugo weg moest blijven, anders zou ik Bart inseinen.'

'Wat gebeurde er?'

'Ik belde aan.'

'En?'

'Ik belde nog een keer.'

'En?'

'Netty deed niet open. Ik heb nog even gewacht of ze van boven moest komen, maar in de verte zag ik Barts moeder aan komen lopen. Haar mocht ik niet. Ze was een keer met Bart bij mij in de kapsalon geweest en verwachtte een gratis knipbeurt. Ik had geen zin in een gesprek met haar. Ik ben gauw naar huis gegaan. Hugo was er niet, waarschijnlijk was hij naar de kroeg om zich een alibi te verschaffen.'

'Heb je er ooit met hem over gesproken?'

'Ja, toen hij thuiskwam vroeg ik of hij een leuke avond had gehad. Hij keek betrapt.'

'En toen?'

'"Nog iets bijzonders gebeurd?" vroeg ik zo neutraal mogelijk. Maar hij voelde nattigheid. Toen kwam hij zelf met het verhaal dat hij Netty's spullen had teruggebracht en dat hij kort binnen was geweest.'

'Heb je gezegd dat je wist dat hij loog?'

'Nee, want ik wilde niet dat hij wist dat ik hem was gevolgd. We kregen evengoed ruzie, want ik verweet hem dat hij contact met Netty had gezocht tegen de afspraken in. "Waarom heb je die spullen niet aan Bart teruggegeven?" vroeg ik. Maar daar had Hugo een punt, Bart wist niets van de verhouding af, dus dat kon niet.'

'Toen Netty verdwenen was, wat dacht je toen?'

Wanda legt haar handen in de schoot en draait haar duimen.

'Eerlijk? Ik dacht: godzijdank! Ik was blij, want ik zag haar als een gevaar voor mijn relatie. Toen dacht ik nog dat ik Hugo kon veranderen. Hoe verder weg Netty was, hoe beter. Ik had wel met Bart te doen. Die raakte na haar plotselinge vertrek echt met zichzelf in de knoop. En met de kleine Leon ging het ook niet goed. Hij huilde veel. We waren allemaal in verwarring toen ze maar niets van zich liet horen. We hebben Bart de jaren erna vaak geholpen, we zijn ook weleens met hem en Leon op vakantie geweest en Leon heeft tot zijn twaalfde of zo regelmatig bij ons gelogeerd.'

'Daarna niet meer?'

'Nee, Hugo en ik, het ging steeds slechter tussen ons. Het is niet goed voor een kind om getuige van ruzies te zijn. Bovendien was hij meer in computerspelletjes geïnteresseerd dan in het logeren bij twee volwassenen.'

'Heb jij Netty vermoord?' vraagt Bulut opeens. De vraag schiet als een mes door de kamer.

'Ik? Nee!' roept Wanda en ze grijpt naar haar hals alsof ze bang is gewurgd te worden.

'Hoe komen jullie daar nou bij?' Haar donkere ogen rollen bijna uit de oogkassen.

'Jij bent de laatste geweest bij Netty aan de deur. Misschien ben je wel naar binnen gegaan en heb jij haar tijdens een ruzie door het hoofd geschoten.'

'Nee, nee en nog eens nee!' Wanda springt op en begint te ijsberen. 'Ik zei toch dat ze niet opendeed.' Haar armen maaien door de lucht. 'Hoe kan ik dat nou bewijzen, twintig jaar later.' En meteen laat ze erop volgen: 'Ik heb niet eens een pistool.'

Ik kijk naar haar en zie een slecht opgevoerd toneelstuk.

'Wie heeft het dan gedaan volgens jou?'

Lang hoeft Wanda niet na te denken. 'Hugo of Bart. Of allebei,' roept ze, dankbaar om de verdenking op anderen te kunnen schuiven.

'Leg eens uit. Hoezo allebei?'

'Ze zijn dik bevriend met elkaar. Misschien heeft de een de ander in vertrouwen genomen en hebben ze haar samen in de tuin begraven. Hugo kwam er geregeld over de vloer en hielp met de verbouwing. En hij was die avond de laatste die haar heeft gezien.'

'Maar waarom zou Bart daaraan mee willen werken?'

'Dat weet ik niet. Ik vind het verdacht dat hij blijft zwijgen. Alsof hij Hugo daarmee een dienst kan bewijzen. Ik snap het niet.'

'Dus eigenlijk is alles wat je vertelt op aannames gebaseerd,' concludeert Bulut.

'Ik ben er inderdaad niet bij geweest, toen Netty door het hoofd werd geschoten.'

Ik kijk op mijn blocnote. 'Weet je zeker dat je Netty's schoonmoeder in de straat hebt gezien toen je bij de voordeur stond?'

'Ja, maar ik ben de andere kant op gelopen, dus of ze mij heeft gezien weet ik niet.'

'Heb jij die brief geschreven?' vraagt Bulut. 'Daar heb je nog geen antwoord op gegeven.'

'Wat denk je zelf?'

'Wil je antwoord geven en geen tegenvragen stellen?'

Wanda gaat achter haar stoel staan, steekt weer een sigaret op en blaast door haar neusgaten uit. 'Ik heb niets meer aan mijn verklaring toe te voegen. Ik wil dat jullie nu weggaan. Het is mooi geweest en Netty krijgen we toch niet terug.'

Even later nemen Bulut en ik afscheid. Haar voordeur valt met een klap achter ons dicht.

Bij de liftdeur in de hal op haar etage staan een paar vuilniszakken. Er is een briefje op geplakt. 'Gelieve deze zakken hier weg te halen en in de vuilstortkoker te gooien. Er komen zo ratten, kakkerlakken en muizen in de flat!!!'

Bulut trekt het briefje van de vuilniszak.

'Lijkt verdomd veel op het handschrift van de anonieme brief.' Hij wijst naar de lussen van de l en de kringetjes op de i, zoals schoolmeisjes die schrijven.

'Kom, we gaan nog even terug,' zeg ik.

We bellen weer aan. Wanda trekt de deur met een wild gebaar open, de sigaret nog in haar hand. Haar mascara is uitgelopen, alsof ze net heeft gehuild.

'Wat nou weer?'

'Heb jij dit geschreven, Wanda?' Bulut toont haar het briefje.

'Ja,' zegt ze en ze inhaleert diep. 'Nou en?'

'Zelfde handschrift als de brief. Ontken je nog steeds dat je hem geschreven hebt?'

'Ik heb dat nooit ontkend,' schreeuwt ze. 'Nu moeten jullie oprotten. Ik ben er helemaal klaar mee.' Ze smijt de deur in ons gezicht dicht.

'Wat een dag,' zeg ik in de lift naar beneden. Het ruikt er naar urine. Ik doe mijn sjaal voor mijn neus. 'Wat denk je?'

'We hebben niks nieuws gehoord. Theoretisch kan Netty de deur hebben opengedaan toen Wanda aanbelde. En in de daarop ontstane ruzie zou Wanda haar hebben kunnen doodschieten.'

'Ik weet het niet. Je kan ook zeggen: Netty deed niet open, dus ze was al dood. Dan is Hugo de dader. Of ze wilde niet opendoen of hoorde de bel niet om wat voor reden dan ook en is later door Bart doodgeschoten. Hij is tenslotte degene die een dienstpistool had. Die andere twee niet.'

'Of Barts moeder is nog binnen geweest. We moeten haar ook verhoren.'

'Hoe komen we hier verder mee?'

'Laten we bij Bart beginnen, in het huis van bewaring. We moeten druk op hem uitoefenen. Misschien is hij van gedachten veranderd en wil hij wel praten nu hij weet dat Netty en Hugo achter zijn rug om hebben geflikflooid.'

Het begint weer te regenen. De ruitenwissers maken hetzelfde knarsende geluid als op de heenweg. Bulut en ik kijken zwijgend voor ons uit, ieder in gedachten verzonken. Bij Maarssen zegt Bulut opeens: 'Er zijn nu drie potentiële verdachten. Bart. Hugo. En Wanda. Ik vertrouw haar niet. Naar mijn gevoel houdt ze iets achter.'

'Gek,' zeg ik. 'Ik zat net aan Caroline Feenstra te denken. Zij heeft nooit gezegd dat ze de avond voor de vermissing naar Netty is gegaan. Waarom zou ze dat verzwegen hebben?'

'Vier dus.Nee, sterker nog, we hebben ook een nummer vijf. Luister maar.' Ik kijk hem vragend aan.

Bulut zet de podcast *Moordenaars* op. Een journalist heeft twaalf moordenaars geïnterviewd, we luisteren naar de aflevering met Dirk C. die kortgeleden op de radio was uitgezonden en waarvoor veel reclame was gemaakt. Dirk C. heeft in het jaar 2000 zijn vriendin Maria Torres vermoord en werd daarvoor veroordeeld. De journalist slist een beetje wanneer hij de luisteraars uitlegt dat hij geen sensatie zoekt, maar dat hij erachter wil komen wat een moordenaar beweegt om een ander van het leven te beroven.

'Hoe wist je van die podcast?' vraag ik Bulut.

'De hoofdofficier heeft het doorgebeld. Iemand van het Openbaar Ministerie had haar een tip gegeven.'

De hoofdofficier. Meteen raak ik weer uit mijn humeur.

Bulut draait het geluid harder en we horen de schorre stem van Dirk C.

'Ik snap best dat ik iets wreeds heb gedaan. Tuurlijk. Ik moet het dragen. Afslachting? Nou nee, dat viel wel mee. Heb eerst haar strottenhoofd dichtgedrukt. Toen ik me over haar heen boog, ze lag op bed, voelde ik haar hart nog kloppen. Ik wist dat ik gepakt zou worden. Over haar dacht ik niet na. Ik riep nog: "Zie je wat je gedaan hebt!" Ik gaf haar de schuld, pakte een groot vleesmes uit het messenblok in de keuken en sneed haar keel door.'

'Wat ging er op dat moment door je heen?'

'Nou, niet zoveel. Ik was in een soort roes, was in paniek en sneed door. Het is alsof je kip klaarmaakt.'

'Heb je er spijt van dat je je vriendin hebt vermoord?'

'Spijt? Nou nee. Ik dacht: hoe kom ik hier het beste uit. Was aan het calculeren in mijn paniek. Stak toen een paar kaarsen aan, deed de ramen dicht en zette de gasoven aan. Hoopte dat de boel zou ontploffen en dat het op een ongeluk zou lijken. Er is wel een brandje ontstaan, de buren hebben de brandweer gebeld. Maar geen ontploffing.'

'Heb je jezelf daarna aangegeven?'

'Nee, ik ben door de stad gaan zwerven. Ik dealde in die tijd in heroïne en cocaïne en werkte vanuit West. Sliep onder een viaduct niet ver van het Centraal Station.'

'Hoe ben je door de politie gepakt?'

'Ik was naar kennissen in Zaandam gegaan en vroeg of ik daar kon logeren. Tegen een van hen heb ik erover opgeschept dat ik mijn vriendin had gedood. Hij heeft me verraden.'

'Het is nu twintig jaar geleden. Denk je nog weleens aan haar en aan wat je gedaan hebt?'

'Ik zie het als een voetbalwedstrijd die indruk heeft gemaakt. Daar denk je weleens aan. Maar ik ben veranderd. Heb mezelf door de therapieën in de tbs-kliniek beter leren kennen. Ik zorg ervoor dat ik niet meer in zulke situaties kom. Als ik boos en agressief word, trek ik me terug. Dat is de bescherming die ik de samenleving bied en mezelf.'

'Denk je weleens aan haar ouders? Die moeten hun dochter missen.'

'Nee, eigenlijk niet. Het is wat het is. Ik moet daarmee leren leven. Door de drugs was ik alleen maar op mezelf gericht.'

'Vind je dat de samenleving je een tweede kans heeft gegeven?'

'Ik krijg helemaal geen tweede kans, ik pak 'm zelf. Omdat ik niet meer opnieuw wil moorden, doe ik het niet. Maar dat komt doordat ik mezelf nu in bedwang hou, al is er soms nog die onverklaarbare woede in me.'

'Kun je die echt niet verklaren? Ik ben ook weleens woedend, maar vermoord mijn vriendin niet.'

'Ik weet het niet. Mijn moeder was aan heroïne verslaafd toen ik werd geboren. Als baby heb ik nog weken in het ziekenhuis gelegen om af te kicken. Daarna ben ik in een pleeggezin terechtgekomen. Misschien heeft het daarmee te maken.'

'Twintig jaar geleden ben je ook verhoord in de zaak van Netty Geel. Zij was met een politieman getrouwd en woonde vlak bij je vriendin. Van de ene op de andere dag was ze spoorloos verdwenen. Vorig jaar bleek dat ze in haar eigen tuin begraven lag. Heb je na je vriendin ook haar vermoord?'

'Ho, wacht eens, ik ben geen moordenaar. Ik heb een moord gepleegd toen ik achttien jaar oud was. Dat is wat anders. Ik ben nu bijna veertig jaar. Het gaat goed met mij. We stoppen nu met dit gesprek.'

De journalist loopt weg bij Dirk C. We horen verkeerslawaai op de achtergrond, er wordt op een station omgeroepen dat de trein naar Amsterdam vertraging heeft. Dan zegt de journalist tegen ons luisteraars: 'Ik loop hier met gemengde gevoelens vandaan. Ik heb zojuist met een aardige man gesproken, welbespraakt. Maar hij heeft wel zijn vriendin onthoofd. En hij raakte geagiteerd toen ik de zaak van Netty Geel aansneed. Ik ga nu mijn moeder bellen, want ze wil na zulke gesprekken altijd weten of ik heelhuids naar buiten kom. Mijn naam is Hans den Oudste. Volgende week hoor je mijn gesprek met Patricia van D. die veroordeeld werd voor het wurgen van haar twee kinderen. Waarom doet een moeder zoiets? Je hoort het bij mij in de podcast *Moordenaars*.'

Ik zet het geluid af. 'Godverdomme, wat een vreselijke man.'

'Hij heeft zeven jaar en tbs gehad.'

'Nee, ik bedoel die journalist. Onder het mom van te weten willen komen wat er omgaat in het hoofd van een moordenaar, doet hij aan goedkoop effectbejag. Met name zijn commentaar na afloop, om te kotsen. Wat interesseert het mij nou wat zijn moeder over die gesprekken denkt.'

'Nou, die Colenbrandt is ook geen lekkere. We zullen hem moeten verhoren.'

44

'Wat fijn dat we elkaar zo snel konden treffen,' zeg ik tegen Caroline Feenstra. Kromgebogen schuifelt ze achter een rollator de zaal van café Wildschut aan het Roelof Hartplein binnen. Het is twintig jaar geleden dat ik haar voor het laatst heb gezien. De tijd kan verwoestende sporen aanbrengen. Bij Barts moeder, Netty's schoonmoeder, hangen de oogleden zwaar naar beneden, haar huid is gerimpeld en haar grijze haar uitgedund, zodat je de schedel kunt zien. Haar stem is broos. Voorzichtig ga ik haar voor naar een tafeltje in het achterste gedeelte van het café, waar het rustig is en we ongestoord kunnen praten. Ze wil een verse muntthee.

'Ik ga naar het Concertgebouw, dus dacht, laten we dit maar even combineren.'

'Kunt u zich mij nog herinneren?' vraag ik. Aan de blik in haar ogen zie ik dat ze me niet heeft herkend. Maar ook ik ben twintig jaar ouder, mijn haar is kortgeknipt en roodgeverfd. Toen was het lang en blond.

'Ja, ja,' zegt ze aarzelend. 'Help me even op weg.'

Nadat ik onze ontmoeting in herinnering heb gebracht, toen Netty een dag of tien was vermist, knikt ze. 'Jullie hebben foto's gemaakt van Leons tekeningen.' Bijzonder hoe iedereen zich andere details van een ontmoeting herinnert. Ik vertel haar over de bloedspatjes op de muur, dat Bart haast maakte om naar zijn werk te gaan en de fotograaf en mij met haar in de woning achterliet.

'Waarom wil je me spreken?' onderbreekt ze me. Ik vertel haar dat we na de verwikkelingen in de rechtszaal het onderzoek naar de moord op Netty Geel overdoen.

'Ik kon het niet aan om naar Barts proces te gaan, maar ik heb het zo goed mogelijk gevolgd. Er werd op radio en tv veel aandacht aan besteed.'

'Er is een getuige die de avond voor Netty's verdwijning bij haar heeft aangebeld. Ze deed toen niet open. Toen die getuige wegliep, zag ze u de Van Heemskerckstraat in komen lopen. Daar wil ik het met u over hebben.'

'O?'

'Bent u die avond nog bij ze binnen geweest?'

De ober zet twee glazen thee op ons tafeltje en vraagt of alles zo naar wens is. Nadat hij is weggegaan, haalt Caroline Feenstra haar koekje uit het cellofaan en dompelt het in haar thee. 'Sorry, dit moet er smerig uitzien, maar dit soort koekjes zijn het lekkerst als ze zacht zijn.'

Waarom weet ik niet, maar ik besluit haar voorbeeld te volgen. 'Dat heb ik nog nooit gedaan, maar een mens is nooit te oud om te leren,' zeg ik. 'Dus u kwam die avond naar het huis van Bart en Netty,' ga ik door. Een deel van mijn koekje breekt af en zinkt langzaam naar de bodem van mijn glas.

Caroline Feenstra draait aan de armband om haar pols. Ze neemt een slokje thee en zet het glas voorzichtig op het schoteltje. Haar hand trilt.

'Het is lang geleden. Ik heb een slecht geheugen.'

'Maar dit moet u zich toch herinneren. De dag erop is uw schoondochter verdwenen. Vermoord en in haar eigen tuin begraven. Dan moet u toch iets van die avond zijn bijgebleven?'

Ze kijkt me even vorsend aan. 'Ja, ja, ik begin me wat te herinneren. Het zijn flarden. Ik was die dag in de binnenstad geweest. Ik had mijn auto bij Bart voor de deur staan. In hun buurt had je tenminste nog parkeerplek. Ik weet dat het avond was, donker.' Caroline stopt en zet het glas weer aan haar lippen.

'Hebt u Netty die avond nog gesproken?'

Ze kijkt me even aan.

'Nee, waarschijnlijk niet. Mijn band met Netty was in die periode niet om over naar huis te schrijven. Ze was vaak korzelig, humeurig. Ik had geen zin om naar binnen te gaan. De kans was groot dat we dan ruzie zouden hebben gekregen. Ik had daar geen zin in. Dus ben ik meteen in mijn auto gestapt.'

'U hebt haar dus die avond niet meer gezien of gesproken?'

'Volgens mij niet. Mijn auto stond bijna klem tussen twee andere auto's. Het was een heel gedoe om hem ertussenuit te krijgen. Ik had enorm geluk. Uit het niets kwam er een aardige jongeman uit het portiek aan de overkant van de straat. Die heeft me geholpen door aanwijzingen te geven. Anders was het me nooit gelukt de auto eruit te rijden. Ik keek nog even naar de kamer op de eenhoog. Netty heb ik niet gezien. Op tweehoog stond Saskia, de bovenbuurvrouw, voor het raam. Ze zwaaide naar me. Ik zie het nu weer voor me.'

'Hebt u Saskia nog gesproken?'

'Nee, volgens mij ben ik meteen weggereden.'

'Is er nog iets wat u van die avond weet?'

'Nee.'

'U bent dus niet naar binnen gegaan?'

'Dat zei ik toch.'

'Zou Saskia dat kunnen bevestigen?'

'Vraagt u het haar maar. Ik hoop dat ze het zich nog herinnert. Het is twintig jaar geleden.'

'U zult wel denken, wat vraagt ze door. Maar we willen de waarheid achterhalen. Heeft Bart Netty vermoord? Of heeft iemand anders dat gedaan? We houden alle opties open.'

'Maar het is toch duidelijk dat Hugo Kemper Netty heeft doodgeschoten? Leon heeft me verteld wat er in die brief stond. Ik hoop dat jullie genoeg bewijs tegen Hugo verzamelen en dat Bart snel naar huis kan.'

'Over de stand van het onderzoek kan ik verder niets zeggen.'

'Het is tijd, ik moet naar het Concertgebouw. Ik ben ervan overtuigd dat niet Bart maar iemand anders haar heeft vermoord en begraven. Ik denk Hugo. Wie anders?'

Haar glas is nog halfvol. Moeizaam verheft ze zich en duwt haar rollator naar de uitgang. Ik wenk de ober om af te rekenen. Op dat moment schiet me iets te binnen. Een cruciaal gegeven dat ik over het hoofd heb gezien. Ik spring op en ren achter Caroline Feenstra aan. Bij de deur haal ik haar in.

'Nog één ding, mevrouw Feenstra. Weet u nog hoe die jongeman die u bij het uitparkeren heeft geholpen, eruitzag? Had u hem al eerder gezien?'

'Nee, Ik kende hem niet. Ik weet alleen dat hij erg kort haar had. Of kaal was. Dat weet ik niet meer. Toen ik wegreed, zag ik in mijn achteruitkijkspiegel dat hij midden op straat stond en naar boven keek. Volgens mij was hij met Saskia in gesprek. Verder kan ik hier niets over zeggen.'

'Had u me dat twintig jaar geleden maar verteld!'

Ze hield abrupt stil en keek me meewarig aan.

'Ik zie niet in waarom dat belangrijk is. Vergeet niet dat Netty een onbeschofte brief aan Bart heeft geschreven en ervandoor was gegaan, dat dacht ik toen. Waarom zou ik dan moeten rapporteren dat een jongeman me behulpzaam was bij het uitparkeren? Alleen omdat dat bij Bart voor de deur was?'

'Oké,' zeg ik. 'Dank voor uw tijd.' Ik haast me naar binnen. Mijn wangen gloeien van opwinding. Ik bel Bulut.

45

Dirk Colenbrandt woont in Velsen-Noord. In de verte zien we de rookpluimen van de Tata Steel-fabriek dampen uitbraken over de omgeving. We zijn aan de vroege kant en parkeren in een troosteloos straatje bij de groepswoning waar Dirk C. een kamer huurt. Zijn begeleider is bij het gesprek aanwezig. Even later zitten we in de achtertuin. De fabriekspijpen van Tata Steel torenen boven de daken uit.

'Weten de buren dat in deze hoekwoning vier tbs'ers wonen? Wat vinden ze daarvan?' vraag ik.

De groepsleider haalt zijn schouders op.

'Je wilt toch weten wie je buren zijn,' zegt Bulut. De groepleider blijft zwijgen. Dirk C. grijnst.

'We hebben de podcast *Moordenaars* gehoord. Wat een verhaal,' zegt Bulut.

Dirk knikt. 'Er is veel naar geluisterd. Ik heb best wel wat reacties gekregen.'

De groepsleider knikt bevestigend.

'We willen het met je hebben over twintig jaar geleden, de dag voordat Netty Geel verdween,' trap ik af.

Dirk C. is een mooie man, breedgeschouderd, een sportschooltype, met veel tattoos in zijn nek, op zijn armen en zelfs op zijn vingers. Hij grinnikt de hele tijd, alsof hij het grappig vindt dat twee rechercheurs hem thuis komen opzoeken. Zijn begeleider gaat achterover zitten en kijkt op zijn mobiele telefoon, alsof hij niets met het gesprek te maken heeft.

'Ik ken haar niet. Dat heb ik toen ook al verklaard.'

'Ben je ooit bij Netty Geel binnen geweest?'

'Nee, nooit bij haar binnen geweest.' Dirk begint te lachen.

'Heb je haar ooit gesproken?'

'Wat vraag je me, man. Ik heb haar niet vermoord.'

'Er is een getuige die je op die bewuste avond in 2000 vlak voor haar huis heeft gezien.'

'Dat kan.'

'Was je daar?'

'Mogelijk.'

'Is je toen iets bijzonders opgevallen?'

Hij giechelt.

'Heb je toen iemand geholpen met uitparkeren?'

'Uitparkeren? Er was daar een oud vrouwtje. Dat weet ik nog wel.'

'Heb je haar gesproken?'

'Ik heb aanwijzingen gegeven terwijl zij achter het stuur zat.'

'Kwam ze uit die woning?'

'Dat vrouwtje? Geen idee.'

'Maar wat deed jij daar die avond op straat?'

'Ik kwam afscheid nemen.'

'Van Netty?' vragen Bulut en ik tegelijkertijd. Misschien zijn we iets te gretig.

Hij houdt zijn hand op alsof hij ons tegen wil houden.

'Ho, ho. Van die chick die daar in de straat woonde.'

Bulut schuift de foto van Netty Geel naar hem toe. 'Is dat 'r?'

'Nee. Die foto hebben jullie me toen ook al laten zien.'

Ik pak het dossier erbij en blader in de fotomap, haal er een andere foto uit.

'Herken je haar?'

'Ja, dat is 'r.'

Dirk heeft Saskia Rogger herkend.

'Ben je bij ooit bij haar thuis geweest?'

'Nee, ze wilde me niet over de vloer hebben. Ik moest altijd op straat wachten, zij kwam dan naar beneden en daar gaf ik haar het spul.'

'Spul?'

'Coke.'

'Dat heb je nooit eerder verklaard. Waarom niet?' Het is de eerste keer dat Dirk Colenbrandt naar zijn begeleider kijkt. Die wacht net als wij op antwoord zonder een spier te vertrekken.

'Ik weet niet. Jullie hebben nooit gevraagd of ik die bitch kende.'

'Nog één keer,' zegt Bulut, hij verheft zijn stem. 'Heb jij Netty Geel vermoord?'

Dirk grijnst. 'Nee.'

'Heb je haar in de tuin begraven?'

'Nee.'

'Weet je wie haar wel vermoord heeft?'

'Nee.'

'Kan Saskia erbij betrokken zijn?' vraag ik spontaan. Dirk Colenbrandt kijkt van Bulut naar mij, steekt een sigaret op en lijkt na te denken over zijn antwoord.

'Geen idee.' Weer die grijns.

We komen niet verder met onze vragen en maken snel een eind aan het gesprek. In de auto op weg terug naar het hoofdbureau nemen we de stand van zaken door.

'We hebben opeens meerdere mensen die vlak voordat Netty Geel werd vermoord, bij haar voor de deur of bij haar in huis waren. Dat wisten we tijdens het onderzoek van toen niet,' zegt Bulut.

Ik hoor er een zweem van kritiek in, maar besluit het te laten passeren. Ik tel op de vingers van mijn hand: 'We hebben Hugo. Hij is in de woning geweest. Hij heeft seks met Netty gehad. Ontkent haar vermoord te hebben. Dan hebben we Wanda. Die heeft een tijdlang aan de overkant van de straat gestaan. Ze heeft na Hugo's vertrek aangebeld, maar er werd niet opengedaan.'

'Volgens haar dan,' zegt Bulut.

'Dan hebben we Barts moeder, Netty's schoonmoeder. Zij is in elk geval voor de deur geweest om haar auto op te halen. Zij heeft een sleutel van het huis, dus ze kan makkelijk naar binnen zijn gegaan, ook al ontkent ze dat.'

'En zij zag Dirk weer. Die Saskia cocaïne kwam brengen. Barts moeder heeft Dirk met Saskia zien praten.'

'En Saskia heeft aan het begin van de avond nog met Netty gepraat, voordat Hugo langskwam. Bovendien heeft ze een sleutel. En ze is nadat Netty was verdwenen, meteen naar het buitenland gegaan.'

'En uiteraard hebben we Bart. Hij heeft in elk geval gelogen door net te doen alsof hij niet wist waar zijn vrouw was, terwijl ze in de tuin was begraven.'

'We schieten niet echt op. Er zijn te veel mogelijkheden, en we hebben geen enkel bewijs wie de moord heeft gepleegd. We moeten die Saskia nog een keer spreken. En uiteraard Bart aan de tand voelen, ook al heeft hij aangegeven niet met ons te willen praten.'

Ik bel het secretariaat en vraag of ze een verhoor met Bart Feenstra in het huis van bewaring kunnen inplannen.

46

De volgende ochtend meldt Saskia Rogger zich op het hoofdbureau van politie. Buluts ex-vrouw moest plotseling voor haar werk de stad uit. Ze hadden geen tijd om een oppas te vinden, daarom blijft Bulut thuiswerken en ontvang ik Saskia alleen. Ik haal haar op bij de receptie en neem haar mee in de lift naar boven, naar de spreekkamer. Saskia is een spraakwaterval. Ik vraag me af of ze altijd zo druk is of dat ze nerveus is omdat ik haar ga verhoren. Haar ogen schieten alle kanten op, terwijl ze vertelt.

'Heb je gelezen dat Joe Biden de Democratische presidentskandidaat wordt in de Verenigde Staten? Hij gaat het opnemen tegen Donald Trump. De verkiezingen zijn in november. Ik wil met een groep studenten amerikanistiek naar Amerika om over de verkiezingsstrijd artikelen te schrijven.'

'Oké,' zeg ik.

'Vroeger was hier toch een paternosterlift? Zo een die geen deuren heeft en waar je in moet springen? Doodeng.'

'Dat was heel lang geleden,' zeg ik. 'Ben je hier toen ook al eens geweest?'

'Ik? Nee zeg, ik ben geen crimineel!'

We lopen door de gang, terwijl Saskia uitweidt over de vele Chinese studenten die in Nederland op de universiteiten worden toegelaten. 'Voor Nederlanders is er nog maar weinig plek.'

Ik vraag me af hoe ze via Joe Biden en de paternosterlift op Chinese studenten komt. We nemen plaats in de spreekkamer terwijl Saskia begint te vertellen dat ze bang is corona te krijgen en daarom geen handen meer schudt.

'Stop, Saskia!' Ik kijk haar aan. 'Nu even luisteren. We doen opnieuw onderzoek naar de moord op Netty Geel vanwege die anonieme brief, zoals je weet. Ik vraag je je op mijn vragen te concentreren. Oké?'

Ze knikt.

'Heeft Bart Feenstra haar wel vermoord? Of komt er iemand anders in het vizier?' vat ik de onderzoeksopdracht samen.

'Ik heb het niet gedaan.' Ze zit op het puntje van haar stoel en wringt haar handen.

'Je hebt haar de avond voordat ze verdween nog gesproken. Waarschijnlijk is ze na jullie gesprek vermoord en in de tuin begraven.'

Saskia knikt, maar zegt niets. Ik laat een stilte vallen, wil zien hoe die bij haar uitwerkt. Stiltes in een verhoorsituatie zijn voor sommige mensen beangstigend. Ze hebben het gevoel de tijd met woorden te moeten vullen. Zo gaat het ook bij Saskia. Ze begint meteen te vertellen, ik hoef haar weinig te vragen. Ze struikelt bijna over haar woorden.

'Na die avond ging ik op wereldreis en heb haar nooit meer gezien of gesproken. Ik heb dus ook niet gezien dat Bart of wie dan ook haar in de tuin heeft begraven. Ze waren een goed stel en ze hielden allebei van Leon. Waarom zou hij haar dood willen? Als ze niet meer van elkaar hielden, hadden ze toch gewoon kunnen scheiden? Dat Bart haar heeft vermoord, geloof ik gewoon niet.'

Ik heb het dossier met haar verklaring van toen voor me liggen.

'Dus dan moet iemand anders het gedaan hebben volgens jou. We hebben elkaar gesproken toen je op Santorini zat.'

'Ja, dat herinner ik me nog. Maar ik weet eerlijk gezegd niet meer wat ik allemaal heb gezegd. Het is al zo lang geleden.' Ze kijkt naar het dossier, alsof ze probeert mee te lezen.

'We hebben een nieuwe getuigenverklaring. Die zegt dat jij die avond thuis was en met iemand op straat hebt gesproken.'

'Ik?' Saskia kijkt me geschrokken aan. Haar pupillen worden groot. Ze is overduidelijk nerveus.

'Ja, vertel het maar,' zeg ik, haar veelbetekenend aankijkend.

'Het is zo lang geleden.' Gaat ze zich verschuilen achter een slecht geheugen, zoals veel politici doen?

'De getuige wist het nog goed.'

'Ik weet het echt niet!' Haar stem slaat over, ze vecht tegen de tranen.

‘Gebruikte je in die tijd cocaïne?’

‘O god,’ zegt ze. ‘Jullie weten het?’

Ik antwoord niet, maar blijf haar aankijken. Saskia’s ogen vullen zich met tranen.

‘Ik zat toen in een moeilijke periode. Daarom wilde ik op reis. In die tijd gebruikte ik inderdaad cocaïne. Nu niet meer hoor, maar toen...’

‘Wie was je dealer?’

‘Ik...’ Saskia slikt haar tranen weg en kijkt naar opzij, naar het raam. ‘Dirk C.,’ zegt ze dan.

‘Wist je dat hij kort daarvoor zijn vriendin had vermoord? Hij werd in *De Telegraaf* het monster van de Jordaan genoemd.’

‘Nee, toen natuurlijk niet. Pas later, toen hij was gearresteerd en ik in Griekenland in een Nederlandse krant over zijn arrestatie las, begreep ik dat hij degene was die me een paar keer cocaïne had verkocht. Ik herkende zijn kale kop van een foto.’

‘Hoe kwam je dan met hem in contact?’

‘Ik had eerst een andere dealer. Die hield ermee op of ging weg, dat weet ik niet meer. Hij bracht me met Dirk in contact.’

‘Hoe vaak heb je hem gezien?’

‘Een keer of drie, vier. Misschien vijf keer hoogstens. Ik bestelde telefonisch. In codetaal. Hij kwam dan naar de Van Heemskerckstraat, ik liep naar buiten, gaf hem het geld en ging met het spul weer naar boven. Dat is alles.’

‘Jij had de sleutel van Netty en Barts huis. Heb je Dirk weleens bij hen binnengelaten?’

‘Nooit! Je denkt toch niet dat ik gek ben! Ik wist niet beter dan dat hij gewoon een dealer was. Maar ik vertrouwde hem niet, wist dat hij seksuele toespelingen naar Netty had gemaakt. Dat had ze me zelf verteld. Hij was toen onderweg naar mij. Dus handelde ik alles op straat met hem af.’

‘Heb je hem nooit over Netty gesproken?’

‘Nee, volgens mij niet. Om hem bang te maken heb ik wel gezegd dat Bart bij de politie werkte.’

'Hè, waarom?'

'Als een vorm van zelfbescherming.'

'Hoe reageerde Dirk daarop? Cocaïne dealen op de stoep van een politieman?'

'Hij schrok, zei dat-ie niet meer langs zou komen. Hij was duidelijk gealarmeerd. Toen heb ik gezegd dat Bart vaak nachtdiensten draaide en dat de kans dat hij hem 's avonds laat tegen zou komen nihil was.'

Weer keek ik Saskia lang aan. Snapte ze wat ze gedaan had?

'Zonder dat je het misschien wilde, heb je veel informatie over Netty prijsgegeven. Besef je wel hoe link dat was?'

Saskia gaat staan. Ze strijkt haar rok glad en kijkt naar de deur, alsof ze weg wil rennen.

'Je denkt toch niet dat ik iets met de moord op Netty te maken heb? Jarenlang dacht ik dat ze de benen had genomen en ergens in de wereld een nieuw leven had opgebouwd. Ik wist helemaal niet dat ze dood was.'

'Waarom heb je me twintig jaar geleden niets over je contact met Dirk verteld?'

'Ik ga toch niet aan de politie vertellen dat ik coke gebruikte en dat er een dealer bij mij in de straat kwam? Wat had hij nou met Netty's verdwijning te maken? Zij had geschreven dat ze weg wilde en met rust gelaten wilde worden.'

Saskia kijkt me afwachtend aan. Ik laat weer een stilte vallen.

'Ik hoop dat Barts onschuld wordt bewezen. Hij is een goed mens,' zegt ze, terwijl ze haar tas pakt. 'Moet naar mijn werk.'

'Saskia, heb jij Netty vermoord?'

'Wat een vraag! Nee,' roept ze.

'Heb jij Bart geholpen haar lichaam in de tuin te begraven?'

'Nee, nee, nee.'

Ik loop met Saskia mee de gang op.

'Hoe goed kende je Hugo?'

'Nauwelijks. Heb hem op verjaardagen weleens gezien, maar we hadden geen persoonlijk contact.'

‘Ik vind het verder wel,’ zegt ze kortaf om me af te schudden. Ze heeft overduidelijk genoeg van mijn vragen. Als de lift gekomen is, haast ze zich naar binnen en gaat, wachtend op de deuren die langzaam sluiten, in de hoek staan als een kind dat straf heeft.

LEON

47

'Wat waardeloos. Heb ik een gruwelijke hit met "Mom is gone" en kan ik nergens spelen.' Mopperend zit ik thuis. Die ochtend heb ik een telefoontje gehad van de directeur van Pride Amsterdam. Ik was als hoofdact geboekt en zou op het slotconcert op de Dam een viertal nummers spelen. Bij eerdere edities stond ik met Martin tussen de duizenden mensen in het publiek. Nu zou ik de show gaan stelen. Ik had me er zo op verheugd.

'Sorry, Leon, maar we hebben gisteren moeten besluiten de hele Pride af te gelasten. Het risico op besmettingen is te groot. De gemeente hijgt in onze nek dat we het snel bekendmaken. Straks brengen we het persbericht uit, maar ik wilde het je persoonlijk laten weten.'

Verrast ben ik niet echt, want theaters sluiten hun deuren, festivals gaan niet door. De ene na de andere concertzaal zegt mijn optredens af, maar toch hakt juist deze afzegging er bij me in.

'No spang,' weet ik uit te brengen, me groothoudend. 'Dan doen we het volgend jaar.'

Martin ziet de positieve kant van de gedwongen rust en de dreigende lockdown. Er is zelfs in de politiek een debat over het invoeren van een avondklok als de besmettingscijfers en ziekenhuisopnames verder stijgen. De tournee die ik in Nederland gepland had, verschuif ik tot in de herfst. Dan zal die corona-ellende wel achter de rug zijn.

'Moet je kijken,' zegt Martin. 'Je wordt massaal gevolgd op TikTok. Je YouTube-kanaal is waanzinnig populair. Je Instagram en Facebook exploderen. Op Twitter was je trending. Al die gasten die thuiszitten nu de scholen dicht zijn, vervelen zich.'

Ook Martin ondervindt de gevolgen van de nieuwe werkelijkheid, want de KLM heeft bijna alle vluchten geschrapt. Hij werpt zich op als mijn manager en plaatst de hele dag uit mijn naam berichten op mijn socialmediakanalen.

Ondanks de coronapandemie speelt het conflict met mijn vader constant door mijn hoofd. Als de anonieme briefschrijver gelijk heeft, heeft mijn vader mijn moeder niet vermoord. Maar wie dan wel? Oom Hugo? Dat kan ik me niet voorstellen. En waarom legt mijn vader niet gewoon een verklaring af? Met die vraag blijf ik zitten.

De postbode loopt langs het raam van de zitkamer. We horen de klep van de brievenbus. Martin staat op. Als hij weer binnenkomt, heeft hij een envelop in zijn hand.

'Post van de rechtbank.'

Ik scheur de envelop open. Het is een officiële aankondiging aan mij in mijn 'hoedanigheid van nabestaande die van het spreekrecht gebruik heeft gemaakt in een rechtszaak die nog lopend is'.

'Vanwege de coronarestricties en het besmettingsgevaar ziet de rechtbank zich genoodzaakt het gerechtsgebouw te sluiten. Alle zittingen worden tot nader order aangehouden. Derhalve wordt de behandeling van de zaak op 7 april a.s. eveneens voor onbepaalde tijd uitgesteld. U ontvangt te zijner tijd nader bericht.'

'Godverdomme. Ook dat nog.'

Zelfs Martin doet geen poging me op te beuren en staart zwijgend voor zich uit.

BART

48

'Bel mijn zoon, Leon. Leon Feenstra. Ik wil hem dringend over een familiekwestie spreken.'

'Is dat Leon Feenstra, de singer-songwriter?' vraagt de arts-assistent. Ze is volledig ingepakt in beschermende kledij, een spatscherm voor haar gezicht. Ik voel me beroerd en ben misselijk.

'"Mom is gone" is een geweldig nummer.'

Ik ben trots dat Leon met zijn muziek zelfs tot in de haarvaten van het ziekenhuis is doorgedrongen. Ik begin te hoesten en zie de bezorgde blik in haar ogen.

'Hoe bereik ik hem?'

Zijn telefoonnummer ken ik uit mijn hoofd. Tussen het hijgen door roep ik de cijfers.

Het begon met duizeligheid, daarna gingen mijn longen piepen en moest ik bijna twee keer zo vaak naar adem happen om genoeg zuurstof binnen te krijgen. Mijn hoofd voelde zwaar en leek uit elkaar te barsten alsof mijn hersens waren opgezwollen en een uitweg zochten. Paracetamol hielp niet meer. Ik kreeg spierpijn en werd verkouden. De diagnose was snel gesteld. Bij mij op de gang hadden andere gedetineerden min of meer dezelfde klachten: corona. Ik was de oudste, er het slechtst aan toe, en werd in een ambulance naar het Amsterdam UMC afgevoerd, waar ik op de speciale covidverpleegafdeling kwam te liggen.

Nu lig ik in kamer 205. Ze noemen het de intubatiekamer. Zo meteen word ik in slaap gebracht en ga ik aan de beademingsapparatuur. Mijn longen functioneren nauwelijks meer. Moeizaam komen de woorden uit mijn keel. 'Is mijn zoon gewaarschuwd? Komt hij?' vraag ik paniekerig. Ik vergeet hun antwoorden steeds.

'Willen jullie Leon waarschuwen. Ik moet hem spreken.'

Er staat nu een verpleegkundige aan mijn bed. Hij verschikt de kussens.

'Leon?' vraag ik weer.

'Hij weet dat u hem wil spreken. Hij is onderweg.'

'Hebben jullie mijn zoon Leon al gewaarschuwd?' mompel ik. Ik kan hun antwoorden niet onthouden.

'Meneer Feenstra,' zegt hij hard. Ik schrik van zijn stem.

'Leon is onderweg, maar we kunnen niet lang meer wachten. Er zijn andere patiënten die in 205 moeten worden klaargemaakt voor een lange slaap aan de beademing.'

Ik hoest, de tranen lopen over mijn wangen.

'Gaat het?' vraagt hij. Ik schud mijn hoofd, ik ben bang. Hoelang houden ze me in slaap?

'Wilt u wat muziek horen om kalm te worden?' vraagt hij. 'Hebt u iets op uw telefoon staan?'

Hij pakt mijn mobieltje van het nachtkastje. Ik hijg. 'Mom is gone'.

'Dat is uw zoon, toch? Leon Feenstra.' Hij houdt het mobieltje tegen mijn oor, terwijl zijn eerste gitaarakkoorden klinken.

'Ik moet hem iets belangrijks vertellen,' fluister ik hijgend. Ik hoest weer. Geruststellend legt hij zijn hand op mijn schouder. Ik ben bang. Ik zie dingen die er niet zijn, vormen die over de muur en het plafond bewegen, steed wisselende kleuren.

'Het komt vast wel goed,' zegt hij. Als 'Mom is gone' na drie minuten is afgelopen, loopt hij snel de kamer uit en komt even later terug met een man in een wit operatiepak. Eigenlijk zie ik alleen zijn ogen boven het mondmasker. Hij stelt zich voor: de urgentie-anesthesioloog. Hij wijst naar infusen en apparaten die naast het nachtkastje staan. 'We gaan u zo meteen in slaap brengen,' zegt hij gedecideerd.

'Ik word toch nog wel wakker?' weet ik met moeite uit te brengen. Ik moet de vraag twee keer herhalen voor hij mijn gefluister heeft begrepen.

Ook hij pakt me even vast, bij mijn onderarm. 'Ik beloof dat we er alles aan gaan doen om u erdoorheen te trekken.'

Dat klinkt niet als een garantie. Schokkerig hap ik naar adem.

'Hoelang? De slaap?'

'Dat is niet precies te zeggen, maar het kan een week of drie zijn.'

'Drie weken?!' hoest ik.

'Rustig ademen, meneer Feenstra. Geen paniek, kalm aan.'

'Mijn zoon Leon, komt hij? Ik moet hem iets belangrijks zeggen.'

De urgentie-anesthesioloog mompelt dat hij navraag zal doen. Samen met de verpleegkundige loopt hij de kamer uit. Mijn hart slaat een paar keer over. Als ik Leon nog maar te spreken krijg, raast het door me heen.

Ik kijk de kamer rond. De muren zijn vaalgeel geschilderd, voor de ramen hangen jarentachtiggordijnen met een oranje en beige streeppatroon. Naar buiten kijkend zie ik een zijvleugel van het ziekenhuis, beton met spiegelend glas. De afdeling waar ik lig wordt daarin gereflecteerd. Als ik omhoogkijk zie ik een systeemplafond. Wat een mistroostigheid. Aan de kale muur tegenover mijn bed hangt een klok naast een leeg prikbord met groene, rode en gele punaises. Vreemd genoeg zie ik de wijzers naar links draaien, het is me onduidelijk hoe laat het is. Met moeite draai ik mijn hoofd naar de deur. Komt Leon nog? De brief. Over de brief wil ik hem vertellen.

Ik hoor het lied van Leon in mijn hoofd galmen en het is alsof ik hem als kind voor me zie. Ik moet denken aan die keer dat ik met hem het politiebureau aan de Houtmankade binnenliep en hij me stevig vasthield, bang voor het verhoor dat zou worden afgenomen. Het lijkt wel alsof er binnen in mijn hoofd tegen mijn schedeldak wordt geklopt. Ik hou het niet meer uit.

Waar blijft Leon? Beseft hij niet hoe slecht het met mij is gesteld? Vreemd. Ik zie wolken door de kamer drijven. Lichtflitsen.

Misschien komt het door de stress. Misschien komt het door de corona, door de medicijnen. Misschien door de uitputting. Of misschien door mijn schuldgevoel. Misschien komt het wel door iets heel anders, maar ik... Leon... brief...

LEON

49

Het telefoontje van het ziekenhuis komt als een totale verrassing. Mijn vader is op de speciale covidverpleegafdeling naar de intubatiekamer overgebracht en wil me dringend over een familiekwestie spreken. 'Het is spoedeisend. Uw vader is er heel slecht aan toe. Komt u?'

Ik wist helemaal niet dat hij corona had en in het ziekenhuis lag. Ik dacht dat hij in zijn cel in het justitieel complex Zaanstad zat. Lang hoef ik niet na te denken. Ook al had ik gezworen geen contact meer met hem op te nemen, dit is een nieuwe situatie. Hij is het nu die mij wil spreken. Ik zet mijn fiets in de stalling bij het Centraal Station en ren naar de metro.

In de media verschijnen elke dag verhalen over de pandemie, besmettingscijfers, ziekenhuisopnames, het tekort aan ic-bedden. In maart en april zijn er meer dan achtduizend mensen gestorven bij wie het virus is vastgesteld.

Voor de hoofdingang van het ziekenhuis inhaleer ik nog een keer de frisse lucht en doe mijn mondkapje op. Er zitten draadjes in die in mijn neus kriebelen. De portier achter de balie steekt zijn hand naar me op. Eerst denk ik nog dat hij me begroet, maar het blijkt dat hij me tegenhoudt.

'Bezoek is vanaf vanmorgen niet meer toegestaan.'

'Mijn vader ligt op sterven,' zeg ik. Het mag niet baten.

'Helaas mogen bezoekers niet naar binnen, dat is de opdracht die ik heb gekregen. Ik besef hoe pijnlijk het is.'

'Nee! Mijn vader gaat dood en ik wil bij hem zijn.'

'Sorry meneer, bezoek is verboden. Het besmettingsgevaar is te groot.'

Ik knijp in mijn arm. Gebeurt dit echt? Wat is er aan de hand in Nederland? In het begin van de week heb ik in de krant gelezen dat in verzorgingstehuizen ouderen eenzaam sterven zonder hun naaste familie erbij, maar dat drama had ik helemaal niet op mezelf betrokken. Nu sta ik hier in de hal van het ziekenhuis. Paniekerig kijk ik om me heen alsof ergens vandaan redding zal worden geboden. Hoe kan ik de portier tot medemenselijkheid bewegen?

'Mijn vader gaat dood!' roep ik nogmaals. De portier komt achter de balie vandaan. 'Ik vraag u beleefd naar buiten te gaan.'

'Maar jullie hebben me gebeld dat mijn vader me met spoed wil spreken. Ze weten bij de intubatiekamer dat ik kom. Ze wachten op me.'

Ik zie dat hij rubber handschoenen aanheeft. Hij wijst naar de deur. Het liefst had ik hem een beuk in zijn maag gegeven, maar ik besef dat dat me niet dichter bij mijn vader brengt.

'Naar buiten, meneer.'

'Belt u dan de intubatiekamer. Kamer 205,' roep ik.

Hij pakt zijn mobiele telefoon en terwijl hij me in de gaten houdt alsof ik elk moment een sprint de hal in kan trekken, meldt hij dat de zoon van de patiënt uit kamer 205 beneden staat. 'Hij zegt dat hij naar boven mag.'

Wat er geantwoord wordt, kan ik niet horen, maar zijn houding verandert.

'Bent u Leon Feenstra?'

'Ja!' roep ik.

'U wordt opgehaald. Wacht u hier maar even.' Hij wijst naar een hoek in de gang, waar tussen twee plantenbakken een paar stoelen staan, van kleur verschoten. Ik ben veel te opgewonden om te gaan zitten.

Even later komt er een verpleegkundige uit de lift.

'Leon Feenstra,' roept ze vanachter haar mondmasker. Ze blijft op veilige afstand staan.

'Hebt u verhoging of hoestklachten?'

'Nee.'

'Een ander familielid of naaste met dergelijke klachten?'

'Eh... nee.'

'Komt u mee?'

We nemen de lift naar boven.

Op de tweede etage worden we opgewacht door een jonge dokter. Hij stelt zich voor, maar blijft op minstens anderhalve meter afstand staan.

'Wat fijn je in het echt te zien. Ik ben een fan van je.'

In deze omstandigheden ben ik dankbaar voor mijn naamsbekendheid. 'Ik kom voor mijn vader. Hij wil me dringend spreken over een familiekwestie.'

'Het gaat slecht met je vader. Heel slecht. Hij gaat zienderogen achteruit. Hij heeft het zeer benauwd en valt af en toe flauw. Hij moet aan de beademing, we kunnen niet langer wachten.'

Ik volg hem door een lange gang. 'Eigenlijk laten we geen bezoekers toe, maar voor jou hebben we een uitzondering gemaakt.'

Beneden in de hal, toen ik had beweerd dat mijn vader op sterven lag, dacht ik dat ik overdreef, maar het blijkt dus waar te zijn.

'Ik wil hem zien.'

'Eigenlijk mag het niet, maar laat uw tas hier in een van de lockers. We moeten snel zijn.'

Ik krijg beschermende kleding aangereikt, een soort haarnetje, een doorzichtig plastic gezichtsmasker, handschoenen. Als ik aangekleed ben, opent de dokter met zijn keycard de klapdeuren. Achter rood-witte linten ligt de covidafdeling, een steriele gang, waar het doodstil is op het gezoem van medische apparatuur na. Af en toe schicht een verpleger, in het wit gekleed als een astronaut, langs ons door de gang. Achter glas liggen de cabines met patiënten. Het doet me denken aan de snijtafel van een patholoog-anatoom in Amerikaanse tv-series, maar met dit verschil dat hier de patiënten nog in leven zijn, of in elk geval door buisjes, slangetjes en pompen in leven worden gehouden.

'Kan mijn vader wel met mij praten?'

'Ik ben bang dat we te laat zijn en dat de procedure al in werking is gezet.'

'Wat betekent dat?'

'Ik kan het het beste zo uitleggen. Bij het intuberen duwen we de tong van de patiënt met een soort schoenlepel opzij, waarna we een beademingsbuis in de luchtweg aanbrengen. Praten is daarom onmogelijk. Dat doen we in kamer 205. Ik ga kijken of dat al bij uw vader is gedaan.'

De dokter ontsluit een volgende deur met het pasje dat aan zijn broekriem hangt en wenkt me dat ik hem moet volgen. Hij laat me achter een wand met glas voor de deur van kamer 205 staan. Op het bed zie ik een laken waaronder een menselijke vorm ligt, alleen het hoofd en de armen steken erboven uit. Het duurt even voordat ik in de gerimpelde huidmassa het hoofd van mijn vader herken. Er staat een computerachtige machine naast hem, groene lampjes flikkeren aan en uit. Twee verpleegkundigen, volledig ingepakt, voelen aan mijn vaders hand en draaien aan wat knoppen. De ogen, net zichtbaar boven de mondmaskers, kijken elkaar vragend aan. Tussen de ruggen van de verpleegkundigen door zie ik hoe de dokter zijn hand op mijn vaders schouder legt en zich vooroverbuigt. Mijn vaders hoofd beweegt een klein beetje mijn richting op. Voorzichtig steekt mijn vader zijn hand omhoog, wat moeilijk is door het infuus in zijn pols. Dan valt de hand weer op het bed en het hoofd naar opzij, de ogen gesloten. De dokter kijkt naar de verpleegkundigen, ze maken een handgebaar dat ik niet kan duiden. De dokter draait zich naar me toe en schudt zijn hoofd. Mijn hart slaat over. Wat betekent dit?

De dokter komt de gang weer op.

'Het spijt me enorm, maar we zijn net te laat. Uw vader is onder narcose gebracht en heeft spierverslappers gekregen. Hij zakte weg op het moment dat ik naast zijn bed stond en hem vertelde dat u er was. Maar dat heeft hij nog gehoord, hij reageerde op uw naam.'

'Kan ik naast zijn bed zitten, zijn hand vasthouden?' Ik heb tranen in mijn ogen.

'Helaas, er zijn strikte voorschriften om besmettingsgevaar tegen te gaan. Patiënten in coma mogen geen bezoek ontvangen. Zij zijn te kwetsbaar, het personeel trouwens ook.'

'Maar misschien haalt hij het niet! Ik wil niet dat hij alleen sterft.'

De dokter legt zijn hand op mijn schouder, zoals hij dat net bij mijn vader had gedaan. Mij duwt hij verder de gang in naar de kamer met de lockers.

'Het spijt me, we zullen er alles aan doen om uw vader in leven te houden.'

'Dan blijf ik hier wachten.'

'Helaas moet ik u vragen het ziekenhuis te verlaten. Het was al tegen de regels dat we u binnen lieten komen. We zullen u op de hoogte houden. We hebben uw telefoonnummer.'

'Maar wat als hij bijkomt en me wil spreken?'

De ogen boven het mondkapje kijken me doordringend aan.

'Sorry.' Hij drukt voor mij op het liftknopje en legt zijn hand op zijn hart. 'Het kan weken duren voor hij wakker wordt.'

En dan draait hij zich om en loopt de lange gang weer in.

Als een zombie neem ik de lift naar beneden. De portier is aan de telefoon, ik loop naar buiten, naar het metrostation. Wat had mijn vader willen zeggen? Was hij er eindelijk aan toe een bekentenis af te leggen? Op het perron ga ik op een bankje zitten. De metro stopt, ik zie alleen passagiers met een mondkapje op, iedereen staart voor zich uit. Het is rustig in de trein en op het perron. Ik laat de trein aan me voorbijgaan omdat ik in de buurt van mijn vader wil blijven. Er stopt een tweede metro en een derde. Ik blijf voor me uit staren. Dan gaat mijn mobiele telefoon.

Het is de verpleegkundige uit het ziekenhuis. Haar stem is onherkenbaar, dieper.

'We hebben een vreselijk bericht voor u. Uw vader is met de minuut achteruitgegaan. Het ging heel snel. Hij is zojuist overleden.'

Met mijn telefoon aan mijn oor sta ik naar de wegrijdende metro te kijken. Ik ben met stomheid geslagen. Wat moet ik doen? Wat kan ik zeggen?

'Dank u wel,' zeg ik onbeholpen, alsof dit antwoord de dood van mijn vader tegenhoudt. Ik druk haar weg en steek de telefoon in mijn broekzak. Mijn vader heeft zijn hand nog opgeheven, heeft contact met me gezocht. Als ik eerder had geweten dat hij ziek was, dan had ik hem nog kunnen spreken. Een cocktail van emoties overweldigt me. Verdriet. Schuldgevoel. Spijt.

Ik ben wees en heb alleen mijn grootmoeder nog als naaste familielid.

Ik loop op het perron heen en weer. In de verte zie ik het ziekenhuis met daarin mijn vader, alleen in een bed, dood. Ik bel de verpleegkundige terug en zeg dat ik het lichaam van mijn vader wil zien. Het mag niet. Er zijn richtlijnen en protocollen. Ik ben te moe om te protesteren. Uren later kom ik thuis, waar ik op de bank neerzijg en naar het plafond staar. Beelden van mijn vader en mijn moeder trekken aan me voorbij. Zo treft Martin me later aan.

'Waarom heb je me niet gebeld?' vraagt hij, nadat ik hem verteld heb wat er is gebeurd. Ik haal mijn schouders op. 'Ik was verdoofd.'

Martin kookt en tijdens het achtuurjournaal maakt de nieuwslezeres de nieuwste coronacijfers bekend: 'Het lijkt alsof de sterftecijfers wat afvlakken. Gaat het voorzichtig de goede kant op? Vandaag heeft het RIVM bekendgemaakt dat er 172 doden zijn te betreuren, acht minder dan gisteren.'

'172 doden. En mijn vader is een van hen. Een van de velen. Gereduceerd tot een getal.'

Verloren loop ik naar boven, naar de muziekkamer. Ik pak mijn gitaar, zet de opnameapparatuur aan en laat mijn gedachten en gevoelens de vrije loop.

50

In het matglas is de naam 'Advocatenkantoor A. van Paassen jr.' gegraveerd. Martin en ik bellen aan. Het kleine kantoor van mr. Annette van Paassen ligt op de hoek van een winkelcentrum in Amsterdam-Noord.

'Kom binnen, jullie zijn mooi op tijd,' zegt ze vanachter haar mondkapje, wit met een grote zwarte vlinder erop. Ze ziet me kijken. 'In het Stedelijk gekocht. Gemaakt door een Mexicaanse kunstenaar. De opbrengst gaat naar een solidariteitsproject voor arme mensen in Mexico.'

Ze gaat ons voor naar haar spreekkamer. Het interieur is licht van kleur, met gouden accenten, zoals een groot schilderij aan de muur van twee mensen op de top van een berg, met de rug naar de kijker toe. Hun kleren zijn beige, de zon aan de horizon kleurt okergeel. De bergen zijn groen, de lucht is blauw.

Ze gebaart dat we aan de tafel kunnen plaatsnemen. De stoelen staan op ruim anderhalve meter van elkaar. Ze zet een raam open om frisse lucht binnen te laten.

'Mogen ze af?' vraagt Martin. Mr. Van Paassen geeft een kort knikje en alle drie leggen we ons mondmasker voor ons op tafel.

'Allereerst wil ik jullie condoleren met de dood van je vader. Corona is een vreselijke ziekte. Het was een schok te horen dat je vader in het ziekenhuis was opgenomen. Toen ik hem daar wilde bezoeken, kreeg ik geen toestemming.'

'Ik weet het, ik heb hem alleen maar achter glas gezien, niet meer kunnen spreken. Hij tilde zijn hand nog even op, maar werd op dat moment in coma gebracht. Een uur later was hij dood.'

'Wat een drama.' Mr. Van Paassen kijkt ons intens met grote ogen aan. Ze meent het, dit is geen professionele pose.

'Weet je,' zegt ze, en ze lacht verlegen alsof een privéherinnering zich in haar hoofd afspeelt, 'ik ken je vader iets van dertig jaar. In de jaren negentig hebben we regelmatig tegenover elkaar gestaan. Hij als politieman, ik als advocaat van de verdachte. Soms gingen onze discussies hard tegen hard, maar we hadden altijd respect voor elkaar. Ooit heb ik je ouders een keer samen ontmoet, het was zomer, we zaten op een terrasboot aan de Prinsengracht. Je vader en ik zaten met de rug naar elkaar toe aan tafeltjes vlak bij elkaar. Hij herkende mijn stem en draaide zich om. We zijn toen in gesprek geraakt. Je moeder vertelde dat ze hier dichtbij haar werk had. We hadden een klik en we spraken af dat we nog eens koffie zouden gaan drinken. Dat is er nooit van gekomen, maar sinds die keer was er iets van een band tussen je vader en mij ontstaan. Onder gewone omstandigheden zouden we misschien vrienden zijn geworden, nu botsten onze beroepen. Maar het respect was er, over en weer.'

Mr. Van Paassens stem dwaalt af. 'Dit zijn exceptionele tijden, het vergt veel van ons allemaal. En de regering kondigt coronamaatregelen af zonder deugdelijke wettelijke grondslag. Er komen allerlei verboden aan, alsof onze grondrechten niet bestaan.'

Martin verbreekt de stilte die ontstaat na haar inleiding. 'Een tijd geleden hebben we van de rechtbank bericht gekregen dat de rechtszaak tegen Leons vader vanwege zijn dood is komen te vervallen.'

'Dat is juist. Hij was de verdachte. Er kan dus geen veroordeling meer volgen.'

'Maar we hebben nog zoveel vragen. De anonieme brief gooide de zaak op zijn kop. U hebt zelf gezegd dat Leons vader onmiddellijk vrijgelaten moest worden omdat Hugo Kemper als verdachte werd aangewezen. Wat nu als blijkt dat Hugo inderdaad Leons moeder heeft vermoord?'

Mr. Van Paassen knikt begripvol. 'Ik heb contact met Maya Oliphant en Bulut Kaya. Zij hebben me laten weten dat ze de zaak niet laten rusten. Het nader onderzoek gaat door, maar ik begrijp van hen dat ze niet echt vorderingen maken. Zowel Hugo als Wanda ontkent iets met de moord te maken te hebben gehad. Dirk C. is alleen maar in de straat gesignaleerd en kwam voor Saskia, niet voor je moeder. Er zijn verder geen aanwijzingen, laat staan bewijzen tegen iemand anders.'

'Wat wilt u daarmee zeggen?'

Mr. Van Paassen knakt haar vingers en kijkt eerst naar mij, dan naar Martin.

'Ik zeg het eerlijk. Het nader onderzoek zal vrees ik tot niets leiden. Dat heb ik ook tegen Maya en Bulut gezegd.'

Ik herpak me en neem het stokje van Martin over.

'In de intubatiekamer van het ziekenhuis sprak mijn vader zijn laatste woorden tegen de dokter die me had laten bellen. Hij zei dat hij me dringend wilde spreken over een familiekwestie. Ik weet zeker dat wat hij had willen zeggen over vroeger gaat en wat er met mijn moeder is gebeurd.'

De advocaat knikt bedachtzaam. 'Dat is goed mogelijk.'

'Daarom wilden we u spreken. U bent zijn raadsvrouw geweest. Weet u wat mijn vader mij had willen zeggen?'

Het zweet staat in mijn handen.

'U kent Leons vader goed. Wat is er gebeurd twintig jaar geleden? Heeft hij het daar met u over gehad?' Martin dringt aan, laat zich niet afleiden.

Mr. Van Paassen kijkt eerst naar Martin, dan richt ze zich tot mij. Ze kijkt me doordringend aan. Haar voet wipt op en neer. Wat gaat er in haar hoofd om? Ze wekt de indruk alsof ze een ontboezeming wil doen, maar zich moet inhouden.

'Laat ik het zo zeggen. Er bestaat een geheimhoudingsplicht voor een advocaat. Ik mag niet met derden bespreken wat je vader mij in vertrouwen heeft verteld.'

'Dus u weet wat zijn geheim is?' roept Martin. Hij gaat rechtop zitten en pakt mijn hand onder de tafel.

Mr. Van Paassen zwijgt, maar in deze omstandigheden is niet spreken veel zeggen.

'Ik kan aan niets anders meer denken,' zeg ik.

'Je weet je frustratie anders behoorlijk creatief in te zetten,' lacht ze. 'Je lied over je moeder hoor ik hier constant in het winkelcentrum.'

'Liever zou ik geen inspiratie hebben en gewoon mijn leven van vroeger leiden, als ik maar wist wat er met haar is gebeurd. Kunt u zich voorstellen hoe erg het is als je je leven lang met deze vraag worstelt?'

'Dat moet zenuwslopend zijn. Maar toch, helaas voor jullie, ben ik aan mijn geheimhoudingsplicht gebonden.'

'Maar Leons vader is overleden. Hij zou er vast geen bezwaar tegen hebben als u Leon de waarheid vertelt. Sterker nog, hij wilde dat zelf doen, maar hij is plotseling gestorven. Ook de doktoren in het ziekenhuis waren verrast dat het zo snel ging.'

'Dat is nu juist het punt, jongens,' zegt mr. Van Paassen. 'Als je vader mij opdracht had gegeven namens hem met jullie te praten, dan zou het het eerste zijn wat ik zou doen. Denk niet dat ik het fijn vind om in deze positie te zitten. Maar je vader heeft mij die opdracht niet gegeven.'

'Wilt u alstublieft voor mij een uitzondering maken? Ik word gek van het niet weten.'

'De waarheid kennen brengt rust,' zegt Martin. 'Voor Leon is dat het beste, hoe akelig zijn moeder ook aan haar eind is gekomen.'

Mr. Van Paassen staat op. 'Willen jullie koffie of thee?' Ze vraagt het alsof we zojuist bij haar binnen zijn gekomen en het gesprek van daarnet niet heeft plaatsgevonden.

Gepikeerd zeg ik stellig: 'Nee, dank u!' Volgens mij wil ze het gesprek beëindigen, maar Martin ziet er juist een opening in.

'Graag, als u thee hebt, fijn.' Ik denk dat hij tijd hoopt te winnen om de druk op de advocaat op te voeren. Als we nu weg zouden gaan is het mysterie van mijn moeders dood nog steeds niet opgelost. Dus blijven we aan de tafel zitten, terwijl de advocaat in de keuken water voor de thee opzet. 'Willen jullie groene of zwarte thee? Meer soorten heb ik niet,' roept ze.

'Groene thee graag,' antwoordt Martin, maar hij trekt een vies gezicht naar me. Mijn ogen branden. Ik voel me beroerd.

Als mr. Van Paassen de spreekkamer weer binnenkomt heeft ze een dossier onder haar arm. Ze legt het voor zich neer. 'Feenstra/OM' staat er op het omslag. Ze legt haar hand erop.

'Ik had even tijd nodig om te bedenken wat ik moet doen.'

Niet-begrijpend kijken we haar aan. Ze schenkt heet water in drie glazen en geeft ons een doos met theezakjes waar we uit kunnen kiezen.

'Luister goed,' zegt ze, alsof het hele gesprek ervoor onbelangrijk was. 'Na de schorsing van het proces heeft je vader op mijn verzoek een verklaring opgesteld over wat er twintig jaar geleden is gebeurd. Ik ken het verhaal zelf niet, je vader was heel consequent, hij wilde het mij ook niet vertellen. Zijn verklaring zit in deze envelop. Maar je vader heeft er expliciet bij gezegd dat ik je deze envelop alleen mag geven nadat hij me daartoe heeft gemachtigd. En dat heeft hij niet gedaan.'

Ze kijkt ons allebei aan.

'Omdat hij aan corona is overleden. Anders had hij dat wel gedaan,' zegt Martin.

Ze schudt haar hoofd. 'Je vader was er nog niet uit of hij jou opening van zaken wilde geven.'

'En dus?' vraag ik.

'Het handhaven van de geheimhoudingsplicht is een van de meest essentiële kernwaarden voor een advocaat. Die geheimhoudingsplicht wordt niet opgeheven door de dood van de cliënt. Dat heeft het Hof van Discipline onlangs nog uitgemaakt in een zaak van ouders die wilden weten wat hun zoon kort voordat hij zelfmoord pleegde aan zijn advocaat had toevertrouwd. Het hof is heel stellig in die uitspraak. Het zegt dat alleen in zeer uitzonderlijke gevallen de geheimhoudingsplicht mag worden doorbroken. De advocaat moet dan eerst met de deken van de Orde van Advocaten overleggen en het groene licht krijgen.'

Wat ze zegt laten we goed tot ons doordringen.

'Dit is zo'n uitzonderlijke situatie,' zegt Martin uiteindelijk. 'Leon komt psychisch in de problemen als hij niet te weten komt wat er toen precies is gebeurd en waarom.'

'Helaas is dat onvoldoende reden. Een uitzonderlijke situatie is bijvoorbeeld als de advocaat weet dat er ergens een bom op scherp staat en er mensen gedood of gewond zullen worden als hij niet bekendmaakt wat hem in vertrouwen is meegedeeld. Om zo'n ernstige en directe dreiging van een toekomstig gevaar af te wenden mag er een uitzondering worden gemaakt.'

Ik adem zwaar door mijn neus en staar naar het schilderij aan de muur. Hier word ik zo moedeloos van. Een vermoeidheid overvalt me, ik laat Martin het woord verder voeren.

'Dan willen we dat u met die deken overleg pleegt. Misschien is hij minder star dan u.'

'Jongens, het spijt me. Ik ben niet star. Ik heb de deken meteen geraadpleegd toen ik hoorde dat je vader was overleden. Maar de deken beroept zich op de uitleg van het Hof van Discipline. Die uitspraak van het hof is heel recent.'

'Jezus,' zucht Martin. 'Wat nu?'

'De envelop kan ik jullie niet geven, het spijt me.'

'Maar dit is belachelijk. Nog nooit is Leon zo dicht bij de waarheid geweest! Dit kunt u niet doen. Dit is gewoon marteling!' Ik probeer Martin te kalmeren door hem tegen zijn been te schoppen.

'Het spijt me,' zegt mr. Van Paassen nog eens.

'Ik ben mijn vaders erfgenaam. Die envelop is nu dus mijn eigendom,' zeg ik plotseling, in een poging terrein terug te winnen, ook al heb ik zelf alle hoop op een gunstig resultaat opgegeven.

'Zo werkt dat niet. De envelop valt onder de geheimhoudingsplicht en blijft hier in dit dossier.' Ze schuift de envelop, bruin en van A4-formaat, boven in het dossier. 'Het dossier met de verklaring gaat hier in de bovenste la van deze kast,' zegt ze en staat op, loopt naar de kast in de hoek van de kamer.

'En daar blijft hij.' Dan draait ze zich om, een minuscuul lachje om haar lippen. 'Tenminste als het aan mij ligt.' Ze doet de lade met een overdreven gebaar dicht en tikt met haar ring tegen het metaal.

'Ik moet jullie nu de deur uit zetten. Jullie waren mijn laatste afspraak deze week. Ik ga vanavond met mijn man een weekendje weg.'

We staan op, vertwijfeld over de loop van het gesprek, en doen onze mondkapjes op.

Terwijl mr. Van Paassen ons naar de voordeur brengt, kletst ze nog wat over stadsdeel Noord en de opkomst van de buurt. In de deuropening wijst ze naar het winkelcentrum. 'Het wordt bewaakt, maar de beveiligingscamera's doen het nog niet. Die worden volgende maand geïnstalleerd. Ik ben als de dood dat iemand de voordeur vanavond laat forceert en iets uit het kantoor weghaalt, want dan wordt het een hele klus de inbrekers te achterhalen.'

Ze kijkt mij aan, maar ik heb het compleet gehad met haar. Ik wil weg, naar huis. Alle energie is uit mijn lichaam verdwenen. Ik ben zo moe, zo teleurgesteld in haar, in mijn vader, in mezelf, in het leven. Op dit moment ben ik zo ver heen dat die hele fokking envelop me niet eens meer interesseert.

'Goed weekend dan,' mompel ik en stap naar buiten. Maar Martin blijft staan. Hij houdt zijn hoofd schuin alsof hij zo haar woorden beter tot zich door kan laten dringen. Vragend kijkt hij haar aan. 'Hoe laat gaat u weg?'

'Ik moet nog een pleitnota schrijven, maar om acht uur vanavond trek ik de voordeur achter me dicht. Dan is hier niemand meer.'

Even is er een blik van herkenning tussen haar en Martin. Hij geeft haar een vriendschappelijke elleboogstoot; handdrukken zijn vanwege de coronamaatregelen uit den boze.

'U bent een goede advocaat,' zegt hij lachend. 'Twee tegengestelde boodschappen op hetzelfde moment.'

'Doe wel voorzichtig,' antwoordt mr. Van Paassen.

51

Gebukt staan Martin en ik in het donker voor het advocatenkantoor. Het is in het holst van de nacht. Met de ijzeren kleerhanger, van huis meegenomen, lukt het niet de deur te openen, de brievenbus zit te ver van het slot. Het is een heldere nacht, de Grote Beer is goed te zien, de sterren fonkelen. Boven het IJ hangt de maan, donkergeel en precies halfvol, alsof hij dwars doormidden is gehakt.

'We moeten flipperen,' fluister ik. 'Dat is de meestgebruikte methode om een voordeur open te krijgen. Je doet het met een plastic kaartje.'

Martin trekt zijn portemonnee uit de achterzak van zijn spijkerbroek. 'Ik ga geen creditcard gebruiken, maar deze werkt misschien ook wel.' Hij gaat op zijn knieën zitten en probeert het pasje van de Amstelclub tussen de deur en het houten kozijn te wurmen. Ondertussen rammel ik aan de deur, die een beetje meegeeft maar niet genoeg om open te gaan.

'Schijn me eens bij.'

De zaklamp van mijn smartphone richt ik op het slot, het baadt opeens in een fel wit licht. Het is drie uur 's nachts. De parkeerplaats is uitgestorven. Het winkelcentrum om de hoek is verlaten, op een zwerver na die voor de etalage van de Coffee Company op een paar stoelen slaapt die met een ijzeren ketting aan elkaar zijn verbonden. Nergens in de flats boven de winkelgalerij brandt licht. Martin graaft in de rugzak die we van huis hebben meegenomen. 'Dan maar de koevoet, we kunnen hier niet te lang staan pielen, straks rijdt er een auto voorbij.'

'Nog even met het pasje, volgens mij beweegt de deur mee.' De deur is gammel, maar behalve wat meer speling blijft hij in het slot zitten.

'Oké, geef maar,' zucht Martin. 'Het duurt te lang.' Hij wrikt de koevoet naast het slot, het hout van het kozijn versplintert. Ik neem een aanloopje en beuk met mijn schouder tegen de deur. Alles heb ik er na de inzinking van vanmiddag voor over om die envelop in handen te krijgen. De verklaring behoort mij toe, geheimhoudingsplicht of niet.

'Au!'

'Nog een keer,' fluistert Martin. Het zweet staat op zijn voorhoofd. Hij kijkt om zich heen. In de verte rijdt een auto, de koplampen beschijnen de bosjes die de parkeerplaats aan het zicht onttrekken. De bestuurder slaat achter de flat af en kan ons onmogelijk hebben gezien. Het is weer donker.

'Een, twee, drie!' Samen trappen we tegen de deur. Het kraken verstoort de nachtrust. De deur is nu bijna open. De zwerver die in de verte op de stoelen lag te slapen, staat op, komt onze kant uit, maar loopt dan naar een portiek naast de ingang van de supermarkt. We duiken weg achter de plantenbak die midden op de stoep staat.

'Zou hij ons gezien hebben?' Ik kijk door de bladeren naar de zwerver, die met zijn rug naar ons toe staat en tegen de muur van het portiek plast. Dan waggelt hij terug naar de stoelen en steekt een sigaret op. Het vuur van de aansteker verlicht zijn baard en zijn handen even. De man gaat weer liggen.

'Hij heeft ons niet gezien,' beantwoord ik mijn eigen vraag. Martin rammelt weer aan de deur, zet de koevoet nog een keer tegen het slot en wrikt de deur open. Gauw stappen we naar binnen, maar de voordeur blijft open omdat het slot geforceerd is en het hout van het kozijn versplinterd naar binnen steekt. In de hal is het aardedonker, alle deuren in de hal zijn dicht.

'Deze was het,' zeg ik en ik duw de deur naar de spreekkamer open. Het gele licht van de straatlantaarn valt naar binnen door het grote raam dat uitkijkt op het plein van het winkelcentrum. We zien de zwerver op de stoel zitten, hij krabt zich op het hoofd en rookt zijn sigaret. Hij blaast de rook in cirkels boven zijn hoofd en praat tegen zichzelf. Verder is alles stil.

De kast in de hoek trekt me als een magneet. De envelop, de sleutel naar mijn verdere leven, moet daar liggen. Ik trek de bovenste la open. 'Hebbes,' zeg ik opgewonden. Boven op de mappen die keurig in het gelid hangen, de namen op een plastic label, zie ik het dossier Feenstra/OM.

'Het lijkt wel of ze het heeft klaargelegd,' zeg ik. Voorin ligt de gesloten envelop. 'Feenstra/OM, verklaring Bart Feenstra' staat er met zwarte letters op geschreven.

'Wat doen we?' vraagt Martin. 'Maak je hem hier open en kopieer je de inhoud of nemen we hem mee naar huis?'

Daar hadden we van tevoren niet bij stilgestaan.

'Het kopieerapparaat staat in de hal, ik zet het aan.' Martin loopt naar de donkere hal en doet het licht aan om het bedieningspaneel van het kopieerapparaat te vinden.

'Doe dat licht uit!' roep ik en vergeet te fluisteren. 'Valt veel te veel op.'

Moeten we ons niet snel uit de voeten maken, denk ik. Waarom die brief hier kopiëren?

Martin drukt op de aan-uitknop. Het apparaat begint te zoemen, een brommend geluid, het klinkt alsof de koelkast bij ons thuis aanslaat.

Ik zit op de stoel waar mr. Annette van Paassen vanmiddag zat en houd de envelop in mijn hand, hij is niet dik en zwaar, zo te voelen zitten er maar een paar vellen papier in. Mijn duim en wijsvinger glijden erover, alsof ik de inhoud ervan met de toppen van mijn vingers kan lezen, als een blinde die braille leest. Dit is weer zo'n allesbepalend moment in mijn leven. Zodra ik de envelop heb opengescheurd, kan ik nooit meer terug. Er is een tijd van voor en na het lezen van mijn vaders verklaring.

Martin klapt de klep van het kopieerapparaat open. Het moment is daar. Ik scheur de envelop open en trek de vellen papier eruit. Het eerste vel leg ik op het glas. Ik moet mijn nieuwsgierigheid bedwingen om niet met de rest van de brief naar het licht te stappen en alvast te gaan lezen. Ik doe de klep dicht en Martin drukt op een knop.

Op dat moment trapt iemand de voordeur open en schijnt met een zaklantaarn naar binnen.

'Wat gebeurt hier?'

We kijken in het felle licht van de zaklantaarn. Een agent monstert ons.

'Staan jullie te kopiëren?' klinkt het verbaasd.

'Ja.'

'Van wie is die rugzak hierbuiten?'

'Van mij,' antwoord ik. Mijn stem bibbert, mijn hartslag gaat tekeer. Stom, ik was vergeten de rugzak mee naar binnen te nemen.

'Jullie hebben de deur geforceerd,' zegt een tweede agent die in de deuropening verschijnt. 'Inbraak, heterdaad,' zegt de eerste agent.

'Nee, nee, dat is een misverstand,' stamelt Martin. 'We kopiëren alleen een document. Mr. Van Paassen weet ervan,' bluft hij. Het maakt geen indruk.

'Dat zullen we haar vragen. Meekomen.'

Ik draai me om en stop de vellen papier onder mijn trui, maar ben niet snel genoeg.

'Handen omhoog,' bast de eerste agent. 'Wat verberg je daar?'

Hij pakt mijn trui bij mijn middel en trekt die omhoog. De vellen papier waaieren uit en dwarrelen op de grond. 'Oprapen.'

Ik buk me, de agent schijnt de lantaarn bij.

'En daarom vertel ik je wat mij ertoe bewogen heeft je moeder...' lees ik in de gauwigheid halverwege een van de pagina's. Ik orden de papieren, ze branden in mijn handen.

'Het apparaat,' gebaart de agent. Ik doe de klep open en pak het eerste vel van de glasplaat en voeg het bij de bundel. Het zijn vijf pagina's. De papieren voelen als een kroonjuweel dat ik na een aardbeving uit een ingestort museum heb gered. 'Geef hier,' gebiedt de agent me.

'Nee. Dit is van mij.'

Hij kent geen mededogen, trekt de papieren uit mijn handen, een van de vellen scheurt.

'Nee!' roep ik, mijn stem slaat over. Vliegensvlug draait de agent mijn armen op mijn rug en klikt de handboeien om. Bij Martin gebeurt hetzelfde. De tweede agent heeft versterking gevraagd en binnen een paar minuten rijdt een andere politieauto voor. Martin wordt naar de eerste en ik naar de tweede auto gebracht.

'Hé, jou ken ik,' zegt de agent wanneer hij in het licht van de parkeerplaats op de achterbank naast me plaatsneemt.

'Leon Feenstra toch? Van "Mom is gone" en "One out of many"?'

Gelaten kijk ik voor me uit. Mijn rugzak wordt in de achterbak van de voorste auto gelegd.

'Nogal amateuristische kraak,' vervolgt de agent. Drie collega's van hem plakken de voordeur van het kantoorpand provisorisch dicht met brede rollen plakband.

'Het was alleen maar onze bedoeling een document te kopiëren.'

'En daarom breek je midden in de nacht de deur open? Kom, rijden maar,' roept hij.

In de verte zie ik de bedelaar opstaan en lusteloos naar de politieauto's zwaaien.

52

'Wat een verrassing je hier te zien,' zegt Maya Oliphant. Goedgeluimd is ze op het politiebureau verschenen. Ze is in burger, draagt een spijkerbroek en een strak wit T-shirt. Ze smijt haar sporttas in de hoek en gaat tegenover me aan tafel zitten.

‘Het is fokking klote.’ Ik heb op haar zitten wachten in de spreekkamer, de slaap nog in mijn ogen, mijn haar door de war. ‘Waar is Martin?’

‘In de andere spreekkamer. Hij komt zo meteen aan de beurt,’ zegt Maya. ‘Ze hebben me gebeld omdat ze je van tv kennen. Ze wisten dat ik bij het onderzoek betrokken ben.’

Versuft kijk ik haar aan, nog amper beseffend dat ik op heterdaad ben betrapt bij een inbraak in een advocatenkantoor.

‘Het heeft voordelen bekend te zijn.’ Het cynisme druipt van mijn stem. Mijn schouder doet pijn van het openbeuken van de deur. Ik wrijf over de beurse plek.

‘Vertel, waar waren jullie in godsnaam mee bezig?’

Met horten en stoten kom ik op gang, mijn stem ochtendrauw, maar algauw loop ik warm en schets de gebeurtenissen van afgelopen nacht. Nadat ik mijn verhaal heb gedaan, kijkt Maya me aan, een nauwelijks waarneembaar glimlachje speelt om haar mondhoeken.

‘Inbreken mag natuurlijk nooit. En die envelop openen is schending van briefgeheim. Mag ook niet.’

‘Weten wij ook wel. Maar we hebben gewoon een belangenafweging gemaakt. Ik wil weten wat mijn vader me schrijft. Het is een brief aan mij gericht. Die is dus van mij. Dus kan ik nooit een briefgeheim schenden.’

‘Maar jullie hebben het kantoor opengebroken.’

‘Omdat zij zich op geheimhouding beriep.’

Maya kijkt op haar horloge. ‘Ik begrijp jullie wel, maar het blijft verkeerd.’

‘Waar is de brief?’ vraag ik.

‘Die is in beslag genomen. Het is nu een justitieel document, een stuk van overtuiging in deze zaak. Ik heb hem ook nog niet gezien. Weet je wat, Leon. Ik ga mr. Van Paassen bellen en kijk wat ik voor jullie kan doen.’

Ik knijp in mijn handen, wrijf over mijn bovenbenen. Ik kan niet geloven dat ik op heterdaad betrapt ben en als inbreker met een strafblad te boek zal staan. Mijn carrière kan ik verder wel schudden. Ik zie de roddelpers al voor me: 'Singer-songwriter op inbrekerspad'.

De depressie die het afgelopen jaar zo vaak op de loer lag, begint op te spelen. Ik word naar beneden getrokken, een diepe put in. En dit keer kan ik mijn vader niet de schuld geven, want het is helemaal aan mezelf te wijten.

Maya is de gang op gelopen, ik hoor haar telefoneren, maar kan niet horen wat ze zegt. Even later stapt ze weer binnen.

'Het geluk lacht je toe,' zegt ze.

'Nou, dat is dan voor het eerst.'

'Ik heb Annette van Paassen gesproken. Zij en haar man zouden het weekend weggaan, maar zijn nog bij een vriendin op bezoek in Broek in Waterland, hier vlakbij. Ze komt straks.'

Maya bruist van de energie, ze stompt me tegen mijn pijnlijke schouder.

'Oké,' aarzel ik. 'Maar de brief?'

'Die geeft de politie aan haar terug. Ze heeft een geheimhoudingsplicht en die wil ze niet schenden. Het is een principiële dame,' zegt Maya bewonderend. 'Daarom heeft je vader haar als advocaat genomen.'

'Daar koop ik wat voor,' foeter ik.

'Ze komt zo dadelijk naar het bureau. Dan organiseren we een dader-slachtoffergesprek. Daarna kunnen jullie gaan.'

Afwezig knik ik, ik heb medelijden met mezelf.

'Soms zijn slachtoffers ook daders,' zegt Maya. 'En andersom.'

In mezelf gekeerd staar ik voor me uit.

'Ik zal zorgen dat je een ontbijt krijgt, ik ga nu met Martin praten.'

Een tijd later komt ze met Martin de spreekkamer binnen. 'Hier is-ie,' zegt ze en duwt hem voor zich uit. Ze sluit de deur achter hem. Martin en ik kijken elkaar aan. We zeggen niets tegen elkaar.

'Heb jij kunnen slapen?' vraagt hij uiteindelijk.

'Nauwelijks,' antwoord ik langzaam. Ik wil zeggen: 'Het was jouw idee,' maar weet dat dat onzin is en slik mijn woorden in.

'Hadden we de brief maar niet gekopieerd en gewoon mee naar huis genomen. Dan zaten we hier nu niet. Sorry, Leon. Het is mijn fout.'

'No spang. Ik voel me niet schuldig. Ik vind dat ik recht heb op die brief. Niets kan me nog tegenhouden.'

De deur gaat open en een agent komt met een dienblad met daarop twee borden met witte boterhammen, plakjes gele kaas in cellofaan en twee glazen melk.

'Willen jullie koffie of thee?'

'Doe maar thee,' antwoordt Martin voor ons allebei.

De minuten kruipen voorbij. Op de gang horen we af en toe een schreeuw, een geluid van ijzer op ijzer, maar verder is het stil.

Na ruim een uur komt Maya binnen met in haar kielzog mr. Van Paassen. Van de vrolijkheid die Maya die ochtend uitstraalde is weinig over. Ze heeft een diepe rimpel tussen haar wenkbrauwen en kijkt ons niet aan. Een beetje plichtmatig introduceert ze de advocaat.

'We kennen elkaar al,' zegt Annette van Paassen, ons met een kort hoofdknikje begroetend. Maya weidt vervolgens uit over het nut van dader-slachtoffergesprekken.

'Ik ben ook erkend mediator,' onderbreekt mr. Van Paassen haar. 'We kunnen het kort houden. Ik wil hier geen zaak van maken. Ik ga geen aangifte doen. Jullie zijn al genoeg gestraft, vind ik. Zo meteen neem ik jullie mee naar mijn kantoor, we nemen de schade op en jullie regelen dat die vandaag nog wordt hersteld. Ik moet er niet aan denken dat er dossiers uit mijn kantoor verdwijnen.'

Maya legt de opengescheurde bruine envelop, waar het allemaal om te doen was, voor zich op tafel.

'Het is mijn schuld,' val ik de advocaat in de rede, mijn ogen op de envelop gericht.

'Mijn vader heeft me geschreven, die brief is van mij, ik wil weten wat erin staat, ik heb daar recht op.'

'Het ligt toch echt genuanceerder,' antwoordt mr. Van Paassen. 'Dat heb ik jullie gisteren al uitgelegd. Nogmaals: je vader heeft de verklaring op mijn uitdrukkelijk verzoek opgesteld. Toen ik hem later in het huis van bewaring bezocht, heeft hij mij de envelop gegeven. Hij zei erbij: "Ik wil dat je de brief aan Leon geeft, maar alleen als ik je daar uitdrukkelijk opdracht toe geef. Dat is nu nog niet. Ik wil er langer over nadenken of ik er goed aan doe opening van zaken te geven. Nu wil ik dat de inhoud van de brief geheim blijft. Daarom heb ik hem dichtgeplakt. Jij bent de enige die weet dat ik alles heb opgeschreven wat er is gebeurd."'

'Wat een gedoe allemaal. Waarom kon hij niet gewoon verantwoordelijkheid nemen voor wat hij heeft gedaan,' vraagt Martin.

'Dat heb ik hem vanzelfsprekend ook gevraagd. Meer dan eens.'

'En?'

Maya laat haar vingers over de envelop glijden, terwijl ze met een glazige blik voor zich uit kijkt, alsof ze niets meer met het dader-slachtoffergesprek te maken wil hebben.

'Daar heb ik nooit antwoord op gekregen,' zegt mr. Van Paassen. 'Maar ik heb vlak voor we hier naar binnen gingen de brief van de politie teruggekregen. Jullie hadden hem in mijn kantoor geopend. Ik heb hem voor het eerst gelezen. Ben er erg van onder de indruk.'

'Dan wil ik hem ook lezen,' roep ik bevelend. Het bevel zit 'm niet in de woorden, maar meer in het dwingende handgebaar, waarmee ik naar de envelop reik.

'Ik blijf aan mijn geheimhoudingsplicht gebonden. Dat is een gedragsregel uit de advocatuur.'

Mr. Van Paassen gaat met haar armen over elkaar achterover zitten en kijkt van Martin naar mij.

'Een impasse dus,' concludeert Martin.

Niemand zegt wat. De stilte doet mij pijn.

'Waarom bent u eigenlijk zo onder de indruk van die verklaring?' vervolgt hij.

Ze gaat van haar ene op haar andere bil zitten en draait aan haar armband, alsof ze deze vraag niet had verwacht. Vlug zoekt ze steun bij Maya, die haar ogen neerslaat en haar nagels bestudeert.

'Laat ik het zo zeggen, ik raad je ten stelligste af die brief te lezen,' zegt ze tegen mij. 'Het is niet in jouw belang. Laat het voor wat het is, richt je op je carrière als singer-songwriter, dat gaat je goed af. Je bent een belangrijk influencer. Mensen volgen je, je bent populair. Blijf daarmee doorgaan en zet een streep onder dit alles. Je vader is er niet meer. Laat het verleden nu rusten. Dat is mijn advies.'

Ik kijk haar aan, verbijsterd.

'U bent mijn advocaat niet. Ik heb u niet om advies gevraagd. Ik wil die verklaring. Daarna bepaal ik zelf of ik er goed aan heb gedaan die te lezen. Misschien geef ik u achteraf wel gelijk. Jammer dan. Maar de tijd is voorbij dat anderen voor mij bepalen wat goed voor me is.'

Mr. Van Paassen kijkt naar Maya, alsof ze hulp zoekt. Die staat op, met een zucht. 'Mevrouw Van Paassen, ik wil u even op de gang spreken en wat formaliteiten afwikkelen.' De advocaat staat ook op, beiden verlaten de spreekkamer.

'Ik denk dat we over een kwartiertje terug zijn,' zegt Maya en sluit de deur achter zich.

De bruine envelop ligt op tafel.

Ik kijk ernaar, Martin ook. Een van de vellen papier steekt er een beetje uit.

'Doen,' zegt Martin. En ik val aan. Ik trek de pagina's eruit en begin te lezen. Nadat ik het eerste vel gelezen heb, schuif ik het door naar Martin en pak het tweede vel. Bij de derde pagina gaat mijn vinger langs de regels van mijn vaders handschrift, schuin en puntig. Als ik klaar ben met het lezen van de laatste pagina, laat ik me tegen de harde leuning van de stoel vallen. Martin kijkt bezorgd op.

Met mijn handen woel ik door mijn haar, ik trek aan wat lokken, alsof ik mezelf kaal wil plukken. 'Nee, dat kan toch niet!' roep ik. Martin wil ingrijpen, maar ook de laatste bladzijde lezen voordat

Maya Oliphant en Annette van Paassen terugkomen. Hij kiest voor het laatste. Zijn ogen snellen over de laatste regels. Vlug stopt hij de bladzijden weer in de envelop en legt hem weer midden op tafel.

Ondertussen voelt het alsof ik afgebrokkeld ben. Het lijkt wel alsof ik met de minuut krimp, ik zak onderuit, de tafel komt tot aan mijn borst.

Martin staat op, loopt op me toe en slaat zijn armen om me heen, een gebaar dat het midden houdt tussen mij beschermen en zelf gerustgesteld worden. Hij legt zijn hoofd op mijn schouder.

'Wat spijt me dat voor je, lieverd.' Zijn stem slaat over.

53

'Ik dacht dat het goed was elkaar voor de begrafenis van je vader nog even te spreken,' zegt Maya, terwijl ze Zlatan op schoot probeert te nemen. Ongeremd staart het joch me aan. 'Jij was op tv,' zegt hij, met zijn vingertje naar me wijzend.

'Ik ken je al vanaf je vierde jaar. Zo oud als Zlatan nu is. De zaak van je moeder heeft me nooit losgelaten. Nu we weten wat er is gebeurd, wilde ik graag rustig even met je napraten. Over hoe je je voelt. Wat het allemaal met je heeft gedaan.'

Het is onheilspellend stil in Amsterdam. Uit angst voor besmetting durven weinig toeristen naar de stad te komen. Voor veel Amsterdammers is de onverwachte leegte in de stad een zegen. We zitten op de terrasboot van café P96. Zlatan wurmt zich los en loopt tussen de tafeltjes. Hij vindt het heerlijk om in de aandacht te staan. Met zijn blonde krullen, zijn grote blauwe ogen en zijn ronde rode wangen, is hij een plaatje om te zien en de gasten op de boot knopen graag een gesprekje met hem aan. Maya houdt hem goed in de gaten, bang dat hij onverhoeds over de reling kruipt en in de gracht valt. Verderop slaat de klok van de Westertoren.

Ik was blij toen ik Maya's appje ontving. Zij is een van de weinige personen met wie ik het over de gebeurtenissen wil hebben. De meeste mensen die het drama in mijn leven aanroeren, zijn alleen maar nieuwsgierig, zijn net ramptoeristen die kijken naar een ongeluk aan de andere kant van de snelweg, ach en wee roepend. Dat soort uitingen van medeleven brengt me niets.

'Ik heb de afgelopen twintig jaar vaak aan Netty gedacht,' vervolgt Maya. 'Ik vroeg me af of je gevoel over haar is veranderd?'

Voor het Anne Frank Huis aan de overkant van de Prinsengracht ontbreekt de gebruikelijke lange sliert toeristen. Keurig op anderhalve meter afstand van elkaar staat een tiental mensen in een rij voor de ingang. Ze hebben allemaal een mondkapje op.

'Mijn gevoel heeft veel lagen. In de onderste zijn de oude gevoelens over mijn moeder weggestopt. Het is als stilstaand water onder een ijskap. Twintig jaar lang was ik ambivalent over haar. Wanneer iemand plotseling verdwijnt, schieten er allerlei emoties door je heen. De ene keer voert het ene de boventoon, de andere keer het andere. Onzekerheid. Pas toen Martin en ik haar lichaam vonden, kon ik het wat gaan loslaten. Alsof er een wak in die dikke ijslaag was gehakt en er zuurstof in het water kwam. Zeker na het lezen van mijn vaders brief aan mij is mijn gevoel voor mijn moeder helder geworden. Ik hou van haar. Zij hield van mij.'

'Dus het geeft rust te weten dat ze je niet heeft verraden?' Maya's blik is op mijn ogen gericht. Ze spreekt de woorden langzaam uit, alsof ze de betekenis ervan pas beseft op het moment dat ze haar lippen verlaten.

'Zeker,' zeg ik. 'Dat zijn dus de onderste lagen.'

Zlatan wurmt zich los uit de houdgreep van Maya en dribbelt weer tussen de tafeltjes naar de rand van de terrasboot, waar hij een meeuw ziet zitten. Hij peutert in zijn neus en stopt de oogst in zijn mondje.

'Ga je lekker, joh,' roept Maya. Snel komt hij naar haar toe en kijkt me belangstellend aan.

De ober, een werkstudent van mijn leeftijd, komt de bestelling opnemen. Als hij mij ziet, laat hij bijna zijn dienblad vallen.

'Wat vet jou hier op de terrasboot te hebben,' zegt hij. 'Ik ken al je nummers. Met name dat nummer over corona en de intensive care vind ik te gek. Een professor aan de universiteit is aan het virus overleden, dus het komt extra hard binnen.'

Zlatan komt bij me staan en ik streel zijn krullen.

'Chill man, dank. Fijn om te horen.'

We geven onze bestelling door. De ober steekt de straat over om de drankjes te gaan halen.

'En je vader?' vraagt Maya. 'Met hem heb je heel wat te stellen gehad.'

'Dat is als het ware de bovenste laag. Mijn vader heb ik twintig jaar lang aanbeden. Hij was mijn held. We deden veel samen. Ik ben nooit een lastige puber geweest. Door redelijk te zijn en niet opstandig wilde ik hem extra ellende besparen, denk ik. Maar goed, mijn vader en ik konden het prima met elkaar vinden. Ik had een soort pantser om me heen. Alleen heel af en toe sloop er iets van wantrouwen in me, met name als iemand een ondoordachte opmerking over mijn moeders verdwijning maakte en suggereerde dat mijn vader daar meer van afwist. Dan verdedigde ik hem, maar toch was er iets van wantrouwen onder dat rotsvaste geloof. En op mijn vierentwintigste sloeg dat gevoel in één klap om. Je weet het, je was erbij toen hij uit Berlijn voor mijn verjaardag overkwam en we hem overvielen. Wat haatte ik hem toen. Hij had me mijn hele jeugd voorgelogen. Ik wist niet dat ik het in me had om zo woest te zijn. Daar kwam nog bij dat hij er niets over kwijt wilde, mijn vragen niet wilde beantwoorden. Ik wilde geen contact meer met hem. Al mijn boosheid kon ik op hem richten, het was pijnlijk, maar tegelijk ook overzichtelijk. Makkelijk haast. Ik zie mezelf nog in de rechtszaal van mijn spreekrecht gebruikmaken. Ik keek hem aan, zag hoe schuldig hij erbij zat. Het schoot door me heen: jij hebt niet alleen mijn moeders leven kapotgemaakt, maar ook het mijne.

En dan later lees ik die verklaring via mr. Van Paassen. En blijkt het weer anders te liggen. De haat en boosheid zijn inmiddels weggezakt. Ik krijg weer ruimte hem te respecteren om wat hij heeft gedaan. Ik zie zijn dilemma. Ik kan nu weer gedachten toelaten over hoe het voor hem al die jaren is geweest om met niemand over zijn geheim te praten. Ik leer nu weer om van hem te houden.'

De ober zet de drankjes voor ons neer en staart mij onbeschaamd aan. 'Mag ik wat vragen?' Zonder antwoord af te wachten vervolgt hij: 'De terrasboot moet van de gemeente sluiten. Na dertig jaar! We zijn een petitie gestart om open te blijven. Het zou geweldig zijn als je die zou willen ondertekenen. En u ook,' zegt hij er snel tegen Maya achteraan.

'Best. Doen we straks,' zeg ik op een toon die duidelijk maakt dat hij ons verder niet moet storen.

Als hij zich omdraait, zegt Maya: 'Het is vreselijk dat je hem op de intensive care niet meer hebt kunnen spreken. Ik weet zeker dat hij het je toen had willen vertellen.'

'Ja, dat zou goed kunnen,' zeg ik, alsof die mogelijkheid me zojuist binnenvalt. 'Het was traumatisch. Ik stond daar achter het glas, helemaal ingepakt in beschermende kleding, en voelde me zo machteloos. Ik was toen nog kwaad op hem, maar wilde hem niet alleen laten sterven.'

Zlatan begint te jengelen om een ijsje en Maya wenkt de ober, die maar al te graag naar ons tafeltje komt. Hij somt de smaken op. 'We hebben chocolade-, vanille- en citroenijs.'

Er steekt een briesje op, een groep zwanen zwemt voorbij, hun lange hals af en toe sierlijk onderdompelend in het water.

'Mogen we straks een foto van je nemen, voor binnen aan de muur met je handtekening erbij?' vraagt de ober plotseling. Kennelijk wachtte hij op het juiste moment om de vraag te stellen.

'No spang, broer, als we klaar zijn loop ik wel even naar binnen.'

Maya houdt haar blik op me gevestigd.

'Met Martin kan ik goed over dit soort dingen praten,' vervolg ik, 'maar op een gegeven moment is alles wel gezegd. Ik heb er behoefte aan om met een professional mijn gevoelens door te akkeren. Te vaak nog ben ik op onverwachte momenten helemaal van slag. Ik ben bang dat er onder die ijslaag in me een depressie schuilt die zich begint te roeren.'

Maya raadt me een psychotherapeut aan, ene Raymond, met wie het politienetwerk Roze in Blauw vaak samenwerkt. Raymond is gespecialiseerd in ouder-kindrelaties en in de therapie van familieopstellingen. Ze pakt haar smartphone en appt me zijn gegevens.

'Ik neem morgen meteen contact met hem op.'

'Zeg maar dat je zijn naam van mij hebt gekregen.'

'Ik wilde jou ook nog wat vragen. Iets wat Martin en mij bezig heeft gehouden.'

'Vraag maar wat je wil,' zegt Maya.

'Die ochtend op het politiebureau in Noord. Jij zei toen tegen mr. Van Paassen dat je haar wilde spreken, jullie stonden allebei op, gingen de kamer uit, maar je liet de envelop op tafel liggen. Deed je dat expres, zodat wij de brief konden lezen?'

Maya spant haar schouders, gaat rechtop zitten alsof ze een actrice is die tegen haar zin een regieaanwijzing moet opvolgen. 'Ik kan alleen voor mezelf spreken en niet voor haar,' zegt ze bedachtzaam. 'Ik had met jullie te doen. Is dat goed genoeg als antwoord?'

De klok in de Westertoren begint te slaan. Naast ons komt een tafeltje vrij en een vader, moeder en drie dochters nemen plaats, keurig op anderhalve meter afstand. Om herkenning te voorkomen draai ik mijn rug naar hen toe en doe mijn petje op, de klep in mijn nek. Het gezin is net uit het Anne Frank Huis gekomen, waar ze een filmpje over de Tweede Wereldoorlog hebben gezien. Aan hun accent te horen komen ze uit Zeeland.

'Wat ik zo bijzonder vind is de wijsheid van Anne. Ze was veertien jaar toen ze haar dagboek schreef,' zegt de moeder en ze kijkt haar dochters veelbetekenend aan. Ze hebben de leeftijd van Anne Frank. Ze zitten met hun smartphones op schoot. De oudste van de drie legt haar telefoon op tafel.

'Ze zei zo mooi: "Ondanks alles geloof ik nog steeds in de goedheid van de mens."' Haar stem klinkt ontroerd. Haar zusje kijkt van haar schermpje op. 'Ik vond een andere zin mooi: "Ik denk niet aan alle ellende, maar aan alle moois dat er nog is."'

Ik kijk Maya verbaasd aan en steek mijn duim omhoog. Wow, gebaar ik. Voorzichtig buig ik me voorover en fluister tegen haar: 'Wreed. Die zin kan ik gebruiken voor het refrein in een rap die ik aan het schrijven ben. Wat cool!'

'Toch is het slecht met haar en haar zus afgelopen,' slaat de vader de gedachtewisseling kapot. Hij wenkt de ober.

Hoofdschuddend kijken Maya en ik elkaar aan.

'Gelukkig heb jij een mooie creatieve uitlaatklep,' zegt Maya lachend. 'En je hebt Martin, jullie zijn een prima stel.'

Ik knik.

'Vanmorgen keek ik in mijn agenda en zag allerlei data die op me afkomen. Data,' zeg ik, 'ze werken als een mijnenveld. De verjaardag van mijn moeder, mijn vader. De dag dat ze verdween. De feestdagen, mijn verjaardag. De dag dat we haar lichaam vonden. De dag dat mijn vader overleed. Daar komt nu de dag van de herdenkingsdienst bij. Ik hoop maar dat daarna de rust neerdaalt en dat mijn agenda geen bron van spanning meer zal zijn.'

Ik sta op en neem op een veilige afstand afscheid.

'Ik ga die Raymond bellen en zie je dinsdag.'

In de bar van P96 ga ik voor de goede zaak op de foto en teken de petitie voor het behoud van de terrasboot. Als ik weer naar buiten kom en mijn fietsketting losmaak, zie ik dat Maya Zlatan op schoot heeft. Ze voert hem lepel voor lepel het half gesmolten ijsje. De ober stapt op hen af.

Met een vochtig doekje maakt hij het tafeltje schoon.

54

'Vanwege corona vindt de herdenking in kleine, besloten kring plaats,' eindigt de advertentie die ik in verschillende kranten heb laten plaatsen. De door de regering afgekondigde restricties voor begrafenissen maken het onmogelijk alle vrienden en bekenden uit te nodigen. De paar mensen die ik er per se persoonlijk bij wil hebben, heb ik op het hart gedrukt aan niemand te vertellen waar en wanneer de bijeenkomst plaatsvindt. Mijn angst is dat tienermeisjes over begraafplaats Sint Barbara gaan rennen om een glimp van me op te vangen. Niemand kan online de plechtigheid volgen, ik wil ontdekking voorkomen. Voor je het weet gaan er foto's rond op social media en in de roddelpers.

Het kostte me heel wat hoofdbrekens voordat ik wist hoe ik mijn moeder en vader zou herdenken. Maar door mijn therapie bij Raymond zie ik mijn eigen leven in perspectief, al heb ik soms last van een erge terugval, aangewakkerd door een steeds terugkerende nachtmerrie.

Het gezelschap staat voor het graf van mijn moeder. Het is alweer behoorlijk lang geleden dat ze hier werd begraven. Nu kan ik de gedenksteen onthullen. Keurig op anderhalve meter staan de gasten van elkaar, mondkapje op. Het is een stralende middag, een blauwe lucht, felle zon. De wind ruist door de bladeren van de bomen die de begraafplaats omzomen. Mijn moeders graf ligt vlak bij het grindpad. Ik ga ernaast staan, schraap mijn keel en begin.

'Eindelijk heeft ze een waardige rustplaats gekregen. Het gevaar bestaat dat als we aan mijn moeder denken, we na die jaren van vermissing alleen maar voor ons zien hoe ze dood is gegaan. Maar – en dat zeg ik vooral tegen mezelf – laten we ons Netty Geel herinneren zoals ze bij leven was. Een jonge vrouw, met heftige emoties, verliefdheid en somberheid, een echt mens en bovenal een lieve moeder. Een herinnering wil ik met jullie delen. Het is zo'n beetje het eerste wat ik me van haar kan herinneren. Ik zal bijna vier jaar oud geweest zijn toen ze me meenam naar Artis. We gingen naar het apenhuis, het maakte diepe indruk op me, vooral de gorilla's. Vanaf die dag heeft ze me voor het slapengaan verhaaltjes verteld. Ze fantaseerde dan dat ik bij de apen in een hok woonde en dat ik het er erg naar mijn zin had. Ik hielp dan mee een einde aan het verhaaltje te verzinnen, elke dag iets anders. Soms verzon ze een liedje dat ze zachtjes voor me zong, terwijl ze me toestopte en ik mijn ogen sloot. Het zijn dierbare herinneringen. Volgens mij heeft mijn moeder er op die manier voor gezorgd dat ik singer-songwriter werd. Haar talent heb ik geërfd.'

Mijn grootmoeder verzet haar rollator en het grind op het pad knarst onder de wieltjes.

'Het is natuurlijk vreselijk dat ze zo jong gestorven is, vijfentwintig jaar. Even oud als ik nu ben. Ze was een goede moeder. Daarom' – ik wijs op de steen van grijs marmer – 'heb ik gekozen voor de volgende tekst: "Hier rust Netty Geel, lieve moeder van Leon Feenstra. Veel te jong gestorven. Ze blijft in onze gedachten, altijd. 1975-2000."'

Ik vraag om een minuut stilte en kijk naar de aanwezigen die om de grafsteen staan. Maya staat vooraan met haar vrouw Inger. Verder is Bulut er van de politie Amsterdam met de plaatsvervangend chef van de afdeling zware criminaliteit die nog met mijn vader heeft samengewerkt. En oom Hugo is gekomen. Hij staat achteraf, alleen, beschroomd, de kraag van zijn jasje omhoog, een droeve blik in zijn ogen boven zijn zwarte mondkapje. Van mijn moeders werk zijn haar oude baas Otto Karman gekomen en haar vroegere collega en vriendin Cyntha Bruinswijck. Onze bovenbuurvrouw Saskia Rogger is er. Ze heeft een donkere zonnebril op en houdt een witte zakdoek in de aanslag. Af en toe tilt ze de bril op en droogt haar tranen.

Hoog boven ons komt een vliegtuig over. In normale tijden zou dat geen verwondering wekken, maar nu Schiphol vanwege corona op minder dan halve kracht draait, is het uitzonderlijk. Sommige aanwezigen kijken omhoog en volgen de baan van het toestel.

'Je moeder was een lieve vrouw,' roept Saskia plotseling met een stem vol emotie. Dan klinkt er applaus. Ik kijk om. Oom Hugo klapt in zijn handen, naar de grafsteen starend. Voorzichtig nemen anderen het applaus over, dan klapt iedereen mee. Is het wel gepast om op een begraafplaats te applaudisseren, flitst het door me heen, maar ik doe mee. Het is een eerbetoon aan mijn moeder. Ze heeft het verdiend.

'Dan vraag ik jullie je om te draaien maar op dezelfde plek te blijven staan.' Zelf loop ik naar voren, gevolgd door Martin. We gaan naast mijn grootmoeder staan, die er verschrompeld uitziet. Ze is als enige helemaal in het zwart gekleed. Martin helpt haar en draait haar rollator op het grind.

'We hebben vandaag uitgekozen voor deze herdenking omdat nu ook de grafsteen voor mijn vader gereed en geplaatst is.'

Nu staan twee collega's van het ministerie dat mijn vader naar Berlijn heeft uitgezonden, vooraan. Bij hen staat een vrouw genaamd Wilma Pankow. Zij heeft zich zelf aangemeld voor de herdenkingsbijeenkomst, opgedrongen haast. Ze is uit Berlijn overgekomen en wilde per se een laatste groet brengen. Volgens Martin is ze meer dan alleen een collega met wie mijn vader het goed kon vinden. Ik heb haar nog niet kunnen spreken.

Als het weer stil is, neem ik het woord.

'Mijn vader heeft een veelbewogen leven gehad. Hij heeft met grote toewijding jarenlang bij de politie gewerkt. Ik vind het fijn dat enkele van zijn vroegere collega's hier zijn. Als alleenstaande vader heeft hij mij opgevoed, met grote dank aan mijn grootmoeder die onmisbaar is geweest en een enorme steun voor ons beiden was...'

Hier stop ik even, ik kuch en ga verder.

'Na de verdwijning van mijn moeder besloot hij het over een andere boeg te gooien. Hij ging studeren, specialiseerde zich in treinvervoer en verliet uiteindelijk de politie. Toen Martin en ik gingen samenwonen, verhuisde hij naar Berlijn. Hij had het daar enorm naar zijn zin. Fijn dat er een aantal collega's van het ministerie en de ambassade vandaag aanwezig zijn. Martin en ik hebben hem meer dan eens opgezocht in Prenzlauer Berg en konden zien dat hij zich echt had gesetteld. Hij hield van het onderhandelen met de Duitsers om een snellere treinverbinding mogelijk te maken. Mijn vader bloeide op. Waarschijnlijk ook omdat hij verder geen band, geen geschiedenis met de stad had. Hij kon er met een schone lei beginnen. Niemand sprak hem aan op zijn verleden. Niemand vroeg naar mijn moeder. Hij was er vrij en kon zichzelf opnieuw uitvinden.'

Wilma Pankow laat een snik horen, doet haar mondkapje af en snuit haar neus. Ik verander gauw van onderwerp, ik wil geen scènes bij het graf.

'Als vader was hij er altijd voor me. Toen Martin in mijn leven kwam, heeft hij hem met open armen ontvangen. Mijn vader steunde me toen ik besloot van liedjes schrijven en van zingen mijn beroep te maken. Hij was er altijd als ik hem nodig had.'

Ik haal diep adem. Martin legt zijn hand op mijn rug.

'Op één onderwerp na: mijn moeder. Over haar wilde hij nooit veel zeggen. Hij viel haar nooit af, maar als ze ter sprake kwam, dan klapte hij dicht. Toen Martin en ik het lichaam van mijn moeder ontdekten in onze tuin, heb ik de politie gebeld. Mijn vader werd gearresteerd. Hij weigerde zich uit te spreken. Waarom dat zwijgen? Die geheimzinnigheid? Pas na zijn dood heb ik begrepen waarom. Hij heeft een schriftelijke verklaring achtergelaten. Daarin legde hij alles uit. Die keuze om te zwijgen en toe te dekken wat er was gebeurd, heeft mijn vader gemaakt uit liefde voor mij. Hoe moeilijk soms te begrijpen, ik leer hem daar nu dankbaar voor te zijn.'

Ik snuit mijn neus, duw het papieren zakdoekje in de mouw van mijn overhemd en ga verder.

'Na de dood van mijn moeder bleef ze zijn en mijn leven beheersen en bleven ze dus met elkaar verbonden. En nu ze allebei gestorven zijn, zijn ze hier in de grond van Sint Barbara weer vlak bij elkaar. Voor altijd een band. Vorig jaar stonden Martin en ik hier op de begraafplaats bij de kist van mijn moeder. Het toeval wil – maar is het wel toeval of hebben onzichtbare krachten het zo bepaald – dat het graf van mijn moeder tegenover dat van mijn vader ligt, een paar meter van elkaar vandaan met alleen een smal grindpad ertussen. Voor mij symboliseert dat eigenlijk hun huwelijk.'

Oom Hugo krabt zich op zijn hoofd. Zijn gezichtsuitdrukking is achter zijn mondkapje verborgen, maar ik heb de indruk dat hij stilletjes lacht.

Mijn grootmoeder krijgt een hoestbui. In strijd met de coronaregels slaat Martin een arm om haar heen. Maya pakt Ingers hand.

'In het huis van bewaring is mijn vader besmet geraakt met het coronavirus. Hoewel hij gezond en sterk was, heeft het virus hem er toch in recordtijd onder gekregen. Hij moest op de ic van het ziekenhuis worden opgenomen en ging aan de beademing. Ik mocht hem niet meer spreken, aanraken, afscheid van hem nemen. Het besmettingsgevaar was te groot. Eenzaam is hij gestorven, terwijl ik vlak bij het ziekenhuis op het metrostation zat. Ik had een naar voorgevoel en wilde niet naar huis, maar bij hem in de buurt blijven. Diezelfde avond maakte het RIVM nieuwe coronacijfers bekend. Er waren veel coronadoden die dag. Mijn vader was een van hen. Een van de velen. Ik heb lang nagedacht over de tekst op zijn grafsteen. Dit is het uiteindelijk geworden: "Hier rust de man van Netty Geel, Bart Feenstra, door corona geveld na een veelbewogen leven. Geliefd vader van Leon Feenstra. 1971-2020".

Zoveel doden die dag. De dood van velen is een statistiek, maar die van één is een tragedie. Mijn vaders dood is zo'n tragedie.'

Met mijn papieren zakdoekje dep ik mijn ogen en vraag weer om een minuut stilte.

Daarna loop ik gearmd met mijn grootmoeder langzaam terug naar de ontvangstkamer. Martin volgt ons met haar rollator, de anderen daarachter.

Binnen staat koffie met cake op ons te wachten.

55

Ik ken de brief die mijn vader me schreef praktisch uit mijn hoofd. Er is geen stuk tekst dat ik in mijn leven zo vaak heb herlezen. Het heeft mijn leven veranderd.

Lieve Leon,

De zitting in de rechtbank kreeg een verrassende wending. De rechters besloten de behandeling van de zaak aan te houden zodat de politie extra onderzoek kon doen naar wat er twintig jaar geleden is gebeurd. De naam van Hugo werd een paar keer genoemd in die anonieme brief. Hij werd verdacht gemaakt. Tegen mijn advocaat zei ik in de rechtszaal al dat Hugo niets met de dood van Netty te maken had. Ik wilde daar toen niet verder over uitweiden. Het zwijgrecht paste me als een handschoen. En het uitstel kwam me goed uit. Ik worstelde er namelijk al lange tijd mee of ik je moest vertellen hoe je moeder om het leven is gekomen. De advocaat drong er bij mij op aan op te schrijven wat er was gebeurd. 'Je kunt altijd zelf bepalen of en wanneer je je verhaal bekendmaakt. Je kunt het ook alleen aan Leon laten lezen. Jij hebt de regie,' zei ze. Zo heeft ze me overtuigd.

Ik heb besloten de uitdaging (want zo zie ik het) aan te gaan. Ik schrijf alles op wat er is gebeurd, waarom ik gehandeld heb zoals ik dat heb gedaan. Ik zal proberen mijn gevoelens onder woorden te brengen, hoe moeilijk ik dat ook vind. Te zijner tijd zal ik besluiten wat er met deze verklaring gebeurt. Ik geef hem in bewaring bij mr. Annette van Paassen. Pas als ik haar opdracht geef er iets mee te doen, mag ze ermee naar buiten. Tot dat moment blijft de verklaring een document dat ik aan haar heb toevertrouwd en waarvan niemand, ook zij niet, de inhoud kent.
Nu je dit leest, is het dus zover.

Laat ik beginnen te zeggen dat ik van je hou, Leon. Jij bent mijn zoon. Al vanaf het moment dat je in je moeders buik groeide voelde ik een speciale band met je. Alle keuzes die ik in mijn leven gemaakt heb, heb ik gemaakt uit liefde voor jou. Misschien heb ik achteraf bezien grote fouten gemaakt, maar tot de dag van vandaag sta ik achter die keuzes.

Je moeder en ik waren nog jong, jonger dan jij nu bent, toen we elkaar leerden kennen. We waren begin twintig toen we trouwden. Je geboorte veranderde mijn leven. Ik hield je in mijn armen en wist dat jij en ik onverbrekelijk met elkaar verbonden zouden blijven. Netty moest erg wennen aan het idee dat ze moeder was. Soms zag ze je als een indringer en een handenbindertje. Haar leven veranderde drastisch. Ze was meer thuis dan ooit tevoren. De dagelijkse zorg van luiers verschonen, de borst geven, in slaap sussen etc. kwam goeddeels op haar neer. Maar meestal was ze blij, zorgzaam en betrokken bij jouw wel en wee.

Ik ging me meer op mijn werk bij de politie richten. Netty raakte geïsoleerd. Pas na bijna een jaar ging ze weer aan het werk, parttime. Ik had meer zorgtaken op me moeten nemen en mijn carrière niet zo belangrijk moeten vinden. Daarin zat ik fout. In de periode na je geboorte zijn Netty en ik uit elkaar gegroeid. Later heb ik overigens gedacht dat Netty een postnatale depressie had die we allebei niet hebben onderkend. We waren immers blij met je. Dus hoezo depressie? Toch kunnen die gevoelens gelijktijdig naast elkaar bestaan, vermoed ik. Met haar problemen is ze naar een psychotherapeut gegaan. Die heeft vastgesteld dat ze een vorm van een bipolaire stoornis had. Het verklaart de ups en downs waar ze mee kampte. De medicijnen die ze voorgeschreven kreeg, hielpen niet echt.

Algauw was elke intimiteit uit onze relatie verdwenen. We maakten elkaar over en weer verwijten. Netty voelde zich gevangen. 'Ik stik,' zei ze vaak. Ze verweet me dat ik me niet aan de afspraak hield om minder te gaan werken. Zo had ze te weinig tijd voor zichzelf. De verwijdering raakte me. Ik werd onzeker, bozig, bang en in mezelf ge-

keerd. Alleen in het werk stelde ik nog iets voor. Dus daar klampte ik me aan vast. Ik zag ons steeds verder van elkaar afdrijven, maar stond machteloos. Ik had geen idee hoe we nader tot elkaar moesten komen. Waren we toen maar in relatietherapie gegaan. Wie weet had dat geholpen. Het was een periode van grote eenzaamheid voor ons allebei. 's Avonds in bed lagen we als vreemden naast elkaar. Netty ergerde zich aan mijn gesnurk, mijn ademhaling, mijn manier van eten, mijn enthousiasme om je voetballen te leren. Niks deed ik nog goed. Ik vluchtte in de alcohol en nachtdiensten. De enige gesprekken die vreedzaam verliepen in die tijd waren de gesprekken over jou. Netty was een goede moeder voor je. Ze hield veel van je en bouwde met vallen en opstaan weer een leven buitenshuis op.
De anonieme brief die in de rechtszaal werd bezorgd gaat over deze zwarte periode. Voor mij was het overleven, elke dag opnieuw. Was Netty boos, hoe zou de vlag er vandaag bij hangen? Wat voor scènes zouden er nu weer komen? Ik voelde me onveilig.
Helaas moet ik toegeven dat het is voorgekomen dat ruzies soms op een handgemeen uitliepen. Over en weer overigens, ik ben ook weleens door Netty gekrabd en geslagen. Maar ik had mijn handen thuis moeten houden. Nog steeds heb ik er spijt van. Ik heb mezelf verlaagd. Twee keer eerder is Netty na zo'n incident het huis uit gegaan, maar toen kwam ze na een dag of wat weer terug. We praatten het uit en hoopten dat het beter zou gaan. Maar we zakten algauw weer weg in het moeras van verwijten en ruzies. En onverschilligheid. Dat laatste was misschien nog wel het ergste. Het kon haar op het laatst niet meer schelen wat er met mij zou gebeuren. Ik bestond niet meer voor haar.
De anonieme brief onthult dat Netty in haar wanhoop en om de eenzaamheid te ontvluchten verliefd is geworden op Hugo. Ik was alleen maar met mezelf bezig, heb hier helemaal niets van gemerkt. Ik vraag me nu af hoe ik toen gereageerd zou hebben als ik achter hun verhouding was gekomen. Eerlijk gezegd weet ik het niet. Ik snap dat Netty een uitweg zocht. Maar achter mijn rug om met mijn bes-

te vriend? Ik denk dat ik woedend zou zijn geweest. Op haar en uiteraard op hem. Hoe kon Hugo aan de haal gaan met mijn vrouw? Ze zijn allebei een grens over gegaan. Toen zou ik dus heftig hebben gereageerd, vermoed ik. Dat hij me nooit heeft opgebiecht wat hij gedaan heeft, valt me zwaar. Onze vriendschap is in een ander licht komen te staan.
Maar het is allemaal twintig jaar geleden. En omdat ik zelf een groot aandeel in de verwijdering heb gehad, ligt de grondfout deels bij mij. Dus misschien zou ik helemaal niet fel hebben gereageerd. Het heeft weinig zin hierop te blijven kauwen. Als ik aan die tijd terugdenk, voel ik niet meer de emoties van toen. We waren alle drie jong. We hebben alle drie fouten gemaakt. Ik zeker. Dus wie ben ik om hun dit alles eeuwig na te dragen?
Op een ochtend in 2000 kwam ik na een nachtdienst thuis, een paar uur vroeger dan normaal. Zoals zo vaak in die periode had ik besloten mijn best te doen om ons huwelijk te redden. Vol goede moed stapte ik de woonkamer in. Op de tafel lag een brief, aan mij gericht. Het was de afscheidsbrief van Netty. Je kent de inhoud. Ik was woedend. Netty had haar koffers al gepakt, ze stonden in de gang. Ze kwam de trap af gerend, geschrokken dat ik zo vroeg thuis was. Dat doorkruiste haar plannen. Ze had me willen ontlopen, bang voor de confrontatie. We kregen ruzie en die liep hoog op. Ik had mijn dienstpistool op tafel gelegd. We raakten slaags. Tijdens dat hysterisch duwen en trekken, slaan en schoppen ging het pistool af. De kogel ging dwars door haar hals en hoofd. Het bloed spatte op het tussenmuurtje naar de keuken. Netty viel op de grond, schokte met haar schouders, draaide met haar ogen en maakte een grommend geluid. Na een minuut of wat stierf ze. Jij was hier getuige van en huilde hartverscheurend.
Voordat ik schrijf wat er precies is gebeurd wil ik eerst uitleggen wat mijn gedachten waren.
Ik was in paniek. Netty was dood en lag in een plas bloed op de grond. Jij was uit je stoel gekropen en huilde. Ik pakte je op en nam je snel

mee naar boven. Daar heb ik je in bad gedaan. Je bleef maar huilen. Ik heb je toen een glaasje rum te drinken gegeven. Zo kreeg ik je stil en viel je in slaap. Beneden in de huiskamer was het een ravage. Netty's blik was verstard, haar ogen keken me beschuldigend aan. De wond in haar hals en hoofd zag er vreselijk uit. Ik durfde niet langer naar haar te kijken en heb haar in het vloerkleed gewikkeld en pakte de telefoon om 112 te bellen. Toen pas zag ik de brief weer op tafel liggen, waarin ze aankondigde weg te gaan, niet gevonden wilde worden, rust nodig had etc. Tegelijk realiseerde ik me dat ik voor moord zou worden opgepakt, of in elk geval voor doodslag. Dan zou ik niet meer voor je kunnen zorgen. Nooit, maar dan ook nooit heb ik Netty dood gewenst. Haar dood is een ongeluk geweest. Maar wie zou mij geloven? Jij was het enige wat ik had. Ik wilde niet van jou gescheiden worden. Jij moest zo onbelast mogelijk opgroeien. Ik was je vader, ik wilde voor je zorgen. De gedachte naar de gevangenis te moeten gaan was voor mij ondraaglijk.

De hele ochtend ben ik in huis gebleven, twijfelend wat te doen. Ik heb 112 niet gebeld. Toen je wakker werd, heb ik boven met je ontbeten. Ik heb samen met je tv-gekeken boven en je in bed gelegd, je voorgelezen.

Je vroeg: 'Waar is mama?'

Ik antwoordde spontaan: 'Mama is weg.'

'Waarnaartoe?'

Ik zei: 'Mama is een tijdje weg voor haar werk.' Zo had Netty het in haar brief voorgesteld. En zo begon de cover-up vorm te krijgen. Het verhaal leek zichzelf te schrijven. 's Nachts heb ik Netty in de kuil in de achtertuin gelegd, waar Hugo en ik een vijver zouden aanleggen. Saskia heeft niets gemerkt. Ook de andere buren niet. Het vloerkleed zat onder het bloed en heb ik naar het grof vuil gebracht. De volgende dag heb ik de rododendrons geplant in de stromende regen. De ene beslissing volgde op de andere en maakte het elke keer moeilijker om alsnog de waarheid te vertellen. Niet alleen voor Netty, maar ook voor mezelf had ik een kuil gegraven, waar ik niet meer uit kon.

In de jaren die volgden heb je vaak gevraagd waar mama was. Ik heb het je nooit verteld. Ik dacht dat het het beste was om je in de waan te laten dat Netty weg was. Daarmee suggereerde ik dat ze misschien ergens anders een gelukkig leven leidde. Natuurlijk leverde jou dat gemengde gevoelens op. Het betekende meteen dat ze jou achter had gelaten, had verraden. Daarom zei ik ook dat Netty misschien depressief was geweest (wat ze volgens mij ook was) en dat ze misschien pas zou terugkeren als ze beter was. Van de twee kwaden was dat volgens mij de minst erge. Ik moet toegeven dat ik me verkeken heb op de radeloosheid die zich van je meester heeft gemaakt. Vermissing is misschien nog wel erger dan de zekerheid van de dood. Maar nu ik eenmaal dit verhaal had verzonnen, moest ik wel consequent volhouden dat Netty weg was. Haar brief hielp mij natuurlijk enorm, het zette iedereen op het verkeerde been.

Dan komt nu het moeilijkste gedeelte van deze brief. Zoals je hebt gemerkt ben ik hierboven vaag gebleven over hoe Netty is doodgegaan. Ik weet nog steeds niet of ik je dit moet vertellen. De ene keer denk ik dat de waarheid het beste is, dan weer vind ik dat niet weten misschien beter is. Maar goed, in deze brief krijg je te horen wat er is gebeurd die ochtend. Je hebt me er zo vaak om gevraagd. En elke keer deed het me pijn je het bos in te sturen.

En daarom vertel ik je wat mij ertoe bewogen heeft je moeder stiekem te begraven en te liegen dat ik niet wist waar ze was.

Netty probeerde te doen alsof er weinig aan de hand was, ondanks de inhoud van haar brief. Ze ging je pap maken, zette je in je stoel. Maar ik was des duivels. Ze had ook veel geld van onze gezamenlijke rekening gehaald om ertussenuit te knijpen. Mijn Walther die ik bij binnenkomst op tafel had gelegd, was ik helemaal vergeten op te bergen in het kastje boven de koelkast. Ik was zo kwaad en radeloos. De ruzie werd een handgemeen. Ik sloeg haar, zij duwde me, ik greep haar bij de keel. Terwijl je moeder en ik aan het vechten waren, kwam zij met haar rug op de eettafel terecht. Netty en ik gingen zo in elkaar op dat we niet op jou hebben gelet. Jij was uit je stoel op tafel geklommen.

Je pakte het pistool. Per ongeluk heb je de trekker overgehaald. Wist jij veel. Eén schot maar. Eén kogel! Eén schot. Je schrok van de knal die het gaf, van de terugslag en van mijn schreeuwen. Daarop begon je te huilen. Netty gleed op de grond, ik hield haar in mijn armen. Jij zat op tafel en bleef huilen. Of je haar hebt zien bloeden weet ik niet, vanuit jouw positie was dat moeilijk te zien. Daar op het vloerkleed stierf ze. Ik schermde haar voor je af, toen tilde ik je op en ging met je naar boven. Ik wilde je laten vergeten wat je gedaan had en waar je getuige van was geweest. Nooit had ik mijn dienstpistool zomaar op tafel mogen leggen. Het was tegen alle regels en ik wist dat.

Ik wilde niet dat je zou weten hoe Netty was omgekomen. Wat voor uitgangspositie zou dat zijn in je leven? Je was nog niet eens vier jaar en dan te moeten leven in het besef dat je je eigen moeder had gedood? Ik wilde je dat niet aandoen. Bovendien, wie zou het geloven? Ik was immers degene die ruzie had met zijn vrouw en die gelet op de inhoud van de brief een stevig motief had om haar te doden.

Ik heb je altijd tegen de ware toedracht willen beschermen. Wat voegt het toe dat je weet wat je hebt gedaan? Je was een klein kind! Het is jou niet aan te rekenen. Daarom dacht ik dat het beter was hier gewoon nooit over te praten. En loog ik dat ik niet wist waar Netty was. Tijdens het proces besloot ik me op het zwijgrecht te beroepen. Dan hoefde ik mezelf ook niet te beschuldigen van iets wat ik niet gedaan had, al voel ik me er vanzelfsprekend helemaal verantwoordelijk voor. Niemand mocht van jouw rol weten. Dat nam ik me heilig voor. Ik kan me voorstellen dat de waarheid veel vragen bij je oproept. Nu ik besloten heb dat je dit mag lezen, ben ik uiteraard graag bereid al je vragen te beantwoorden. Ik spreek de hoop uit dat je geen extra problemen krijgt nu je weet wat er is gebeurd. Verwijt jezelf niets. Het is mijn fout geweest. Ik had mijn Walther nooit mee naar huis moeten nemen.

Nogmaals: al mijn keuzes daarna heb ik uit liefde voor jou gemaakt.

Je liefhebbende vader

56

Ze schuiven een stoel voor me aan.

'Ga zitten, Leon, het is vandaag jouw beurt.'

Het is maandag. We zitten met zijn zessen in een kring. Ik kijk naar de punten van mijn bruine schoenen, ongepoetst en dof. Zo voel ik me ook. Mijn gezicht staat strak alsof er een mondkapje over mijn wangen is gespannen en aan mijn huid is vastgeklonken. Ik inhaleer door mijn neus en adem diep uit.

'Goed zo. Neem je tijd.'

Door het open raam hoor ik het geluid van een kraai. Zachtjes waait er muziek van buiten de zaal in, pianoklanken, die het gekraai als een streling omlijsten.

Ik heb geen zin om te praten. Langzaam til ik mijn hoofd op en kijk de anderen aan, keurig op anderhalve meter van elkaar geplaatst, helemaal volgens de regels. Recht voor me zit Denise. Haar zwarte huid glanst bijna donkerblauw in de middagzon die door de hoge ramen naar binnen danst en over haar bovenarmen glijdt. Ze heeft een felrood T-shirt aan en knikt me bemoedigend toe.

'Ik vond het ook eng, maar het lucht op,' zegt ze. 'Spreken maakt ruimte in je hoofd, je voelt je lichter.' Ik ben op haar gesteld geraakt tijdens de afgelopen sessies. Vandaag heeft ze een witte bloem in haar haar gestoken, het staat haar goed. Alsof ze van Hawaii komt. Maar ze is geboren in de Bijlmer. Daar is ze verkracht, eerst door haar oom, later door de buurman.

'Sst,' maant Raymond. 'Het woord is aan Leon.' Onze therapeut bedoelt het goed, hij wil dat ik me uit en vertel wat me remt. Maar ik voel me afgeknepen, buiten de werkelijkheid staan. In mijn hoofd botsen de gedachten tegen elkaar. Zal ik ze over mijn nachtmerrie vertellen? Over het bloed dat ik zie. Over de schreeuw die door de huiskamer scheert, diep en angstaanjagend. Nee, niet over praten. Alles wat je aandacht geeft, groeit en dan kun je niet meer terug.

Ik krab op mijn hoofd. Mijn leven is omgewoeld. Ik had het voor elkaar, dacht ik. Ik had succes, ik had honger naar meer. Totdat. Het verleden trekt me onverwacht naar beneden, houdt me gevangen, laat me niet los, als een valse hond die met scherpe tanden aan mijn kuit hangt.

Raymond buigt zich voorover, zijn gezicht is nu vlak bij me. Zijn wenkbrauwen gaan omhoog. Hij vraagt zonder woorden te gebruiken. Ik ruik de nicotine in zijn adem. Dat doet me aan mijn vader denken, aan vroeger toen hij nog rookte en toen we nog *on speaking terms* waren. Mijn schouders zakken. In de verte klinkt een kerkklok. Zonlicht valt op de groene muur en trekt scherpe schaduwen.

'Oké,' zeg ik. Welke woorden er uit mijn mond komen, ik heb geen idee. Maar Raymond zal er straks wel duiding aan geven, waardoor ik weer een week vooruit kan.

'Ik heb een droom.' Mijn stem klinkt hees. Ik schiet in de lach, of eigenlijk is het meer een verwrongen gegiechel. Raymond fronst.

'Ik heb een droom, ongeveer eens per week. Sinds ik de brief heb gelezen, wordt hij steeds angstaanjagender. Elke keer wordt hij gedetailleerder, langer.'

Ik laat me terugvallen op de stoel, de houten leuning doet pijn aan mijn rug. Mijn ongepoetste schoenen maken een dansje, ik bal mijn handen tot vuisten.

'En?' vraagt Raymond. Hoe kan die man zo geduldig blijven?

'Ik zie bloed. De muur kleurt rood. Ik hoor een schreeuw. Hoog en schel. Het is warm. Ik ruik die typische metaalachtige geur, proef het op mijn lippen. En dan schrik ik wakker, mijn hart zit in mijn keel.'

Mijn ogen zoeken steun bij de anderen, maar ze hebben geleerd zich van commentaar te onthouden. Ze kijken me alleen maar doordringend aan, alsof ze me aan het analyseren zijn. Ze zien een man van vijfentwintig jaar die, nu alle ellende in zijn leven achter de rug is, weer goed in de samenleving zou moeten functioneren, maar onverwacht is teruggeworpen. En dat, terwijl hij zich juist goed staande hield en creatief was toen er problemen waren.

'Wat voel je als je wakker wordt?' vraagt Raymond.

Wat een onnozele vraag.

'Bang, ik ben doodsbang.' En om me nader te verklaren voeg ik eraan toe: 'Het is een nachtmerrie.'

'Waar ben je bang voor?'

Mijn adem stokt. Ik dwing mezelf mijn kaken van elkaar te halen. Mijn mond is droog, maar dat kan van de medicatie komen. Mijn lippen tuiten zich.

Alle ogen zijn op mij gericht. Mijn handen wrijven over mijn bovenbenen, mechanisch.

'Voor *wie* ben ik bang, moet de vraag zijn,' hoor ik uit het diepste van mijn binnenste ontsnappen. Tegelijkertijd gromt mijn maag, een donker geluid.

Denise slaat een hand voor haar gezicht. Ik zie hoe de ringen aan haar vingers in de middagzon glinsteren. Nu pas dringt tot me door wat er is gebeurd. Ik heb Raymond op het spoor gezet en kan het moment niet meer terugdraaien.

Raymond knikt goedkeurend.

'Voor wie ben je bang,' herhaalt hij nadrukkelijk. Zijn woorden spijkeren mijn antwoord op een denkbeeldig schoolbord. In een moeite door stelt hij zijn vervolgvragen. Logisch, ik kon erop wachten. Maar ik wil niets zeggen over mijn moeder en wat er met haar is gebeurd. Ik mis haar nog elke dag. Het lijkt alsof de pijn die ik voel dieper in mijn lichaam wordt gekerfd.

Met mijn armen over elkaar hoor ik hem aan.

'Leon, wat is de oorzaak van zulke nachtmerries?'

Stilte.

Ik ben er nog niet aan toe mezelf helemaal bloot te geven.

Dan zegt Raymond: 'Ik ga je terugleiden naar het moment waar je steeds over droomt. Sluit je ogen, dan tel ik van tien terug naar één. Bij elke tel voel je je dieper en dieper wegzakken in je herinnering.' De anderen zitten doodstil. Ook Denise sluit haar ogen.

Nadat Raymond heeft teruggeteld, zie ik mezelf als peuter. Ik zit in zo'n hoge kinderstoel, een slabbetje om mijn nek geknoopt. Veel zin om te eten heb ik niet. Met een lepel draai ik rondjes in de pap die mama in een houten kom voor me heeft neergezet. Havermout, bah.

Het is heel vroeg in de ochtend. Mama is druk in de weer geweest, de halve nacht. Ik ben er wakker van geworden. Ze heeft koffers ingepakt en een tas met papieren. Die staan in het halletje bij de voordeur. Toen ze me uit bed haalde, begon ze me zoentjes te geven en huilde ze. Ik zag dikke tranen die tussen haar wimpers bleven hangen. 'Waarom huil je?' had ik bijna gevraagd, maar mama oogt zenuwachtig en dan is het geen goed idee haar met vragen lastig te vallen.

Op tafel heeft ze een lange brief voor papa neergelegd. Hij komt over twee uur thuis, zegt mama tegen mij. Daarvoor zou ze weg moeten, op reis voor haar werk.

'Waarom moet je op reis?' Ze kijkt me met een verdrietig gezicht aan, haar ogen tranen.

'Niet altijd vragen waarom.' Ze is boven in de badkamer iets vergeten en loopt de trap op. Terwijl ik in mijn pap roer, staat papa opeens in de huiskamer. We hebben hem niet horen thuiskomen. Hij heeft zijn politie-uniform aan.

'Zo kereltje,' zegt hij tegen mij en aait me over mijn bol. 'Papa is lekker vroeg thuis vanochtend.'

Hij loopt de gang weer in. 'Wat doen die koffers hier?' roept hij naar mama. Dan ziet hij de brief op tafel liggen, terwijl mama verschrikt de trap af loopt en de huiskamer binnenkomt. Ze probeert de brief uit zijn handen te trekken, maar papa duwt haar weg en neemt de brief mee naar het toilet. Mama begint te snikken. Ze krijgt rode vlekken in haar nek.

'Waarom huil je, mama?' Geen antwoord.

Ik hoor het geluid van de wc. Boos stormt papa de kamer in. Met een klap smijt hij zijn dienstpistool op tafel. Het glijdt bijna over de rand. Hij schreeuwt.

'Wat is dit, godverdomme?' Hij houdt de brief in de lucht.

'Had je niet gedacht, dat ik nu al thuis zou zijn?' Mama draait zich van hem weg, haast zich naar de keuken. Ze staat met haar rug tegen de gootsteen.

'Ik heb je betrapt!'

Vanwaar ik zit, kan ik ze allebei goed zien.

'Dus je dacht ertussenuit te knijpen. Zomaar te verdwijnen. En mij en Leon achter te laten. Kutwijf!'

'Alsjeblieft, Bart. Hou je in.' Mama kijkt naar mij of ik luister. Gauw neem ik een hapje pap en kijk naar de lepel in mijn hand. Net doen alsof ik niets in de gaten heb, dat is het beste. Hopelijk gaat de ruzie van vandaag snel over.

Papa zakt op zijn stoel aan tafel. De brief ligt voor hem. Hij grijpt met zijn handen naar zijn hoofd.

'Wat is er met ons gebeurd?' roept hij wanhopig. Ik wurm me uit mijn kinderstoel om bij hem op schoot te gaan zitten. Zo hoop ik hem af te leiden. Mama loopt achter papa langs naar de gang, maar plotseling springt hij op en grijpt haar bij de nek. De verrassing is groot, hij lijkt op mijn clowntje op een veer. Als je het doosje opendoet, schiet het naar buiten. Je schrikt elke keer weer.

'Je doet me pijn, Bart!' Haar stem klinkt raar. Ze probeert zich los te rukken, maar papa houdt haar stevig vast. 'Dus je wilt scheiden. En je hebt al een andere woning?'

'Toe Bart, we praten er een andere keer over. Je bent nu kwaad en dan heeft het geen zin.'

'Je hebt het geld al van de rekening geplukt. Zonder overleg. Achter mijn rug om.'

Papa schreeuwt steeds harder, zijn gezicht vlak bij dat van mama. In zijn hals zie ik de aders opzwellen. Er druipt speeksel uit zijn mondhoek op zijn kin en er staan zweetdruppeltjes op zijn voorhoofd.

'Au. Laat me los,' roept mama. Haar gezicht is nat van de tranen. Ze is bang.

Papa's ogen staan vreemd, ze zijn donker. Net als de lucht wanneer er een regenbui aankomt.

De stoel waar oma altijd op zit als ze op mij past, is vrij, ik klauter erop. Mama heeft zich losgemaakt uit papa's greep en geeft hem een knietje. Hij grijpt naar zijn buik en laat zich boven op mama vallen en drukt haar tegen het tafelblad. Ze vechten. Ze schreeuwen. Mama spuugt papa in zijn gezicht. Papa slaat haar.

Ik ben bang. Ik doe mijn handen tegen mijn oren. Weg van het gegil, weg van het schelden. 'Geen ruzie. Niet doen,' roep ik, maar ze horen me niet.

Papa's pistool ligt vlak naast de fruitschaal.

'Nooit aankomen,' zegt mama elke keer streng als papa het uit het kastje boven de koelkast heeft gehaald en ergens heeft neergelegd voor hij naar zijn werk gaat. 'Bart, kijk toch uit, het is gevaarlijk, ik wil dat ding niet in huis.'

Papa heeft zijn arm om mama's nek geslagen en drukt haar met haar rug tegen de tafel. Mama maakt gorgelende geluiden. 'Mijn keel, mijn keel.' Ze slaat achterwaarts met haar arm op tafel. Ik ben uit oma's stoel geklommen, kan haar hand bijna aanraken. Papa duwt haar verder op de tafel. Het gaat allemaal heel snel. Haar achterhoofd bonkt tegen de fruitschaal. De sinaasappels rollen van tafel en komen op het vloerkleed terecht.

Ik zie de kruin van hun hoofden. Ik zie armen door elkaar, twee lichamen die om elkaar heen draaien, spartelen. De tafel schudt. Het pistool glijdt mijn kant op. Ik pak het op. Het is zwaar. Ik moet mijn beide handen gebruiken. Mama roept: 'Bart, stop!' Papa roept: 'Takkewijf!'

Plotseling klinkt er een schot. Bloed. Ik zie bloed uit mama's hoofd komen. Papa brult: nee! Ik laat het pistool op tafel vallen. Papa en mama zakken aan de andere kant van de tafel op de grond.

Even voel ik iets van trots. Dankzij mij vechten ze niet meer, maar dan roept papa: 'Netty, Netty!'

Hijgend schiet ik overeind, mijn ogen wijd open. Raymond

staat naast me, legt zijn hand op mijn hoofd. De anderen zitten nog steeds in de kring, ze zijn stil en durven me niet aan te kijken. Mijn eigen gehuil klinkt nog in mijn oren en dooft langzaam uit.

'Deze nachtmerrie heb ik sinds ik op het politiebureau de brief van mijn vader heb gelezen.' Mijn stem klinkt hees. 'Het lijkt alsof er diep binnen in mij van alles tot leven is gekomen.'

'Dat kan heel goed,' zegt Raymond. 'Het is een traumatische ervaring die je van jongs af aan hebt weggestopt. Maar nu je weet wat er is gebeurd, komen de herinneringen boven.'

Vanaf het moment dat mijn moeder was vermist, heb ik altijd de waarheid willen weten. Maar nu hoor ik bij het kamp dat zegt dat het soms beter is slapende honden niet wakker te maken.

Niet weten is soms beter.

Denise staat langzaam op van de stoel tegenover me, steekt de kring over en spreidt haar armen. 'Kom, mi Gudu, geef me een brasa.' Ze vindt me dapper, zegt ze, terwijl ze mij omhelst.

'Corona, corona,' roept een van de anderen uit de groep.

Raymond vraagt haar naast me te gaan zitten. Hij zegt dat hij vooruitgang ziet.

'Goed dat je het verteld hebt. Hiermee gaan we aan de slag. Het zit allemaal in je hoofd.'

Hij wijst naar de lege stoel tegenover me, waar Denise zojuist op heeft gezeten.

'Doe je ogen dicht, Leon. Verbeeld je dat je daar als vierjarig jochie zit. Hij is je innerlijke kind. Wat zou je tegen jezelf, het kind van toen, willen zeggen?'

Ik adem weer diep in en uit door mijn neus. Door het open raam hoor ik de kraai in de verte en wat verkeerslawaai, gewone zomerse stadsgeluiden. Ik ben moe. Ik heb geen zin meer om mijn pantser op te houden. Het beste is om niet na te denken en gewoon te zeggen wat me invalt. Met mijn ogen gesloten zie ik mezelf als kind. Ik heb een korte broek aan, mijn witte beentjes wiebelen in de lucht.

'Je hoeft je niet schuldig te voelen, Leon,' zeg ik. 'Je bent een kind dat per ongeluk zijn moeder heeft doodgeschoten, maar dat maakt je nog geen moordenaar.'

Mijn oogleden voelen zwaar aan.

'Je was een kind. Je draagt geen verantwoordelijkheid,' herhaal ik.

De kleine Leon tegenover me neemt me nauwlettend op en begint naar me te lachen.

'Kom bij me,' wenk ik hem. 'Het is goed zo.'

Hij springt van de stoel, steekt over en klimt bij me op schoot. Ik aai hem over zijn krullen en zoen hem in zijn nek.

'Het is goed zo,' fluister ik nog eens. Hij kijkt me aan. Twee grote, onschuldige ogen. Dan verdwijnt hij in me. We zijn weer één.

Als ik op aangeven van Raymond mijn ogen langzaam open en de lege stoel voor me zie, voel ik me lichter.

'Wat wil je zeggen, wat is je eerste reactie?'

Ik voel dat de vierjarige Leon in me zit en deel van me uitmaakt.

'Leon,' zeg ik, 'we gaan samen verder, jij en ik. Ik zal je beschermen en goed voor je zorgen. Je bent niet alleen, we zijn samen. Ik hou van je.'

Raymond applaudisseert, de anderen volgen zijn voorbeeld. Denise geeft me een zoen op mijn wang.

'Geweldig. Dat was het voor vandaag. Volgende week zie ik jullie hier terug,' zegt Raymond.

Ik sta op en loop naar het raam, terwijl Denise haar arm om me heen heeft geslagen. Beneden zie ik Martin aan komen lopen. Hij heeft broodjes gehaald bij de bakker en wacht bij mijn fiets onder de boom tot ik naar buiten kom. Alsof hij voelt dat ik bij het open raam sta, kijkt hij omhoog.

Ik zwaai naar hem en voel me als een kind zo blij.

Nawoord

Dit boek is een fictief verhaal, maar ik heb gebruikgemaakt van mijn juridische ervaring als advocaat, rechter, internationaal jurist en Tweede en Eerste Kamerlid. Tijdens mijn werk kwam ik weleens in contact met mensen die me vertelden dat hun geliefde of familielid werd vermist. Wanneer iemand spoorloos is verdwenen, maakt dat allerlei gevoelens los bij de achterblijvers. Voor mij sprong er één zaak uit: de vermissing van Cheryl Morriën, het zevenjarige meisje dat in 1986 in IJmuiden buitenspeelde en verdween. Ik ben bij haar moeder en zus thuis op bezoek geweest samen met misdaadjournalist Peter R. de Vries die zich om hun zaak bekommerde. We zagen hun verdriet en wanhoop. Dat heeft diepe indruk op me gemaakt en heeft er mede toe geleid dat ik als Tweede Kamerlid samen met mijn CDA-collega Theo Rietkerk (later opgevolgd door Sybrand van Haersma Buma) een initiatiefwet schreef om de verjaringstermijn bij moord uit het strafrecht te schrappen. Onze wet is in 2005 met algemene stemmen aangenomen. Wordt nu een moord na achttien jaar opgelost, dan gaat de moordenaar niet meer vrijuit, maar kan hij alsnog veroordeeld worden.

In de Amerikaanse pers las ik in 2019 het verslag over een rechtszaak tegen Michael Haim. Zijn vrouw was spoorloos verdwenen.

Zijn zoontje Aaron was op dat moment in 1993 drie jaar oud. Hij werd door de politie gehoord en vertelde 'Daddy placed Mommy in time-out' en 'Daddy hurt Mommy'. Michael Haim werd van moord verdacht, maar zonder lichaam kon er tegen hem geen zaak gemaakt worden. In 2015 stuitte Aaron bij toeval in de tuin van zijn ouderlijk huis bij de aanleg van een kelder op een skelet. Het was het lijk van zijn moeder. Michael Haim moest terechtstaan, Aaron getuigde tegen hem en zijn vader werd veroordeeld.

Deze zaak prikkelde mijn fantasie en heeft tot het schrijven van dit boek geleid.

Graag dank ik redacteur Harold de Croon van Ambo|Anthos. Hij heeft me met raad en daad bijgestaan en me moeilijke vragen over de tekst gesteld. Zonder zijn suggesties zou dit boek niet in deze vorm tot stand zijn gekomen. Ook dank ik uitgever Tanja Hendriks, die meteen enthousiast was over het verhaal toen ik het nog niet eens geschreven had en de bureauredacteur Linda Visser en de persklaarmaker Anne van den Bergh, die de tekst op veel plaatsen hebben gecorrigeerd en verbeterd.

Boris O. Dittrich